大鱼

有爱的青春陪伴者

她来迟了很多年

山月可亲 著

江苏凤凰文艺出版社

图书在版编目（CIP）数据

她来迟了很多年 / 山月可亲著. -- 南京 : 江苏凤凰文艺出版社, 2024. 9. -- ISBN 978-7-5594-8930-2

Ⅰ. I247.5

中国国家版本馆CIP数据核字第2024UW5227号

她来迟了很多年

山月可亲 著

责任编辑	王昕宁
特约编辑	周丽萍
出版发行	江苏凤凰文艺出版社
	南京市中央路165号，邮编：210009
网　　址	http://www.jswenyi.com
印　　刷	长沙鸿发印务实业有限公司
开　　本	880mm×1230mm 1/32
印　　张	9.5
字　　数	321千字
版　　次	2024年9月第1版
印　　次	2024年9月第1次印刷
书　　号	ISBN 978-7-5594-8930-2
定　　价	42.80元

江苏凤凰文艺版图书凡印刷、装订错误，可向出版社调换，联系电话025-83280257

Contents

目录

第一章	……………	重逢	/ 001
第二章	……………	高中	/ 011
第三章	……………	相处	/ 021
第四章	……………	酸奶	/ 037
第五章	……………	友人	/ 049
第六章	……………	生病	/ 058
第七章	……………	靠近	/ 072
第八章	……………	墓园	/ 082
第九章	……………	故人	/ 093
第十章	……………	分离	/ 112

目录 Contents

第十一章 ………… 忐忑 / 128

第十二章 ………… 在一起了 / 144

第十三章 ………… 回国 / 161

第十四章 ………… 发现 / 173

第十五章 ………… 恩怨 / 189

第十六章 ………… 分开 / 204

第十七章 ………… 那年心意 / 220

番外 一 ………… 小八卦 / 237

番外 二 ………… 往后 / 288

番外 三 ………… 我还是愿意先爱你 / 296

第一章 · 重逢

A大美术系。

郝主任办公室里空调的风有点大,宁绒将被风吹乱的发丝别在耳后,基本结束了和未来领导的正式会面。

她站起身,声音温和地落下最后一句:"主任放心,我后天一早准时前来报到。"

郝明城端起桌上快放凉的养生茶喝了一口,不忘交代:"好的。我要是不在,有什么问题可以去找新生招待处的张老师,他会帮你。"

"好。"

对于这个即将在他们A大教书育人的新老师,不管是学历还是考进来时的成绩,郝明城都很满意,特别是这姑娘外形也好,能给他们美术系长面子。

宁绒走出教学楼,看了看手机,距离中午还有一段时间。

她没有急着回去,拍了一张教学楼墙壁上的校园地形图,准备熟悉一下路线,日后工作起来不至于东南西北门都分不清楚。

走到距离超市入口百米处,宁绒第二次拒绝了上前索要微信的男大学生。

男大学生脸上的红晕蔓延到脖颈,得知她是老师后,道了句"打扰了",转头拉着舍友迅速离开。

宁绒收回视线,进入学校超市。

几乎是前后脚的工夫,旁边躺在地上的一个易拉罐被人捡起,又被准确无误地丢入一侧的垃圾桶,发出"咚"的一声闷响,干脆利落,显得丢入之人颇为不爽。

进了超市,宁绒考虑到家里冰箱没什么东西,选了几种重量较轻的零食和果酱,最后在酸奶货架前停住了脚步。

她有些犹豫,A大距离她目前的住所步行大概需要十五分钟,现在

001

选好的东西在重量上她还能承受,但不太确定这十大盒黄桃芝士酸奶加在一起之后,她能不能拿回去。

要不换成另一个牌子的,那个可以单独买,一盒酸奶也重不到哪里去。这样想着,她的手已经落到选中的那盒酸奶上面。

与此同时,宁绒视野内出现了另一只骨节分明的手。

手的主人是个高她一头的年轻男人,气质很好,呼吸间有一抹淡淡的酒味,给人一种微醺感。这酒味极为克制,像是用尺子衡量好的,多一分少一分都不行。

所思所想皆在一瞬间,现实是一个酸奶盒子上出现了两只手,两人谁也没先放开。

宁绒偏头,看清了和她同拿一盒酸奶的男人的样子。

墨发乌瞳,头发修剪得干净利落,额前碎发下是一双很容易让人沉溺其中的桃花眼,鼻挺唇薄,五官组合起来很好看。

见到宁绒看过来,男人还残存笑意的嘴角礼貌性地往上扬了扬,又在看清她容貌的瞬间有些恍惚,似是想起了什么,眉梢微微下压,声音冷淡,又像是极为无语:"这都追到A大来了,还没死心吗?"

他这语气搭配这表情,像是同宁绒极为熟稔,细听之下还有宁绒没发现的轻微颤音。

但这男人是谁?

宁绒尝试去扒拉以往的记忆,结果回忆的书页还没翻开,面前容貌好看的男人便将她想要的那盒酸奶抢走了。

对方的手指和酸奶盒子放在一起,很好看。

宁绒微微蹙眉,记忆中似乎有人也有这么一双漂亮的手。

不待深思,面前男人那张好看的脸上出现了几分漫不经心和隐约的期待,像是对过去某个画面的复刻,让宁绒在刻意遗忘的记忆深处抓住了一个人。

不待她想清楚这人是谁,面前男人的声音在耳边响起:"暗恋我这么多年,宁绒,现在追来A大是准备表白了?"

低沉磁性又带着笑意的声音,好听到不会让人觉得他的话惹人讨厌。

回忆的画面戛然而止。

宁绒一愣:"嗯?"

她睫毛不自觉颤抖了一下,细细看着面前的人,像是在确定自己没听错他的话。

暗恋?过来表白?这么多年?追来A大?

若不是这人喊对了她的名字，她都要怀疑他是不是认错了人。

当然，她现在也没打消这个念头。

宁绒后退一步，嘴角习惯性扬起疏离的笑，正准备说自己不认识他，可能存在什么误会之类的话，便听到一道惊讶的声音自身后响起。

"宁老师特地来Ａ大工作，原来是来追宋医生的吗？"

宁绒嘴角的笑意僵在脸上，目光看向说出这句话的郝主任，还有不知道什么时候聚集在货架两边的Ａ大学生，一个个用既震惊又感动的目光看着她。

隐隐地，宁绒似乎还从他们的表情中看到了几分鼓励和心疼。

宁绒颇为无语。

她那即将为人师的威严和准备好的高冷人设，在还没正式上班之前就要碎了吗？

"没想到我们的情敌里又多了一个老师身份的。"一个女生小声嘀咕，"也不知道在宋医生那里能不能争得过。"

宁绒腹诽道：相信我，你们能的！我不参与！还有，我觉得我为人师的威严和高冷人设应该还能捡起来拼一下，所以你们要不让我反抗一下？

她这个想法刚产生，郝主任便对着两边看热闹的学生挥挥手："稍后学生会去检查卫生，记得将宿舍打扫干净，小心扣集体分。"

周围很快就没人了，反抗无效的宁绒颇为无助。

超市外的台阶上。

"原来你们是高中同学啊！"听完宋赢萧的解释，郝主任看着好像明白过来的宁绒，笑了笑，眼角皱纹明显，"那还真是挺有缘分的。"

他也是没想到，临时过来买枸杞，会碰上这小子的八卦。

身为宋赢萧的表叔，郝明城还以为这小子这辈子要孤身一人了，难得看到他会像个毛头小子一样去逗人家姑娘。

不错，知道追姑娘就行。

不过看宁老师那疏离的模样，这小子想要追人怕是不容易。

郝明城幸灾乐祸地看了宋赢萧一眼，摸着感受不到半分热意的杯子，忽然想起了一件事。

是和现在毫无关系的，宋赢萧大四那年意外受伤的事。

也不知道怎么就想到了这里，凉风轻微一吹，郝明城回神，拍了拍身边宋赢萧的肩膀。

003

"注意身体,少喝点酒。"

宋赢萧撩起眼皮,略显散漫的身体微微站直了些:"知道了,我不会多喝的。"

他声音温和,应得像是听在了心里,让人觉得受到重视。

他一身灰白色工装衬衫,内搭白色短袖,黑裤白鞋,看起来得体又休闲,像个还没毕业的大学生,格外吸引人。

等郝主任离开后,宋赢萧收敛了几分笑意,偏头,对上了宁绒探究的目光。

他喉结不自觉地滚动几下,又垂下眸,躲开她的视线。

他明明想说一句浮在心间千百回的"好久不见",声音却像是不服输似的,混着笑意来了句:"怎么,终于想起老同学了?"

宁绒面上尴尬一瞬,但毕竟不是第一次面对这种情况,很快转为正常,询问:"宋赢萧,你……是不是又误会了什么?"

宋赢萧挑眉:"又误会?"

很疑惑的三个字,也是不该带有愉悦感的三个字,却偏偏从宋赢萧口中说了出来。

配上他那张过于好看的脸,让宁绒因为方才闹出误会而堵在心里的火气莫名散了些。

"你随我来。"周围有学生来来回回,宁绒不喜欢被围观,说了句没什么感情却略显礼貌的话,便朝着学校大门而去。

宋赢萧也听话,长腿一迈,双手插兜,不紧不慢地跟着前面的人,保持适当距离。

他那看不出情绪的目光几次从宁绒的背影上移开,又看不够似的落了回去。

最后,两人站在暂时没人的公交站牌处,宁绒问出了心中的疑惑。

当年到底是因为她做了什么,导致他觉得她喜欢他?

而眼下这人居然还能自恋地认为她还在喜欢他!

宁绒已经想起了宋赢萧。他和当年那个张扬肆意,不可一世,走路都带着风的隔壁班浑球相比,内敛了很多。

少年人的不成熟和幼稚感在时光的洗礼下,宁绒已经很少能在如今的宋赢萧身上看到,眼前的他不说话时像是被打磨光滑的原石美玉,也像是礼貌谦和的端方君子。

但基于方才,这人眼下即便再道貌岸然,这自恋的毛病还真是一如当初。

"宋赢萧,你为什么会觉得我暗恋你?"宁绒问得很直接,声音平稳。

短短的路程已经让她冷静下来,她心中的火气也被一双理智的手尽数抚平。

忽视掉宋赢萧手中那盒惹出"恩怨"的酸奶,宁绒直视他的眼睛,眉头微蹙,带着未解的疑惑。

"宁绒,你难道不知道,你给我的情书至今还在我家里放着?"宋赢萧眉梢挑起,打破给人的温和形象,露出几分不羁。

他的黑眸看着面前琼鼻朱唇、看人时像是会勾人的姑娘,语气似有些不敢置信她为什么会问出这种问题。

宁绒瞳孔震了震,嘴巴里刚吐出"情书"二字,手中就被放入了一个微凉的盒子,是方才宋赢萧从她手里"抢走"的黄桃芝士酸奶。

"这个就当作今天让宁老师被围观的赔礼,若是觉得太少了,稍后给我个地址,我给宁老师送几十箱过去。"

红色的公交车停在两人身侧,宋赢萧转身上车离开。

等宁绒看不到公交车的背影了,包里的手机铃声适时响起。

看了眼来电显示,宁绒接起:"妈,怎么了?"声音里带着温柔和亲近。

"丝丝啊,壳壳转学的事情你知道吧?"

电话那边的声音有些嘈杂,隐隐地,宁绒还能听到导演指挥现场的喊叫声,似乎在吩咐场地布置的问题。

"知道,我记着呢。"

壳壳是贝苒的小名,而贝苒是宁绒的表妹,很讨人喜欢,今年要上高三了。

本来这个时间点壳壳应该去上学了,但因为宁绒工作落定的事,在妈妈和壳壳的商量下,壳壳决定转学来清江。

姐妹两个在这里虽然不能常见面,至少能相互照看着。

壳壳父母早亡,这些年一直是季澜双这个亲姨妈在照顾,三人相处得极好。

不过因为季澜双是演员,她这些年一直很忙,四处飞,更因为走上国际影坛,参与了好莱坞制作的大电影,现在人还在国外拍戏,短时间内回不来。

因此壳壳的大多数事情都是宁绒在管。

宁绒之前因为备考A大教师闭关了很长一段时间,眼下工作落定,壳壳的事情她也该从她妈妈助理那里接手回来。

作为壳壳仅剩的亲人,给壳壳安全感,是母女俩一致达成的默契。

"壳壳的学校,妈妈已经让韩助理联系好了,壳壳的东西已经给你寄过去了,那孩子今晚就能到清江,航班是七点十分的,你到时候记得去接一下。"

"还有,壳壳喜欢的饭菜也不要忘了。"季澜双声音里带着宠爱,她是真心喜欢壳壳的。

壳壳坚强又活泼,像个暖融融的小太阳。

宁绒看了眼时间,拎着从超市买的零食往回走,说:"好,我先去买菜准备,之后去接壳壳。"

"对了,丝丝,你今天去见领导怎么样了?"季澜双关心地询问。她那边应该是进入了一个封闭的房间,宁绒听到了轻轻的关门声,随之电话里的喧闹瞬间小了许多。

"挺好的,后天早上过去上班,然后接待新生入学。"

"那就好,不过你以前的毛病可要改一改,记不住同学的名字就算了,可不能记不住自己学生的名字。"

这话季澜双是开玩笑说出来的,但女儿的这个毛病导致现在都没个亲近的朋友,除了壳壳,平时连个说知心话的人都没有。

若不是还有她们,宁绒岂不是要活得孤孤单单。

"嗯,我会认清人的。"宁绒答道。

以前记不得同学的名字她不觉有什么,现在身为老师,记住学生的姓名和长相,并且了解他们的学习情况是她的工作,她明白的。

"工作上的同事也多相处相处,约出来吃个饭啊,去旅旅游啊,都可以,别老闷在家里。"

"好,我知道了。妈,你在那边也要注意身体,不要让自己太累了,药品记得常备着,晚上……"也要早点睡。

"小管家婆,你妈就啰唆你两句你也要给我啰唆回来,行了行了,我都多大的人了,还能不会照顾自己?不说了,导演那边准备得差不多了,妈妈要上场了。"季澜双打断宁绒的话,门打开,外面的喧闹声再次传到了宁绒那边。

季澜双瞥了眼场地中热闹的人群和过来找她的经纪人,在心底无奈地叹息了一声。

这孩子,每次都应得爽快,每次都不会去做,还转移话题。

她就希望自己多说几次后,能让这孩子放下心结,不必过于执着过去的事。

宁绒点头:"嗯,妈,你去忙吧。"

"对了,记得帮妈妈问一下你哥那边是什么情况。"最后一句,季澜双的声音有些轻。

"好。"

挂断电话,宁绒也走到了小区大门口,刚准备进门时,就听到旁边两个穿着校服的女孩子的交谈声。

"萧矜真的要退圈吗?为什么啊?在娱乐圈好好赚钱不香吗?干吗想不开要退圈?以后都听不到偶像的新作品了,好可惜。"

"他退圈前不是还有几场演唱会吗?你要是真舍不得,到时候我陪你买票去演唱会见偶像,毕竟以后在银幕上见不到了。"

"演唱会什么时候?"

"没搜到时间。"

"这次的演唱会门票肯定很难抢,我都不知道能不能抢到。"

"演唱会也不是只有一个地点举办,不行咱们就跑远点。"

"好。"

直到两个穿着校服的女孩子走远,宁绒才收回目光,转身刷卡进小区大门。

等电梯的时候,她拿出手机点进微博,入眼便是萧矜微博发的关于这几场演唱会后便退圈的消息。

消息是今天凌晨刚刚发布的,很突然,让所有人猝不及防。

微博评论下面全是粉丝的哀号和不舍,几十万条消息,宁绒草草扫了几眼,随即关上手机进电梯。

她进门后放下零食,又出门买菜。

去菜市场的路程有点远,又考虑到以后的上班距离,宁绒在网上买了辆电动车。

红色的,外形挺漂亮,也不贵,三千多的样子,还能上牌照,速度被限制不会很快,最重要的是适合现在的她。

嗯,她会骑自行车,电动车应该也不难。

宁绒走路去买菜,来回一个小时,回来已经过了午饭时间,她换上拖鞋洗了手,将菜、肉、水果全部安置好,最后收拾从学校超市拿回来的零食袋。

那盒因为宋赢萧道歉而给她留下的黄桃芝士酸奶被放在里面,宁绒打开袋子一眼就能看到。

可能是今天宋赢萧这个人给她留下的印象太深刻，酸奶盒子拿在手里，宁绒似乎还能从上面闻到浅淡的酒味。

"这个道貌岸然的浑球！"宁绒指尖不爽地戳了戳酸奶盒子，小声嘀咕。

既然名声已经毁了，这东西自然不能浪费，宁绒迅速将酸奶解决。

这时微信上来了消息，宁绒直接点了进去。

萧矜：丝丝，壳壳转学的事情如何了？

也是询问贝苒情况的。

宁绒：今晚七点多的航班，稍后我去机场接她，明天我会送她去新学校，你不用担心。

萧矜：嗯，等哥忙过这段时间，就去清江看你们。

宁绒见这人准备结束话题，不给他机会，直接询问。

宁绒：哥，你真的准备退圈？

宁绒的亲哥哥就是刚出道两年便拿了娱乐圈所有音乐奖项的大才子萧矜。

粉丝说他的歌喉有种穿越世纪的渗透力，在乐坛近十年，他早就走上了顶端。

和母亲季澜双这个三金大影后相比，他的名气声望半分不差。

他们是宁绒生命里极其优秀的两个亲人。

当然，她的父亲也不差，若不是早亡，若不是……想到这里，宁绒苦涩一笑。

母亲让她多交朋友，可没有朋友便没有麻烦事，挺好的。

萧矜：嗯，要去追妻，你哥一个大男人，总不能什么都不付出就想追回人家姑娘吧？

萧矜话里说的是黎青酥，黎姐姐。

想起他们这么多年的纠葛，宁绒在心底默默叹了口气，真心希望两人这次能有一个好结果。

宁绒：嗯，你确实该好好陪陪青酥姐了。

这话发过去，那边半天没动静，半响后才收到回复。

萧矜：等演唱会结束吧，总得给粉丝一个正式的告别。

两人对话结束，宁绒知晓了萧矜的退圈原因，同季澜双那边简单解释了一下，没收到回复。

宁绒猜她可能还在拍戏，又起身去厨房清洗食物。

宁绒的房子是大四那年季澜双送给她的生日礼物，房子面积三百多平方米，四室两厅，一厨两卫，内部装修温馨清雅，格局非常不错。

"叮咚——"

宁绒放下手里的蔬菜，快步走到门口开门。

门外站着一个穿着白色短袖和高腰牛仔裤的女孩子，是贝苒。

她鹅蛋脸，肤色白皙，一双鹿眼含着笑，嘴角还有一个凹进去的小酒窝，脑后的马尾小辫垂至肩膀，笑起来时有几分不谙世事的娇憨。

看到宁绒开了门，贝苒直接放开行李箱，扑倒在宁绒身上："姐，半年不见，妹妹我很想你啊！"

宁绒拍着贝苒的肩，温柔地笑了："嗯，姐也想你，就是没想到你早来了几个小时。"

"不早不早，这不正好省了你去接我的工夫。"贝苒说着，将行李箱拖进屋。

宁绒带着贝苒去了之前的老房间，也不和她客气，让她自己收拾。

宁绒去厨房准备后面的菜，没多久，她注意到拿着手机过来的贝苒，炒菜的手没停，直接问："怎么了？"

"姐，今晚有没糖醋排骨？"

"有，你喜欢吃这道菜，我忘了别的都不会忘了这个。"宁绒笑着说。

可能是今天见到宋赢萧的关系，眼下听到"糖醋排骨"这个词，宁绒忽然想到了两者间的联系，嘴角不自觉又扬了下。

糖醋排骨班。

这个称呼也是她褪色的高中生涯里又一件能回想起来的事。

贝苒满意了，又提起萧矜的事："姐，哥好好的为什么要退圈啊？这么突然。"

她方才看到这个消息都蒙了。

依照萧矜哥家里的背景，不说澜双姨，就是萧爸爸本身也不是能得罪的，萧矜哥不可能是被人下了绊子待不下去。

事关娱乐圈，贝苒下意识阴谋论了。

"梦想实现了，自然要开始新的征程。"

"所以？"贝苒等着宁绒接下来的话。

"追妻火葬场了解一下？"宁绒带着笑意的声音，似乎有几分看好戏的意味。

贝苒瞪大眼："……那他自求多福吧。"

饭菜很快就做好，姐妹两人吃饭吃到一半，贝苒手机陆续来了几个电话，是她的高中同学询问她新学校的事情，问她习不习惯，强调在不同的地方日后也要一起努力之类的。

等放下手机，贝苒联想到自己，突然有些好奇宁绒的高中生活。

宁绒饭量不大，眼下已经七分饱，放下筷子，因为妹妹的这个疑惑细细回想了一下曾经，半晌才缓缓道："很平淡，就是学习、做作业、画画和自己照顾自己，没什么有趣的东西。"

"没有男孩子给你写情书？也没人告白？"贝苒打趣着问，可爱的脸颊上带着几分坏笑。

宁绒摇头，反问："你不清楚吗？"

"那不是每个学校总有那么几个不怕艰难险阻势必要追到美人的家伙嘛，我就不信姐你的学校会没有这种人！"

宁绒站起身，将贝苒吃干净的碗收起来，眉眼舒展："没遇见过，给你几分钟，好好失望一下吧。"

贝苒嘴角下压，有些无语。

第二章 · 高中

宁绒习惯早睡，今天的事引起了她对高中往事的回想，晚上便梦到了高中时期那个糖醋排骨班的由来。

那时她刚升高三不久，季澜双拍戏从威亚上掉了下来，进了医院。

她担心母亲，心情一直不太好，整个人相比以往越发话少了。

她当时就读平清中学，因为连续三届高考状元都在平清，校长直接大手一挥，宁绒那一届的高三学子获恩准参加运动会。

那时还不是高三的最后一个学期，班长们本来不用着急定制纪念班服，结果因为校长不按常理出牌，高三班主任直接顺势而为，让各班班长提前将班服定制出来，正好在运动会上亮相。

班主任在讲台上宣布这一消息的时候，宁绒正好刷完一套数学试卷。

教室里的风扇在头顶呼呼地吹，清江城的暑气未过，十月的天气依旧闷热难耐，外面的蝉鸣阵阵，吵得人心烦。

对于这个对学习没丝毫帮助的活动，宁绒没什么感情地推了下鼻梁上的银边眼镜，继续动笔写新试卷。

她笔下刚落一字，突然被班主任点到了名字。

"宁绒同学做事认真，这次不参与运动会的话，班服的设计就交给你吧，正好你擅长画画。"

高三（104）班的班主任是位女老师，叫陈艳秋，长相端正，对于工作认真负责。

认真到高一时注意到宁绒总是闷头学习，几乎不和班里同学说话，她以为是自己带的班有人在带头孤立宁绒，于是憋着火问了班长，结果得到了另一个答案。

"老师，我们哪敢孤立她，是人家孤立我们所有人还差不多！"

陈艳秋惊讶，随后找宁绒谈了几次话，生怕她心理不健康。

最后，宁绒被找得烦了，站在办公室疏离又礼貌地说："陈老师，我来学校是学习的,不是交朋友的,我真的很忙。"

就这样结束了后续的麻烦。

宁绒本以为经过那次的事情后,这个负责的班主任会只关注她的学习,不再给她找事,没想到憋了两年还是没逃过去。

对于这个突然冒出来的任务,宁绒放下笔站起身,蓝白色的宽大校服将她纤瘦的身形衬得有些娇小,一张无害的白瓷小脸上好看的眉头微蹙,粉色的唇瓣抿了抿。

她在心里斟酌着该如何礼貌拒绝才不会让老师失了面子,结果到了嘴边的话还没得及说出来,便见老师微微一笑,面容和善地开口:"宁同学若是觉得班服设计有些难,接力赛或者八百米,这两个也可以。

"之前宁同学忙于学习没机会参加学校活动,这次就当是放松了。"

很体贴人的两句话,听在宁绒耳朵里就知晓这事没得商量。

宁绒能明白班主任希望她能融入集体,不要总是一个人孤孤单单的,但她心底排斥。

可惜没办法推拒。

"老师放心,我会好好设计班服的。"

"别班的设计宁同学也可以参考一下,别自己一个人闷头来。"

"好。"

别班的班服设计情况宁绒不清楚,她见过前两届的高三班服,她有个大概印象,回家后又上网查找了各地关于班服的设计图案,心里有了两个想法——

班里同学大都同岁,以生肖为主题的动漫图案印在白色卫衣的胸口处,既好看又很有童趣。

另一种是配上传统舞狮元素,红色的舞狮头从肩膀处衔入,往下俯冲,样式新潮又时尚。

宁绒当晚熬了夜,没去医院看妈妈,设计完成后直接给班主任发了过去,睡觉前也没忘记给季澜双打个电话,知道她情况还好,便没过多打扰。

第二天去学校的时候,宁绒看到隔壁班两个男生站在教室外的栏杆处,说起了关于班服设计的问题。

"萧哥,有设计班服的闲工夫还不如去操场打球,好好的你干吗争人家班长的活?瞧把人给感动的。"一个寸头男生开口,话里带着玩味。

宋赢萧嘴角往上提了提,声音冷淡:"没什么,就觉得这事做起来还挺有成就感的。"

他看到走过来的宁绒，随口问："宁同学，你们班的班服设计是？"

宁绒之前和宋赢萧在暑假的英语补习班里当过一个月左右的前后桌，有过短暂交集，两人不说十分熟悉，但也能说得上话。

宁绒停下脚步，一双干净明亮的杏眸看着宋赢萧，如实相告。

宋赢萧喉头滚动了一下，又问："自己设计的？"

"不是，是在网上找的。"

"所以是抄的？"寸头男生惊讶地开口，声音还挺大。

"什么抄的？"陈艳秋从教室后门走出来，看了眼寸头男生，目光又落在宁绒身上，露出一副要她老实交代的表情。

宁绒抿了抿唇："……是班服设计参考了网络上的。"

也算不上抄吧，毕竟以前的学长学姐都是这么做的，店家也有提供的设计稿，她昨晚浏览网页时还看到好几款眼熟的设计。

陈艳秋昨晚就收到了宁绒的设计，觉得还挺好，她自己比较倾向于舞狮。

不过到底要学生喜欢，只是参考来的图案设计……

读出陈老师的表情，宁绒很自觉地说："老师，我重新修改一下吧。"

陈艳秋点头，看到一边的宋赢萧，随口问："宋同学，你们班的班服设计出来了吗？"

陈艳秋是语文老师，也教隔壁的高三（103）班，所以同样是宋赢萧的老师。

宋赢萧撩起眼皮，身子站直了些，淡声说道："出来了，是龙，五爪金龙。"

陈艳秋点头："龙也行。"

这时预备铃响起，陈艳秋结束谈话，宁绒跟着她进了教室准备上课。

离开前，对于无形中给她增加工作量的寸头男生，宁绒压着嘴角悄悄瞪了他一眼。

眼角余光注意到宋赢萧瞥过来的那似笑非笑的眼神，她一滞，冷着表情离开。

宁绒不着急交班服设计图，傍晚放学后直接去了医院。

一进病房，宁绒就看到一个西装笔挺的人，是萧觉景萧叔叔，也是萧矜的亲生父亲，母亲的前夫。

宁绒礼貌地打了声招呼，得到萧觉景的几句关心问候，又耐心地一一回答。

中间，季澜双偶尔插进几句话，病房里的气氛还算不错。

宁绒看她气色还好，拿着苹果吃得挺香，关心了几句后就从病房退了出来，不影响两位大人谈话。

季澜双的车那里有记者蹲守，宁绒早就习惯了那些记者的套路，没让韩助理送，自己回了家。

刚进门，微信突然来了消息。

宋赢萧：五爪金龙的设计图好了，宁同学可以参考一下。

对方发来的消息直入主题，没有半分寒暄。

然后是一张图片，图片上是已经在白色半袖上成型的金龙，硕大的龙头从左侧腰间俯冲而上，霸气威严，龙尾搭在右侧腰肢处，可想而知背面并没有断连。

宁绒猜测看不见的龙身应该不会是平展的弧度，可惜没看到背面图片。

宁绒：挺好的，不过衣服是短袖吗？

宋赢萧的微信是宁绒在暑假英语补习班的时候加上的，只是两人很少聊天。

宋赢萧：不然呢？

宁绒：十月的天，早上已经有些凉了。

所以她觉得卫衣会好一些，可以多穿一两个月。

宋赢萧领会到宁绒的意思，拍板了。

宋赢萧：那就短袖和卫衣都给他们订一套，到时候哪个合适穿哪个。

宁绒：也可以。

宋赢萧在班级和学校都混得开，朋友也多，他这个提议他们班肯定不会反对，但宁绒的班级还是要问问同学们的意见。

这样想着，宁绒在几乎没怎么发言的班级群里发了条消息，等意见的时候宋赢萧又来了回复。

宋赢萧：宁绒，今天见到我，你，没什么想对我说的吗？

宁绒眨了眨眼，不明白宋赢萧这话是什么意思。

班服这事还要说什么？

宁绒：是班服的事还有什么问题吗？

划拉到上面宋赢萧发来的图片，她瞬间明白过来。

宁绒：稍后我们班的班服图案设计好了，我也给你发过去。

宁绒这边都已经得到同学们要订两套的回复了，宋赢萧的消息才姗姗来迟。

只有一个字。

宋赢萧：好。

两人的话题到此结束。

宁绒这次用了两天时间，设计完成后先发到班主任那边，过了稿后立即去网站选购衣服类型，还特地标注了一下衣服所用面料。

得到商家回复没问题后，后面的事情很顺利，宁绒睡了一个舒心觉。

第二天一早起来，宁绒习惯性地点开微博查看妈妈的消息。

看到昨晚有记者潜入医院，甚至在病房门口拍到了季澜双躺在病床上、打着吊瓶、闭眼休养的照片，以及照片下面关于网友的各种猜测时，宁绒心跳有些加快。

她迅速关闭微博页面，拨通了韩助理的电话。

韩助理接通电话后的第一件事便是安抚宁绒："丝丝，你妈妈没事，只是手术伤口有些发炎引起了高烧，昨晚打了吊瓶后高烧也退了，现在在休息。"

"那个假扮医生的记者，经纪人已经去处理了，网上的消息很快也会压下去的。"韩江江的声音很温柔，很有安抚力。

"韩姐姐，我晚上放学就去医院看我妈妈。"

"好，到了记得给姐姐打电话，姐姐出去接你。"

"嗯。"宁绒乖巧应声。

因为季澜双的事，宁绒心情受到影响，没吃早饭直接去了学校。她来得有些早，校园里此时还没什么人，显得空荡荡的。

宁绒抱着书上到三楼，走过楼梯转角处，抬眼，看到了宋赢萧。

还是上次的老位置，只是这次他没背对着人，而是像在等人似的直挺挺地站在那里，身形修长。

听到脚步声，他抬眼直勾勾地看着突然上来的宁绒。

宁绒心情不太好，没心思社交，点头打过招呼后便准备进教室。宋赢萧长腿一迈，挡住了她的去路。

宁绒疑惑地抬头，注意到宋赢萧的喉结滚动了一下，线条好看的下颌线微微绷着，唇瓣紧抿，像是有些紧张。

外面的风有些大，宁绒心里烦躁，也不是个会去琢磨人心思的人。

以为宋赢萧找她有事，结果等了一会儿他都没动静，她正准备错身离开，面前的男生开口了。

"丝丝，你今天对我，有什么要说的吗？"他喊着她的小名，声线紧张。

宋赢萧插在校服裤子口袋里的手指绷着，手臂肌肉微鼓，在说出这句话时，整个人都有些僵硬。

他收到宁绒的信有些天了，却不见她主动过来见他一面。

这么长时间，他实在是等不住了。

宁绒愣愣地看着宋赢萧，觉得自己的耳朵可能出了毛病，不然宋赢萧怎么会说胡话，还喊她小名。

此时女孩子脸上惊讶的表情太过鲜活和不敢置信，以前的宋赢萧或许不会多想，不会在乎。

他是众星捧月般的存在，从小到大都是所有人目光的焦点，不缺朋友，更不缺爱。

从前和以后，都会有更多的人来爱他，他不用特地去在乎某个人。

可因为面前的女孩子是他欣赏的人，他洞察人心的本事见长。

宁绒仅有的一个表情就已经在预示着这件事的结果。

凉风席卷全身，心情瞬间落到谷底。

宋赢萧扯了扯发冷的嘴角，有些不死心，哑着嗓子再次开口："丝丝，你要是喜……"

喜什么？宁绒疑惑，但诡异地，一个念头落在了她脑子里。

这人今天找她，不会是以为她喜欢他吧？

后面的话因为这小小的拖延，宋赢萧来不及说出口，宁绒看到了从对面走来的班主任正用好奇的眼神看着他们两人。

不想在老师这里惹上什么麻烦事，宁绒抱着书错开一步，抬头蹙眉看着眼前的拦路人，声音平稳而又冷淡："宋同学，麻烦让一下，你挡道了。"

宁绒在学校独来独往习惯了，不会去顾忌任何人的情绪，错身而过时，便没看到身后少年微塌了一些的脊梁和挂在嘴角的苦笑。

陈艳秋见宁绒的表情没什么大问题，心底的狐疑压了下去，进班里转了一圈后，方才的地方已经没了宋赢萧的身影。

不知是何故，她走到隔壁班前门，朝里面看了一眼。

空荡荡的教室里只坐着宋赢萧一个人。

少年正偏头看着窗外的景色，眼神有些放空，浓重的哀伤将他包裹，让人莫名心疼。

傍晚放学，宁绒接到了萧矜的电话，他知道她要去医院，说开车过来捎带她一起。

宁绒趁着还有时间提笔将作业完成，放下笔时，教室里已经没了人。

窗外夜色降临，星星升起，宁绒收拾好桌子后抱着书包离开了教室。

刚出校园，萧矜的电话就打来了，让宁绒再往前走一段，他在前面等她。

宁绒挂断电话，前行几分钟后看到了站在灯光树影下的人。

白衬衫搭配西装黑裤，头上戴着某奢侈品牌的黑色棒球帽，此时正低垂着头站在车旁边，显露的下颌线流畅利落，隐隐还透出几分锋锐。

他偏头看过来时，冷白的肤色在灯光下有些晃眼。

见到来人是自己妹妹，萧矜站直身子，黑眸中带着笑意："还打算接过你的书包，没想到我们丝丝居然没带。"

"嗯，我作业做完了才出来的。"宁绒走上前回答，"也挺巧，正好不会让你在等我的时候想七想八。"

知道自己这妹妹指的是什么，萧矜没好气地揉了揉宁绒的头，笑骂一声："小鬼！"

"我又没说错，你不就是想去见妈妈又拉不下脸嘛，有我当借口，你这台阶不就下了？"宁绒挑起秀眉，直接拆穿了萧矜的心思。

她这哥哥因为和妈妈怄气进了娱乐圈，眼下两人关系还僵持着，平时只敢通过她或者壳壳打探彼此的消息。

萧矜也是怕了宁绒这张不给人面子的嘴，抬手掩饰般地将头顶的帽子扣在宁绒头上，又泄愤似的捏了捏小姑娘的脸，低声在她耳边嘱咐道："去了医院不要拆穿你哥。"

揉着被捏得发疼的脸，宁绒不满地瞪了他一眼，随即目光警惕地看了看周围，发现没人注意到这个声名鹊起的大明星后，松了一口气，赶紧将头上的帽子还给萧矜。

"你保护好自己，当心被粉丝包围。"

居然出来都不戴口罩，生怕别人认不出你吗？

萧矜嘴角扬起笑，将帽子重新戴好，给小姑娘开了后车门。

宁绒上车后，萧矜也准备坐进车后座时，突然察觉一道目光落在了他身上。

他拧眉看过去，就见对面街边一个和自家妹妹穿着同款校服的人转身进了旁边的小商店。

瞧着身形，是个身高腿长、气质颇好的少年。

确认了妈妈安好，宁绒在病房里和妈妈聊了一会儿天后，将空间留给了从进来后就一直没开口的萧矜。

两个别扭的人说话，她这个碍事的就不留下了，总归眼下这情况，两人也闹不出什么大矛盾。

母亲生病，萧矜在医院待了好几天，期间母子两人的关系缓和，季澜双给宁绒打电话时声音里都带着笑，显然心情极好。

宁绒心情也好，不忙的时候在家里做了几道菜，糖醋排骨、清炒时蔬、酸甜土豆丝、红烧茄子、番茄炒蛋和珍珠玉米汤。

味道不错，摆盘也漂亮，做好后，她没忍住对着新出炉的食物拍了照，还罕见地发了个朋友圈，之后才将食物送去给季澜双，给她换换口味。

萧矜有工作离开的那天，宁绒去送他，特地请假将他送到机场。知道哥哥的粉丝肯定有在机场蹲点的，她不想入镜便没进机场大门。萧矜下车后，直接让司机师傅送她去平清中学。

宁绒回到校门口时，突然收到短信提醒，说是班服到了，就在学校保安室。

宁绒过去将衣服数量点好，站起身时，看到了走进来的宋赢萧。

他一副闲散的样子，在看到她时愣怔了一下，然后错开眼，像是不认识的模样，冷淡开口："麻烦借过一下，谢谢。"

保安室不大，宁绒的快递箱横向摆放，正好挡了路，闻言，她挪了步子让开位置。

后面一排的箱子里是高三（103）班的班服，她进来时看到了，宋赢萧是他们班下单的人，过来拿东西并不奇怪。

紧随他进来的还有那个寸头男生，脸上带着的笑在看到宁绒时收敛下来，安静几秒后，寸头男生偏头喊了外面的两个同班男生过来搬东西。

"萧哥，放班服的箱子是哪个？"寸头男生瞅了瞅两个箱子，看到快递单子上的信息，眼神一亮，直接拿出口袋里的钥匙划开箱子的包装胶带，兴奋道，"让我看看咱们班的班服模样，金龙呢，应该还挺帅气的。"

毕竟出自萧哥的手笔，怎么也不会差。

寸头男生正兴奋着，在看到衣服一角露出的橙红色时，心里一咯噔。

他迅速拆开一个包装袋，将衣服抖开，入眼便是几乎将整个胸腔都给占据的一盘菜。

"糖醋排骨？"一个男生看清楚图案后惊叫出声。

宁绒听到声音看过去，便见高三（103）班的班服图案并不是先前宋赢萧给她看的五爪金龙，而是"一盘菜"。

衣服前后加起来是一盘撒着芝麻的菜，又香又馋人，放在白色的盘子里十分显眼。

宁绒瞧着似乎还挺眼熟,又暂时想不起在哪里见过。

宁绒看向同样惊讶的宋赢萧,他似乎也没想到会是这样,睫毛抖动了一下,朝宁绒瞥了眼,掩饰性地低咳一声。

宋赢萧抿着唇,从裤兜里翻出手机看了一遍和商家的聊天记录后,抬眼,目光落在寸头男生手里还举着的班服上,又头疼地移开,淡定地回复:"嗯,我订的就是这个!"

语气肯定,仿佛弄错的是别人。

在场的几个男生纷纷露出一言难尽的表情。

宋赢萧说服自己,偏头看到身边兄弟的样子,眼尾压了压,声音又低又沉,颇有威胁的意味:"你们有什么问题吗?"

寸头男生挠了挠头,将手里的衣服收起来,小声嘀咕:"没问题,就是……看着太有食欲了,也有点俗气。"后面的话在宋赢萧的逼视下声音越来越小。

宁绒看着眼前的一幕,目光从糖醋排骨落到宋赢萧身上,瞧他强撑着挽尊的模样,视线移开,嘴角浅浅上扬,眼睛微微弯了下。

宁绒不知道高三(103)班的学生们是怎么接受自己成为"糖醋排骨"的,总之运动会那天,一大群"糖醋排骨"在大操场亮相,那一块块让人直咽口水的肉直接让正在喝水的校长一下子喷了出来。

高三(103)班的班主任在校长身边笑呵呵地说:"孩子们年轻,脑洞就是比较大,不过能吃是福,也挺吉祥的。"

班主任生拉硬凑地去呼应校长定下的大主题,直到校长移开视线,才心虚地擦了擦额头上的汗。

那次自己班的运动员发挥如何,宁绒记得不太清楚,那时的她站在台阶上看着下方那一个个奋力奔跑的"糖醋排骨"们,耳边全是同学们伴着笑声的加油欢呼。

"加油,糖醋排骨。"

"糖醋排骨永不服输!"

"排骨快跑,后面要吃你们的馋鬼追上来了!"

"肉肉永远是我们心中的神!"

…………

误打误撞的有趣景象,来自宋赢萧的手笔。

宁绒没刻意去找宋赢萧,可偏偏就是很随意地一瞥,就被轻易吸引了目光。

她看见宋赢萧穿着颇为俗气的糖醋排骨班服站在比赛的终点处,很闲散的模样,被人群包围在正中心,目光专注地看着朝他这边而来的班级运动员。

阳光聚焦在他的身上,在一个"糖醋排骨"率先冲破红线夺得第一时,他眉眼舒展开,嘴角不自觉地上提。

是发自内心的笑与欢喜,也是他这个尚且青涩的年纪里该有的意气风发和人生自在。

宁绒忽然觉得这个少年未来会拥有光辉和平坦的人生……

第三章 · 相处

"丁零零……"

吵人的闹钟声响起，宁绒从被子中伸出手关了闹铃，揉着眼睛坐起身，一种突如其来的疲惫感将她包围。

宋赢萧说的信到底是怎么回事？

宁绒拿过床边的手机看了眼，早上七点三十五分，要给壳壳准备早餐了。

宁绒拿着钥匙下楼，买了包子、豆浆和油条回来，家里还有已经煮好的玉米。

两人吃完早餐，带着行李箱出门了。

下楼后，宁绒打了辆出租车前往京海中学。

平清中学后来和另一所学校合并了，改名为京海中学。

到了目的地，宁绒一下车就看到昨晚梦中出现的那个保安室，恍惚了一瞬。

除了旁边的学校大门看起来稍显老旧，这里和以前相比并没有多大变化。

两人验证了身份后被保安放进了学校，贝苒好奇地左右看了看。

宁绒高中时，贝苒来过这里两次，对教务处的位置有个大概印象。贝苒和宁绒在教导主任那里办了其他手续，得知自己被分配到了高三（401）班。

"姐，你高三时是（104）班吧？"贝苒晃了晃自己手中新鲜出炉的校园卡，笑着问。

宁绒点头，看到贝苒的班级，感叹了一声："还挺巧的。"

"可不是，就是班级顺序变了，数字一点都没变。"

听到姐妹两人的对话，教导主任意外地看了宁绒一眼，还不忘嘱咐："贝同学在这里稍等一会儿，之后你的班主任老师会过来带你进班。"

贝苒点头:"好。"

半个小时后。

"王主任,贝同学来了吗?"

门口传来人声,宁绒偏头看过去,见到了昨晚出现在她梦中的人。

陈老师相比几年前苍老了些,眼角也出现了皱纹,精神头瞧着倒是不错。

"来了,陈老师,你带学生入班吧。"教导主任还有事,看到接手的人过来,拿了些东西转身离开。

陈艳秋第一时间没注意到贝苒,倒是突然出现在这里的宁绒让她有些惊讶。

几年不见,这孩子更漂亮了,水灵灵的模样,瞧着就让人觉得欢喜。

"陈老师。"宁绒率先打招呼。

"好,老师还以为以后只能在电视上见你了。"陈艳秋脸上带着笑。

宁绒有些不好意思,也知道自己之前被季澜双要求简单客串的一部电视剧被陈老师看到了。

当时,她还因外貌小火了一把,如今已经很少有人还记得她。

陈艳秋简单问了问宁绒这些年的生活,知道她在 A 大任职后,很替她高兴,也惊讶新学生是宁绒的表妹,直呼缘分。

贝苒笑着同陈艳秋自我介绍后,便被她领去了宿舍。

宁绒陪着贝苒,将她的东西整理好才离开。

回去的路上,宁绒突然想到没给贝苒留药,下车后直接去了附近的小诊所。

刚进门,宁绒就遇到了也在这里买药的宋赢萧,两人几乎同时看到彼此。

"宁老师是来这里买药?"宋赢萧很平淡地打招呼。

"嗯。"她应声,看起来莫名乖巧。

宁绒走过去拿药付钱,离开小诊所时,身边是同样走出来的宋赢萧。他修长好看的手指上挂着叠放在一起的中药包,跟在宁绒身侧也不说话,黑眸直视前方。

两人距离很近,宁绒不知道和这个老同学聊什么,出于礼貌,又不能什么都不说,眼神几次看过去。

最后,还是宋赢萧被她那如有小钩子似的眼神看得心里酥麻,他喉结滚了滚,偏头,忍不住问出声:"宁老师在看什么?"

被发现偷看后，轻微的尴尬感袭上面颊，宁绒扯了扯唇，一时不知道该说什么。总不能说在想两人该聊什么话题才会不冷场吧？说出来只会更尴尬。

正这般想着，宁绒突然注意到宋赢萧跟着自己进了小区大门，站在了她家所在的那栋楼下。

发现问题，宁绒偏头看着身边的人，双眸透亮，皱眉质问出声："你明目张胆地跟踪我？"

诬陷她暗恋他就罢了，青天白日的，这人总不会还要"碰瓷"吧！

宋赢萧明白宁绒话中的未尽之意，拿出口袋里的钥匙在宁绒面前晃了晃，一连串钥匙撞在一起发出属于金属的清脆响声。

他眼神凝着面前的人，似笑非笑，还带着些微自嘲，问："宁老师，我就不能也住这里吗？"

宁绒一怔，她没想到会是这个结果，垂眸，为自己方才的想法道歉。

"抱歉。那你请。"

"一起。"宋赢萧呼出一口气，将微带涩意的视线从宁绒身上移开。

电梯关门的时候，宋赢萧先按下自己的楼层，又准备去按另一个时，想起什么，手上动作顿了下，回头看着宁绒："宁老师在几楼？"

"十六楼。"宁绒看到宋赢萧按下的十七楼，心里暗道两人住得还挺近。

宋赢萧按下宁绒所在的楼层后，电梯关门。

倏地，宋赢萧的手机铃声响起，是一段没有字词的旋律，还挺好听。

宋赢萧拿出手机看了眼上面的来电人，眉峰轻挑，指尖点下绿键，电话接通。

"萧哥，你现在好点了没？"是一个男人的声音，有些咋呼。

"嗯，什么事？"宋赢萧声线冷淡，余光中是宁绒看着电梯楼层数的侧影。

"就是看到一消息，你偶像要退圈了，这最后一次演唱会你要不要去看？"电话那头的人自己嘀咕起来，"之前你都能买到票，这次兄弟也想去现场看看演唱会，你还能弄到票吗？"

电梯，一个极其封闭的空间，即便宋赢萧的手机没有按下免提，话筒里的声音还是清楚地传到了宁绒的耳朵里。

她偏头，好奇且惊诧地看着身边人，心里不敢相信宋赢萧这人居然追星。

追的还是她哥!

也不知道她哥是否知道!

宁绒此时困惑且惊诧的目光在一般人看来可能笑笑就应对过去了,但宋赢萧不能。

在他眼里,宁绒的目光像是一把劈开过往岁月的刀,让他觉得她似乎知道了自己深藏多年的隐秘心思。

在找不到她的那些年里,他的追寻和难过,似乎就要在她眼前赤裸裸地铺展开。

如今,他们身处同一栋楼,挨得这么近,自己在毫无所知且无所触动的她面前一败涂地。

他只能通过这些边缘方法去给自己找安慰,企图得到她的消息,或者照面。

宋赢萧抿着唇,突然极其怜悯过去的自己!

此时此刻,在宁绒过于清澈的目光里,宋赢萧努力控制着自己的表情,身体却还是不受控制地在瞬间变得僵硬。

他捏着手机的手发紧,指节处因为紧绷而发白。

手机那边的人不知道宋赢萧的脸已经沉了下来,还在继续说:"萧哥,我在网上看了一圈,好像黄牛也弄不到你偶像的演唱会门票。"

"所以呢?"宋赢萧几乎是用气音说话。

那边呵呵一笑:"所以,萧哥你这七八年的老粉丝,门路那么广,这次就帮帮兄弟呗,兄弟也算是给你偶像花钱,不亏!"

在宁绒越发怪异的目光下,宋赢萧额角青筋直跳,目光移至电梯的楼层数。

上升的红色箭头下,是一个明晃晃的数字"10"。

第一次,他想要赶紧逃离宁绒身边。

或者,他就不该接起这通电话。

可他不能在她面前失态,更不能失了修养,像过去那样任意妄为,只能压着声音,一字一句,咬牙切齿地回道:"到时候再说吧。"

"那行,那萧哥你可别忘了! 还有,身体抵抗力不好以后就少喝酒,那种劣质酒是你这娇贵身子能碰的? 到头来受罪的还不是你自己,你以为你还是几年前的你啊,夜宿北风中都不会生病的。"

"嗯。"

那边得到回复,终于结束话头挂了电话。

宋赢萧刚松一口气,宁绒便问:"宋赢萧,你喜欢萧矜?"

宋赢萧一阵沉默。

宁绒对于方才对他的质问感到愧疚，眼下有了弥补机会，直接道："我能买到萧矜演唱会的门票，到时候送你一张，算是对我无礼的道歉。"

数万人难以争抢到的门票她却说得轻飘飘的，并不是什么大难题？

但……

宋赢萧的目光从宁绒说话的唇落到她的眼，面前的姑娘眼神清澈，歉意明显，确实是在弥补他。

她像以前一样不愿意亏欠任何人，却没提昨天在超市的事，像是忘记了，也像是那一盒酸奶被她拿走，算是接受了他的歉意，所以这件事情便过去了。

只是……

她这种真心实意的道歉，像是细密的钢针扎在了他心里，引起一阵阵的疼。

就那么容易吗？

这么多年过去，她和萧矜的关系依然那么好吗？

这些年一直蒙在宋赢萧心上的阴影被主人公侧面证实，他把那些问不出来，也没资格问出来的话咽了回去。

心口泛上苦涩，电梯门打开，宁绒在出电梯前听到了男人很轻的一句话："好。"

A大是一所综合类的学校，美术系只占其中的一部分。宁绒早上上班后，就见到了郝主任提到的张老师。

张寒，新一级国画班的班导，和她一起带这级新生，是个斯文俊秀的人，话不多。

学校早就分配好了美术系的报名点，宁绒拿着报名表和张寒一起过去，路上两人客套地介绍了自己，张寒又简单说了说工作上的细致安排。

"油画班和雕塑班的招生介绍传单上有，学生如果还对这两门学科有问题的，宁老师可以补充吗？"张寒询问，也是担心到时候自己忙不过来。

宁绒点头，态度礼貌而疏离："大学舍友里有这两门学科的学生，所以了解一点。"

"那便好。"

宁绒第一天的班级招生很顺利，不过，因为她的颜值，大多数同学总会下意识地倾向于她所教授的版画班，即便他们很少去了解，甚至有的还没听过这个画种,也毫不犹豫地报了名。

宁绒看了眼张寒手中还没填满的报名表,同自己的三张对比了一下,微微汗颜。

版画班的同学太多,估计后续会依照成绩高低进行调剂。

她又看了眼名单上的名字,大部分都是女孩名字,男生并不多。

宁绒记得当时教授版画的老师说过,版画这个画种,和雕塑一样,是比较适合男孩子的科目。

版画要用到手臂力气,不像国画和油画几乎适合所有学生。

下午五点半报名快结束时,宁绒和张寒对比了下他们绘画专业的学生名单,发现还有一个没来。

宁绒打电话去询问,挂断电话没多久,宁绒面前就来了一个比较眼熟的姑娘,小姑娘和母亲一起过来的。

小姑娘和宁绒住在同一栋楼里,坐电梯时还曾主动和宁绒打过招呼,挺有礼貌的。

本来依着宁绒的性子大概记不得她,但那一次马路意外的记忆太过深刻,小姑娘被撞得腿骨骨折,另一侧的宁绒险险避过后,看到这个孩子赶紧将她送到了医院。

意外来得太突然,若非有一个见义勇为的英雄开车挡住了疯车的再一次攻击,宁绒也会命悬一线。

"姐姐,你是美术系的老师吗?"小姑娘眼神亮晶晶地看着宁绒,很意外在这里看到她。

宁绒笑着点头,目光瞥见女孩子的母亲:"您好。"

这位母亲态度还挺热络,话也多,在了解了美术分类后,又谈起了那次意外事故来拉近关系。

"当时要不是宁老师你送淼淼去医院,这孩子还不知道要受多少罪呢!"这位妈妈一脸的心疼,又庆幸,"好在那肇事者给的赔偿款已经到位了,判决也下来了,给了那些无辜的人一个交代。"

宁绒点头,她也没想到就是一个平常日子,在斑马线的绿灯亮起后过马路也会出现这种意外,当真惊险又让人后怕。

等母女二人离开,在旁边听完全程的张寒好奇地问:"宁老师,你们口中的那场意外,是三年前发生在 A 大附近的事情吗?"

宁绒点头:"张老师也听说过那次的事?"

张寒移开眼,让自己不去看这张过于漂亮的脸,淡定地道:"我那时还没来 A 大,不过看过新闻。"

当时死了好几个人，事情闹得挺大，还上了社会新闻，所以张寒知晓并不奇怪。

这不是个很好的话题，两人都没继续往下谈。

宁绒看了眼手机，快下午六点了，该下班了。

收拾东西离开前，张寒注意到了站在不远处的宋医生，在他看过去后，宋医生却转身离开了。

宁绒第二天来到教室没多久，陆陆续续就有学生进来。看到宁绒，大家一个个欢喜着打招呼，有些大胆的女孩子还对着宁绒的美貌直接称赞。

赞美声中，有一道声音尤其突出："老师，我觉得……嗯，你有点像季影后有部古装剧里的那个小公主。"再细看一眼，"真的好像啊。"

终于，这群外向的学生中有人发现了这个问题。

宁绒猜到可能会暴露，但没想到会暴露得这么早，现在的孩子啊，眼睛也太尖了。

电视剧剧集播完后都会有演员表呈现出来，宁绒的名字还挂在那部剧的上面，眼下学生问了她便没否认，直接点了头。

她这个动作引得班里学生又是一阵欢呼。

宁绒见学生来得差不多了，便让他们安静下来，自个儿找位子坐下，她则撑起老师的威严开始说事情——学生们须趁着这几天的工夫在网上购买版画专用的刻刀、纸张、围裙、八开版画专用木板和油墨等东西。

所有事情有序安排好后，宁绒看了眼手机，本意是看时间的，结果有个学生笑着问："老师，您也在看学校论坛吗？"

宁绒抬头，说话的是班里唯一的男同学，他游走在众多的女生中也没觉得不自在，反而凭借男生身份得了个班长的职位，颇有点团宠的意思。

"没，老师没看。"宁绒回答。

"那老师是不是没看见您和宋医生的帖子已经在论坛里盖了一栋楼了？"身边有个女孩子接话，颇为佩服地看着宁绒，"老师，我到现在都不敢和暗恋对象说一句话。"

宁绒微微发窘。

"老师，我们都给您在论坛里打听清楚了，宋医生单身多年，做事认真负责，是个可以放心结婚的人选。"班长笑眯眯道，因为吃自己老师的瓜，嘴巴都快咧到耳后了。

"对对，听说宋医生性子温和又有善心，资助了不少贫困学子呢，是个大好人。"另一个学生接话，一脸"老师你真是赚大了"的表情。

宁绒更窘了。

宁绒拿这群喜欢吃瓜的学生没办法，在心里又给宋赢萧记了一笔，等找到机会她说什么都要讨回来。

下午学生们要去军训，班级里暂时没什么事，宁绒趁机去了趟京海中学，给贝莳送了药品，又匆匆赶回 A 大。

下午六点下班后，宁绒没走南门，拐过图书馆去操场那边看了一眼。

军绿色的军训服已经发到每个学生的手里，宁绒站在操场绿网前，隔着绿网看到了里面那一个个如小白杨一样挺拔的军姿。

宁绒待了几分钟，离开的时候瞥了一眼地理位置选得很好，位于操场上方的校医院。

白墙灰瓦，三层楼高，宋赢萧就在里面当学校特聘的心理医生。

"叮——"

宁绒收到了来自快递员的短信，让她去小区楼下签收她的电动车。

宁绒签收完快递后，拆开了大箱子，看着没安装的电动车，有些犯愁这东西要怎么弄。

瞧了眼快黑的天色，没办法将车丢下不管，宁绒犹豫半晌，硬着头皮就着说明书开始操作。

时间慢慢过去，夜幕降临，星星挂在天空。

小区的路灯并不明亮，宁绒就着微弱的灯光将脚蹬勉强安装好后，正看着说明书分配着手中的螺丝应该安装的地方，倏地，面前出现了一道明亮的光束。

随之响起一道她颇为耳熟的声音。

"这么暗的环境，宁老师这是准备摸黑干活？"

宋赢萧从夜色里走过来，捏着手机，让手机的电筒光线落在宁绒身边崭新的车子上。

"嗯。"宁绒瞥了眼来人，淡声回复。

眼下有人给她提供光线，宁绒趁着机会将螺丝分配好，把要用的捏在手里，然后固定车头，在小洞处镶入螺丝。

两个螺丝都放进去后，宁绒担心车头重量会将没固定的螺丝带走，偏偏自己还要拿"L"形架去拧紧螺丝，没办法一直扶着。

瞧见身边正直挺挺站着，专注看她安装的某人，她心念一动，开口请求道:"宋赢萧,要不你帮我扶一下车头?"

宋赢萧站定不动,黑眸聚着光,偏头玩味道:"宁老师蹭完我的光,还要蹭我的人?"

宁绒确实不会占别人便宜,不过,想起之前那事,薄薄的怒气浮上心头,当下便道:"宋医生的一盒酸奶赔礼是不是有点轻?"

有了底气,宁绒站直身子,不爽地看着面前的男人。这人后来所承诺的酸奶大礼包两天了还没兑现,像个言而无信的小人一样。

宋赢萧眉目惊讶:"没想到宁老师还挺……"记仇的。

在宁绒清亮的目光下,他到嘴边的话一转,成了"会用人"三个字。

宋赢萧没立即答应宁绒的要求,而是将光束转动照到地面,给宁绒看了眼他的手机页面。

手机页面上是他给宁绒选购的黄桃芝士味酸奶,三十大箱,目前正在配送途中。

这并不是她最后拿走的那个品牌的酸奶,而是她常喝的且喜欢的牌子。

挑得很准。

"所以……"宋赢萧似笑非笑地看着绷着脸的宁绒,"我能走了吗?"

一开始觉得自己有理的宁绒轻咬了下唇,气势弱了下来,声音很低:"我又没拦着你。"

"也是。"宋赢萧挥手告别,手机光束晃动,还幸灾乐祸地来了一句,"宁老师加油。"

宁绒转过身,不准备再搭理这个讨厌的男人。

只是,她以为的光束并没有消失。

片刻后,宁绒又转过身子看着站在原地的宋赢萧,问:"你怎么还不走?"

"回家挺无聊的。"宋赢萧一副"所以我现在很闲,要不你求我一下,我就考虑考虑帮你一把"的表情。

宁绒看得心烦,转过身不理他,意思很明显,不求。

像是妥协般,宋赢萧吐出一口气,将手机塞到宁绒手里,拿起另一边固定螺丝的工具,低声道:"宁绒,把灯打好。"

宁绒愣愣地拿着突然被塞到手里的手机,很是不解,这人怎么反复无常的?

还有,她是想要这人帮她,但也只需要他站在旁边帮忙打灯,剩下的她自己来。而不是眼下这样,他接过她手里的活,亲自动手。

"那个，"宁绒试着开口，"我自己……"

她话还没说完，就被宋赢萧的声音打断："灯照一下这里。"

宁绒将话憋回去，灯光打近，方便宋赢萧看得更清楚。

两人的距离因为宁绒的动作而拉近，她看着脑袋低垂、露出修长脖颈、认真干活的男人，淡淡的中药味从他身上传至她的鼻尖。

宁绒想起昨天在电梯里听到的那通电话，犹豫地问道："你身体不好吗？"

宋赢萧抬起头，漆黑的目光落在宁绒身上，静看了半晌，眸中晦涩的情绪一闪而逝，最后化为很气人的一抹笑。

"这活还没做完呢，宁老师就开始嫌弃我身体不好了？"男人声线低沉。

两人的目光在空中交汇，眼中皆是对方。

宁绒有瞬间的不自在，尴尬地垂眸："没有，我没嫌弃你。"

见她服软，宋赢萧睫毛抖了一下，低咳一声，偏头，继续手上的动作。

"这些年，感觉你变了很多。"宁绒突然有感而发。

宋赢萧将车头显示表固定好，"嗯"了一声。

这点他没否认。

"年少轻狂，不知进退，现在也该收敛点了。"他说得还挺意味深长的。

宁绒没听出来，以为他说的是他那时候的处事态度，回道："那时候的你也没那么不好。"

"不知进退"这个词用得太残忍了。

宋赢萧勾唇，因为宁绒的这句话，心情莫名变好了："承蒙宁老师看得起，还记得那时候的我？"

宁绒点头："有印象，而且，谁敢不记得你？"

那时候的宋赢萧活得潇洒肆意，操场和领奖台这两个最热闹的地方，他从不缺席。

宋赢萧停下动作，站直身子挑了下眉，直接拆穿宁绒："三天前的你就敢。"

宁绒无语，失误了。

她的脸颊被这句话堵得微红，好在宋赢萧没紧抓这点不放。车子安装好后，他又给她放到了小区的电动车停车位。

宁绒拿着巨大的包装箱子在后面跟着，两人谁也没说话，气氛安静，只余下箱子在地面拉扯的噪声。

回去的时候，宋赢萧一连打了三个喷嚏。宁绒觉得自己该关心一下，提醒道:"你回家记得煮点姜茶喝,驱寒。"

宋赢萧"嗯"了一声。

两人在电梯里分别。

宁绒回家后随便吃了点东西,坐在沙发上看剧的时候突然想到学校的论坛,拿出手机点进去,很轻易就找到了学生说的那个帖子。

那个帖子高挂在论坛前几排,有三千多条发言,这数字让宁绒睫毛颤了下。

她点进去,入眼便是——

△惊,追宋医生的学校老师竟是多年暗恋,追寻至此!

忽视掉那让人尴尬到脚趾抓地的话,宁绒指尖往下滑,看到了当时学生偷拍的几张图片。

画面中,她目光愣愣地看着宋赢萧,像个痴女一样,不管哪个角度,都能看到她对宋赢萧的"深情凝视"。

宁绒深吸一口气,翻到最后,看见她之前演过戏的经历都给扒了出来,还有当时那个一身红色戎装的骑马剧照。

她将手机丢到一边,眼不见心不烦,操控遥控器在电视上选了部常看的电视剧播放,试图疏解心情。

宁绒不确定自己能不能掌控好电动车,第二天早上提前了半个多小时出门,防止路上出什么状况。

她下楼后找到车子,将钥匙插进钥匙孔,骑上电动车后慢慢扭动手柄加速,速度不快,在感觉能适应后一路小心地开出小区。

然后,宁绒视野中出现了一个人。

那人身高腿长,脊背挺阔,穿着一身休闲装,正不急不缓地朝前走,中间还伴随着轻微的打喷嚏声。

是宋赢萧。

遇到熟人,宁绒在犹豫着要不要打招呼时,车子已经带着她路过了宋赢萧身边。慢慢行出一段距离,她却还能听到来自身后的声音。

昨晚,宋赢萧帮了自己,宁绒做不到像白眼狼一样不理睬,纠结之时手指比脑子快,刹住车停了下来。

宁绒回头,望着目光疑惑地看着她的宋赢萧,缓缓问道:"你,走路上班吗?"

宋赢萧走到宁绒身边,拳头抵唇轻咳了下,隔着口罩闷声道:"距离不远,没必要开车。"

确实,小车没必要,不过有辆电动车会方便很多。

"你要是身体不舒服,今天可以请假。"宁绒看着依旧精神不济的男人,蹙眉提议,"身体比工作重要。"

而且,你一个大集团的太子爷,根本不缺这点上班工资好吧!

宋赢萧没接这话,眸光打量着说教的宁绒,担心地问:"车子骑起来有没有觉得不适应?"

"还行,不难骑。"想到这位昨天的帮忙,宁绒犹豫两秒后大方地拍了拍车后座,"要坐吗?我送你去学校。"

就当是报答了。

宋赢萧还挺意外宁绒会主动载他,她自己开起来都小心翼翼的,居然有胆子邀请他一起。

宋赢萧手指扶住车头,提议:"要不我带你?"

宁绒望着面前的人,明眸映着光,清澈又透亮,这是嫌弃她车技不好?

宋赢萧又压着嗓音低咳了下,喊她名字,无奈道:"宁绒,你觉得我一个大男人让你载着坐在车后座像话吗?"

宁绒明白了,宋赢萧这是在意自己的形象,毕竟在学校这地方,他这个大名人要是有什么动静,事情很快便会在论坛上传播开。

想到此,宁绒有些后悔方才的提议,她是不是就该狠狠心,当作看不见,不管这人直接走?

真是怕了那群孩子们的吃瓜能力了。

眼下也不能再反悔,宁绒没办法,下车让了位子。

宋赢萧顺势占据了宁绒之前的位置,等宁绒坐好后,发动车子。

宁绒身体惯性后仰,让她很没安全感,踌躇了一下,她用手指虚虚抓着身前男人的衣服。

同时,宁绒已经能预想到,关于她和宋赢萧那层楼的帖子又会刷多高。

车子先停在宋赢萧工作的地点,宁绒离开前,他表情严肃地说:"宁绒,晚上有时间的话,我带你练练车,校园里来往的车比较多,你骑车技术不熟练容易撞到学生。"

这是……晚上让她来接他的意思?

宁绒警惕心升起,细细观察宋赢萧的表情:"你为什么帮我?"她深信这世上没有无缘无故的好。

"老同学遇见后有事帮一把不是很正常吗?"宋赢萧轻咳一声,神态自然地反问宁绒。

"宁老师在想什么?"他目光坦荡地打量着宁绒。

"好。"宁绒没看出什么,忽略了宋赢萧的疑问,放心应下,"那我下班来找你。"

傍晚下班,宁绒开着小电动车离开时,看到站在台阶上笑眯眯看着她的郝主任,有些不自在。

她不确定宋赢萧的这位表叔是否看到了论坛上的内容,也不好问,只能礼貌性地说了句:"郝主任,我先下班了。"

"好,宁老师路上小心。"郝明城捧着保温杯笑呵呵道。

到操场时,学生们的军训还没结束,宁绒骑着小电动车,在新生的各色目光中,忍着尴尬骑车到了校医院楼下。

宋赢萧刚好走出大门,和宁绒对上视线,嘴角噙着笑:"还挺巧。"

宁绒被学生注目得已经没了表情,将车子转过去:"我们在小区附近学吧。"

到达小区门口,宋赢萧两脚支地,回头,露出棱角分明的五官,笑着问:"附近有个小缓坡,要不要去试试?这次换你载我。"

宁绒没犹豫:"好。"

话是这么说,宁绒到底没载过人,宋赢萧身高腿长,一个大男人,重量并不轻。她驱动车子的时候总有一种控制不住车头的感觉,感觉有点飘,导致她开车的时候脊背绷紧,手指会很用力地捏着车把,害怕偏离方向。

"放心往前开,我在后面,保证车子不会侧翻。"男人戴上了口罩,声音微哑,但很有安全感。

为了缓解她的紧张,宋赢萧还放了歌,是最近很流行的《想见你想见你想见你》。

曲调悠扬的歌声中,宁绒逐渐放松下来,载着宋赢萧上了前面的小缓坡,然后一路朝前开去。

耳边伴着男人低低淡淡的提醒声,两人被车子载着路过热闹的街市,穿过熙熙攘攘的人潮,在一个大拐弯后到了小吃街入口。

车子停住,宁绒看着里面已经亮起的灯火和铺天盖地的烟火气,问:"你要不要吃点东西?"

"我请,算是感谢你舍命陪君子。"

毕竟他生着病还出来陪她,她愿意出点血。

宋赢萧下车，朝里面瞧了一眼，语气懒散而直接："好。"

"不过可能要宁老师大出血了，不然显得我这条命还挺廉价。"他笑着说。

"那你等我一下。"宁绒找了个地方将车子停好。

这地方她来得不多，当初学业很忙，她在这边住得少，后来毕业了忙于工作上的考试，几乎闷头在家。

眼下得了空闲，又正好过来，不进去体会体会人间烟火还真说不过去。

宁绒吃东西不挑，考虑到宋赢萧的身体，先问了他忌口的，又避开辛辣麻香和油腻的吃食，最后两人站在馄饨摊前。

宁绒扯了下唇，看着身边显然也陷入沉思的男人，没忍住笑了下，安慰道："也不是只有小馄饨，包子也是可以的。

"而且我们还没走过一半，其他的地方还有煎饼馃子、烤冷面、生煎、臭豆腐、牛肉饼、寿司、糍粑、飞饼，还有比较垫肚子的重庆小面、牛肉面和六虾面，你能吃的也不少。"

最后，她又补充一句："不是我舍不得花钱，主要是你现在吃着中药，确定要大鱼大肉？"

宋赢萧沉默了几秒，最后也不知道是不是置气，怕饭菜配不上他这条命，选了个最贵的"六虾面"，虽然明知自己现在最好也别吃虾。

244元一碗。

相比那些大餐厅里的食物，这碗面真心不怎么贵。

宁绒带着宋赢萧去附近卖六虾面的小餐馆，价格缘故，顾客并不多，里面只稀稀拉拉坐着两三个人。

宁绒和老板报了两碗面，带着宋赢萧在门口的位置坐下，刚拉开椅子，手臂便被人攥住。

宁绒一惊，回过头。

"别坐在门口。"宋赢萧说，"人来人往，不太安全。"

选好一个比较适合的位置后，宋赢萧立即松开手，动作极其自然。

手腕处来自宋赢萧手指的冰凉感让宁绒有些不适应，她蹙了蹙眉，但最后也没说什么。

老板很快将六虾面端了过来。

面条鲜味很足，量不算多，宁绒正好能吃饱，宋赢萧就不一定了。

宁绒提议让老板再给上一碗，宋赢萧拒绝了，他觉得腻。

两人吃完，宁绒去结账，路过小吃摊又买了煎饼馃子。

骑车回去时，宁绒又继续练了几圈，车速慢慢升上来，中间她突然开口问："你手机里怎么会有这么轻快的歌？"
　　她在说方才的事。
　　"怎么了？"
　　"就是觉得，能被你看上的歌，应该是偏摇滚一点的风格，节奏上也应该是偏重一点的。"
　　宋赢萧笑了："宁绒，你是不是对我有什么误解？"
　　宁绒偏头看了他一眼，等他后面的话。
　　宋赢萧语气慢悠悠的，语不惊人死不休："我音乐收藏单里还有《山路十八弯》《葫芦娃》《蜗牛与黄鹂鸟》和《精忠报国》，你要不要听？"
　　被宁绒控制得极好的车头突然扭了一下，车子回到正轨后，宁绒惊颤的心稳下来，心有余悸地道："没想到你还挺念旧。"
　　这四首歌放在宋赢萧身上，她也就能接受最后一首。
　　"自然。"
　　剩下的路程，宁绒明显感觉到宋赢萧相比来时略微暴躁了些。
　　两人坐上电梯后，这人的脸色依旧不怎么好看。
　　宁绒眨了眨眼，关心道："你怎么了？身体不舒服吗？"
　　不会是吃面吃的吧？这人真这么娇贵吗？
　　"244。"宋赢萧声音凉凉的，"宁绒，我突然想起来，我这条命就值244！"
　　这也太廉价了！
　　主要是之前的话都顺口说了，结果现实狠狠给了他一巴掌，就……还挺没面子的。
　　宁绒没忍住笑，眉眼都弯了起来："那要吗？"
　　看了眼自己手中的煎饼馃子，宁绒将其送到宋赢萧面前："这个也给你。"眼神还挺舍不得的。
　　宋赢萧下意识接过东西，在电梯门打开时，听到宁绒坏心的一句话："这个花了6块钱，拿着吧。"
　　也能给你的命增增值。
　　明白宁绒话中未尽之意的宋赢萧，眼皮不受控制地一跳。
　　所以他的命是250块钱就能买走的？
　　还是很廉价！
　　失笑一声，宋赢萧出了电梯，开门回家。
　　这姑娘居然学会逗他了，还挺有进步的！

035

他心情莫名变好，抬手按下灯光开关，室内瞬间明亮起来。

换了鞋后，宋赢萧将口罩摘下，眼睛瞥到一边迈着猫步过来找他的小猫，将手里尚且温热的煎饼馃子放在一旁的桌子上，然后蹲下身子，莹白的指尖从猫咪浓密干净的毛发里穿过，低声问："冰糖是饿了吗？"

小布偶蹭了蹭宋赢萧的掌心，"喵喵"两声叫得又奶又亲热。

"不饿吗？"宋赢萧抱起冰糖去墙边看了看它的猫饭盆，里面还余下一点猫粮，水也剩下一半。

看来不是饿了。

他放了心，随手将冰糖放到猫爬架上让它自己去玩，然后进厨房熬煮中药。

喝酒伤胃，他之前沾了点，回来后胃里不舒服，吃什么都觉得反胃，这几天对食物的要求急速下降，也就喝了中药后到今天才好点。

所以，他没让宁绒上第二碗面，他吃不下，怕真吐了就丢人了。

第四章 · 酸奶

打开抽油烟机,宋赢萧将泡了一天的中药材放进小砂锅里,开小火慢慢熬煮。

他出了厨房,瞧见冰糖趴在沙发上,两只毛茸茸的小脚搭在沙发边,像以往一样,正认认真真地看着电视剧。

瞧见宋赢萧出来,冰糖乖乖地"喵"了一声,湛蓝的眼睛剔透如星海,漂亮又璀璨。

"母后,张嬷嬷说你找我?"

电视里有声音传来,是属于少女的很欢快的语调,透着几分不谙世事的天真。

宋赢萧看到这个手持马鞭、一身红色骑马装、异族人打扮的小公主,奔到上首身穿凤袍的皇后身边,模样娇嗔,眼睛又大又亮。

画面拉近,宋赢萧还能看到小公主眼中的期盼和光彩,他几乎和小公主同步开口。

"你可是想我了?"

"你可是想我了?"

"是啊,母后想看看你这个小调皮鬼又去哪儿疯玩了,是不是已经忘记你还有一个母后在宫里等你?"皇后用手轻点了点小公主的脑袋,声音温柔带笑,眼中是万分疼爱。

"女儿哪有疯玩,不过是和那些番邦的公子小姐出去赛马了而已,不然那些人总觉得我们皇族儿女娇气!"小公主拉着皇后的衣袖撒娇反驳,表情生动,还挺不服气的。

说着,她放开皇后的手,展开手臂旋转一圈,身上艳色的裙摆在空中划出漂亮的弧度,万分灼人眼球。

小公主嘴角上扬,弯着眼笑问:"母后,女儿今天的装扮漂亮吗?"

小公主活泼外向,爱撒娇,也爱美,是和现实中的宁绒完全相反的性格。

宋赢萧看着电视里的小公主，眼中染上笑。

即便知道这只是演的，但至少，他看到了宁绒的另一种模样。

也算是她不在身边的那些年里，他所得到的，来自她的最大礼物。

让他能够慢慢等，等着和她的再次见面。

而如今，他等到了，也站在了她的面前。

两集过后，电视剧大结局，宋赢萧吃完带回来的煎饼馃子，去厨房关火，倒药。

浓烈的中药味刺激着鼻腔和喉管，宋赢萧没忍住喉中的痒意，偏头，拳头抵唇轻咳了声。

他将滚烫的药暂时放在一边，去浴室简单洗漱后，药的温度降得刚刚好，他闭眼一口闷了下去。

之后几天，宁绒都没怎么碰到宋赢萧，偶然一次碰见也是下班快到家的时候，瞧着他气色还不错，宁绒主动打了个招呼，然后去找车位停车。她返回后，他已经上了十七楼。

两人的状态就这么持续了一个星期，直到周五放假的时候，宁绒从自己办公室出来，看到了从郝主任办公室出来的宋赢萧。

"嗯，那我先走了。"宋赢萧同里面的人告别，声音温和平缓。

转过身时，他与宁绒四目相对，俊脸微愣。

宁绒知道这人和郝主任的亲戚关系，倒是没问他怎么会来这里。

结果，宋赢萧却先来了一句："一起回去吧，正好赔给宁老师的酸奶历经波折送到了。"

这人不说，宁绒自己都快忘记这事了，于是点头："那一起。"

宋赢萧载着宁绒直接从学校南门出去，回到小区大门口时，看到了等在楼下的快递小哥。

快递小哥脚边堆了整整两排，看着都觉很重的黄桃芝士味酸奶。

宋赢萧去停车，留给宁绒一句"帮我签收"。

宁绒接过快递小哥的笔，签上宋赢萧的大名，小哥拍照收录后好心提醒："这些酸奶如果不售卖的话，你们可要早点喝完，不然容易过期。"

宁绒颔首。

宋赢萧回来瞥了眼地上的酸奶堆，沉吟片刻，说道："我上去拿四轮推车下来，应该能一次性搬上去。"

宁绒点头。

宋赢萧转身上楼。

这时，宁绒口袋里的手机响了，她掏出手机，来电人显示是壳壳。

宁绒刚接起就传来了贝苒的声音："丝丝姐，你下班回家了吗？"

"不算到家，你现在在哪里？没在家吗？"贝苒今天放假，回来得会比她早些，她记着这事呢。

"嗯，在街上买了点学习用的资料书，现在刚到……"看到站在楼下的宁绒，贝苒脸上挂起笑，灿烂又明亮，"丝丝姐，我看到你了。"

说完，贝苒就挂断电话，背着书包朝着宁绒跑去，站定在宁绒身边时看到了一旁的酸奶堆，惊讶地问："姐，这都是你买的？"

"也……算是吧。"反正这东西最后都要进她家。

"买这么多，你这是要把酸奶当饭吃啊！"贝苒惊呼，说着低头看了眼酸奶背面的生产日期和保质日期。

"只有一个月的保质期，姐，你能吃完吗？"

宁绒倒是没考虑过这个问题，不过——

"这不是还有你吗？"

"我也解决不了多少啊。"

说着想起什么，贝苒看着宁绒嘿嘿一笑，唇边的小酒窝陷了进去，像一只偷吃到糖果的小猫一样，迫不及待地拿出手机放在宁绒眼前，点进某个页面。

一张宁绒"深情凝望"宋赢萧的图片出现在宁绒眼前。

贝苒指尖划过屏幕，还有宋赢萧骑车载着宁绒的画面，背景是空旷的蓝天白云，也不知道谁拍的，还挺唯美。

"丝丝姐，快说，这男人是不是让你心动的人？这长得也太正了吧！"贝苒一副八卦的表情，眼中的兴味几乎要溢出来。

不等宁绒回答，她又激动地道："肯定是对不对？不然你也不会允许别人载你，还不止一次！"

宁绒无语，刚准备解释就见小姑娘咬唇笑了下，唇边酒窝加深，眸色水润。贝苒说："姐，我和你一样，可能也遇到了让我很欣赏的人。"

宁绒眯眼，觉得这话她要选择性听一些，知道壳壳对她没什么防备心，趁机赶紧问道："是谁？你高三的同学吗？"

"对，挺酷的一个人，特别帅。"

"因为颜值，所以欣赏？"宁绒瞧着小姑娘的脸红的样子，轻笑了下，没忍住又问，"人家就没有其他值得被欣赏的优点了？"

"也不算是因为颜值吧，不过肯定有一部分。"

"那个男孩子叫什么名字?"

"江听周,我们班的,学习比我好,脑子巨聪明,我本来还准备在周测里拿个第一的,没想到……"贝苒叹了口气,欢快的声音都丧了起来,"人家让我见识了一回什么叫真大佬,我这点学问还真不够看的。"

宁绒抬手摸了摸小姑娘的头:"我们壳壳也很优秀,不用气馁的。"

"我才不气馁,大不了他拿第一,我拿下他,到时候两个都是我的。"贝苒挑眉,不服输的劲上来,说得十分霸气。

宁绒被小姑娘的表情逗笑,眼尾上扬,也不阻止,只是说道:"那你加油,但现阶段只能谈学习。"

"放心放心,我知道。"贝苒保证,移开眼后看到不知道什么时候站在台阶上,脊背笔挺的高大男人,惊了一下。

看清他的容貌时,贝苒又惊了一下,连连拍宁绒的手臂:"姐,快快,你认识的人来了,赶紧打个招呼先。"

宁绒将妹妹的手无情拍开,瞧瞧这姑娘说的都是什么话,什么叫"赶紧打个招呼先"?

宋赢萧看着宁绒身边这个还挺活泼的女孩子,礼貌地扬了下唇,对宁绒说道:"宁老师,你妹妹还挺可爱的。"

"你来多长时间了?"宁绒看着宋赢萧身后的推车,随口问了一句。

"嗯,大概在听到挺帅挺酷的江听周时过来的。"宋赢萧移开目光看向贝苒,眸带兴味,"你欣赏这小子?"

贝苒多机灵的一个人,闻弦歌而知雅意,立刻跑到宋赢萧身边惊喜开口:"大哥哥,你是不是和江听周有什么关系?"

宋赢萧挑眉:"关系上,他喊我一声小舅舅。"说着,他拿出手机,点开微信,半点都不犹豫就将自己那便宜外甥给卖了,"这是他的微信,要推给你吗?"

"要要要。"贝苒没想到还有这种好事。

贝苒加上宋赢萧的微信后,宋赢萧立即将江听周的微信给推了过去。贝苒没立刻加,而是转回头望着下方看着他们二人的宁绒。

宁绒眸光透亮,肤色嫩白,一双漂亮的杏眼安静地看着他们,里面像是融了一池秋水,眼尾的小钩子无辜翘着,格外致命。

尽管看了这么多年,贝苒还是不得不感叹她这姐姐真是个尤物。

眼珠子一转瞥到身边人,贝苒犹豫一秒后,投桃报李:"姐,你有小舅舅的微信吗?"

宁绒瞳孔瞪大,小舅舅?

宁绒想捂额，腹诽：都还没发生什么呢，你喊得还挺亲热，最重要的是，你这声小舅舅，你姐这辈分在宋赢萧面前莫名跌了一辈，你到底知不知道啊，你这傻姑娘！

贝苒这边没等到宁绒的回答，又问了一句。

"没有。"宁绒回答，同时走上前。

眼下气氛到这里了，宁绒也不能说她不加人，点开微信后将手机递出去，干净的水眸看着人，语气缓了缓："麻烦你扫我了。"

同一时刻，宁绒也想起来她高中毕业后就没有再用过的微信号，那上面是有宋赢萧微信的。

宋赢萧看了宁绒一眼，没说话，扫码加人。

宁绒这边通过验证，两人再次成为微信好友。

看着出现在自己手机列表里的人，宋赢萧好心情地弯了下唇，眉眼柔和，心里暗暗给身边的贝苒点了个赞，也不白费他的一番心思……

宋赢萧将地上成堆的酸奶搬到银色金属质感的推车上，三人一起乘电梯到十六楼。将东西运到宁绒屋里后，宋赢萧浅浅打量了几眼，房间装饰是很舒适温暖的色调，家居用品的摆放都是经过精心考量的，都恰到好处，布艺小挂饰、插花、陶瓷摆件等，看着就很温馨。

宋赢萧没准备多留，带着推车离开时，宁绒拿起两大板酸奶放在推车上："这个给你，我和壳壳喝不了这么多，容易浪费。"

宋赢萧扫了眼推车上的东西，没推辞："嗯，那我先回去了。"

贝苒眼见宋赢萧准备走了，自己吃不到姐姐的瓜了，心里着急，当下问出口："小舅舅着急回去做饭吗？"

宋赢萧立马会意贝苒话中的意思，瞧了眼被自家妹妹这又一声"小舅舅"喊得很无奈的宁绒，笑道："也不着急，就是要回去喂家里的猫祖宗。"

这话让贝苒眼睛一亮："小舅舅，是什么猫？"

"我姐姐很喜欢猫的，最喜欢的品种是布偶，可惜姨妈对猫毛过敏，家里就没养。"

"嗯，是布偶，叫冰糖，确实挺漂亮的。"宋赢萧抛出钩子，余光暗暗观察宁绒的表情，瞧见她于瞬间看过来的眼神，心下有了底。

"小舅舅帮我们将酸奶运回来也挺辛苦的，要不今晚就在我们家吃饭吧，我姐姐厨艺很好的，顺便也能让小猫下来转转换个地方，常待在一个地方对猫咪不好。"

贝茜的理由很充足，说完期待地看着宁绒，还撒娇般扯了扯她的袖子。

宁绒对上宋赢萧的黑眸，斟酌着字句说："那……你一会儿要是没什么事，可以抱着小猫下来转转，管饭。"

宋赢萧很淡地"嗯"了一声，像是不在意，礼貌地没有回绝而已。

贝茜站在一边心里暗暗嘀咕：小舅舅还挺傲娇哈！

宋赢萧抱着冰糖下来前给江听周发了消息，算是感谢小姑娘的帮忙。

宋赢萧：一会儿有姑娘加你，不许拒绝！

江听周：？

江听周：小舅舅，你今天吃错药了吧？好好地说这些做什么？

还有，他这个大忙人什么时候开始管这些鸡毛蒜皮的小事了？

宋赢萧也不和这小子废话，直接利诱。

宋赢萧：你看中的那款手办，我给你买。

江听周：198万，小舅舅你确定？

宋赢萧：钱一会儿给你打过去。

江听周：我会加的，一定加！

就算是个鬼他也要聊上两句，他倒要看看能让他这小舅舅破费的"金主"是何方神圣！

宋赢萧抱着冰糖下来的时候，宁绒正拿着喷壶给家里的绿萝浇水。她应该是回屋换了一身衣服，上身是轻便的白色修身短袖，下身是一条七分阔腿裤，脚上踩着一双粉色的绒毛拖鞋，精致又漂亮。

"你来了。"

大门没有关，宁绒听到敲门声回头看到宋赢萧，示意他坐到沙发那边，眼睛却在冰糖身上停留了挺长时间。

察觉到宁绒的视线，宋赢萧落座后看着到了新地方挣扎着想要下去溜达的冰糖，有些不确定将它带下来到底好不好。

宁绒将喷水壶放下，看着被宋赢萧禁锢在膝盖上的小猫，声音柔和："没事的，可以让它四处走走，我这里没什么值钱的东西。"

"小舅舅，冰糖现在几岁啊？"贝茜走过来问道，眼睛和冰糖的蓝眸对上，听它软乎乎地"喵喵"叫，心中的喜爱又升了几分。

"三岁。"宋赢萧见贝茜喜欢，顺着宁绒的话放开了手。

"是在宠物店买的吗？"

"不是，捡回来的，在一个病弱的猫妈妈身边捡的。"不知道想到了什么，宋赢萧罕见地多说了几句，声音一如既往的低沉好听，"那只猫很聪明，知道自己活不长，等我再次去喂它的时候，它把孩子送到了我脚边。"

"那猫的眼光可真好！"贝苒感叹，"送的是最漂亮的小猫崽。"

"可能是觉得这样的猫崽存活概率会更大一点吧。"

"我大学的时候也喂养过几只流浪猫，只是后来都没再见过它们。"宁绒插话。

宋赢萧看着她："可能是因为它们被好心人收养了。"

宁绒叹了口气："希望是这样。"

等宁绒去厨房忙活的时候，贝苒拿过遥控器将电视打开，也没看清选了哪个影片，总之让客厅有了声音。之后，她抱着冰糖坐在沙发另一边，压低声音问宋赢萧："小舅舅，你是不是很喜欢我姐姐啊？"

宋赢萧闻声回头，看着眼前小姑娘一副"你瞒不过我"的表情，没否认她在"喜欢"这个词前面加的前缀，只是哑声问："你是怎么看出来的？"

看出来是很喜欢，而不是只有好感。

贝苒轻嗤一声："小舅舅，也就我姐这个感情上的木头看不出来，你信不信，再过一段时间，A大论坛上关于你和我姐的消息会反过来。

"而且，真心喜欢一个人，眼睛是骗不了人的。

"所以，你是不是早就喜欢上她了？"

语气疑问，表情肯定。

贝苒在A大论坛上就猜到了宋赢萧和宁绒相识的时间，所以之前在楼下收到好处后，犹豫之后选择了帮忙。

"嗯。"宋赢萧喉结滚动，很轻地应了一声。

没必要否认，他身边的人，甚至他拒绝过的女孩子都知道他这些年只喜欢一个人。

不过很少有人知道那人是宁绒。

贝苒一副"你可真惨"的模样瞧着宋赢萧，然后扳着手指头开始数："你喜欢我姐的时间要是从高考后开始算的话，到现在就是……八年！"

贝苒连连感叹，然后颇为同情地看了眼面前的人："小舅舅，你和我青酥姐也真是不相上下了，都是难得的长情人，你们两个要是出一本关于暗恋的书的话，肯定大卖。"

不过也挺让人心酸的。

这些年，她就没听从她姐口中听过宋赢萧的名字。

这人惨啊，真惨！

感叹中，贝芮偷偷看了眼厨房，神色凝重地道："小舅舅，我姐这人吧，我能感觉到她这辈子是没打算结婚的，而且她怕麻烦，也排斥陌生人的靠近，更因为她爸爸的事，很心疼我姨妈，所以……"

她给了宋赢萧一个"你懂吧"的眼神。

她姐姐这人并不好追，不，应该说是极其难追，就算是追上，最后的结果也可能以分手告终。

"我知道。"宋赢萧声线缓缓，面上没什么表情，半晌后露出一个笑，不深，"但我还是想试试。"

"那要是结果不好呢？"贝芮问。她也想要看看宋赢萧的底线在哪里，她才能决定后续有机会的时候要不要帮他一把。

"还能比她不记得我这个人更差吗？"他自嘲，"不过，只要她踏出第一步，我就不会给她反悔的机会。"

贝芮满意了："那就祝小舅舅得偿所愿，早日让我改口喊姐夫。"这句话里的"小舅舅"喊得最为真心实意。

宋赢萧没接话，嘴角弧度微微扬起，知道自己拉到了帮手。

至少比起萧矜，他是在往前迈进！

宁绒考虑到宋赢萧的肠胃问题，做的饭菜都偏清淡，四菜一汤。

冰糖不饿，眼下宁绒他们吃饭，它就默默趴在沙发上看电视，偶尔打哈欠时露出粉色的小舌头。

贝芮看一次被小家伙可爱一次。

居然是一只会看电视，还看得津津有味的偏心猫，简直成精了。

"好好吃饭，米饭都快凉了，冰糖跑不了的。"宁绒看着妹妹几次分神去瞧冰糖，无奈提醒。

"嗯，我好好吃饭。"贝芮注意力收回后，也不知是不是故意，看着盘子里的饭菜眼睛眨了眨，突然来了句，"姐，这番茄牛肉汤和木耳炒山药都还挺养胃的，另外几个菜的味道也都不重。"

之前可不是这样，今晚这一餐为了谁自然不言而喻。

宁绒瞥了一眼莫名其妙的妹妹，如实道："你小舅舅身体太弱，喝酒就要吃药，吹风就会着凉，要是在你姐这里吃坏了肚子，你姐估计要半夜去医院陪床。"

贝芮咬着筷子不敢置信地看向对面的宋赢萧，小鹿眼大睁着，像是没想到一个大男人居然能如此娇弱。

宋赢萧因为宁绒的贴心升起的感动还没超过三秒，眼皮便狠狠跳了一下。

被质疑身子骨弱,宋赢萧眼睛眯了眯,透出危险的气息,心里憋着口气,放下筷子,指尖不轻不重地点了点桌面,刻意强调:"宁绒,我身体不弱,也没到需要去医院的地步。"

宁绒咬着米饭"嗯"了声,应得有点敷衍。

宋赢萧被宁绒这不相信的态度气笑了,咬牙沉声道:"我只是抵抗力有点低,身体不弱,力气也不小,常年健身。"腹肌都有!

宁绒偏头看了他一眼:"我知道了。"是很无奈,有点包容,且没办法,就相信你了的语气。

同时,她又在心底暗暗嘀咕:这有什么区别吗?

宋赢萧咬着后槽牙,下颌线因为不爽而紧绷着,这女人是在拿他当孩子哄吗?

贝苒在一边看戏看得笑出声,眼见气氛不好赶紧出来调停,并机灵地抛出另一个话题。

"姐,我功课有不懂的地方,这几天能不能让小舅舅下来帮我讲讲课?冰糖也下来,陪你玩。"

宁绒看向贝苒,疑惑地问:"你还有不懂的?"

不是在之前的学校次次考第一吗?

贝苒翻了个白眼:"姐,你是不是太看得起妹妹我了,我又不是神童,肯定有不懂的。"

"要不我给你讲?"宁绒觉得不管怎么说,她当年的成绩也在全校前三。

"物理、生物、化学。"贝苒抛出理科三座大山,同时不忘提醒,"姐,你高中是文科。"

宁绒立刻道:"……只要你小舅舅有时间,没意见,我无所谓。"毕竟壳壳的学习最重要。

不过……宁绒皱了下眉,她最近是不是和宋赢萧走得有点近了?

不待深思,宋赢萧的声音传来,还挺不客气的:"好,那就麻烦宁老师管饭了。"

小姑娘给创造的机会,他自然要紧紧抓住。

这198万花得真心不亏!

宁绒勉强一笑:"……好。"

就当是学费了,她只希望这娇贵人吃她做的东西不要生病。

少油少盐,保平安。

宁绒当时答应下来这件事，事后回想起来有点忧心，八年过去，宋赢萧还记得高中的知识？

事实证明，宁绒的忧心有点多余。

第二天，贝苒拿着搞不懂的物理大题去问宋赢萧，男人声线沉稳，思路清晰，漫不经心的，是半点都难不倒他的样子。

宁绒在旁边听了一会儿，那些物理公式这人随口就来，确实记得挺清楚。

他的解题步骤有理有据，一支铅笔懒散地拿在手上，手骨劲瘦，手腕皓白，淡淡的青筋盘踞在手臂上，有一种属于男人本身的力量感，指尖落下的字也如当年一样苍劲有力，很有风骨。

宁绒没打扰认真学习的两人，和冰糖玩了一会儿，在地上的小碗里留下一根火腿肠后，跑去厨房开始制作今天的午餐。

等宁绒不在两人身边转悠后，贝苒没忍住捂唇笑出声来，一副"我还挺有用"的表情看着宋赢萧。

宋赢萧不想再被这小姑娘质问打趣，翻看完贝苒的解题思路，挑眉问道："你加上听周了？"

听到这话，贝苒脸上的笑意一顿，挠了下头，懊恼道："我昨天太累，给忘记了。"

宋赢萧："呃……"

那他这外甥还挺不值钱的，说不定为了等到能劳驾到他的人，一整晚都没睡。

他在心底默默心疼这小子三秒，过后就忘。

贝苒却不行，趿拉着拖鞋回了卧室，拿起正在充电的手机赶紧将人加上，备注想了半天也没想到该写什么，只下意识觉得暂时不能出现真名。

踌躇的时候，她的目光瞥到从门口路过的冰糖，舔了下下唇，会心一笑，指尖敲下"冰糖"两个字发了过去。

几乎是瞬间，那边就通过了好友申请。

贝苒拿着手机出来时，宋赢萧挺有兴致地问道："通过了？"

"嗯，秒过。"

闻言，宋赢萧忍住没笑，就猜到这小子绝对一晚上都没睡好，不然也不会这样。

"不过暂时不知道该说什么，也不着急。"贝苒激动过后心态还挺好，也不着急聊天，反而拿出另一份卷子让宋赢萧帮她理一下思路。

考上理想大学更重要!

一连两天,宋赢萧都待在宁绒家,有他和冰糖,冷清的家一下子热闹不少。

周日晚上,贝苒将要带的东西收拾好,出了房间看到窝在沙发上看电视的宁绒,走过去坐在她身边,依恋地抱着宁绒的腰撒娇:"姐,好舍不得你。"

宁绒目光未收,依旧看着电视屏幕,拍了拍贝苒的背,告诉妹妹这个冰冷的事实:"乖,舍不得你也要走的。"

贝苒垮着脸,她就知道是这个结果。

看着被自己抱着的人,贝苒突然问:"姐,如果有个人喜欢你近十年,你会如何?"

宁绒看着突然感性起来的小姑娘,眼中染上细碎的笑:"怎么了?好好的问这个做什么?"

应该不是她在学校里有什么事吧?这报到时间还不到一个月呢。

"哎呀,你就告诉我嘛!"贝苒撒娇。

"这个啊……"宁绒想了好半晌,"先不说没有这个可能,就算是有,那也是人家的事,我自己,就当作不知道吧。

"而且十年感情过于沉重,姐姐只是一个普通人,不觉得自己能配得上那种深情,可能会承受不起,所以真遇到了的话,能躲着点就躲着点吧。"

"不会试着去接受吗?"

"壳壳,如果是你,一个不认识的人有一天突然告诉你他喜欢了你十年,你会接受吗?"

贝苒认真想了一下那个场景,半晌,抖了下身子:"我虽然震惊,但也觉得自己不配,而且,也不太想去知道这件事,总觉得会亏欠人。"

宁绒笑着用指尖轻刮了下小姑娘的鼻尖:"所以,这个话题我们能结束了吗?"

"结束结束,立马结束。"

话题结束,贝苒回了房间立马给宋赢萧发了消息。

贝苒:小舅舅,你最好不要让我姐姐知道你喜欢了她好多年的事,这种感情于她,也许并不是一件好事。

姐姐背负的已经够多了。

那边的宋赢萧几乎是秒回。

宋赢萧：为何？

像是想明白了什么，他又来了一条信息。

宋赢萧：你试探了一下？

贝苒：为了我姐的幸福，打探是必须的。怎么了，小舅舅不喜欢吗？

能够给姐姐找个这么极品的男人，还这么深情，估计姨妈都要笑死，卖姐姐卖得比她还要干脆利落，生怕姐姐这辈子真的孤身一人了。

只是，贝苒咬了下唇，圆润的小鹿眼微眯，透着几分危险。她这便宜舅舅若是脑筋不转弯，认死理，那到底要不要帮他？她还需要再认真考虑一下。

宋赢萧：没，小姑娘别多想，不告诉，还有，谢谢了。

贝苒：客气！

周一早上，宁绒将贝苒送到小区大门外的马路边，帮她拦了一辆出租车送她去学校，姐妹两人告别。

看不到车子的身影后，宁绒回头正准备骑着小电动车离开，就看到了不远处正朝这边走来的宋赢萧。

因为贝苒，两人这两天里又熟悉了不少，宁绒不好掉头就跑，按下了电动车的小喇叭，声音引起了宋赢萧的注意。

这一次，宋赢萧带着宁绒进入校园后，如贝苒所料，已经有聪明的学生看出了问题。

这哪里是宁老师喜欢宋医生，分明是宋医生喜欢宁老师啊！

第五章 · 友人

　　宁绒的教师饭卡办了下来，这段时间，她中午都在学生食堂用完午饭再回家，或者待在教师公寓小睡一会儿。
　　十二点是食堂最拥挤的时候，宁绒上了人数相对较少的二楼，选了个距离食堂楼梯最远的窗口要了碗鸡丝面。
　　她刚坐下没多久，视线中就出现了穿着白衬衣的宋赢萧，他身边还跟着个人，瞧着有点像高中时跟在他身边的那个寸头哥。
　　寸头哥如今长高了很多，发型依旧是寸头，显得人很利落。
　　只是……宁绒的目光落在他右边的袖口上，空荡荡的，显然少了一只手臂。
　　这样看人很不礼貌，宁绒浅浅地瞥了一眼后立即移开视线，继续低头吃面。
　　宋赢萧带着寸头男人从宁绒身边经过时，她不确定这人是否看到了她。他没有同她打招呼，她就当作没看到，匆匆吃完鸡丝面后放下碗筷，然后直接朝着楼梯处而去。
　　路过他们时，宁绒看到宋赢萧正和对面低头吃饭的寸头男人说话，神色淡淡的，在人潮中却很显眼。
　　周余吃饭时，中途几次抬眼都能看到宋赢萧轻敲杯壁的手。咽下口中的食物后，周余问："萧哥，你这手现在恢复得是不是和正常人没分别了？"
　　"算是吧。"宋赢萧的目光从楼梯口那个消失的背影上收回来，声音有几分冷淡，显得并不怎么在意。
　　"那……"周余犹豫，"还能上手术台吗？"
　　周余看向方才宁绒所在的位置，拿筷子的手一顿，这是……走了？
　　他就一眼没看的工夫，这宁老师走得倒是挺快，怪不得当年萧哥追不到人。

049

周余悄悄瞄了宋赢萧一眼，眼下和人家姑娘都在一个学校了，这人想必也不会干坐着不出手吧。

这么多年，周余还是希望宋赢萧能得偿所愿的，不然这手，还有三年前受的苦也算是白挨了。

周余在心里啧啧两声，就是可惜南欢了，这么多年都没将这块冰山给撼动，眼下更是不可能了。

想到南欢这个远在英国的人，周余瞥了眼自己没了手臂的肩膀，眼神黯然一瞬，又很快隐去，恢复正常。

宋赢萧看了眼自己的右手，眼神冷淡：“不能！”

周余觉得可惜，不过三年过去了，这些事情没必要一遍遍重提，听的人烦，说的人心里也不好受。

话题一转，他想起一事，问：“对了，萧哥，萧矜演唱会门票的事……"

说起这个，宋赢萧就想起了之前和宁绒在电梯里因为这人而产生的误会，心里怒火燃起，盯着周余冷声道：“消息还没影呢，要不你自己办一个！”

话落，他起身离开，杯子也没拿。

“哎，萧哥，你等等我。”周余急忙追上去。

这人……他也没说什么啊，怎么就生气了呢？

两人回到校医院上了三楼，周余才隐约搞明白宋赢萧的火从何处起，连连道歉。

“萧哥，我确实不该着急，萧矜那演唱会要开的时间都没放出来，所以兄弟就……"不催你了。

“宋医生！”

周余的话还未说完，一道惊喜的声音传来，同时两人的前路被挡住，一个女孩站在他们面前。

宋赢萧看着出现在眼前的人，挑了下眉，开口喊出名字：“姜星瑶？你怎么会在这里？”

姜星瑶局促地握了握垂在裤缝两边的手，头微微垂着，有些后悔不该喊住宋赢萧，让他看到自己现在这落魄样。

“嗯？”宋赢萧自喉咙里发出疑惑的一声，因为没等到回答。

姜星瑶抬眼，目光又很快从男人俊朗的脸上移开，咬了一下泛白的唇，解释道：“我来这里拔牙的。”声音有些低，像是没什么底气。

“宋医生来这里，是在这里工作吗？”

"嗯。"宋赢萧注意到面前的姑娘穿着稍旧,鞋子带着洗不掉的脏污,捂着脸颊的手手指粗糙,整个人闷闷沉沉的,似乎过得并不平顺。

一年前,姜星瑶那种压抑、阴沉、想要毁灭和对生活无望的心理状况被他有效疏解,眼下瞧着,似乎因为生活,当初的心理问题又有冒头的趋势。

到底是自己治好的第一个病人,宋赢萧不太忍心,好心地说:"姜小姐,你若需要帮助,可以来这里找我,依旧免费。"

姜星瑶惊喜地看着面前的男人,眼中染上光彩,但想到自己已婚的身份,什么妄想都没了。

她苦笑了下,还是没忍心拒绝:"嗯,谢谢宋医生。"

如今她在附近的小吃街有个小摊子,租住的房子也在附近,来这里很方便。

跟着宋赢萧回了他的专属办公室,周余坐在病患椅上,正打算闲聊,就有病人到访。

周余站起身,对着宋赢萧说道:"萧哥,兄弟就不打扰你了。"

说完,他就抬步离开了。

下班后,宋赢萧刚脱下白大褂,手机微信"叮咚"一声响,来了消息。

江听周:小舅舅,晚上回家一趟,老爷子想你了。

宋赢萧:嗯。

江听周:小舅舅,再问你个事。

宋赢萧:说。

江听周:就是,冰糖是谁?感觉挺高冷的一妹子。

宋赢萧:你说的是谁?

他眉峰微皱,冰糖?妹子?

江听周:就是之前你让我加的人。

宋赢萧几乎瞬间就想通了关键,不自觉地哼笑出声。小姑娘没胆子用真名,反倒用了冰糖这只猫的名字。

宋赢萧:冰糖怎么了?

江听周:这姑娘话少得很,好不容易回复了,还几个字几个字地往外蹦。啧,话说,小舅舅,你这花费大价钱推微信是要我和冰糖相亲?

后面加了三个表示惊恐的表情包。

宋赢萧:如果你想,也不是不可以。

他反正不介意,至于冰糖本猫的态度,这个他可管不了!

江听周：小舅舅，我这还没成年呢，你这么做老爷子知道吗？

宋赢萧勾唇：别给我贫！好好和人家姑娘相处，我还有事，不聊了。

话题结束，宋赢萧关了手机放回兜里，又回小区停车场开车回老宅。

宋家老宅位于清江城的别墅区，依山傍水，安保森严，环境清幽，房价也昂贵得离谱。

车子开进大门的时候，屋子里立马有人出来接应。

宋赢萧从车上下来，看到家中保姆，眼睛瞥向门口："董姨，我爷爷在家吗？"

"在呢，刚钓鱼回来，说是晚上吃红烧鱼，让我们提前准备。"董姨跟着宋赢萧往里走，"董事长也打电话让夫人回来，正好一家人聚一聚。"这些日子一家人各忙各的，也不知道有多长时间没聚在一起过了。

听到父母也会回来，宋赢萧脚步一顿，没说什么。进了屋子，他没见到老爷子，倒是看到了桌子上没来得及收起的报纸。

报纸的首行被黑色字体刻意加粗放大，标题格外吸人眼球。

△君赢集团董事长带一妙龄女子多次出入自家酒店,疑似出轨成性!

视线从这些字体上扫过，宋赢萧连下面的照片都懒得看，轻嗤一声，抽起报纸，将其捏成一团丢入一旁的垃圾桶，眼不见心不烦。

老爷子从楼梯上下来走到沙发边，经过垃圾桶时看到被自家孙子丢在里面的报纸也当作没看到，在身侧的单人沙发上坐下，瞧着宋赢萧还算健康的精神状态，开口问："你和人家姑娘现在怎么样了？"

宋赢萧懒洋洋地回道："见面还不到一个月，能怎么样？"

"没出息！"老爷子嘲笑，"第一次见面那天，人家姑娘根本不认识你，甚至都没想起你是谁。小子，当时心里好受吗？"

宋赢萧脑袋枕在沙发上，视野里是头顶巨大的玻璃吊灯，灯光骤亮，直视时刺得人眼睛发酸。

他闭了闭眼，颇为无奈地开口："爷爷，你不是已经认可这件事了吗？现在这么嘲讽你孙子很好玩？"

"不好玩，但痛快！"老爷子声音舒畅。

"那成，您继续，我听着，反正你也改变不了事实。"宋赢萧一副死猪不怕开水烫。

反正该经历的三年前已经经历过了，宋家没人会在这件事上阻止他，也就言语上痛快痛快，心里巴不得他赶紧将小姑娘娶回家，省得他再折腾。

老爷子被他这态度弄得想抬起拐杖打人，忍了半晌，到底心疼他，只是板着脸道:"到时候把人家姑娘追到手了,爷爷给你们办一场最盛大的婚礼。"

气氛正好,爷孙两个在客厅又聊了一会儿。外面车子响动,不久,宋简就带着温媛一起进了家门,只是他身后还跟着一个打扮妖气、涂脂抹粉的女人。

宋父和宋母是商业联姻,两人对彼此都没什么感情,但对宋赢萧这个儿子是真的好,父母的关心有,家长会也从不缺席。

宋赢萧小时候因为父母的情感问题折腾过,也闹过,宋父和宋母两人疼爱他,各自忍耐着组成了他眼中的完整一家人。但不爱就是不爱,即便装得再像,时间久了宋赢萧也能看出来。

那时候他问爷爷,为什么他的爸爸妈妈不能好好在一起,不能彼此忠贞。

老爷子躺在摇椅上,眼睛看着院子里被风吹落的落叶,嘴角的笑意有些浅:"孩子,这世上的夫妻有很多种,有举案齐眉的,有三心二意、彼此算计、争吵不休的,当然也有你想要看到的相濡以沫、恩爱如初的。但你要明白,他们首先是他们自己,才是你的父母、爷爷的儿子、下属的上司,或者是别的身份。"

那时候,宋赢萧就已经明白,这世上的有些人,即便因为世俗原因结为夫妻,也天生对彼此无爱,他们只能是事业上的合作者,能做一对称职的父母就已经让人意外了。

但若是他宋赢萧选,一定会选自己喜欢的。

这天,送走最后一位患者,宋赢萧没有马上脱去身上的白大褂,身姿笔挺地站在办公室的窗子前,黑眸静静地看着外面落下的雨。

倏地,手机消息提示音响了一下,宋赢萧掏出兜里的手机,指尖点开。

夏南欢:*群里说的大学同学聚会的事你去不去?正好在韩老头生日那天,怎么说也教了你四年。*

虽然他们是五年。

宋赢萧想了想韩老头的生日时间。

宋赢萧:现在还早。

退出对话框,宋赢萧指尖无意间点进了被他置顶的那个微信。

微信对话界面里是一条条靠右的绿色对话框,全是宋赢萧单方面发的消息。

指尖下滑,是宋赢萧遇见宁绒之后的小日记。

或许称为自言自语会更好。

宋赢萧：丝丝，今天要去见你，为了壮胆，喝了点酒，你别介意。

宋赢萧：不是有意抢你酸奶，那个牌子你不怎么喜欢，所以为了给你赔罪，我买了三十箱黄桃芝士，都是你喜欢的牌子，你应该……能原谅我了吧？

宋赢萧：我不喜欢萧祎，也没有偶像，周余那小子的嘴巴就该给缝上，一天到晚尽胡说八道！还是要让他多去看看书熏陶一下脑子！

…………

宋赢萧：第一次骑车载人，有点紧张，怕把你摔了。

宋赢萧：酸奶回来了，第一次有机会进你家，房子很漂亮。

宋赢萧：饭菜很好吃，还有，我也很好养，你不用小心翼翼的。

宋赢萧：今天中午吃完饭回去时遇见了当初接诊的第一个病人，有挺严重的抑郁症，治疗一年治好了，但好像又有点复发了。

这是这段时间最后的对话，宋赢萧匆匆瞥了几眼，每次看都觉得自己矫情，但每次有什么事都想和那边不会回话的宁绒说。

这么多年也就慢慢习惯了。

他眼睛盯着屏幕很长时间，最后失笑一声，关闭手机之前，微信又一声响，看到了夏南欢发过来的最后一条消息。

夏南欢：萧哥，我回国前给你消息，你到时候记得带着老周来给妹子接风洗尘，你可千万别忘了，不然妹子没人来接多丢人啊！

两个"妹子"表明了自己的身份，摆正态度。

看在周余的面子上，宋赢萧回了消息。

宋赢萧：好。

就一个字。

退出微信，宋赢萧离开办公室前给郝明城打了个电话，"嘟嘟"两声后，电话接通。

"宋小子，怎么了？"那边有敲击键盘的声音，显然，郝主任在忙。

"外面下雨，就是问问叔您今天带伞了没？"宋赢萧看着被他放在办公室门后的两把黑伞，声音低缓，"要是没带，我给您送去。"

郝明城顿了一秒后忽然笑出声："没带没带，你过来送吧，记得多拿几把，不然不够分。"

宋赢萧不意外自己的心思被挑破，也笑了："成，等我再去买几把。"

话落，电话挂断，宋赢萧换下白大褂关门离开。

宋赢萧就着雨声来到了美术系，身上的衣服被斜飞的雨丝打湿了一半。郝明城等在美术系楼下,看到冒雨而来的男人,赶紧将他拉进大门内。

见宋赢萧真的多拿了几把伞过来,郝明城有些想笑,可瞧着侄子的狼狈样又笑不出来,只能遗憾地告诉他:"宁老师刚刚被张寒张老师接走了,说是要给版画班定4开木板,要去附近的书店看看有没有。"

头上冷凉的雨水顺着额际滑到眼角,垂到下颌线又滴在地上,溅起一个无声的水花。

宋赢萧没忍住打了个喷嚏,抬起头时淡声道:"这样啊,我知道了。"

宁绒和张寒的交集不多,今日她知晓学生们买的木板贵了点,而版画是个比较费钱的画种,后期材料不断地换,花费更是不少,她便想去附近的美术用品店或者大书店看看价格,积少成多,也能省去不少花费。

宁绒同老教师说起这件事时,张寒正好过来,老教师看雨天她也骑不了车,便提议张老师送她一程。

宁绒不好拒绝,于是两人一起离开。

来到书店,宁绒从一排书架前走过去,倏地,看见了一个男人。

他坐在敞开的小隔间里,脊背靠着木椅,目光专注地看着手中的书。

《百年孤独》四个字闯进宁绒的眼里,目光转动间,她看到了男人垂在一边的、空荡荡的袖子。

男人留着寸头,皮肤是健康的小麦色,眉目英挺,看书的时候有种冷硬的专注劲,似乎看一本书用了他挺大力气,只是人和书怎么都搭配不到一块去,有种形容不出的违和感。

宁绒站定的时间不久,但男人还挺警惕,他眼皮一抬,目光落在了宁绒身上。

几乎瞬间,男人眼中的专注认真就被打破,一脸惊讶。

"嫂……"后面的"子"字差点吐出口,周余又及时咬着舌头咽了下去,改口喊道,"宁绒!"

盯着别人看,还被人认出来,宁绒礼貌地打了声招呼:"你好。"

在餐厅有过一面之缘后,宁绒想起了这人高中就经常跟在宋赢萧身边,两人兄弟多年,感情不错,好像姓周。

那时候他是个寸头,现在的发型也没变过。

"你怎么会在这里?"

"我来这里买木板。"宁绒温声说。

"木板?"周余想到宁绒现在的身份,恍然大悟,"是那种版画专用木板吧?我这里没有。"

宁绒正准备说没事，结果周余热情地说："不过我稍后会安排人去进货，宁老师要多少，我保证最低价给你。"

又怕宁绒拒绝似的，他赶紧补充一句："正好我这几天还想着书店有一块地方要放点什么去卖，现在想想木板也不错，也能给我带来点版画班的客源。"

周余是这书店的老板，得益的是双方，宁绒也没欠人情，没理由再拒绝，便应下了，直接提出自己的要求。

说完，她从口袋里掏出手机，在手机号码和微信之间犹豫了下。

接着，她面前就被递过来一个二维码，是周余的。

好的，没必要纠结了，加微信。

轻而易举地得到宁绒的微信，周余恨不得立刻马上给宋赢萧发消息炫耀，只是碍于宁绒还在身边，他这么做不合适，只能强压下这种欢乐，憋得脸都红了。

事情商量完，宁绒正准备离开，转过身时，看到了放下书走过来的张寒。

"抱歉抱歉，刚才看书看得有点入迷了。宁老师这是事情办完了？"

张寒不好意思地走过来，走近后看到宁绒身边的周余，对上他审视的目光，愣怔过后轻笑了下，不确定地问："你们……认识？"

"当然认识，我和宁老师，还有你们学校的宋赢萧宋医生是高中同学，就隔壁班的关系。不过我不行，交集不多，宁老师和宋医生的关系会更近一点。"周余笑着说，话里不经意透露出某种信息。

张寒一愣："这样吗？那挺好，能在这里遇到高中同学也是缘分，能互帮互助。"

"那确实。"周余笑呵呵的。

宁绒跟着张寒出门前，周余手疾眼快地拍了一张照片，又立马给宋赢萧发了消息过去。

周余：萧哥，你猜我刚才看到了谁？

宋赢萧：丝丝和张寒？

周余：嗯！你猜得要不要这么准！

几个惊讶的表情包发过去后，周余又甩出来一张图片，是宁绒和张寒一前一后离开的背影。

张寒在前，宁绒在后，身影错位交叠，看起来就像是宁绒被张寒牵着走，像个安静乖巧地跟在男朋友身后的小女友。

宋赢萧的黑眸盯着手机屏幕里的男人,扯唇冷笑。

宋赢萧:别把她放在那张照片里!背景太丑!

看到这话,周余"扑哧"一声笑出来,恶趣味得到满足,也不介意宋赢萧后面的话。

他将方才那张照片里的宁绒修图修没了,留下一大片空白,又给宋赢萧发过去。

周余:萧哥,你再瞧一眼?

宋赢萧:勉勉强强!

周余笑了,也知道他这兄弟的德行,絮絮叨叨地发送消息。

周余:宁老师过来我这边订购木板,然后……

周余:萧哥,你猜然后怎么?

周余:……我加上宁老师的微信了!

周余:是宁老师主动加我的,甚至还要给我电话号码!

周余:但我没要!我说通讯录满了,加不上!

周余:就是这么简单直接!

宋赢萧:我通讯录也满了,要不把你删了吧。

周余:哥,我错了,我承认之前的话都是骗你的。

张寒将宁绒送到小区大门口时,看到门口站着一个穿薄款黑风衣,身形笔挺的男人,一手插兜,一手撑着把黑伞,站在潇潇风雨中,乌黑的眸子凝视着他们,面无表情。

宁绒谢过张寒后下车,拿着买回来的书走向宋赢萧:"你怎么在这里?"

宋赢萧吸了口舒畅的冷空气:"我说巧了你信吗?"话落还打了个喷嚏。

宁绒眨了眨眼,这人是……感冒了?

宁绒:"你回去记得吃药。"

宋赢萧看了眼离开的车,点头:"好。"

第六章·生病

清江城的雨连着下了几天，班里有不少学生生病了，国庆放假的前一天，宁绒正在上课，一个女孩子突然晕倒在地上。宁绒伸手摸上学生的额头，有些烫，是发烧了。

宁绒当机立断将女生送到校医院，在医生确认过病症后，护士给学生打上点滴，转头感叹最近的病人不少。

说着，护士目露八卦地看着宁绒："宁老师，宋医生也请假了，好像是发生意外之后，身体抵抗力就不怎么好了。"

"意外？"宁绒捕捉到这两个字眼，睫毛不自觉轻颤了下，鬼使神差地问了出来，"什么意外？"

"不清楚，这事还是宋医生那个寸头兄弟过来时说漏嘴的，不然我们哪里知道这些。"

护士又同宁绒聊了几句，之后和人换班去吃饭了。

房间安静下来，宁绒坐在病床边的凳子上，翻出手机打开微信，视线落在白底黑字的一个"萧"上，目光定了很久，最后点了进去。

宁绒犹豫了半晌，询问病情的话打了又删，最后过了很久才发送出去。

宁绒：你生病了？

那边隔了两分钟才回复。

宋赢萧：你在校医院？

宁绒：嗯，学生生病了。

宁绒不意外这人能猜到，没有否认。

宁绒：那你现在有没有好一点？

宋赢萧：嗯，挺好的，俯卧撑三百个不成问题！

宁绒被这话逗笑，又想到宋赢萧一个人在家，马上回了消息。

宁绒：生病了还是要好好休息的。有什么需要帮忙的，你可以随时找我，老同学遇到困难了要相互帮助。

这句话发过去后，宋赢萧那边显示了很长时间的"对方正在输入中"。宁绒本以为宋赢萧会发很长一段话，结果只收到"谢了"二字。

　　宁绒下午没课，下班离开前，郝主任像是想起什么，问："宁老师是住在鸣梧小区吗？"

　　宁绒点头，"嗯"了一声。

　　"那能不能麻烦宁老师下班之后去看一眼赢萧，我今天下午给他打电话没打通，校医院那边说他生病请假在家，我下班后院里还有一个会，赶不过去看他，怕这小子出什么意外。"郝明城脸上全是忧心，说着还长长地叹了口气。

　　宁绒本就有这个想法，闻言应了下来。

　　宁绒撑着伞走在路上，犹豫要不要给宋赢萧打个电话，问问他需要什么，她好给他带上去，但又怕打扰了他休息。

　　一路纠结到小区大门口，微暗的夜色下，宁绒突然听到了身后轮子划过地面的动静，回头看去，双眼顿时瞪圆。

　　她瞧见了颇为凄惨的宋赢萧……

　　他手上推着个挂点滴的杆子，杆子上是正在输送药液的点滴袋，装了几盒药的白色塑料袋也大大咧咧挂在上面，随着宋赢萧的停步而微微晃动。

　　斜风细雨下，男人的头发被雨水打湿，有几绺黏在鬓角边，贴在苍白的皮肤上，一黑一白，对比鲜明，更显凄惨病弱。

　　对上宋赢萧那双漆黑的眼，宁绒撑着雨伞的手冷而僵，睫毛轻颤了下，惊讶过后，几步上前将雨伞撑在男人头顶。

　　雨丝打在手背上，寒意传入身体，宁绒看着宋赢萧扎着针管的左手，还有他如此不顾及身体的模样，声音莫名带上了点情绪，质问道："不是说有事可以给我打电话吗？你现在这是在做什么？"

　　宋赢萧的目光落在身边人冷下来的面容上，可能也觉得理亏，喉咙滚动几下最后吐出两个字："抱歉。"

　　是低低沉沉，没底气的语调。

　　男人的声音落在耳边，宁绒感觉自己的耳朵敏感发烫得厉害，又觉着脑子有一瞬间的不清醒。

　　她有什么资格同宋赢萧生气？这简直没道理！

　　她想道歉，刚抬眼又看到男人乌发上凝着的雨珠，而他那双漆黑的眼正静静看着她，里面只装着她的影子。

　　心脏忽然跳慢了半拍，宁绒有种被迷惑，并沉浸其中的感觉。莫名的想法让宁绒脸颊微热,她又掩饰性地移开目光,话在嘴边转了转,最后强压着平静问:"你的雨伞呢?"

"落在小诊所了。"宋赢萧不在意地说,推着杆子随着宁绒一起往里走。

简单的一句话让宁绒理智回笼,她用尽量温和的语气同他说:"你知道自己还在生病吧?"

她的目光落在他因为打点滴而瘀青了的手背上:"这一次又淋了雨,你可能国庆过后都没办法去上班。"

"宁老师这么说,是在……关心我吗?"

闻言,宁绒脚步一顿,偏头看着身边人。

在宋赢萧满是兴味的目光下,宁绒镇定自若地伸出手,将点滴杆上来回晃荡的药袋子取下来拿在手里,声音平缓地回道:"郝主任让我下班后过来看看你。"

"这样啊?"

两人走进电梯,宁绒按下楼层数,半分钟后,突然听到了宋赢萧的一声笑。

宁绒不明所以。

宋赢萧下巴一抬,示意宁绒看向楼层数,同时电梯"叮咚"一声,到了十六楼。

"怎么不帮我按下十七楼?"

宁绒赶紧按下,同时试着找补:"我只是按顺手了。"

宋赢萧眼尾勾起,说得意味不明:"所以宁老师只按十六楼,是准备带我一起回家?"

宁绒无言。

眼看宁绒要生气,宋赢萧及时吐出五个字:"我有点头晕。"

这副病弱的样子不似作假,宁绒跟着宋赢萧进了他家。

同一时刻,手机微信"叮咚"一声响,是郝主任的消息。

宁绒看了眼已经进了厨房的宋赢萧,回复消息。

宁绒:主任放心,宋医生没大事,之前应该是在打点滴,所以才没看到消息,现在已经回家了。

郝明城:那就好,麻烦宁老师多看顾一下了。

宁绒:没事的,不麻烦。

放下手机,宁绒赶紧去了厨房,她可没忘记宋赢萧说自己头晕的事。

厨房里,宋赢萧将锅里放入了凉水,在电磁炉上煮,然后看着手中的姜片罐子，尝试拧开盖子。

"我来吧。"宁绒将宋赢萧手中的罐子拿走，打开盖子后，一股子姜味传来，让她不适地蹙了蹙眉，"三片够吗？"她知道这人要煮姜水驱寒。

不过这锅里的水是不是有点多了？

"七片吧，还有你的。"宋赢萧说，"雨天走回来，身上肯定带着寒气，宁老师要是想照顾我，自己可不能生病了。"

宁绒看着锅里开始冒小泡泡的水沉思了下，觉得宋赢萧这话似乎也没毛病。

"那就七片吧。"宁绒数着姜片丢进了锅里，考虑到宋赢萧的身体，她将他推出了厨房，"不是头晕吗？我帮你看着，你去沙发上休息一会儿。"

宋赢萧没有反驳，推着杆子坐在了沙发上，空着的一只手摸着冰糖柔软的毛发，因为发烧而晕乎乎的脑袋靠在沙发背上，眼睛却盯着厨房门口。

他低声对冰糖说："她没反驳，应该就会留下来了吧。"

宁绒会来看他的事，宋赢萧之前并不知晓，他那时正晕乎乎地躺在小诊所的病床上打点滴。中间护士进来换药，他醒了过来，看到郝明城的消息便急忙往回赶，就怕宁绒扑了个空。只是没想到她下班回来的时间会比往常早几分钟，他反倒是落在了她身后，让她瞧见了自己这一身狼狈样。

想到这事，宋赢萧无奈地笑了笑。

"宋赢萧，你在笑什么？"

手里拿着吹风机的宁绒站在离宋赢萧几步远的地方，美眸不解地看着他。

"是要给我吹头发吗？"宋赢萧的笑意僵在眼角。他的头发还有些湿，之前不觉得多冷，眼下看到宁绒手中的吹风机，发觉自己不仅头晕，可能还有点……头疼。

"嗯，我给你吹。"宁绒感冒过，担心这场凉雨会让他的病情加重。

尽管吹头发这种事相对来说比较亲密，但这人暂时只能用一只手，她又不能放任他再出什么事，只能忍着不自在走到他身边，插电，调出吹风机的热风，帮他将头发吹干。

好在宋赢萧因为不舒服而闭着眼睛，两人不用尴尬地对视。

宁绒正这么想着，宋赢萧鸦羽似的睫毛颤动了一下，蹙着的眉头展开，同时睁开了眼睛。

因为病弱和疼痛，宋赢萧的脸颊和唇色都过于苍白，睁开眼睛时眸中有些许的迷茫恍惚，水色包裹着黑眸，沉静明亮，就这么直直撞入了宁绒的眼睛里。

两相对视，两人都愣了下。

吹风机的风呼呼地响在耳边，宋赢萧看着面前神色无辜、眸子微有惊慌的宁绒，眉梢一挑，扯唇笑了下，甚至还有心情打趣人。

"我知道自己长得好，宁老师要是想看我可以光明正大地看，不必偷偷摸摸的。"他语调微哑，带着玩味。

宁绒的耳根一下子红透，在男人打趣的目光下脸颊也慢慢变红，心中羞意和恼意同时升起，捏着吹风机的手因为用力而微微泛白，却还能镇定自若地命令道："偏过头，该吹脑后了！"

宋赢萧依言转过身子，好心情地"嗯"了一声，双腿盘坐在沙发上。

因为脑袋昏沉，他右手支在膝盖处撑着下颌，感觉着脑后发丝处若有似无地触碰，宋赢萧舌尖抵住牙床，舒服地眯了眯眼。

头发吹干，宁绒怕这人又同她说什么不着边际的话，放下吹风机赶紧进了厨房。

等宋赢萧喝完姜水，宁绒看着还难受的他，也不好现在就走，抱着跑过来的冰糖坐在沙发那头，和宋赢萧一同看起了电视，还不忘提醒："等你点滴打完我就走，要是困的话我把电视声音调小点，不会打扰你睡觉的。"

"不困，现在就很好。"宋赢萧的视线落在屏幕上，脑袋枕着沙发抱枕，瞧着模样懒懒散散的，又开口，"也不吵。"

最后三个字明明是很闲散随意的声音，温温淡淡的，但不知为何，宁绒从这话里听到了一种包容的味道，还有某些她说不清楚的、让人心乱的东西。

宁绒抿了抿唇，还是拿过遥控器默默把声音调低了点，说："你睡吧，我给你看着，拔针的时候叫你。"

宋赢萧轻"嗯"了一声，身体陷在沙发里，视线慢慢从电视屏幕转到宁绒脸上，静静地看了好半响后又满足地移开。

可能是屋子里过于暖和，生病的人需要休息来恢复身体，困意席卷了宋赢萧的全身，他就这么慢慢睡了过去。

宁绒注意到宋赢萧半天没动静，仔细一看，方才说不困的男人此时已经闭上了眼睛，略显松散的头发软软地搭在额前，还有几缕不听话地翘起,他安安静静的模样看起来莫名乖巧。

宁绒轻手轻脚地将小毯子盖在宋赢萧身上,慢慢退回来时,注意到轻声"喵呜"的冰糖,蹲下身子摸了摸它雪白的毛,看着它漂亮的眼睛,低声交代:"冰糖,我们要小声点,不要吵醒你的主人。"

冰糖轻轻"喵"了一声,小脑袋蹭着宁绒的手心算是答应。

宁绒将冰糖抱在怀里,喝了姜水,重新坐回沙发上。

时间一点点过去,冰糖趴在宁绒腿上打起了小呼噜,宁绒看着快要到底的点滴,心里计算着大概五分钟就可以喊他醒来时,突然,"叮咚"一声传来。

门铃被人按响,声音响亮。

冰糖和宋赢萧同时醒过来,宁绒抱开冰糖起身去开门,心里疑惑大晚上谁会来找宋赢萧。

打开门,宁绒看到了手拿盒子的外卖员。外卖员看到宁绒时愣了一下,又退回去看了看门牌号,没错啊!

"请问这里是宋先生的家吗?"外卖小哥开口询问。

宁绒看向听到动静走过来的宋赢萧,他这次没有推着点滴杆过来,只是将点滴袋高举在手里。

"是我,麻烦你了。"

宋赢萧签收了东西,宁绒帮着拿进来,随即转身给宋赢萧拔针。

两人默默地将饭菜吃完,离开前,宁绒不放心地问:"你真的不用去医院?"目光带上了几分忧色。

宋赢萧点了点桌上的退烧药:"吃了这药,明天肯定能退烧。"又从抽屉里拿出一片钥匙,"宁老师要是不放心,可以半夜上来突击检查?"

宁绒嘴角抽了抽:"突击就不必了。"说得她好像要半夜偷袭似的,"至于钥匙,我要是担心,可以给你打……"电话。

"我怕我起不来床给你开门。"宋赢萧无奈地说,将钥匙以一种不容拒绝的姿态放在宁绒手里。

"所以,保险点,就麻烦宁老师经常上来看看我,不然我晕过去都没人知道,而且没钥匙的话你要想救我估计还要找人撬门,还有……"他看向在一边正吃着小鱼干的冰糖,"这个小家伙估计都没人喂。"

宋赢萧说得还挺惨,宁绒拿着钥匙犹豫了几秒,抬头看着面前的人:"那好,等你好了,我就将钥匙还给你。"

突然想起什么,她又问:"你这几天是不是还要打点滴?"

"嗯。"

"去那个小诊所打吗？"

"嗯。"

"这两天还会下雨，小诊所的距离也不近。"宁绒的说话声有点轻，"如果你相信我的话，我可以在家给你扎针，之前学过一点，我保证不会疼。"

宋赢萧没立即回话。

宁绒说这些话本就有些忐忑纠结，眼下这人的沉默让她以为他不愿意，也不相信她，又碍于她的面子所以没法子拒绝，于是立即找补："当然，如果你有家庭医生的话，就当我……"没说，不用放在心上。

"没有家庭医生。"宋赢萧的声音染上了几分轻快，黑眸专注地看着她，"就是没想到宁老师还挺多才多艺的。"

在宁绒抬眼看过来时，他又笑道："那明天就麻烦你了。"

"嗯，不麻烦。"

"还有，既然不麻烦的话，能再麻烦宁老师一件事吗？"

"什么？"宁绒一双清澈的明眸望着眼前的人，等着他接下来的话。

"把冰糖带下去住几天，我生了病肯定照顾不好它，还不知道会不会连累它也生病。"

"好，我把冰糖抱下去。"宁绒说，"你晚上要是有不舒服的地方，记得打电话喊我。"

"嗯。"

宁绒抱着冰糖下去，将它放在之前用过的软垫上，又上去拿了它的生活用具下来。

晚上睡觉前，宁绒担心半夜冰糖饿了没东西吃，将猫粮和水都准备了一些，就放在它面前，让它随饿随吃。

熄灯入眠后，宁绒因为一直忧心宋赢萧，也不敢睡得太沉，怕他找她时她没听到电话铃声。

结果，冰糖不知道什么时候贴了过来，用温暖柔软的身体蹭着她，她脸颊有了暖意，睡眠渐渐深了去。

宁绒梦到了高中时和宋赢萧的一个很微小的片段。

那时正是暑假，她在英语补习班补习，因为画作拿了大奖，季澜双很高兴，所以宁绒准备给季澜双画一幅全开彩铅画作为生日礼物。

由于时间比较紧，加之清江城来了一场寒雨，宁绒两者兼顾之下生了病，也不敢请假。

老师在上面讲课，她在下面撑着精神听，脑袋昏沉沉时，她就用手臂支着，一直坚持到老师讲完课。

做试卷练习时，宁绒没什么力气地趴在桌子上，忽然感觉椅子被人轻轻踢了下。

转过头，她看到了宋赢萧漆黑的双眼。

少年眉眼生得极为好看，眉头微蹙时有一种揪心感，唇红齿白，五官也不显锋利，额发搭在眉间，只露出一半的额头，阳光透过窗户洒在他身上。

可能是因为自己生病，宁绒从他身上看到了一种极为旺盛的生命力。

"有什么事？"宁绒没什么力气地问。

"你生病了？"

宁绒没回答，转回头不想搭理这人，但她听到这人不赞同地说："生病了不用强撑，落下的课业我笔记记好拍给你，你不会落下学习的。"

宁绒还是没吭声，她生病是自己的事，不需要这人管，她也知道自己的情况，吃了药晚上好好休息就行。

结果，老师不知道什么时候走到宁绒身边，严肃地说："生病了就回去休息，强撑着像什么话？

"我给你家长打电话，让她亲自过来接你，落下的课业我会让宋赢萧帮你补。"

"老师，别！"一听要给妈妈打电话，宁绒急得站了起来。

她动作太过突然，起身时脑子发蒙，身子晃了两晃差点站不稳，随之又被一双温热的大手稳稳扶住。

宋赢萧说："小心。"

宁绒瞥了眼宋赢萧，低低道了声谢，又看着老师着急地说："老师，我妈妈不在家，短期内也回不来，我自己回家就好。"

老师皱着眉头，显然不赞同宁绒这话："你家里没别人了吗？你爸爸呢？或者爷爷奶奶？"

宁绒垂眸，如今因着生病，更显脆弱。

她没回答老师这话，只是闷闷地道："家里还有保姆阿姨，我打电话让她来接我。"

"嗯，那就这样吧。"

保姆来的时间有点久，学生们都下课半个多小时了，她才踏着夜色姗姗来迟，一进教室就只看到宁绒和她身后正靠着椅背安静打游戏的宋赢萧。

保姆走到宁绒身边时，宁绒适时醒过来。

保姆关心了她几句后，帮她将桌子上的书收拾好，连同放在左手边的药一起装进了书包里——保姆以为是宁绒买的。

宁绒没注意到，走的时候看到身后玩游戏的宋赢萧，对上他看过来的黑眸，只说了一句"最后离开记得关灯"，然后走出了教室。

回了家，宁绒没多久就发现了这盒多出来的药。

宁绒回想之前宋赢萧踢她椅子的动作，还有下午英语老师怪异的行为，心里不太确定是不是宋赢萧买给她的，可当时教室里只有他俩了。

她有心想在辅导班的群里找他私信问一下，季澜双的电话便打了进来。

十五分钟的电话挂断后，宁绒也将这件事忘在了脑后。

第二天，宁绒去辅导班的时候，宋赢萧不在。下午他来了后，宁绒转过身问起了这件事，他一脸无所谓，只说："老师让我给你买的，怕你在辅导班出什么事。"

宁绒也没怀疑，只是道："那药多少钱？我给你转账。"

宋赢萧挑眉，修长漂亮的手指转着笔，闻言从兜里掏出手机，点进微信，打开自己微信的二维码。

宁绒看了眼，犹豫了下，想问收款码时，宋赢萧的声音就响在耳边，像是有些疑惑："有什么问题吗？"

"支付宝或者收款码可不可以？"

宋赢萧歪头笑了下，黑眸凝视着面前的人，声音偏淡："宁绒，你微信里是有什么见不得人的东西吗？这么藏着掖着做什么？

"还有，昨天的笔记我也要拍照发给你，老师吩咐的，包括我今早落下的，你也记得帮我拍照。所以，还有问题吗？"

"没有。"宁绒被宋赢萧几句话堵得找不到理由反驳，加上微信后，抬眼看他，等他说个数字。

"三十。"

宁绒转了三十元过去，又道了声谢后，转回了身子，拿出自己的笔记拍照发给宋赢萧。

随着上课时间的到来，老师走进教室，宁绒看到的画面逐渐虚化。一声轻轻的猫叫响起，宁绒醒了过来。

借着不甚明亮的月色，宁绒看了眼床边的手机。

凌晨三点三十七分。

宁绒翻开宋赢萧的微信界面，那人没发消息过来。

她在床上躺了半晌，想到宋赢萧那倔性子，怕是半夜不舒服了也不太会真麻烦她。

最终还是不太放心，宁绒披上衣服下了床，坐电梯上楼到了宋赢萧的门外。

没听到房间里有什么动静，宁绒不好意思真开门进去，便回去了，但没怎么睡，又上来了两次。

早上八点的时候，她端着煲好的粥和蒸好的小馒头上楼按下门铃。

宋赢萧打开门，看到是宁绒时，挑眉轻笑了下，侧身让她进来。

这一晚上过去，他的气色也没好多少，唇色发白，却还能同宁绒开玩笑说："没想到宁老师对我还挺好。"

宁绒将早餐放在桌子上后，无视这句话，回头看着走过来的人，问："高中时在英语辅导班里，我生病的时候，你给我买的那种感冒药还记得叫什么名字吗？"

宋赢萧眼皮一抖："什么？"

"就是突然想起来，那时候你给我买的药效果挺好的，你要是还记得名字的话，我再去买一盒，这样你好起来应该会快一点，"宁绒自顾自说着，也没注意到宋赢萧紧张的表情，"当时我吃了药一晚上过去就好得差不多了，所以对你应该也有用。"

宋赢萧坐在桌边的椅子上，拿起勺子慢吞吞地喝小米粥，眼帘遮挡着眸色，问："这么多年了，你还记得这件事？"

"本来记不得，是做梦想起来的，不过记不得细节。"

"那还真是……巧！"

"所以你还记得吗？"

"这么多年早就忘了，不过也没事，我感觉好很多了，头也没昨天那么晕了。"

"那就是还晕？"宁绒看着男人苍白的脸色，叹了口气，"我记得你高中时身体很好的。"是一种很遗憾的语气。

宋赢萧抬眸睨了宁绒一眼，心跳如擂鼓，沉默半响后说："你是……听到了什么吗？"

宁绒意外于宋赢萧的敏感，眨了眨眼，平静地说："就只听到他们说你之前发生过意外，之后身体的抵抗力就不怎么好了。"

"所以，是当时没有完全恢复好吗？"宁绒小心翼翼地问，面前的男人落入她明亮的眼睛里。

宋赢萧轻轻"嗯"了一声,拿着勺子继续吃粥。

这是事实,他否认不了,也没人会信。

气氛一下子沉重起来,屋子里少了冰糖的闹腾,显得静悄悄的。

宁绒不敢再揭人伤疤,转移话题说:"你和小诊所的医生说了我今天帮你拿药的事了没?"

"说了,九点上班后你可以过去。"宋赢萧将白面小馒头送进嘴里,咽下后又温声提醒,"你出去时记得打伞,别淋了雨,也要注意安全。"

宁绒愣愣地看着他,轻应了一声"好"。

宁绒把药拿回来后给宋赢萧扎针时,宋赢萧问:"宁老师这是哪里学的本事?确实不疼。"

"我妈妈生病的时候我跟护士学的,她怕疼,偏偏手背上的青筋又不明显,每次都要多扎几次才可以,我私下练习了几遍就会了,后来就是我给我妈妈扎针。"

"用什么练习的?"

宁绒用医用胶带固定好输液管,抬眼撞进宋赢萧幽暗深邃的眸子里,那里面有种她看不太懂的情绪,让她的心变得乱糟糟的。

她闪躲似的挪开视线,扯了下唇,平静地说道:"我自己。宋医生以为我去扎的别人吗?"

"不疼吗?"男人的声音很轻。

"不疼,而且早忘了,又不是容嬷嬷手里的针,又长又密。"宁绒笑了。

这时,电视里突然传来一声"胡图图",这是一部很经典的动画片。

宁绒一愣,问一旁看得津津有味的某人:"你经常看这个吗?"

"也不经常,不过挺好看的。"宋赢萧偏头,很理所当然地问,"你不看吗?宁老师不会嫌弃我看的动画片吧?"

"……也不是,就是觉得你这太子爷当得还挺接地气的。"

"宁老师要是想说我幼稚可以直白点,我不会介意的。"宋赢萧语调拖着,不紧不慢。

宁绒:"嗯。"

宁绒在宋赢萧家里待了三个小时,给他拔了针后便回家了。

宋赢萧打点滴的最后一天,天气放晴,宁绒给宋赢萧的手背扎好针后,看着他好了不少的气色,还挺有成就感的。

"明天上班应该没问题。"

"嗯,这几天劳烦你了。"

宁绒坐在一边，闻言不甚在意地道："宋医生订的饭菜很好吃，招待也不差，并不劳烦。"

"既然这样，那……"宋赢萧看着身侧的人，见宁绒偏过头来，笑问，"我不喊你宁老师，你也别喊我宋医生，行不行？"

"那你是要我直接喊你的名字？"宁绒试探着问。

"不行吗？以前你不也是这么喊的？"

好像是这样没错，只是刚开始客套惯了，所以之后也就没改。

"宁绒，你不说话我就当你答应了。"

"那你就这么喊吧。"宁绒说，"其实也没必要问我的。"又不是多大的事。

"我这不是怕唐突了你，惹你生气嘛！"

宋赢萧这话说出口，宁绒的眼睫轻抖了一下。

他这话是什么意思？他还怕她生气吗？

电视里的声音响在耳边，宁绒沉默着偏回了头，心里有种说不出的荒诞感。

心神不宁中，宁绒的指尖不知道触碰到了遥控器的什么按钮，一则娱乐新闻跳了出来。

是有关萧矜的。

首先报道了萧矜退圈的事，接着是娱乐节目主持人猜测的各种退圈原因，其中就有小道消息传播出来的"为爱隐退"。

萧矜本身的私人八卦过后，又细数了他获得过的各种奖项和荣誉，似乎要给人一种情绪上的巨大遗憾感。

主持人还说，若是小道消息为真，让大家一起拭目以待，希望能看到让萧矜为爱隐退的姑娘。

这给观众和粉丝留下了巨大的悬念，让人心里痒痒的，不断地想去关注这件事，从而给节目带来热度。

宁绒没注意到一旁宋赢萧看过来的眼神，看到下方还有关于萧矜的消息，她直接点了进去。

是萧矜昨晚在机场被粉丝和记者围堵的事。

视频里有个女孩子被人群挤得摔倒在地，萧矜走在人群前面可能没注意到，周围又太过喧嚣，所以就有了"萧矜不准备在娱乐圈捞钱了，都开始对粉丝置之不理，假戏都懒得做"的言论。

宁绒听着视频外主持人的解说，感叹了一句："还真会说啊。"

她是在替哥哥打抱不平。

宋赢萧眸色沉了几分,舌尖抵了下左脸颊,目光落在屏幕中萧矜的那张脸上,闭了闭眼,问:"宁绒,你觉得萧矜没听到吗?"

"嗯,要是听到了,他肯定会回来拉人的。"宁绒说得自然,视线从屏幕上移开。

她突然又想到一件事,好奇地问:"宋赢萧,你喜欢萧矜什么?还喜欢了好几年?"

宋赢萧吐出一口气,想把周余抓过来打死。

他淡声解释道:"只是会去看他的演唱会,觉得声音不错,谈不上喜欢。"

"哦。"

"那你呢?又喜欢萧矜什么?"

宁绒看着正歪头看着她的男人,不知道是不是错觉,她觉得宋赢萧好像发现了她和萧矜认识的事。

"他这个人对粉丝挺好的,也不耍大牌,工作配合度还高,唱歌也好听,这样的歌手没人会不喜欢吧?"宁绒稳住心神,以一个粉丝的角度去回答问题。

可是她自认为的安全距离,在宋赢萧眼里就是她对萧矜的维护,还头头是道,生怕他以为萧矜不好。

萧矜偏开眼,自嘲一笑,想问一句"他是不是会来找你,退圈是不是也是因为你",但话在喉咙里几经打转,终是说不出口。

心里火烧火燎地难受,宋赢萧气得从沙发上站起身,推着点滴杆进了厨房。

宁绒摸不清楚宋赢萧的态度,在他进厨房前急忙问道:"你要我帮忙吗?"

"不用。"清清冷冷的两个字,给人十足的距离感。

宁绒被宋赢萧这种疏离的态度刺伤,愣愣地坐在沙发上有些回不过神来。

这人怎么反复无常的?

恼意和浅浅的委屈浮在心头,宁绒不想被这种情绪操控心神,看着萧矜大早上发过来的微信消息,马上回复了。

宁绒:没感冒着凉,哥你也注意好自己的身体。

萧矜现在应该不忙,回复很快,还是语音。

宁绒不方便听,手边也没有耳机,准备点语音转文字,结果按下的时间有点短,选项没出来,萧矜的声音倒是直接出来了。

"知道了，小啰唆鬼。"

低沉而富有磁性的嗓音，很好听。

不仅宁绒听见了，端着一杯热牛奶走出来的宋赢萧也听见了。

宁绒不确定宋赢萧能不能辨别出萧矜的声音，但在他没什么情绪的目光下还是挣扎着说："一个老同学而已，就是知道清江城有雨，所以关心问一下。"

"嗯，喝牛奶吧。"宋赢萧将牛奶放到宁绒面前的桌子上，声音很淡，"你不用解释得那么清楚。"

这话让宁绒更加心虚，从小到大，为了不给娱乐记者和粉丝打扰的机会，她从不向外透露自己和季澜双、萧矜的关系。

结果，眼下没来由地心虚让她多嘴了几句，像是在一个知道事实的聪明人面前说了谎，总觉得心慌慌的。

下意识解释也只是正常反应，没想到弄巧成拙。

因为这件事，之后两人都没怎么说话。

宁绒默默喝完牛奶，给宋赢萧拔针后便准备回去。

离开前，宋赢萧问："宁绒，你现在是单身吗？"

轻飘飘的一句话，让宁绒心跳如雷，感觉全身的血液都在瞬间沸腾起来。

她茫然地转过头，下意识开口："你说什么？"

宋赢萧强压住心中因为萧矜而翻涌起的不甘和嫉妒，靠近她。

"宁绒，你是单身吗？"他又问，声音因为紧张而微微发抖。

宁绒被宋赢萧的情绪感染，属于他的压迫感猛然压下来，让她有些喘不过气来，像是氧气被掠夺，脸颊都憋得通红。

她的睫毛因为不安小小地扇动着，容颜娇艳，眼尾的小钩子浅浅翘着，格外地要人命。

她轻轻说了一个字："是。"

电梯门关上，一丝凉风不知道从什么地方吹来，宋赢萧紧绷的身子放松下来，嘴角挂起一抹释怀的笑。

"是就好。"

第七章 · 靠近

国庆假期后的一个周日，A 大和这座城市的其他几个学校组织的篮球赛在 A 大操场正式拉开帷幕。

宁绒在家里没什么事情，抱着好奇心去了。

将近上午十点，操场上来了很多学生，欢呼声、加油声不绝于耳，场面非常热闹。

宁绒找了一个地方挤进去后，抬眼就见斜对面不远处的比分牌附近坐着两个穿白大褂的医生。

其中一个就是宋赢萧。

这是宁绒第一次见宋赢萧穿白大褂，他稳稳地坐在桌子后，专注地看着场地中央，一副闲散的模样，很吸引人。

宁绒甚至能看到周围时不时朝着宋赢萧投过去的视线，附近也有女孩子在讨论他。

宁绒疑惑，心理医生守在这里，是能治疗外伤吗？

感受到宁绒的目光，宋赢萧朝这边看了过来，目光很快聚焦在宁绒身上，只是在看到她身边的张寒时，脸色有瞬间的不好看。

宁绒没察觉，正认真回答张寒问她之后系里聚餐的事。

"我都可以的，到时候通知我就好。"宁绒不好扫大家的兴致。

"宁老师，你头上有片小碎叶子。"张寒指尖从宁绒发间捡起指甲盖大小的枯叶让她看了眼。

宁绒不自在地后退了一步："谢谢。"

张寒注意到宁绒的动作，轻笑着说："没事。"

时间将近十二点，早上的比赛落幕，学生们陆陆续续地离开操场。

宁绒也准备走时，宋赢萧走了过来。

"正好中午了，宁绒，要一起去食堂吗？"学生散场后，宋赢萧本可以立即过来，但被一个病人耽误了点时间。

几分钟前。

"宋医生。"姜星瑶跑到宋赢萧面前,眼带喜悦地看着他,让他准备离开的动作一顿。

"今天是来看诊的吗?"

姜星瑶点头,说着也发现现在的时间有点不太合适:"我下午也有时间,就是看见你了,过来打个招呼,谢谢你之前的照顾,也谢谢你现在还愿意帮我。"

姜星瑶来之前稍微打扮了一下,梳了个高马尾,上身是一件崭新的白毛衣,下身是牛仔裤,穿着简单干净。她面容带笑看人时,眉间的郁气散去,看起来不似二十五岁的姑娘,和周边的大学生没什么区别。

姜星瑶不太好意思打扰人,犹豫了一下,看了眼操场:"要不我明天或者宋医生你有空的时候我再来?"

"不用,我一个小时后回办公室,你要是不着急的话,可以先去校医院的休息椅那里等我。"

谈话结束,宋赢萧朝着宁绒那边走了过去。

面对他的离开,姜星瑶有一瞬间的怅然若失,目光追随着他的背影,看到他站定在了一个女人面前。

姜星瑶愣愣地看着,突然发现这个女人有点眼熟,正要细看,宋赢萧挡住了视线,她只能看到两人的背影。

周围人来人往,姜星瑶独自一人站在操场边缘,正午的阳光下,她突然觉得有些冷。

脊背发寒的冷!

过去那些痛苦的、被封存的记忆再次被打开。

姜星瑶紧咬着牙关,口中慢慢念出了让她痛苦了这么多年的名字。

"宁绒!"

又停了好半晌。

"是你吗?"

在食堂用餐的时候,宁绒没忍住好奇心,问:"今天是你值班吗?"

宁绒问得委婉,但就像是让牙医去救心脏病患者一样,大家都很好奇。

"也算吧,我之前在大学也并非只学习了心理学,对内外伤的处理也有一些了解,所以排到了班。"宋赢萧说得含混,黑眸笑看着对面的人,又问,"你今天怎么把头发梳起来了?"

宁绒吃饭的动作一顿："你就当我是为了能看清比赛吧。"

这就是随手的事，也没想那么多啊，有什么好问的？

"看清谁？"宋赢萧又故意曲解话题，最后的尾音勾着，低低沉沉的，让人忍不住心间打战。

宁绒吞下口中的食物，低垂着头，用小勺子将小碗里的菌菇汤送进嘴里，不准备接他这话。

现在她是看出来了，这人熟悉了以后就喜欢逗人玩，所以不接话才能不满足某人的恶趣味。

没得到回答，宋赢萧也不尴尬，嘴角笑意加深，自顾自道："宁绒，你是不是不好意思说我？"

宁绒放下勺子，想要看清楚某人颇为自恋的嘴脸。

真是压制了一个月，老毛病又犯了是吧？

"宋赢萧。"宁绒压着声音，很严肃地强调，"我只是来凑个热闹，你不要多想。"

"那你下周也可以，为什么偏偏选在今天？"他面上恍然，"说来说去，校医院你好像就只认识我一个人，篮球场上的更是一个不认识，所以，还是因为我？"

宁绒咬了下舌尖，不想同这个无赖计较，更不想去掰扯这人的鬼逻辑，低头认真吃饭。

"默认？"宋赢萧看着她，又加一句，"不用害羞的，我又不笑话你。"

宁绒眼皮跳了一下，害羞？她？

"还真是来看清我的啊？"宋赢萧一副没想到自己真猜对了的嘴脸，尾音惊讶地扬起。

"那下午我在身边加一个位子，你过来坐，可以看得更清楚。"

宁绒几乎被这人绕来绕去的话气笑，想到什么，从小包包里拿出他之前交给她的家门钥匙，推过去："这个还给你。"

宋赢萧瞥了一眼，又指了指白大褂两侧的口袋："这里地方不大，只能装得下手机和饭卡，左右位置已经被分配出去了，要不你再帮我装一下午？"

"晚上给我就行。"

宁绒看了一眼钥匙扣上孤零零的单个金属钥匙，心里一点都不想答应这无赖的要求，直接指出："这钥匙不大，可以装进去，上衣口袋不行的话，裤子口袋也可以。"

宋赢萧闻言也不吃饭了，靠着椅背，长腿交叠，狭长的眼睛眯了眯，看着宁绒很郑重地一字一句强调:"宁绒,我裤子口袋从不装东西。"
"为什么?"
"因为要双手插兜。"
宁绒一口气差点上不来,尤其是宋赢萧还不紧不慢地又补充了一句:"这样会显得很帅!"
"你可真是太子爷里的一股子泥石流!"宁绒几乎是咬牙说出这句话的。

不想被这人气死,宁绒端起盘子准备离开,来个眼不见心不烦。
"说笑的。"宋赢萧俯身过来攥住宁绒的手腕,眼中戏谑的笑消失,声音变得正经起来,"其实主要是怕丢。"
"还有,菌菇汤我一个人喝不完,宁绒,你要不再多喝两口?"他指尖敲了敲桌面,示意宁绒去看还在冒热气的汤碗,"不然浪费了还挺可惜的。"

男人带着温度的手紧握着她的手腕,暖热的五指之下,宁绒不自在地蹙了下眉,耳垂被手腕的温度影响,也开始发热起来,心"怦怦"加速跳动着。她下意识就想要将手抽回来,试了一次,没抽回,反而被握得更紧了。

耳垂处的热蔓延至脸颊,宁绒想到之前他在门口问的那句话,心中某个可能升起。

她抿了抿唇,开口低声提醒:"你先放开手,学生看着呢!"
宋赢萧没动。
宁绒以为这人不愿意,咬了咬牙保证:"我吃完再走,不浪费粮食。"
宋赢萧无奈地叹了口气,再不舍也只得放开,不过,当目光触及宁绒面颊上泛起的粉红时,挑眉,轻声说:"抱歉。"
那声音微带笑意,并没有多少诚意。
宁绒抬眼警告性地瞪了他一眼,眼神清亮,并没有多大的杀伤力。
吃完饭出来,宁绒对篮球不怎么感兴趣,也不想再给宋赢萧调笑她的机会,于是直接回了小区。
至于手里的钥匙,她最后也没有还回去。
快到小区楼下的时候,她收到了周余的消息,说是版画班的木板明天傍晚就能到货。

宁绒:好,我明天和学生一起过去拿。
那头应该是在忙,半天也没回消息。

校医院没什么人，姜星瑶坐在一楼的休息椅上，从门口进来后她的精神就一直处于恍惚状态，双手死死地拉扯着自己的衣袖，眼中满是化不开的恨意。

姜星瑶仿佛又回到了十几年前，因为宁绒，自己遭到指责和孤立。

"姜小姐。"

一道清朗好听的声音在头顶响起，像是破除阴霾的一缕暖阳，将姜星瑶失散的意识慢慢拉了回来。

"宋医生。"姜星瑶忽然很想抱住面前这个人，这个让她好好活下去的人，他像一束光一样照进了她的人生，给了她救赎。

"你现在感觉还好吗？"宋赢萧忽视了她的动作，后退一步，本着职业操守礼貌地询问。

"不好，我不想再被她影响了，我想要好好活着。"

宋赢萧是姜星瑶的心理医生，他知道姜星瑶小时候被救后又被孤立的事。

因为救她的人是班里一个很漂亮的女同学的父亲，那位父亲是一位特警，在与歹徒斗争的时候牺牲了，而她则成了那位女同学的眼中钉、肉中刺。

即便后来那位女同学转学离开了，但当时的事件过于轰动，这种被孤立的情况蔓延到了姜星瑶的初中和高中，所有人都不喜欢她。

这是姜星瑶心理问题形成的主要原因，后来病情逐渐加重，也有家庭的因素。

宋赢萧眸色无波地看着眼前的人，她说着和以前一样的话，那时候的他态度平静，现在依旧。

"宋医生，你是知道我过去的，我只是想要活着，我没有错对不对？"

她死死盯着面前的人，像个急于得到认同的小孩，因为陷入恐慌的情绪里，神色都是狰狞的。

宋赢萧声音平静："姜小姐，你先冷静下来。"

"还有，我们去办公室再谈。"宋赢萧注意到门外走进来的几个学生和值班护士都在朝着这边看，微不可察地蹙了下眉。

"你先告诉我！"宋赢萧没给出答案，姜星瑶一直绷着的情绪直接断了，泣声大吼，"你先告诉我啊，我没错的，我没有错！"

得不到认同，甚至得不到拯救她的人的认同，她根本控制不住自己。

看着面前的情景，宋赢萧的眉眼瞬间沉了下来，他知道姜星瑶是因为得不到认同感，找不到这个世上的同类才会有如此激烈的行为。

宋赢萧伸手扯住女人的手臂,几次出声尝试让她安静下来,但没用,她像是陷入了自己的小世界里,时间越久,她就陷得越深。

而在她眼中,他这个救了她的心理医生就是她的同类。

"你没有做错。"宋赢萧沉声说。

他看着姜星瑶的眼睛,在她看过来的视线里又说了一句:"你想活着,这是你的权利,你没有做错。"

但没错的前提是没有伤害到任何人。

为了防止刺激到姜星瑶,宋赢萧没有把后面的话说出口。

而且依照他的主观判断,她所说的事只能相信五分!

姜星瑶的眼泪滑出眼角,像个疯子一样笑出声:"对,我没有做错,我只是想要活着,所以没有做错!"

她眼神骤然阴沉下来。

宁绒,既然我没有做错的话,那错的就是你!一直都是你!

周一的天气很沉闷,凉风从早上刮到下午,宁绒在下班后拿出手机,看到了微信新消息,是周余的。

周余:宁老师,木板我已经送来了,现在就在你们美术系楼下。

宁绒一愣,没想到周余会亲自将东西送过来。她立马喊了班里唯一的男生和几个女生下去搬东西。

他们到楼下时,周余已经打开了车子后备厢,正在那里低头发消息,听到声音抬头,爽朗地笑了下。

"你们先将木板搬上去,明天上课再发。"宁绒看着车子里几乎堆到顶的木板,转身吩咐跟着下来的学生。

几番忙碌,木板的数量很快核对完,没有错漏,宁绒直接在微信上给周余结了账。

宁绒同周余打了声招呼准备上去,又被他喊住。

"今晚有空吗?要不和萧哥一起出去兜个风?"周余说着,晃了晃手里的手机,"消息我已经给萧哥那边发过去了,估计他今晚也没事。"

周余这么做完全是一片好心,想要给宋赢萧增加和宁绒出去玩的机会,顺便加深存在感。

可惜……

宁绒转回身,看着台阶下的男人,缓缓说道:"他下午发消息说要请我去木堂酒店吃大餐。"

周余眼神发亮,一拍大腿准备说一句"好样的",就被宁绒后面的

077

话给堵了回去。

"但我准备拒绝！今天风大，我只想待在家里。"

"哎，你别啊，你这不是放萧哥的鸽子吗？"周余有点替宋赢萧着急，"木堂酒店我去过，那里做的东西真心不错，而且每周一酒店主厨还会展示拿手绝活，你要是不去那多可惜！"

宁绒不接话，只是笑。

周余低头看了眼手机屏幕，宋赢萧还是没回消息，他准备打电话过去时，宁绒的手机响了。

电话接通的瞬间，宁绒听到宋赢萧那边有物体轻微碰撞的声音，然后是钥匙锁门的金属音。

"宁绒，我今晚有点急事，请你吃饭的事稍稍推后几天，不会食言的。还有，我这几天可能不在家，你有我家里的钥匙，冰糖就麻烦你喂一下了。"男人平稳的声音里带着稍许急切，脚步匆匆。

宁绒愣愣应了声："好。"

周余距离宁绒很近，上下台阶的位置，将宋赢萧的话听了个全。他浓眉皱着，看了眼手机想要问情况，宋赢萧的消息发过来了。

宋赢萧：家里出了点事要回去一趟，你在美术系那边的话，记得将丝丝送回去，今天风大，不适合骑车。

周余：好，我稍后将宁老师送回去。

周余：萧哥，是老爷子的心脏病犯了吗？需要我过去吗？

宋赢萧爸妈几乎不回来，那个小外甥现在还在学校上学，能让他这么着急赶回去的，似乎只有患有心脏病的老爷子了。

宋赢萧：嗯，不用。

周余放下手机，抬眼看到还没有离开的宁绒，对上她关切的眼神，说道："今天风大，一会儿我送你回去吧。"他晃了晃手机，着重强调，"是萧哥让我送的，担心你，所以宁老师千万别拒绝啊。"

宁绒内心隐约觉得可能会从周余这里得到答案，只是没想到宋赢萧会考虑到这点，她的心里暖烘烘的。

她吸了吸鼻子，柔声问："宋赢萧他出什么事了？"

周余眼神闪躲了一瞬，他咳了一声转移话题："那个，外面风大，宁老师你先上车吧，我这也冷得慌。"说着，他裹紧衣服将后备厢关上，快速钻进了车里。

没得到答案，宁绒抿唇，隐约觉得不安，迫切想知道这件急事是不是和宋赢萧当初的意外有关联，只是没想到周余直接躲进车里拒绝回答。

车子开出学校南门时，静谧的氛围里，宁绒突然问："宋赢萧之前发生过意外，是不是和他今天的事情有关？"

周余看了眼身侧的人，一直在纠结要不要告诉宁绒实话。

这事吧，不大不小，认真说起来和宁绒也没关系，没想到她会知道萧哥发生意外的事。

那件事他可不敢提及，他摇了摇头赶紧否认："没有关系。"

"那是他家里的事？"

周余看着前路，没说话。

宁绒明白了，也不再问下去。

周余将宁绒送到小区楼下，宁绒解开安全带准备下车时，周余内心挣扎的天平终是有了选择，说道："萧哥爷爷的心脏病犯了，应该是送去了医院，所以他着急回去，宁老师不用担心。"

宁绒偏头看着周余，眸色清澈，没有说话，她觉得周余憋了一路肯定不止这一句。

果然——

"萧哥大学选择的是临床医学，就是想着学出来能给老爷子治病。"周余声音低缓，目光看向认真听着的宁绒，面色复杂，"只是没想到阴错阳差，最后成了心理医生。"

"是因为不能上手术台了吗？"宁绒很敏锐地问。

"嗯。"周余沉闷的声音像是敲在宁绒的耳膜上，一阵阵地疼。

"因为那场意外？"

周余不敢真正涉及这个话题，闻言只是说："希望老爷子这次能挺过去吧，心脏病也不好治。"

他避而不谈的态度明显，宁绒知道再得不到任何消息，便直接告别下车，走进了小区。

也不知道是不是心里有事，宁绒晚上醒了好几次，每次醒过来都会去看一看床头柜上的手机。

接近天明时分，宁绒翻身拿过手机，询问情况。

宁绒：你那边还好吗？

宋赢萧：没事，过几天就能回去。

宁绒放了心，正想着要不要安慰几句，又怕暴露她知道了这件事的事实，犹豫的时候，对面又发来消息。

宋赢萧：还能睡一个多小时，你好好休息。

宋赢萧：今天依旧大风，出去的时候记得穿暖和点，走路上班，不要骑车，注意安全。

宁绒盯着手机上的字，愣愣地想：这人的关心也太多了吧！

还有，他怎么知道她没好好休息？

她又注意到手机消息上的显示时间，五点五十七分。

宁绒后知后觉地反应过来，她这一晚上睡睡醒醒，心神不宁的，似乎也关心得太多了！

几分钟后，宋赢萧那边又发来一句话。

宋赢萧：宁绒，等我回来。

天色还未大亮，宋赢萧发完这句话后，身体没什么力气地靠在病房外的墙壁上，脸上仅有的温柔褪去，眉目紧蹙着，圈住手机的手力气微松。

这时，病房的门被打开，里面的医生走出来。

宋赢萧站直身子望过去，担忧地问："医生，我爷爷怎么样了？"

医生看了面前的男人一眼，安慰道："暂时没什么大事，就是老人家年纪大了，在家还是要好好休息，情绪不要太过激动，对心脏不好，尤其老人家还有高血压和心脏病，这种事更要注意。"

"还有，家属平日里也要记得给老人合理安排饮食。"说到这里，医生顿了下，"饮食这块要是不清楚，可以来我办公室拿张心脏病病人的饮食表。"

宋赢萧点头："这点我知道，谢谢您了。"

得到专业医生的话，宋赢萧悬着的心放下了大半。

尽管他在大学时就接触过心脏病方面的知识，但事关亲人，总想再三确认。

天色微亮时分，宋简终于赶到医院，手里还拿着给儿子和赶来的妻子买的早餐，难得地贴心。

知道宋赢萧要去学校接江听周过来，宋父沉默了一瞬也没反对，只是道："吃点东西再去吧，接人也不用着急，过去后等听周吃了早餐再说这事。"

不然那孩子今天怕是没什么心情吃东西了。

宋赢萧将手里的包子送进嘴里，又强迫自己喝下豆浆，回复："知道了。"

姜星瑶从校医院离开后，从宋赢萧那里得到平复的心因为一场噩梦再次被搅了起来。

梦中，她又回到当初那种孤立无援的日子，从小学到高中，从骄奢的小公主到生活拮据的穷人，生活中的磕磕绊绊和鸡飞狗跳一直伴随着她的往后岁月，母亲的无理谩骂和狭小阴暗的房子更是让她精神崩溃。

好不容易遇到一个喜欢的人，可是那人眉眼间的冷漠和距离感让她明白，她这种人不配，不配去拥有明月。

梦境慢慢往后，她的年龄到了，周边一个还算富裕的人家看中了她，母亲姜林秀知道有二十万彩礼后，直接给她订了婚，任由她大吵大闹都坚决不退钱。

姜母的疯狂和市侩让她生恨，她选择以死相逼。

她的办法是有用的，姜林秀不再作妖。一个月后，她见到母亲主动联系那边准备去银行退钱，心彻底放了下来。没想到，她最终却被母亲手机中那些赤裸的隐私照片击倒了。

"别想着去报警，否则这些私密照片会在你踏入警察局的那一刻就散播到所有认识你的人手里，尤其是宋医生，我绝对会让他第一个收到。"

姜林秀隐忍的这一个月直接拿捏住了姜星瑶的所有死穴，最后，姜星瑶出嫁。而姜林秀拥有了这笔钱后，工作也辞了，她在女儿婚礼结束后就去外面游山玩水了。

临走前，她还拍着女婿罗腾飞的肩膀嘱咐，让他努力加油，争取让她女儿早日怀上孩子，这样他们才会更安稳，日子才会过得更好。

第八章 · 墓园

宁绒今天醒得比较早，比往常要早两个小时。

醒来后，她伸出手拿过床头柜上的手机，打开微博，点进热搜。

△影后季澜双低调现身机场，穿着朴素。

宁绒点进这个词条，只看到寥寥几张图片。

照片中的女人身穿黑色大衣，头上戴着黑色渔夫帽，帽檐遮盖着眉眼，脸上的黑色口罩几乎将下半张脸遮挡完全。

若不是报道里提及这个人是季澜双，放在往日，她这样的打扮几乎很少有人能将她认出来。

划到最后一张照片，拉近的镜头里，宁绒看到女人葱白手指间的那枚银色戒指，是结婚戒指。

季澜双戴了很多年，若非必要，从不摘下。

手机屏幕的最上方显示着今天的日期，宁绒看着上面的数字——10月23日。

10月23日，是她父亲去世的日子。

每一年的这天，季澜双不管有多忙，都会飞回清江城，以最好的面貌去见她的亡夫。

宁绒在每一年的这一天，都不知道该怎么去面对母亲。

巨大的亏欠感将她淹没，照片里女人孤独的背影更是让她的心细细密密地疼，牙齿没感觉似的咬着嘴唇，死死忍着眼里的泪，控制着自己的情绪。

似乎眼泪不流出来，她就不会那么难过。

宁父很喜欢一种名叫小雏菊的花，他喜欢小雏菊那种干净又平淡的美，温温静静的。于千万花朵中，小雏菊的花开或许并不浪漫，也不热烈，但它是深藏于心底的爱。

像他自己，也像季澜双。

他们的爱情克制又隐忍，永远是双向奔赴，也永远不会落幕。

宁绒简单收拾了一下，拿着伞出门去附近的早餐店吃了一碗馄饨，又从花店挑了最漂亮的小雏菊包装成束。

蒙蒙细雨中，她独自一人等在公交站牌下，要等的那趟公交车来回几趟后，她看了眼手机时间，中午 12 点 57 分。

妈妈应该从墓园离开了。

这些年，他们母女两人都是分开去看望宁程司的，这一次也不例外。

宁绒上了公交车，一个多小时后到了清江城最大的墓园。

雨水打湿墓碑，染成了越发深沉的颜色，宁绒看到墓碑前也放置着一束小雏菊。

花开淡淡，平静又温馨。

宁绒走过去将自己手中的花束放下，将手中的雨伞挡在两束花的上面，避免它们被风吹雨淋。

她能做的不多，所以能做到的，她希望可以做得更好些。

至少让她父亲能多看几眼小雏菊白色而富有生机的样子，而不是雨打花败的残景。

墓碑上的宁程司面容偏柔和，没有特警的那种严肃冷硬，肤色白皙，五官没有任何攻击性，像个邻家大哥哥，眸色偏浅，眼角微弯，嘴角轻轻扬着，就是个无害又温柔的年轻人。

这一张俊朗温润的面容，似乎和特警这个职业不搭界。

但谁能知晓，这个男人曾经风里来雨里去，在生死线上挣扎过无数次，完成了不少漂亮的任务，甚至为了抓住一个犯罪团伙，假死之后深入犯罪团伙的老巢，用了一年的时间将他们一网打尽。

维护人民安全，铲除社会毒瘤，却为此差点失去了心爱的人。

宁绒看着照片里的男人，嘴角如他一样轻轻扬着，说："爸，我也来看你了。"

她慢慢蹲下身子，眨了眨眼。眼睫上沾染的小水珠让她有些不适，她伸出手揉了揉眼睛。

"今天清江城下了雨，但气温不算低，所以我今天就多陪你说说话，你也别嫌我烦。"

"今天过来我又带了你喜欢的小雏菊，在花店的时候也犹豫过要不要换成其他的，但又怕你不喜欢，就没换。"

宁绒絮絮叨叨地说着，从如今的工作到家中的小猫，还有贝苒的转

083

学生活、自己班级里的学生，甚至现阶段国内外发生的新闻，还包括一些鸡毛蒜皮的小事。

像是在拖延时间，想要和眼前的人多说说话。

身上的衣服慢慢被细雨打湿，宁绒打了个喷嚏，又无声地笑了："妈妈的事情我就不多说了，她应该更喜欢自己去告诉你，我如今的生活挺好的，就是……"

看着照片上温柔地笑着的父亲，宁绒突然哽咽了，水色泛上眼眶。她接着说道："就是有些想你。

"妈妈也很想你，但你也知道，她这个人小孩子心性，也要强，怕是不会和你明说，只会自己忍着。"

眸中水色汇聚成珠，宁绒吸了吸鼻子，抬眼，想要将泪水逼回去。

但是这次没成功，她只能用手将快落下的眼泪擦干净。

沉默半晌，宁绒闭了闭眼，语气轻柔道："爸，时间不早了，我要回去了，下次再来看你吧。"

她真的提不了这个话题，她怕自己说得越多，那些该褪色的记忆就越发清晰，眼泪也就越忍不住。

这样不好。

至少在她爸爸面前，她不能哭，不能让他担心。

宁绒撑起雨伞，转过身时看到不远处站着一个人，他撑着一把黑伞，不知道在那里站了多久。

他手上同样是一束小雏菊，相比她和母亲的，他的花束包装会更盛大一些，像是商店里精美的礼品，好看，但不可避免地带上了世俗感。

来人是萧觉景，母亲的前夫。

这是宁绒第二次在父亲的墓地见到这个男人，第一次是在父亲的骨灰入墓园那天。

"萧叔叔。"宁绒掩去眸中的惊讶，礼貌开口，只是声音里带着微弱的哭腔，根本掩盖不了她此时的难过。

萧觉景一身黑色西装，年过五旬的人，气势沉稳有度，在这里看到宁绒，他点了下头表示回应，过来后将手里的花束放在了宁程司的墓碑前。

他直起身子，看着宁绒，缓缓地说道："回去记得煮点姜水喝，驱驱寒，不要着凉了，你妈妈她会担心。"

"嗯，我会的。"宁绒闷闷地应下了，握着伞柄的手有些发凉。

萧觉景又看了一眼墓碑上照片里的男人，叹了口气，对宁绒说："一起走吧。"

宁绒跟着萧觉景一起出了墓园，外面有他的专车司机在等着他。

"上车吧，叔叔送你回去。"萧觉景开口，声音不轻不重，态度和蔼。

"萧叔叔，你每年都会来看我爸爸吗？"车上，宁绒突然问。

后座上的人很久没说话，脑袋微偏看着外面的雨幕。就在宁绒以为萧觉景不会回答，准备换个话题时，他开口了："嗯，每年都会来，我是第三个送花的人。"

宁绒一怔，有点不敢置信："每年吗？"

"那……你不恨我爸爸？"她的声音极轻极浅，没什么底气。

萧觉景转头看着宁绒，叹息道："谈不上恨。"也谈不上不恨。

宁绒和萧觉景也没有很熟，两人的话题就此终止。

不过，她父亲、母亲和萧叔叔之间的感情纠纷，宁绒大概知道一点。

他们三个人，到最后谁也谈不上一句真正的得偿所愿。

当年母亲和父亲相识相恋，准备毕业就结婚。即便母亲当时在演艺圈已有了一点点的名气，但母亲愿意放下事业去兼顾家庭。只是父亲那边工作忙，除了出任务还有繁重的训练，两人的婚事便拖了下来。

然后，父亲因为救人无意中卷入一场跨国阴谋，不得已假死在众人面前，母亲得知消息后崩溃自杀，最后好不容易被抢救回来，却也活得生不如死。

老天最喜欢折磨人，正当母亲心如死灰的时候，外婆又生了重病，而母亲自己还被陷害到要被公司雪藏的地步。

那个时候，萧叔叔出现了，之后就是小说里很俗套的剧情。

那时候对季澜双来说，如果不能嫁给想嫁的人，那么结婚证上的丈夫是谁对她来说都没有任何区别。

像是一场交换，母亲在结婚生下萧矜后火速复出，工作连轴转，从依靠萧觉景给的资源，到那些资源为她主动找上门来。

两年时间八部戏，三档综艺，十几个广告代言，季澜双站稳了国内当红流量的地位。

在外婆身体不好去世的那个月，母亲拿下了第一座影后奖杯，然后，母亲见到了"死而复生"的父亲。

那时候的场面有多混乱，宁绒不清楚，她只知道母亲火速同萧叔叔离了婚，抛下了两岁的哥哥，在两个月后火速嫁给了她的父亲，不久后就生下了她。

萧叔叔很喜欢她母亲，宁绒能看得出来，这么多年，他除了在演艺圈明里暗里护着季澜双外，至今单身未再婚。

只是她的父亲,才是母亲的一生所爱。

宁绒也说不清是谁夺了谁的妻子,这段剪不断理还乱的恩怨纠葛持续了十几年,直到最后,她父亲去世,母亲思念至今。

似乎,也就只能是这么个结果了。

宁绒苦笑了下,拿着钥匙开了门,又进厨房将小锅里放上凉水,切入姜片,之后才回卧室拿上衣服去卫生间洗澡。

热气蒸腾,宁绒没什么力气,草草收拾好自己,出来后将熬煮得差不多的姜水倒入杯中,才坐去了沙发上。

心神有些恍惚,热姜水直接入了喉,宁绒被烫得轻"咝"了一声,又赶紧将杯子放在桌面上。

她动作太过着急,导致杯中的热水洒在了手背上,刺痛且灼人。

看着慢慢泛红的皮肤,宁绒吸了吸鼻子,心底的酸涩和难受再次涌现上来,眼泪也差一点又流出来。

这时,门铃被人按响,刺耳的声音让宁绒极其不适,她蹙着眉开了门。

门外是之前给她送过几次货物的快递小哥,他的手里抱着一个大箱子,瞧着标志像是酸奶。

快递小哥将手里沉重的酸奶箱放在屋里的地板上,又拿出快递单让宁绒签收,同时说道:"这是宋医生邮寄给您的,您确认没错就签字吧。"

宁绒一头雾水地签收东西,等快递小哥离开,她用剪刀划开塑料胶带,看到里面整整齐齐放着六板黄桃芝士味的酸奶。

和上次宋赢萧赔给她的是同一个牌子。

宁绒想不明白这人好好的为什么又给她送酸奶,正要打个电话问,宋赢萧就打来了电话。

宁绒接通。

"宁绒,酸奶收到了没?"男人的声音温温和和的,很好听。

宁绒难受了一天的情绪被这声音莫名抚平了点,她抿了抿唇,语气尽量平静地问:"你为什么给我送酸奶?"

"不喜欢吃了?"

"没有,就是挺突然的。"

"那……我下次在你收货前给你打个招呼?"男人的声音染上笑,像是在打趣人。

宁绒实在没什么情绪再去消耗,也懒得争辩:"随你吧。"

那边沉默了一秒,问:"宁绒,你不开心吗?"

"嗯。"她回答得很诚实。

"那要不我给你放首歌？"宋赢萧认真提议。

"嗯？"

"《让我们荡起双桨》，你觉得这首怎么样？"

宁绒抽了抽嘴角，无语道："宋医生，您能正常点吗？"

"宁绒，你在怀疑一个心理医生不正常，你觉得这种怀疑合理吗？"

像是没办法了，他叹息一声后又说道："你要是实在不喜欢听这个，我给你放个《春天在哪里》也可以。你也别太挑了，不然我这个太子爷伺候不动人，也是要生气的！"他声音懒懒的，拖着尾调。

宁绒额角跳了跳，深吸一口气，最后还是怒声道："宋赢萧，你打电话来就是要专门气我的对不对？"

"我哪里敢啊，这不是急着讨好您嘛。"宋赢萧笑了一声，听得人耳朵发痒。

宁绒不自在地将手机往外挪了挪，脸颊因为对面那人的一句话而微微泛红。

"你打电话来要是没什么事，我就挂了。"宁绒不想再听这人的油嘴滑舌。

"别别，太子爷还有事找您。"

"什么？"

"就是，方便的话开个微信视频，太子爷想陪您一起看部动画片。"

宁绒也不知道自己为什么这么听这人的话，还真的接通了视频，然后打开电视调到动漫频道。

看着手机里一切准备就绪的宋赢萧，宁绒忽视掉他那一双含笑勾人的眼，错开视线落在电视屏幕上，问："太子爷要看什么动画片？"

宋赢萧挑眉，模样挺正经地报了个名字："《熊出没》！"

宁绒："呃……"

两人看动画片看到晚上十一点。

知道宋赢萧在医院，宁绒看了一眼屏幕那边懒散坐在椅子上、眉目稍显疲倦的男人，吃完手中的酸奶，终是开口道："你要是困的话，就先去休息吧。"

宋赢萧撩起眼皮看过来，黑眸略深："不困。"

宋赢萧注意到她眼尾的红，脸上的笑意收敛几分，抿了抿唇，忍不住问："不开心，所以哭了？"

宁绒垂眼："没有。"又蹙眉抱怨，"宋赢萧，你一个心理医生，

087

能不能不要管那么多？"

宋赢萧沉默了下，又不甘心地开口："宁绒，你能不能讲点良心，现在心情好了，就嫌弃太子爷管得太多了？"

宁绒失语，宋赢萧说得对，她现在的心情真的好了很多，这么说确实有点过河拆桥的意味。

"那要不我道歉？"她试探地问。

"您敢道，我这也要敢接受啊。"

宁绒抬眼看向某人："有什么不敢的？我家又没有皇位。"

"这不是我家的皇位没您矜贵吗？"宋赢萧笑了，眸如点漆，声音忽然又沉稳下来，"宁绒，你不用向我道歉。"

男人认真的目光像是带上了火，宁绒心里乱得如同一团被揉得乱七八糟的线，还是点燃了的那种，烧得她心口热腾腾的，整个人都有些冒汗。

招架不住宋赢萧话里的深意，宁绒一时间便也没说话，就在气氛僵持之际，她突然道："宋赢萧，你还……挺会撩人的！"

说不上是褒是贬，语气极其平静。

宋赢萧愣了一瞬，正准备解释一下，宁绒又问："你在医院那边，现在的情况还好吗？"

"嗯，没什么大问题了，这几天应该就可以出院。不过还不能马上回来。"说着，他顿了下，目光瞥到了宁绒的手背，上面的红肿让他立马转了个话头，"我家里的药比较齐全，你要用的话自己上去拿，全搬走也没关系。"

宁绒不解地看着他，又刻意避开他那烫人的目光，不明白这人好好的来个话题大转弯做什么，但还是温声道："我又没生病，要那么多药做什么？"

"手背上的伤不需要处理吗？宁绒，我合理怀疑你根本不会照顾自己。"宋赢萧叹了口气，"你这以后要是没我在身边可要怎么办？"

宁绒心口哽了哽，什么叫没他在身边可要怎么办？

这些年，她一个人不是活得好好的吗？

极力忍耐住"怦怦"乱跳的心，宁绒板着脸回道："宋赢萧，我一个人也能活得很好！

"还有，只是一个烫伤，大半夜的，你不要大惊小怪，像没见过世面一样。"

没见过世面？

宋赢萧吐出一口气，气笑了，声音低沉地喊她的名字："宁绒。"

宁绒看过来，等太子爷发话："什么？"

"我哪天要是被你气死了，你以后记得每天都给我上一炷香。"

"上香保佑我吗？"宁绒下意识接道。

"……我这是做鬼都不会放过你！"

"那我还是烧纸钱吧！太费香了。"

宋赢萧闭了闭眼，忽视宁绒气人的话，重新提方才的事。

"我家里有烫伤药，一会儿挂了视频你记得上去拿，还有，冰糖的猫砂是不是快用完了？要是方便，也麻烦你换一下，不然小家伙宁愿自己憋着也不会去上厕所。"

宁绒莫名觉得这男人的后半句话才是重点，闻言点头："你放心，我一会儿就上去换。"

"上去的时候记得拿走烫伤膏，在客厅的电视柜那里，第二个抽屉。"

他的这句话让宁绒反应过来，方才她好像误解宋赢萧的意思了。

他的重点还是要她拿烫伤膏。

明白这点后，宁绒艰难地点了下头，局促地说："谢谢。"

"晚上早点睡，明天晚点起。"宋赢萧被宁绒的反应逗笑，这句话说完之后又来了一句，"还有，不用太惦记我，暂时还回不来。"

宁绒咬牙看过去，就见两人的微信视频被宋赢萧单方面挂断，成了聊天页面。

所以，她方才也没有完全误解这人的意思，宋赢萧就是在撩人！还是在撩她！

是上次她回复的一个"是"字，让这人打开了什么开关吗？

怎么变化这么大？

这晚，宁绒做了个好梦，梦到宁程司当年来学校接她，她随着放学的人流早早出了校门，没耽误一点时间，身边也没有那个让人头疼又无奈的"朋友"。

那时，艳丽的夕阳染红了半边天，她的父亲一身简单的着装，站在红霞中朝着她伸出手，笑着将朝他奔来的女儿抱起，声音温柔地问："我们丝丝今天有没有不开心啊？"

漂亮的小姑娘抱着父亲的脖子，闻言嘴角扬起一抹开心的笑，声音愉悦："没有，爸爸来接我，我很开心。"

"那我们丝丝要天天都开心好不好？"

宁绒看着父亲温柔的眉眼，轻应了声："好。"

日子不紧不慢地往前走，宁绒有时候还能收到来自宋赢萧的视频笑话，又气人又贴心。

他居然还给她弄了一个回家倒计时，弄得她心里慌慌的。

宋赢萧：倒计时六天。

宋赢萧：倒计时五天。

…………

宋赢萧：倒计时一天。

这是他最后发来的消息，宁绒看着这极其简单的字眼，不自觉地被倒计时影响，莫名地算起了倒计时还有二十三个小时。

心里将这个数字念出来时，宁绒猛地反应过来，宋赢萧这人是不是故意的？

一个心理医生，要弄人心是吧！

盯着微信页面上某人的名字，尤其是他最后发来的那几个字，宁绒狠了狠心，报复一样将这人给拉入了黑名单。

周五临近下班，郝主任提起了一件事，聚餐，并确认了时间、地点和人员。

临走前，郝主任喊住宁绒，脸上堆起笑，又意味深长地嘱咐："宁老师也要记得带家属来啊，若是距离远过不来，男朋友也成。"

宁绒想说家属来不了，男朋友也没有，结果郝主任像是知道她要说什么，笑眯眯地补充了一句："关系好的邻居也行。"

宁绒一窘，是自己跟不上时代了吗？什么时候同事聚餐都能带邻居来了？

宁绒看了眼手机，时间显示下午五点四十七分。

还有十三分钟下班。

倒计时——

宁绒及时打住心里这话，摇了摇头，暗骂自己真是魔怔了。

周六这天，宁绒将所有东西准备好，等着宋赢萧过来接冰糖。结果，她从早晨等到中午，家里的门铃也没个动静。

宁绒等得无聊，一人一猫在床上睡到了傍晚六点多。

醒来后，她看到冰糖的东西依旧放在客厅，才想到宋赢萧还没有过来接猫。

宁绒坐在沙发上，点进微信，又将拉黑的某人从黑名单里拖出来，犹豫了一下，还是问了句是不是出什么事了。

不然怎么现在还没有回来。

半天都没得到回复，宁绒在家待了一天，有点坐不住了，拿了个浅绿色的帆布包将冰糖放在里面，只让它露出一个好看的猫猫头。

宁绒拍了拍它的小脑袋："乖啊，就在这里面待着，我带你一起去小吃街吃东西。"

冰糖"喵"了一声，乖乖地在帆布包里坐好。

一人一猫下了电梯，宁绒开着小电动车带着冰糖去了之前的小吃街。

十一月的天气，晚上七点多外面已经有些冷了，宁绒出来时围了一条白色绒毛围巾，脸上也戴了一个口罩。

到了小吃街，宁绒先给冰糖买了一根没加孜然和辣椒的烤肠，然后开始犒劳自己。

她从街头的煎饼馃子、小笼包、鲜虾馄饨，吃到提拉米苏和酸梅汤，又从烤鸡翅吃到关东煮，从头走到尾，肚子吃到有点撑了才停下。

经过一个名叫章鱼小丸子的店铺时，宁绒脚步一顿。

她忽然想起姜星瑶曾说过，哪天如果因为意外不能当小公主了，就去卖自己喜欢吃的东西。

宁绒讽刺一笑，没了再逛下去的心情，直接带着冰糖离开。

与此同时，姜星瑶将手里做好的小丸子递给面前的两位顾客。顾客转身离开时，姜星瑶好像又看到了之前在A大操场上见过的那个女人。

一样的丸子头，气质恬静，只是戴了条白围巾，面容也被口罩遮住了一半，但精致的眉眼和相似于宁绒的面容轮廓，让姜星瑶的视线死死定在了她身上。

姜星瑶从小摊子后面跑出来，朝着宁绒离开的方向追过去，一路追到街头，可惜再没看到那个身影。

"星瑶，你怎么了？"来人是姜星瑶结婚近一年的丈夫，罗腾飞。

他面容称不上俊朗，但也耐看，比较爱喝酒，喝了就要耍酒疯，如今在一家酒店当厨师，收入不高不低。

"你跑来这里做什么？"罗腾飞又问。

姜星瑶不动声色地远离他，因为情绪起伏，加之周围油烟不断，她莫名有了一种想要呕吐的感觉。

"我没事，就是看到了一个可能认识的……女性朋友，所以追过来看看。"在解释的时候，"女性"两个字被她咬得略重了些。

091

果然，罗腾飞皱着的眉头舒展了几分："那是不是没找到人？"
"嗯。"
"要不要我帮你找一找？你的那个朋友可能还在附近，你给我说说人家的样貌特征，我帮你找一圈。"
"不用了，几年不见，说不定人家都把我忘了，我又何必上去讨人嫌。"
"你对人态度温和点，少耍小孩子脾气，还是有人愿意和你继续当朋友的。"罗腾飞知道姜星瑶的性子，此时也是出于好心提醒一下。
此时两人回来，小摊子前又来了几位客人，罗腾飞主动过去接手生意，让面色不太好的姜星瑶坐在一边休息。
姜星瑶盯着宁绒离开的方向，冷笑。
朋友？那是什么东西？

第九章 · 故人

周日一整天，宁绒都没收到宋赢萧的消息。下午是聚餐时间，宁绒在家收拾好，直接打车去了木堂酒店。

进包厢前，宁绒看了一眼门牌号，确认没错，准备推门时，隔壁包厢里出来了一个人。

那人看到宁绒，先是微愣了下，然后一双黑眸慢慢染上笑意。

"宁绒，我们可真是……好久不见啊！"

男人率先打招呼，嗓音浅浅的，尾音拖着调子，不正经的语气极其匹配那张标致的"渣男"脸。

宁绒看了这人一眼，没应声，垂眸，准备推门进包厢。

男人"啧"了一声，凉凉地道："看见我就走，不打个招呼吗？我这当初也没把你得罪太狠吧？"

宁绒表情淡淡的："你有什么事吗？"

顾命朝着她包厢的方向抬了抬下巴，随意地问："出来和朋友聚餐？还是……男朋友？"

说着，他嘴角往上勾了勾："你应该还没男朋友吧？我你都看不上，你怕是也看不上别人。"

"你喊住我就是要说这个？"

"你这人，话题还能问得再僵一点吗？"顾命两步走上前，从口袋里掏出自己的手机，懒洋洋地递到宁绒面前，黑眸凝着她，笑了，"大小姐，加个微信呗。"

宁绒直接拒绝："不加。"

顾命嘴角的笑容加深，点点头："行，不加，大不了到时候我去A大等你，反正早晚的事。"

"顾命，你不要总是无理取闹。"宁绒蹙眉。

顾命眉眼间的笑意收敛："无理取闹？宁绒，你还记得三年前我最后一次见你时说过的话吧？"

宁绒垂眸，瞳孔极轻地颤了一下，不语。

她当然记得。

这人当时眸色泛红，咬着牙，极其不甘心，一字一句地吐出放弃她的话："宁绒，我放过你了，你走吧。以后也最好不要再见到我！否则，我们的缘分可真要说不清楚了。"

被这人纠缠了两年多，她当时只觉得松了口气，被他放开后匆匆离开，也没弄明白这人怎么突然不纠缠她了。

之后三年读研，她真的再没见过这个人，清静了好一阵子。

此时在这里看到他，宁绒只觉意外。

瞧见宁绒的表情，顾命了然。

"看来是还记得，所以……"他又将手机往前一推，"宁老师，加呗，总不至于真让我捧着玫瑰花去 A 大找你吧？"

被顾命纠缠了两年，宁绒眼下是半点都不怀疑这男人的话，也真怕学校里再出什么风言风语，憋着一口气，板着脸扫码加人。

"记得不要拉黑我。"顾命点击通过，然后笑着晃了晃手机，"还有，以后记得常联系啊。"

因为某些事，顾命知道宁绒不会真的恼他，所以对宁绒的态度有些理直气壮。

"你怎么知道我在 A 大的？"宁绒反应过来问了一句。

"自然是……早就等着和你重逢的这一天啊。"顾命声音暧昧，"这三年，我一天都没忘记你呢！"

宁绒警惕地退后一步，拍开这人伸过来的手，微带不满道："顾大少爷，你不要太过分了！"

"行，不过分。"顾命听话，眼神错开，盯着宁绒一侧的包厢门，"带我进去看看呗。"

他话是征求宁绒的意见，手却已经落在门把手上，往下一压，带着她推开了包厢的门。

包厢的隔音效果很好，随着房间门打开，里面的谈笑声才立马传了过来。

顾命带着宁绒走进包厢，半点不带客气地扯着她的手臂坐在空位上，动作干净利落，也不顾忌人，十分自我。

房间里突然安静下来，一位女老师眼神探究地看着两人，半晌后试探地开口："宁老师，这位是你的……男朋友？"

"不是,方才遇到的大学同学,见我在这里,所以进来坐一坐。"宁绒不动声色地将身子离顾命远了些,语气平淡。

顾命丝毫不介意宁绒的话,反正他已经掺和进来了,眼下对于这些人打量的目光很是坦然:"你们好,我现在是宁老师的……大学……同学!"

一句话两个小喘气,话语里是对宁绒这般介绍他身份的妥协,同时也给在座的几人一个错觉——他以后可不只是这个身份。

宁绒不想同这人说话,他搭在她椅背上的手也让她觉得极其不自在,便又移了个位子坐过去,同时暗暗祈祷聚餐赶紧开始,再赶紧结束。

注意到宁绒的动作,顾命抓着她的手臂不满地道:"宁绒,这才刚见面,你就这么急着和我拉开距离?"

同一时间,包厢的门被人推开,外面的光线落进来,明明包厢内并不昏暗,不知怎么,众人都有了一种沉闷的窒息感被打破的感觉,不由得齐齐舒了口气。

宁绒看清来人时,愣了一下,又在撞上他的视线后,像是心虚一样,赶紧将手臂上的手扯开,又闪躲似的垂眸,有些意外他会来这里。

宋赢萧站在包厢门口,那双深情的黑眸从开门前的微带笑意,到开门后看到宁绒手臂上的那个大掌,眸中笑意渐渐消失,冷色汇聚,嘴角抿直成线,目光浅浅转动间,从心虚垂头的宁绒身上,落在诧异看向他的顾命身上。

两个男人眼神相撞,四目相对,皆是眸色沉沉。

在场众人都感觉到空气中噼里啪啦的火星子在狂魔乱舞,只觉窒息感更重。

刚刚那位女老师看了看宋赢萧和顾命,咳了一声,道:"宋医生来了,来来来,赶紧坐下,别光站着。"说着还拍了拍宁绒左侧空着的位置。

人老成精,她要是再看不出来这两人都对宁绒有意思,就真白活这么多年了。

宋赢萧闻言率先错开眼,径直落座在宁绒右侧,也就是之前宁绒坐过的位置,正好隔开了她和顾命。

落座时,宋赢萧隐约听到了顾命一声略显不满的冷嗤。

宋赢萧嘴角往上提了提,动作自然地将宁绒面前的酒杯拿走,漂亮的手指捏着杯壁,在灯光下透出浅浅的粉,像个极具美感的精致艺术品。

同时,他平缓勾人的声音落在宁绒耳边:"抱歉,我回来晚了一天,让你久等了。"

极其平淡的一句话,从宋赢萧口里说出来,极具暧昧。

宁绒放在膝盖上的指尖轻抖了一下,淡淡地说:"没事。"

顾命的距离感拉开,宁绒紧绷的情绪和身体放松下来,浅浅地舒了口气。

之后进来的是郝主任,宋赢萧是以郝主任亲友的身份来的。

之后的五分钟时间里,所有人全部到齐。

饭局的前半场两个男人各吃各的,谁也没有招惹对方,宁绒悄悄观察半晌刚松一口气,结果顾命就给她出幺蛾子了。

顾命端起酒杯,举到宋赢萧身前,挑眉笑问:"喝一个?"

宋赢萧眼神扫过酒杯,拒绝的话就在嘴边,结果宁绒率先开口:"宋医生他不沾烟酒。"

顾命眸光转动看向她,挑衅一般出声:"不沾烟酒,不是男人!"

"顾命!"宁绒提高声音警告他,"你不要太……"过分!

"喝酒算什么,要不我们再去飙一局?"宋赢萧凉凉地开口,"再看顾某人输一次,还挺……刺激的!"

顾命舌尖抵了抵牙床,不甘示弱地道:"我没问题,就是不知道宋医生这次还能不能再捡回第二条命。"

从顾命的几句话里,宁绒听着听着也听出了点门道,一双明眸看着两人,不确定地问:"你们……认识?"

顾命笑了:"当然认识,生死的交情了,这世上怕是没人比得过我们。"说着,他还捅了下宋赢萧的手臂,"你说是吧,宋医生?"

宋赢萧用公筷给宁绒夹了一筷子糖醋排骨到她碗里:"不认识,也不熟。"

宁绒有些摸不着头脑。

"宋赢萧。"顾命沉下脸,靠着椅背,咬牙讥讽,"当初若不是你命好,怕也没机会再见如今的世面!"

"所以,我这不就是命好嘛!"宋赢萧说得无辜,偏头,目光落在顾命身上,语气云淡风轻,"比你好。"

"也就勉强好个一万倍吧!"

顾命几次落下风,冷嗤一声,直接将宋赢萧准备夹的排骨弄到自己碗里:"果然抢来的才是最好的!"

"那也要你能抢得走!"

"不能吗?我看不见得吧?至少……方才在包厢门口,宁绒,你还记得我的名字和模样对不对?"顾命笑眯眯地看着宁绒,"咱俩过命的交情，你这辈子都不会忘记我吧？"

颇具暗示性的一句话，让宋赢萧捏着筷子的手指骨节泛了白，酸涩难言的感觉充斥在心头。眸光破碎间，他听到宁绒压低的、略显生气的声音："顾命，你当初送我去医院的人情我会还的，麻烦你正常点好不好，别总是消磨别人对你的感激。"

"你就这么怕别人误会啊？"顾命的声音沉下来，情绪有些不太好。

三年不见，当初那个对所有人都冷漠疏离的人，怎么能去维护一个对她心有企图的男人？

即便这人……

顾命闭了闭眼，窒息的憋闷感让他极其不爽，他站起身，冷冷地瞧了两人一眼，直接开门离开。

宁绒也觉得不自在，越过宋赢萧出了包厢准备回去。

走到酒店大门口时，宁绒想到一件事，拿出手机给宋赢萧发消息。

宁绒：冰糖还在我家，你晚上要是回家的话，记得来接它回去。

那边没回应，宁绒也没管这人有没有看见，出了酒店大门朝着路边而去，准备打车回家。

刚走出几步远，宁绒就看到了表情难看的顾命。

他问："宁绒，你那么维护那个姓宋的，你是不是喜欢他？"

宁绒被这话问得哑然，一颗心"怦怦"直跳，只觉得像是被他打开了什么开关，薄如蝉翼的窗户纸也彻底被戳破。

她心里明白了这种隐约的、朦胧的喜欢，但在顾命的质问下还是忍不住恼羞道："这关你什么事！"

"那你否认啊！"

宁绒也想否认，可是一想到宋赢萧这个人，想到他之前一把黑伞撑在手里，在绵绵细雨中等她的模样，想到他漫不经心地对她说"我家皇位没您矜贵"，还有他别扭的关心，几次提及让她去他家拿烫伤膏，以及那句简短的"等我回来"，她就有些开不了口。

因为宋赢萧而产生的悸动不是假的，脸红心跳，让她不可掌控的情绪也不是假的！

"宁绒。"见宁绒半天不说话，顾命忍不住喊了她一声，"要你否认一句喜欢很难吗？"

"当初你直截了当地否认了喜欢我的传言，眼下怎么就做不到了？"

宁绒被顾命质问，忽然冷静下来。

"顾命，你是不是觉得，你喜欢我很久，帮助过我几次，我就一定要受你摆布，如你所愿地也去喜欢你？"

宁绒的冷静让顾命心慌了一瞬，他哑着嗓子问："我难道不好吗？"

"外表上无可挑剔，学业上品学皆优。"宁绒不否认这一方面的好，"但是顾命，我们在性格这一块，真的不合适。"

"那你和那个姓宋的就合适了？"

顾命曾以为未来和宁绒的再一次见面，或许应该是故人重逢，相对温和的一场交谈，可是他没有想到，突然出现的宋赢萧将他所有的幻想全部打破。

顾命固执地挡在前面，宁绒实在躲不开，正准备抬脚踹人时，有人一拳打在了顾命脸上。

顾命被突如其来的一拳打得一个踉跄，勉强站稳后看到来人，神色喜怒难辨："宋赢萧，又是你？"

宋赢萧揉了揉手骨，眉间凝着冷色："觉得挺巧是吧？"

宋赢萧身后的宁绒被逗得"扑哧"一声笑出来，郁闷的情绪退散，身心舒爽。

突然的笑声打破了冷肃的气氛，两个男人都看向她。

顾命率先开口："宁绒，你还没有回答我之前的问题。"

宁绒本来就不想回，此时宋赢萧还在身边，她更加不会回了，闪躲似的，只是说："天气有点冷，我要回家了。"

说着，她伸手拦下路边行驶过来的出租车，打开门，很快坐了上去。

同司机报地址的时候，后车门再次被打开，宁绒瞧过去，看到了坐进来的宋赢萧。

两人回到小区，宁绒进了电梯先按下十六楼，准备给宋赢萧按下十七楼时，想到家里的冰糖，便没再动作。

宋赢萧单手插兜站在宁绒身边，看到后也没反驳。

气氛寂静下来，直到电梯门打开，宁绒先出去，站定后没听到后面人的动静，转回头，不解地问："你不下来吗？"

"宁绒，你真邀请我啊？"

很意味不明的一句话，那双看着宁绒的眼慢慢深邃起来。

他抬步走出去，似是妥协："行，我跟你回家。"

宁绒后知后觉明白了这人的意思，尤其是最后的话让她心神乱了下，又强自稳住，柔声解释："我只是让你将冰糖抱回去而已，你别误会。"

"我没误会。"他接下来的话像是能穿破肉体打入灵魂,"就是……想让你误会。"

宁绒羽睫轻颤了下,艰难地抬眼看着面前黑眸深邃、鼻梁高挺、一张脸仅仅瞧着就让人脸红心跳的男人,她忽然鼓起勇气说:"宋赢萧,你是在撩我吗?"

宋赢萧沉思了下:"如果你不是在嘲讽我的话,我可以认为……你是在赞美我吗?"

"或者,"男人的声音慢悠悠的,脑袋低垂下来,几乎贴近宁绒的脸,"你不排斥我,我可以更近一步了。"

宁绒也不知是怎么开的门,只觉得脸颊火烧火燎的,炙热的温度蔓延,像是要把她整个人都给点燃。

这人……这人还挺得寸进尺的啊!

"疼吗?"进屋后,气氛被打破,宋赢萧一笑,适可而止,随之目光落在宁绒泛红的手腕上。

宁绒不自在地扭动手腕,如实回答:"还好,现在不疼了。"

"但也该多揍那东西一拳。"宋赢萧情绪不太好,心里的戾气有些压抑不住,暗悔方才下手太轻。

他拉过宁绒的手臂进了一侧的卫生间,调好水温才将宁绒的手腕放在了温水之下。

"你……"宁绒由着这人牵着她,就是不明白他让她洗手腕干什么。

知道宁绒疑惑,他直接说:"洗手消毒。"

宁绒偷偷观察宋赢萧的表情,眉目敛着,眼尾下压,嘴抿成直线,确实是……心情不好的样子。

宋赢萧没注意到宁绒的眼神,用心细致地给她洗手,从手腕到手背,再到指尖,动作轻柔、慢条斯理,很是认真。

手中细嫩的手指纤长柔软,带着软绵的热度,像是极为信任他,乖乖听话任由他动作。

缓缓的水流声响彻整个卫生间,朦胧的热气将两人包裹,又慢慢模糊了镜面。

两人谁都没有先说话。

气氛持续了一分钟,宋赢萧感觉洗干净了,又很自然地牵着宁绒的手走到客厅,找到药膏,拧开盖子,用小棉签将药膏涂抹在宁绒的手腕处。

宁绒强忍着脸红说:"宋赢萧,我真的不疼了,你不用这么小心翼翼的。"

宋赢萧抬眼看她，没接话，只是问："之前手背上的烫伤还疼吗？"

"不疼了。"

"那记得按时涂药，要是懒得涂，喊我帮你也行。还有，我这次晚回了一天，是因为送我妈去了上都，那里下雨，没有航班返回来。"宋赢萧突然解释之前的事，又低语一声，"抱歉。"

"你不用和我道歉的。"

其实这并不是什么大事，她对于他，似乎也担不起这一句郑重又清晰的解释。

"要的。"宋赢萧语气肯定，"让你等了一天，是我食言了。"

"我没有等你。"宁绒嘀咕，语气没什么支撑力，薄弱得很。

宋赢萧闷声笑了下，胸腔震动，眼尾弯起，一张精致的脸在灯光下更显柔和温润。

他维护宁绒的面子，说："行，没等我，是我急巴巴赶着来见你。"

他后面的话像是会打鼓一样敲在宁绒的心间，一字落下便是一声，让人的神经都在发抖。

这种难言的情绪困着她，让她不爽地看着面前的人，蹙眉，不满地说道："宋赢萧，你又在撩人！"

"实话实说也要被埋怨啊？"男人撩起眼皮，手上的棉签被他丢入一边的垃圾桶，神色忽然正经起来，"宁绒，我没撩人。"

"也……不太会，就是……只对你这么说罢了。"男人脸颊绷着，声音也有了几分难为情和别扭，"所以，你别嫌弃我。"

最后几个字落，宁绒心中的鼓声阵阵，那瞬间她都要看不清面前男人眼底的执拗和深情了，恍若出现了幻觉。

也让她不知所措！

第二天中午，宁绒准点下课，刚推开厚重的玻璃大门，还没踏下台阶，就看到一侧台阶上一身黑风衣黑长裤的宋赢萧。

男人单手插兜，闲散地站在大门左侧，正低头看手机，眼帘微微垂着，浅蓝色的高领毛衣将他线条好看的下颌包裹了一半，显得侧颜温柔。他右手指尖敲击着屏幕，像是在发消息，神态专注而认真。

这个念头刚落下，宁绒就听到自己的微信提示音"叮咚"一声。

同时，宋赢萧听到声音看过来，点漆似的黑眸对上宁绒的眼睛，然后嘴角慢慢逸出一抹笑："下班了？"

宁绒"嗯"了一声，拿出手机点进微信看了眼。

宋赢萧：我在楼下等你，保安室的这一侧，不用着急下来，慢慢收拾。
　　很贴心，又故意省去了询问之类的话，直接给出已成事实的结果。
　　"西门餐厅二楼有一家新开的鱼粉店，要不要去尝尝？"宋赢萧将手机放回兜里，"或者你之前在东门餐厅吃的鸡丝面也行，喜欢哪个？"
　　"你没有喜欢吃的吗？"宁绒又想起宋赢萧这人不怎么用食堂餐具的怪癖，"要不你打包？"
　　"我打包的话，你会陪我吗？"
　　宁绒被问得沉默了下，站定后瞥了一眼身边人，最后回道："也行。"
　　宋赢萧笑了，眉眼生辉："这么迁就我吗？"
　　宁绒忍下翻白眼的冲动，转身快走一步，腹诽：一天天的就知道逗我。
　　宋赢萧大步追上宁绒的步伐，提议："想不想吃饭的时候安静点？"
　　宁绒侧头，等着他接下来的话。
　　"那就跟着我。"宋赢萧卖了个关子。
　　两人去买了宋赢萧推荐的鱼粉，又去奶茶店走了一遭，之后去了宋赢萧的办公室。
　　宁绒看着将椅子都给她搬好的某人，认命坐下。
　　宋赢萧很贴心，为了防止在两人吃饭的中途奶茶凉了，还出去接了热水回来保温。
　　宁绒眼皮跳了下，对他如此淳朴的行为到底也没反驳。
　　"在看什么？"宋赢萧带笑的声音磁性勾人。
　　宁绒淡定地找补："没看什么，只是在发呆。"又转移话题，"宋赢萧，你挡住我的阳光了。"
　　"那要不我道个歉？"
　　宁绒打开包装盒的盖子，自顾自地说道："你道吧，我听着呢，会很认真地听。"
　　宋赢萧失声一笑："抱歉。"

　　晚上下班时，宋赢萧和宁绒一起骑着电动车回来，看到了将家搬到这个小区的顾命。
　　男人一身昂贵的黑色定制西装，站在楼下的树影之中，面容略显模糊，此时正低垂着头，指间夹着一支烟，火光猩红，烟草味散在空气中，也不知道抽了多久。
　　听到声音，顾命抬起头，看到是宋赢萧载着宁绒回来时，黑眸沉了下来，先是生气，而后冷嘲："怎么，宋医生家里破产了，居然用这么低配的车送人回家？"

宁绒黑脸，最先忍不住："既然顾大少爷看不上我的低配车，那就不要拦路了！"

顾命表情一顿："这车……是你的啊？"

他尴尬地咳了声，看着面前的车子，认真称赞："这车挺好，用来载人多方便。"又接着自顾自地说，"颜色也挺漂亮的，我看着都心动了。"

宁绒静立一边不动，默默看着这人继续编，看他能编出什么花样来。

顾命在宁绒的视线下心中悔意更重，为了找补，拿出手机搜到宁绒这车的同款，直接也订购了一辆。

下了单，顾命不忘将手机页面递到宁绒眼前，强撑着面子说道："我不喜欢的东西从来不下单，费手，也费钱！"

宁绒的目光从顾命的手机页面上移开，一时间也不知道该怎么形容他这举动，半晌只是道："那你买回来了记得骑。"

"不骑我放着落灰吗？"顾命下巴一抬，眉眼带了傲色，说得理所当然，"我还要天天骑着这车去上班。"

宁绒愣了愣："呃……"

这么冷的天，大可不必这样。

"那顾少爷可要记得今晚说的话，"宋赢萧在一边似笑非笑地看着顾命，心里并不打算放过他，"希望顾少爷能坚持一个冬天。"

被提醒的顾命想到未来的他大冷天都要和这半点风都遮不住的车子做伴，顿觉对这车子的喜爱少了大半。

他抖了抖嘴唇，根本不敢去看宁绒的面色，努力给自己找补："我只有上班才会骑，不过大多数时间都是在家里办公。"

宋赢萧点头："这个我知道，不过顾少爷贵人事忙，想来在家的机会也不多。"

顾命咬了咬后槽牙："我不是和你说话，长舌妇能闭嘴吗？"

"闭嘴了去坐实这个罪名吗？"宋赢萧慢悠悠呛人，神情瞧着格外自在。

看着这两个莫名幼稚起来的男人，宁绒无奈地说道："时间还早，你们先吵，吵完再上楼，不用着急。我有事就先回去了。"

宁绒一走，两人也不吵了，但眉宇间凝着的寒意比这傍晚的天还要冻人。

宋赢萧没搭理顾命，停好车转身走了，坐电梯上楼后停在了十六楼，出电梯按下宁绒家的门铃。

里面的人过了两分钟才来开门:"过来找我是还有什么事吗?"

"这个,你忘了拿。"宋赢萧将车钥匙递到宁绒面前。

宁绒伸手接过后道了声谢。

但宋赢萧没立即走:"还有一件事要同你说。"

宁绒看着他,眸子明亮清澈,等着他接下来的话。

"之前说请你吃饭,结果因为临时有事给耽搁了,能问一下你明晚有时间吗?"

"你还没忘记这事啊?"

"我哪敢忘啊。"宋赢萧笑了,"明晚那边有主厨展示手艺,你要不要和我一起去尝一尝?"

宁绒想了想:"你安排吧。"

第二天早上,宁绒收拾好下楼,在微信上根据宋赢萧给的位置找到了他的黑色奔驰。打开车门坐进去后,车子里的温暖驱散了她身上刚沾染到的晨寒,暖烘烘的,让人感觉很舒服。

宋赢萧贴心地递过来一盒热气腾腾的小笼包和一杯尚温热的豆浆。

"刚买的,还没有凉,你先吃点垫垫肚子。"

宁绒垂眸,接过,轻应一声:"嗯。"

车子开动,转弯路过电动车停放点时,宋赢萧看到了站在宁绒电动车旁边的顾命。

顾命正低着头,左手提着一个纸袋,右手指尖敲击屏幕,应该在给什么人发消息。

宁绒咬着手中的包子,也看到了这人,心里都是大写的无语。

同时微信的提示音响起,宁绒拿出手机点进去,不出意外看到了顾命发来的消息。

顾命:宁绒,八点上班的话,你现在下来还赶得及。

有车子从身前驶过,顾命眼都没抬,只是退了一步,又继续打字。

顾命:早餐我帮你买好了,还是热的,用保温盒装着,你正好可以带去学校吃。

宁绒盯着手机屏幕里的几行字,将手里的包子全部送进嘴巴里后,慢悠悠回复消息。

宁绒:我有早餐了。还有,你先回去吧,不用守在我车子边。

顾命:什么意思?

宁绒抬头看了眼大门前缓缓升起的电动道闸,喝了口暖暖的豆浆,才又敲下后面的话。

宁绒：我已经坐车离开了，刚出小区大门。

顾命一愣，想起方才从他身边驶过去的车子，后知后觉地反应过来，低骂一声跑到小区门口，也只看到了车子的背影！

顾命见宋赢萧率先将人接走了，自己白忙活了一通，一大早的好心情被破坏掉，不爽地扯了扯胸前的领带，打开车门上车。

他就不信了，今天还能什么让那姓宋的领先！

宁绒这边到了学校，下车时宋赢萧突然喊住她，手指握在方向盘上，微微用了点力气，喉结滚了滚，哑声问："顾命的微信……"

你是什么时候加的？还是就一直没删除过？

想到自己那被无人问津几年的微信号，宋赢萧酸了。

所以他想知道这个问题的答案，只是话到这里有点不知道该不该问下去，半晌又轻叹一声，体贴地道："算了，你先走吧，别让学生们等急了。"

宁绒不太明白宋赢萧要说什么，顺着他的话下了车。

宋赢萧的视线追随着宁绒走上台阶，看着她的身影消失在大门处才移开眸子，准备离开的时候，看到了从大门口跑出来的身影。

副驾驶位的车门被宁绒打开，她坐上来笑着说："顾命的微信是前天晚上加的，宋医生还有什么要问的吗？"

方才准备上楼时，宁绒突然反应过来宋赢萧话里的未尽之意，脑子一热直接跑了出来，想要解释清楚。

"没了。"宋赢萧眸中黯色褪去，嘴角扬起笑，有些坏，"就是不知道这人的微信好不好删除？"

"这个……可能不太好删除，不过……"宁绒看着面前人微绷的表情，眨了眨眼，大喘气后直接说，"可以答应你。"

说着，她拿出手机，点进微信找到顾命的消息页面，在准备操作的时候手指被一只温热的大掌握住。

宁绒抬眼看他："怎么了？"

"算了，还是别将人惹毛了。"宋赢萧将手从宁绒手背上抽回，将她脸颊上落下的一绺黑发别在她耳后，"不过可以尽量不搭理他。"

宁绒观察了这男人半晌，没发现什么委屈隐忍的神色后，点点头，纵容道："行。"

"这么纵容我啊？"男人的声音仿佛带着钩子，让宁绒耳朵发痒。

"一般般吧，"宁绒说，"也不是什么过分的要求。"

"所以,我是可以过分一点吗?"

宁绒捏着手机,指尖因为用力而血色半褪,受不了这人直勾勾落在自己脸上的视线,让她十分想逃。

下车之前,她丢下一句话:"不可以。"

宁绒进班级上课没多大会儿就收到顾命说他来了 A 大的消息,甚至表示中午过来陪她一起去食堂吃午饭。

宁绒眼角抽了抽,半晌也不知道该怎么回复,索性随他去了。

姜星瑶在微信上问过宋赢萧的时间,早早来到校医院,快八点的时候,终于看到了从门口进来的人。她急忙走上前去,语带欢喜:"宋医生。"

昨天姜星瑶就预约过今天要来看诊,眼下在这里见到,宋赢萧将人带去了自己的办公室。

宋赢萧翻出诊断单,注意到姜星瑶欲言又止的表情,开口道:"姜小姐有话可以直说,能解决的问题都不要憋在心里。"

这话像是给了姜星瑶勇气,她咬了下唇,试探地问:"宋医生是……是有……女朋友了吗?

"我没有别的意思,就是上次看到宋医生和一个女人一起离开,觉得你要是有了女朋友,我这样来打扰你会不会不好?"

"心理医生是我的工作,不会只接待男病人,女病人也有,姜小姐不用多心。"

对于姜星瑶问题里的主要落点,宋赢萧避了过去,同时隐约感觉到了她对他的某种心思,所以"女病人"三个字咬得稍微重了些。

体会到宋赢萧话里的意思,姜星瑶的面色一僵,扯唇,声音很干涩:"那就好。"

"姜小姐最近因为什么事心情起伏过大?"宋赢萧拿出心理医生该有的专业和态度与病人进行交流。

"也没有,只是为了生活会很忙。"姜星瑶垂着眸子,指尖掐进肉里才能保持正常状态,对于她那爱喝酒的丈夫和殴打她的婆婆,她莫名地难以启齿。

宋赢萧笔一顿,清楚姜星瑶没有说实话,打开抽屉抽出一份心理调查表,推到她面前。

"姜小姐,这个心理调查表你可以先将它做完,做完后我看了情况我们再继续聊。"

能有喘息的时间,姜星瑶松了口气,接过宋赢萧递过来的黑笔,低头开始认真作答。

宋赢萧拿起桌上的杯子走了出去,像是掐好时间似的,在姜星瑶将心理调查表写完的那一刻正好回来。

宋赢萧将心理调查表仔仔细细看过一遍后,抬起眼皮,声音平淡地陈述:"姜小姐,你现阶段的心理问题不是很严重,比起之前好了很多。"

姜星瑶好心情地轻"嗯"了一声,等着宋赢萧接下来的话。

"不过想要彻底治愈,还是要尽量敞开心扉。我是心理医生,对于病人的情况不会泄露分毫,姜小姐可以放心。"

姜星瑶垂眸,大拇指不安地抠着指甲,等了好半晌后才斟酌着字句去讲述她如今的生活……

宋赢萧面色始终很平静,在姜星瑶讲述完后又问了几个问题,并进行了一定程度上的心理疏导,最后开了诊单。

"这是这两周的药,姜小姐可以先试着吃一些,你的心理问题并不严重,两周来这里找我一次便好。"

姜星瑶接过单子,道了声谢。

走出医院大门后,姜星瑶拿着取出来的药低头看盒子表面的说明书,结果一个没注意撞到了人。

"对不起,对不起。"姜星瑶连连道歉。

"没事。"顾命扫了她一眼,声音冷淡,离开后拦住了一个路过的护士问路。

姜星瑶收回视线,捏着药盒转身离开。

顾命找到宋赢萧的办公室时,他正在给看病的学生进行心理疏导,听到动静瞥向半开的门,看到了顾命得意带笑的脸。

顾命挑着眉给宋赢萧指了指外面走廊上的休息座椅,轻声吐出几个字:"等你下班!"

宋赢萧淡漠地收回视线,手中黑色的笔杆压着掌骨,继续对患者进行治疗。

等到中午下班,宋赢萧换下白大褂从办公室出来,看到斜靠在座椅上正悠闲打游戏的顾命,抬脚准备从另一侧离开,被顾命及时喊住。

"我说,今天请兄弟吃个饭呗?"

顾命放下手机几步跟过来,手臂搭在宋赢萧的肩膀上,一副哥儿俩好的架势。

"我们不熟,你最好自觉点。"宋赢萧讥讽道,走到车边开门上车。

顾命手疾眼快地拉开副驾驶的门,在宋赢萧锁车门前提前坐了上去,身子靠在座椅上,长腿交叠着,一副舒服的享受模样,只装作没听见。

宁绒在宋赢萧车上看到顾命,半点不意外,上了后座。宋赢萧启动车子。

顾命转回头同宁绒说话:"中午想吃什么?"

"我不挑,你们买自己想吃的午餐就行。"

"那就去人最多的地方,学生们挑选食物的眼光总不会很差。"顾命下了结论。

在食堂买饭的时候,宁绒要了两份一模一样的鸡块面,宋赢萧去买柠檬水。

顾命买饭回来,顺手拿过来一杯。吃饭途中,由于三人过于显眼,引得四面八方的目光频频看过来,尤其是顾命这个新面孔,标志性的"渣男"脸搭配得体的西装,有股浓厚的斯文败类气场。

又帅又坏的男人,引得不少姑娘春心荡漾,大着胆子上前来要微信。

顾命在吃饭中途几次被打断,有些不爽,礼貌拒绝,顺便向宁绒表了表决心。

结果接下来的一个有些特别——

宁绒班里唯一的男生朝着顾命伸出了魔爪,笑眯眯地递上手机微信二维码的同时,不忘顺带介绍一句:"我是宁老师班里的班长。"

顾命看着面前的男生,诡异难言的情绪静止了一秒,偏头看着同样蒙了的宁绒。

这是……真认识?

顾命咧嘴僵笑,放下筷子抽出手机,扫码加人。

班长李维朝点击通过后,肩负着全班女同志赋予的重任,他不得不强撑着脸皮问清楚:"您好,请问您是我们老师的……"

原来目标还是宁绒,顾命暗暗松了口气,笑眯眯地回道:"我是你们宁老师很熟悉的大学同学,未来……"

他的话语在这里顿了一下,成功挑起了李维朝的好奇心。

然后在宋赢萧的死亡注视下,以及宁绒警告性手臂一碰中,他意味不明地说道:"是什么身份还说不准。"

李维朝秒悟,立马走了。

期间,顾命与宋赢萧针锋相对,还提起给学校捐楼的事情。

下午上了两个小时课后,宁绒全班就收到了顾命让人送过去的柠檬水,顾命彻底在宁绒班里打响了名声。有些学生暗地里还打起了赌,"宁宋CP"和"宁顾CP"嗑得起劲,一股子隐形浪潮从宁绒班级开始蔓延,慢慢在贴吧盖了很多楼,最后大家都在讨论宁老师最后会花落哪家。

还有一小时下班时,顾命在宋赢萧办公室外刚将游戏对面的敌人反杀,一个声音突然冒了出来。

"请问是顾先生吗?"来人声音温和,带着中年人的微沉闷哑。

顾命撩起眼皮,看到了一个相貌和蔼的中年人。中年人脸上的笑真诚了几分:"顾先生,收到消息说您准备资助本校,我们校长想见见您,请随我来。"

顾命僵硬着脖子扭头看了眼宋赢萧半开着门的办公室,烦躁地抹了把脸,总感觉被坑了,但这好像又是正常流程。

秘书将人带走,楼道外没了声音,宋赢萧斜倚在门口看了眼空荡荡的楼道,嘴角勾起得逞的笑。

宁绒准点下班,从教学楼出来后没在宋赢萧的副驾驶座看到顾命,还挺惊讶,系好安全带后没忍住好奇问了下。

将人弄走的宋赢萧心情尚好,也不隐瞒:"去校长办公室商讨给学校捐楼的事了。"

宁绒被这句话逗得"扑哧"一声笑了。

夜色已降临,宁绒跟着宋赢萧去了木堂酒店,两人在木堂酒店的最高层餐厅靠窗的位置坐下。

宋赢萧递过来一本菜单,温声问:"看看还想吃什么?"

宁绒看了眼被宋赢萧提前勾画出来的菜品,清汤燕菜、黄焖鱼翅、三套鸭、松鼠鳜鱼、龙井虾仁、扬州狮子头、东坡肉、翡翠玉蔬和开水白菜,一共九道,前三道是主厨亲自操刀,其他的也基本都是国宴名菜,点的数量还不少。

宋赢萧把她想吃的都点了。

宁绒合上菜谱:"差不多了,已经够吃了。"

宋赢萧挑眉,挥手招来服务员,又添了几个餐后甜品,最后在宁绒不赞同的目光下收手:"就这些吧。"

服务员一走,宁绒就收到了顾命的连环微信消息。宁绒将所有消息一扫而过,至于顾命询问她在哪儿……

宁绒瞥了眼对面装作什么都不在乎的某人,嘴角轻扬了下,低头,寥寥几字回复过去。

宁绒：我和宋医生在吃晚餐，再发消息就拉黑。

表明态度，隔出距离，宁绒希望顾命能明白，他们两人是真的不可能。

不管是没有宋赢萧的过去，还是有了宋赢萧的现在，或者是……未来，都不可能！

顾命应该是领会到了宁绒的意思，没再发消息过来。

宁绒知道装作不在意的某人其实很在意，她收起手机，也佯装不经意地说："是顾命，问我们在哪里，我没说。"

宋赢萧偏过头，黑眸对上宁绒含笑的视线，知道小心思被她看破了，也不恼。

今天来用餐的人不多，菜品很快就被服务员摆到了餐桌上，一桌子色香味俱全的美食让人只是看着也感觉是一场视觉盛宴。

宋赢萧不想饿着宁绒，两人话题止住。

吃饭中途，宁绒无意中看到了一个人。

女人一身大红色的鱼尾长裙，勾勒出细瘦的腰身，大波浪的长发披散在肩膀处，遮住了半露的美背，妆容精致又艳丽，正和身边的中年男人谈笑风生。

女人身侧还跟着她熟悉的江江姐和经纪人，两人脸上挂着笑，应该是今晚的合作达成了，时不时插两句嘴，一行人其乐融融，笑语不断。

宁绒没想到会在这里遇见季澜双谈合作，一时有些愣怔。

宋赢萧注意到宁绒的视线，也看了过去。

是家喻户晓的季澜双，三金大影后。

宁绒正纠结着如何介绍两人，就听到了高跟鞋走来的声音，同时伴随着女人一句惊讶的呼喊："丝丝，你怎么会在这里？"

宋赢萧看着季澜双走近，又在那双美眸意味深长的打量下，莫名得到了她还算有好感的笑。他正不明其意，季澜双口中的名字又让他的脑袋嗡嗡作响。

季澜双认识宁绒？还喊了这么亲热的小名？

宋赢萧疑惑地盯着宁绒。

宁绒抬起头，扯唇笑了下，给他介绍说："宋赢萧，这是我……妈。"

"亲妈。"季澜双笑着宋赢萧，友好地伸出手，声音爽朗地自我介绍，"你好，我是丝丝的母亲。"

她话落又有些犹豫："你是丝丝的男朋友吧？不介意的话你可以和丝丝一样喊我一声妈，不用称呼阿姨什么的，把我都叫疏远了。"

季澜双觉得丝丝都愿意介绍她这个大明星母亲给人家了，想来两个孩子的进展也不慢。

被惊天大瓜砸到的宋赢萧和宁绒皆是一愣。

宁绒在宋赢萧直视过来的目光下，轻瞪了眼她这喜欢开玩笑的母亲，控诉道："妈，你别说了。"

季澜双捏了捏女儿柔白的小脸，嗯，手感一如既往的好，肉乎乎的，看来将自己照顾得还不错。

"好好好，妈妈不开玩笑了，要走了。"季澜双瞥了眼一侧的宋赢萧，拍了拍他的肩膀，鼓励道，"小伙子，我很看好你，加油。"

"争取过年来我们家吃个亲友饭。"

季澜双很正式地表明态度，窗户纸一戳再戳，将宋赢萧和宁绒的关系一挑再挑。

宁绒装死似的低着头，手指紧攥着包包的拉链口，企图躲过这让人心跳加速、呼吸骤停的一幕，偏偏另一侧还有江江姐和宏耀叔含笑欣慰的视线落在她身上，让她恨不得找个地缝钻进去。

她就是来吃个饭，享受美食，为什么要面对带人见长辈这种猝不及防的戏码？

好在有人过来打破了这种让她窒息的气氛。

"您好，甜品已经打包好了。"服务员将手中的包装盒交给宋赢萧，同时对着季澜双歉意道，"季女士，方才您那桌的佛跳墙因为厨师临时有事耽误了一点时间，没来得及端上桌，如今也给您打包好了，厨师也会亲自过来向您表示歉意。"

罗腾飞被高他一级的厨师长推出来当替罪羊，心里憋屈却也没办法，接过包装好的食物紧随着服务员走过来，看到他道歉的对象是国际知名的大影后时，心里更紧张，连连道："对不起季女士，方才因为我的失误耽误了上菜时间。这是给您打包好的佛跳墙，这一单也会记在我名下，不用您再破费。"

季澜双瞥了眼罗腾飞，到底是小事，她说了声"没事，饭菜钱照常付"后，将手里打包好的食盒递到了宁绒手里。

"妈妈赶飞机吃不了，你拿着吧，吃不下明天也能当个早餐。"

宁绒接过。

等季澜双走后，两人收拾好东西过去结账，结果被先他们一步的季澜双付了钱。

站在收银台前，宋赢萧收回黑卡，只觉今晚像是做梦一样，恍恍惚惚的。

他这个刚见丈母娘还没名没份的女婿被莫名其妙认可了不说,还被丈母娘请客吃饭,似乎……这世上的女婿都没他这待遇。

这让他有些惊慌,但更多的是天降惊喜。

家里没阻力,宁绒家里也没了阻力,一切都顺利得过分。

回小区的路上,宁绒收到季澜双的消息,点开一看。

季澜双:宝贝闺女,妈妈的女婿你可不能放跑了,记得和人家好好相处哦!

宁绒一脑门黑线,她是有多被妈妈嫌弃,这么着急把她往外推?

"在和伯母聊天吗?"宋赢萧看宁绒上车后就在回消息,随口问道。

"嗯。"宁绒应了声,又偏头看着男人弧度流畅的侧颜,解释说,"今晚我也没想到会在餐厅遇到我妈,你……没有被吓着吧?"

宋赢萧轻笑了下:"宁绒,我没那么胆小。"

"而且……"宋赢萧拖着声音,模样略显慵懒,"胆小的男人也不适合追人。"

宁绒不说话了,睫毛轻颤着,心里暗叹,这男人得到同意后,倒是越来越不收敛了。

木堂酒店里,宁绒和宋赢萧走后,罗腾飞看向女服务员:"我没听错的话,方才那个漂亮的女客人喊了季影后一声妈?"

女服务员好不容易才收敛"怦怦"乱跳的心:"没听错,她就是季影后传闻中的女儿。"

罗腾飞感叹着,转身,回了厨房。

第十章 · 分离

十一月中旬,清江城下了场雪,气温又降了几度。

顾命订购的电动车就是这时被快递员送了过来,他在楼下组装好,又将在家休息的宁绒磨了下来,看了一场他的骑车秀之后,夸出口的话才给圆上。

同时因为给 A 大捐楼,顾命得到了一张学校专门给他办理的饭卡,也有了正当的借口过来 A 大溜达,找宁绒的次数更是不少,还每次跟着宋赢萧一起过来。两个大男人天天形影不离,又都是高颜值帅哥,学校贴吧里的风向慢慢发生了变化。

"宋顾CP"被学生们扛起了大旗,贴吧盖楼一千多层。宁绒能知道这件事,还是班长李维朝实在按捺不住一颗燃烧着的八卦心,求证到了宁绒面前。

宁绒瞧着班里被八卦之火燃烧得纷纷停下手中刻刀的学生们,严肃着脸,郑重强调:"没有这回事,他们两人只是普通朋友,你们别乱嗑!"

"啊!"全班发出整齐的哀叹声。

宁绒露出死亡微笑:"大家适可而止。"

被嗑 CP 这件事顾命和宋赢萧本人并不清楚,两人偶尔被宁绒用好奇且怪异的视线看着,彼此都不明其意,而且又与宁绒嘴里问不出来结果,这件事慢慢就这么过去了。

日子不紧不慢地往前走,某个周末,宋赢萧陪着宁绒点了木堂酒店的外卖,顾命提着蛋糕过来串门。

瞧见宋赢萧也在,顾命说什么都不走了,最后成了三人大餐一顿。

十二月底的时候,清江城的大雪下了两轮,顾命和学校签下捐赠合同后没几天,因为公司的事不得不暂时离开清江城。

大雪融化那天,学生们迎来了一学期最后的期末考试。宁绒忙活完监考任务后，在一月九日那天结束了一学期的工作。

宁绒下班回家，拿着手机和季澜双聊天，得知妈妈再有半个月便会回国。

她心情很好地退出聊天页面，又给萧矜发了消息过去询问，想知道他今年准备在哪里过年。

萧矜：和你们一起吧。对了，你哥我演唱会的日子定了，需要票直说，毕竟这次来的可能不止你一人。

这句话一般来说比较稀疏平常，偏偏萧矜又发过来一个坏笑的表情包。

这宁绒就不得不重视了，她坐直身子。

宁绒：你从壳壳那里知道了什么？

能和萧矜直接交流的，她妈妈不太可能，就只有壳壳了。

萧矜：怎么，这又不是什么见不得人的事，你瞒着做什么？

宁绒无语，不好说宋赢萧的事，便迅速和他结束话题。

寒假生活刚开始，宁绒这边过得很平静，姜星瑶那边却被丢下了个大雷。

手中验孕棒上的两条杠让姜星瑶不得不接受一个事实，她怀孕了，怀了罗腾飞的孩子。

姜母姜林秀看到结果，狠狠松了口气。

姜林秀生病了，也知道肺癌到她这个程度根本没有被完全治愈的可能了，化疗药物不过是延长寿命的手段罢了，她吃了这么多年苦，早就看开了。

现在唯一庆幸的就是她在死前看到了她那个心比天高的女儿有了落根的筹码，不负她的一番苦心。

看在孩子的面子上，女儿的丈夫总会对女儿再多几分宽容。

而她的女儿，只要好好将肚子里的孩子养大，也就老有所依了。

萧矜演唱会的时间正式公布那天，宋赢萧被院长通知年前需要带着几位医生去安津市参加一场医学研讨会，这场研讨会是由国外回来的知名医学教授联合举办的，为期半个月。

宋赢萧十分遗憾不能和宁绒多相处半个月了。

要离开的这件事，宋赢萧不知道该怎么和宁绒说，下班后回了家，先去收拾了行李。

他来到宁绒家时，宁绒正在客厅给花浇水。

宋赢萧黑眸静静看了她好半天，将不舍压回眼底，犹豫了下终于开口："我明天要去安津市出差。"

宁绒反应过来他说了什么后，轻"嗯"了一声，忍着失落问："那你什么时候回来？"

"这次出差大概有半个月，年前能赶回来。"

"那你路上小心。"

"我不在的这段日子，你照顾好自己。"

宁绒脸颊微红，又被宋赢萧的眼神灼得情绪不宁，闷闷回道："我知道了。"

半晌后，她又说："明天，我去送你吧。"

宋赢萧看着她笑了声："好。"

宋赢萧没在宁绒家多待，简单几句话交代清楚后，又上楼拿着行李箱，开车离开了鸣梧小区。

他需要先回爷爷那里一趟。

第二天，宋赢萧准时过来接人，路上，宁绒不知道聊什么，随口提了个话题："这次是你一个人去安津市出差吗？"

"还有几位医生。你有什么需要的，我给你带回来。"

"没有需要带的。"宁绒看着车外经过的车辆，声音有些轻，像是在回忆，"不过我大学和研究生都在安津美院读书，那里的校园环境还不错，要是距离你住的酒店不远的话，你可以进里面看看。"

"嗯。"宋赢萧应了一声。

他垂下眸子，想到他没得到宁绒消息的那几年，一所又一所大学地找她，唯独错过了这所学校，提起依旧深觉遗憾。

宋赢萧和宁绒进了机场大厅后，才知道他们来得不算早，已经有人去办理登机手续了。

宋赢萧不着急，给宁绒买了一杯温的黄桃燕麦奶茶。

宁绒接过，将杯子握在手里，一口一口地喝。

中间注意到宋赢萧几次看向她的、那带着浓重不舍和小小遗憾的眼神，宁绒舔了舔唇。

可能是分别在即，也可能是四目相对时宋赢萧狠狠地移开了眼。

宁绒突然问："宋赢萧，你喜欢我吗？"

宋赢萧一愣，黑眸定定地看着眼前的人。

他以为宁绒是开了窍，唇边的笑意还没漫开，机场的广播响了。

"女士们、先生们,欢迎您乘坐中国航空公司××航班,由清江飞往安津的飞机即将起飞,请您……祝您旅途愉快!"

"嬴萧,赶紧过来。"老院长朝着宋嬴萧招手,声音里透着几分着急。

"你赶紧去安检吧,别耽误了时间。"宁绒抬眼看着眼前的人,说话时尽量让自己的声音听起来平静些,"我也要回去了,祝你一路顺风。"

一股冲动推着宁绒让她将那句话说出口后,她又突然有些后悔。

不该这么突兀的,还是在时间这么紧张的时候。

宁绒闪避似的转身准备离开的时候,手腕被一股力道紧紧地握着,又由紧到松,似是怕伤着她。

宁绒转回身,被迫对上了宋嬴萧的眼睛,那双深情的桃花眼不笑的时候黑漆漆的,有些深邃,让她看不透,又像能吞人似的让人不敢直视。

忽然,身体被面前的人拥抱住,是紧紧将她搂在怀里的姿势。

宁绒闻到了宋嬴萧身上好闻的松木香,带着他的体温,还听到他落在她耳边的呼吸声中伴随着一声低低浅浅的笑。

"宁绒。"他的声音低沉而眷恋。

"嗯?"宁绒回应他。

发间好像被抱着她的男人落下了一个吻,轻到她几乎都快感觉不到。

他说:"今年过年的时候,你带我回你家吧。"

"我想陪你一起吃亲友饭。"

"老板,您电话响了。"助理提醒顾命。

顾命的目光从远处穿着白色羽绒服的宁绒身上移开,收回视线,平时那双略带痞笑的眼像是失了光彩,唇线绷直,不知道想到了什么,失笑一声,似讥讽似自嘲。

他做得再多,终究没有宋嬴萧多。

难怪不被她喜欢。

顾命低下头,从口袋里抽出手机,看了一眼后直接挂断,朝着与宁绒相反的方向大步离开。

背影孤寂落寞。

清江城下小雪那天,宁绒早早起床,简单洗漱过后直接出了门,打车去了机场。

季澜双今天回来,她来机场接人。

不知道是不是巧合,宁绒在机场大厅看到了被粉丝包围着的萧矜,还看到了不远处一个女孩的背影,有点眼熟。

女孩扎着利落的丸子头,手中推着一个黑色的行李箱,身形偏瘦,脊背挺直,穿着舒适的白色大衣、牛仔裤,走路不急不缓的,和周围脚步匆匆的行人很不一样,像是漫步似的,有点像青酥姐的风格。

看不到正面,宁绒也不太确定,正待细看时,手机有消息进来了,是江江姐。

宁绒知道季澜双下了飞机,也不耽误,朝着江江姐发来的地址赶过去。

来接季澜双的保姆车比较显眼,宁绒过去时,车门边已经围了一圈人。

注意到被江江带过来的、用口罩帽子将自己包裹严实的宁绒,季澜双最后和大家打了个招呼:"好了,我们也要走了,你们也赶紧回去吧,别冻着自己。"说完,她挥了挥手,便让保镖关上了车门。

宁绒从车子的另一侧上去,韩江江主动坐去了后排。

车子启动后,宁绒摘去了头上的帽子,把口罩放回口袋里,偏头,看到了季澜双的八卦眼。

"丝丝啊,你和宋小子现在怎么样啊?"

宁绒在前排和后座盯视的目光下,淡定地道:"亲友饭的话,我觉得可以增加一个座位。"

季澜双眼中的笑意扩大:"所以,我家宝贝是有男朋友了?"

"还没,不过应该也快了。"

说到这个,宁绒不免心跳加快,那男人留下两句话就匆匆离开了,她问出口的话,他没正面回答,表现的态度倒是挺明显,偏偏那时候她也没办法将人拦住要个准确答案,只能这几天抓心挠肝的,端着和以往一样的态度和这人聊天,同时委屈又别扭地在心里默默计算着他回来的日子。

宁绒觉得这件事不能这么模糊过去,也不能在手机上就这么说,她想亲眼看着他,听他说出那个答案,用一个"是"字来填补这段即将开始的感情里她所需要的安全感。

一切都不能草率了事,所以宁绒只能忍着,在彼此的聊天里不去触及这个话题。

"妈,你为什么这么看重宋医生?"宁绒想起什么,偏头问身边的人。

季澜双正舒服地半躺着,闻言定定地看了女儿三秒,也不知是在想什么,还挺感慨地叹了口气,才缓缓说道:"妈妈就是觉得宋小子和你爸爸有些像,都有点固执地认死理。"

"也只认一个人!

"而且你要是不喜欢人家的话，那孩子说不定就要单身一辈子了，所以妈妈就想着帮他一把。"

"哪有那么严重。"宁绒不认同季澜双这话，但因为妈妈提到了她的父亲，又轻声反驳，"你当时待了不到五分钟的时间，怎么可能就看出了这种事？"

因为没和她在一起，宋赢萧就会单身一辈子？

只是想想，宁绒就觉得十分荒谬。

季澜双瞪了这个小瞧了她的女儿一眼："你妈我演了这么多年的戏，什么看不出来？"

"是，您能看出来，但您有时候也会选择看不见。"宁绒嘀咕，她这话里说的是萧叔叔。

妈妈在萧叔叔的事情上就是视而不见的态度，除了必要的见面，平时连萧叔叔的电话也很少会接。

两位长辈的事她不会插手，她哥哥也不会插手，他们或聚或散都行，只是三个人的故事，如今只剩下两个人，难免让人唏嘘。

怎么就没有一个好结局呢？

还不是因为……

因为她吗？

宁绒眨了眨眼，不敢再深想下去，偏偏躲避似的偏过头时，看到了外面街道上整齐排成两列、全副武装、正在维护治安的特警。

那种细细密密的苦涩又从心底的最深处蔓延开来，冲到眼眶时，让人差点掉下泪。

如果当初她能早早离开校园，不因为所谓的朋友耽误片刻，那爸爸是不是还活着？是不是痛苦的人就会少一个？妈妈也不需要用整年整年的工作和奔忙来麻痹自己，伪装活得开心又自在？

"行了行了，妈妈给你提示一点还不行嘛，委屈什么？"季澜双也看到了窗外的那群特警，目光顿了一下后，无奈地说。

宁绒赶紧将眼中的泪意逼退，偏头，顺着季澜双的话说："我只有因为你隐瞒我的一点点委屈，所以，后面的话，妈，你不能骗我。"

季澜双没好气地戳了戳宁绒的脑袋，就差一个白眼送过去了。

"看好宋小子的原因妈妈不能亲自告诉你，如果宋小子愿意的话，你可以问他。

"你们两个人的感情走到现在也不容易，妈妈不阻拦他，你未来的婆婆和公公也不会阻拦你，所以，你们要好好地在一起，知道吗？"

季澜双这话直接把宁绒给说蒙了，忘了方才的事。

什么未来婆婆和公公不阻拦她？她和宋赢萧现在都还没到能面见他家长辈的地步，而且中间要是性格不合适的话，说不定都没机会见到两位长辈，她妈妈怎么说得这么长远！

"妈？"宁绒疑惑，张嘴还准备问什么，嘴就被季澜双的手给堵住了。

"行了，妈妈不能说了，你再问我也不会说，这个话题就这样过去吧。"季澜双说着扭头询问韩江江，"江江，你是准备明天回老家吗？"

"嗯，两年没回去了，今年爸妈打电话说让我必须回去过年，所以订了明天上午的机票。"韩江江笑着说。她其实也好奇季澜双那隐藏不说的话，不过身为助理什么该问什么不该问，她还是有眼力见儿的，便帮着季澜双转移话题。

车子很快到了预定的餐厅，宁绒随着季澜双进去。一行人在包厢里解决了午餐，出来的时候正好遇到了随着萧叔叔进来的萧矜。

几人在走廊面对面撞上，萧矜率先止了步子："还挺巧啊！"

宁绒："我们来这里吃饭的，哥，你和萧叔叔是……"

萧矜瞥了眼身边愣住的父亲，声音慢悠悠地提议："丝丝，你陪了妈，现在要不也陪你哥去吃个饭？"

"你要吃自己去，多大人了还要你妹妹陪着。"季澜双看着自己的儿子，差点翻白眼。

"我这不是想要和丝丝多聚一聚嘛。"萧矜挑眉，脸上的墨镜被他扯下，"而且，你回来也不和你儿子说一声，又当我是死的啊？"

"说得好像我和你说了你就会来接我一样！"季澜双不屑。

"你怎么知道我不会来？"

"行了，不和你贫了，你和你爸爸有事就先去忙，你妈我坐了一天的飞机回来，现在要回去补觉了。"说着，季澜双的目光落在一边的萧觉景身上，眸色无波，声音也淡了几分，神态疏离，"我先走了，我们过年再聚。"

萧觉景喉结滚了滚，半晌也不知道要说什么才能留下人，他眉头皱着，最后只闷闷地说："你和丝丝路上小心。"

季澜双扯过宁绒的手朝前走："知道了。"

宁绒被季澜双带着出门后直接上了车。

路上经过一家蛋糕店，季澜双让司机停了车，看向身侧戴了一只耳机正听着音乐的闺女，问："想吃蛋糕吗？妈妈给你买。"

宁绒茫然："啊？"

"啊什么啊，你妈给你买个蛋糕你发什么呆？"

"就是……今天又不是我生日，怎么好好的要买蛋糕？"

"谁说只有过生日才买蛋糕？"季澜双捏了捏宁绒白嫩的脸，声音柔和下来，"妈妈给你买一个回去吧，算是今年没陪你过生日的赔礼。"

说着，她戴好口罩，拉着宁绒的手臂下了车。

两人进了正对面的一家高级蛋糕店，店里干净的玻璃展柜中放着十几个成品蛋糕模型，宁绒一眼扫过去，价格最低也要一千，造型精美漂亮，点缀设计也很精巧，看着像个艺术品。

季澜双在玻璃展柜里看中了好几个蛋糕的形状设计，觉得都不错，转了一圈也拿不定主意，注意到宁绒站在一块做好的蛋糕前发呆，季澜双瞥了眼那蛋糕的形状，海绵宝宝？

她闺女喜欢这么童心的东西吗？

季澜双走到宁绒身边，让店员将这块蛋糕拿出来包装好，她就要这个了。

季澜双付完钱，将蛋糕盒子拎在手里，看到自己闺女依旧站在那里不动，便过去拍了下她的肩膀，对上她抬起头时茫然空洞的眼神，不由得愣了下："丝丝，在想什么呢？"

宁绒没说话，随着季澜双往外走。

出了店门后，宁绒想到小时候也常常带着她买蛋糕的父亲，忽然问："妈，你还记得姜星瑶吗？"

季澜双脚下一顿："好好的提她做什么！"她声音有些漠然，情绪瞬间不好了。

宁绒看着天上落下的雪，淡淡地道："就是忽然想知道她过得好不好。"

毕竟是爸爸用命换回来的人，她想忘都忘不了。

"你希望她过得如何？"

宁绒眨了下眼，很坦然地说："妈，我不是一个伟大无私的人，我不希望她过得好，但我希望她还活着。"

"就活到一百岁吧。"

人类寿命的终点。

这样至少说明爸爸的付出也不算白费，他的价值和荣誉都还在这个世间留着。有活生生的人为他做证，她也还能用这种略显薄弱且可笑的借口来安慰着自己。

不然她都不知道要如何过了心中的坎，如何和母亲继续这样相安无

119

事地相处，再偶尔用谈笑风生的表面来掩盖曾经撕心裂肺的痛。

"别想了，回去吃蛋糕。"季澜双呼出一口气，声音软和下来，牵着宁绒的手上车回家。

家里有季澜双的房间，回去后，宁绒的情绪平复了些许。她将冰糖送回了宋赢萧的家，留下足够的晚餐——季澜双对猫毛过敏，她也只能委屈冰糖了。

宁绒这种保持稳定的情绪一直到晚上回了房间熄了灯，压抑着的不开心才彻底散了出来。她想哭，又好像眼泪流尽，哭不出来，闷闷的，很难受。

这时，手机突然"叮咚"一声响，微信来了消息。

宁绒不想理睬，但缩了半天手还是拿了过来，点进去一看，是宋赢萧。

宋赢萧：安津市这边下雪了，看了天气预报，清江城好像也有。你今天去接伯母还顺利吗？

宁绒：嗯。

宋赢萧：伯母对猫毛过敏，你可以把冰糖抱去我楼上，白天照顾不到给它放电视看就行，冰糖很乖，自己独处也能待得住。

宁绒：嗯。

对方连续发了两个"嗯"字，宋赢萧意识到了一个问题。

宋赢萧：遇到不开心的事情了？

宁绒看着手机屏幕上的字，这个男人总能很敏锐地发现她的情绪，宁绒没隐瞒，隐藏了一下午，她已经很辛苦了。

宁绒：嗯。

宋赢萧：能说说吗？

宁绒：不能。

宋赢萧：行，那你等我一分钟，我想个办法哄哄你。

宁绒：什么办法？

宋赢萧：就……告诉你一个秘密吧……

宋赢萧：我未来妻子的姓氏。

宁绒：这算是什么秘密？

宋赢萧笑了，直接发了条语音过来："那宁老师是知道我未来妻子的姓氏了？"

宁绒的眼睛盯着屏幕很久，半响才回了条语音："不能吗？"

这话发过去三秒，手机收到了一条微信视频通知，宁绒下意识按下绿键,宋赢萧的脸立马露了出来。

他应该是刚洗过澡,头上的黑发还有些微湿润,挺有兴致地看着屏幕,说:"能。"

宁绒躲在被褥中,宋赢萧看不到她分毫,对着一张黑乎乎的屏幕也不恼,接着问:"宁绒,你要不告诉我一下答案?"

宁绒的脸有些热,因为宋赢萧看不到她的关系,她能很坦然地看着他的脸,并细细观察他脸上的每一个表情,说:"不能。"是很平静的回话。

"行,不能。"宋赢萧包容地笑了,"不过明年我们都会知道,时间也不会很久。"

话里的意思隐晦又不隐晦。

宁绒想说他这人还挺不客气,结果话到嘴边变成了:"那我到时候去参加你的婚礼,宋医生记得给我发张请柬。"

宋赢萧嘴角的笑意变浅,语气危险:"来参加我的婚礼?"

"宁绒,你胆子还挺大啊?"

宁绒没什么情绪,或者说就想和宋赢萧对着干,又来一句:"嗯,我到时候再给你包个大红包。"

"你就不怕你来了就走不了了?"宋赢萧舌尖抵着后槽牙,声音低沉。

"那我就报警。"总是不会让你如意的。

"宁绒。"宋赢萧气笑了,"气我就这么好玩啊?"

"不好玩,但……还挺让人心情舒畅的。"

"成。"宋赢萧呼出一口气,"那您继续气,我听着,让大小姐开心开心。"他头微歪着,眼睛直视镜头,是一副"任由你处置,我不会反抗"的样子。

被宋赢萧这么说,宁绒一时间还真想不到要怎么去气他,那种对着干的勇气散去大半,半天也没说话,觉得将糟糕的情绪加在宋赢萧身上不太好,对他不公平。

意识到这一点的时候,宁绒想说一句"抱歉",那边的人却率先开口了:"宁绒,要是遇到不开心的事,你想哭就哭吧,不要忍着。"

宁绒声音闷闷的:"我不想哭。"

"好,那我挂断视频一会儿。"

"你要去做什么?"宁绒觉得自己的脾气都要因为宋赢萧这话上来了。

就这么敷衍她吗?

"我啊，我准备挂断电话去哭一会儿，所以，给个方便？"灯光下，男人眉眼深邃，神情温和，那种从身上带出来的包容感，似乎可以让人的情绪像炸药一样一点就着。

宁绒将视频挂断，用被子紧紧裹住自己，慢慢消化着自己糟糕的情绪。她还是不想哭，但心里的难受好了不少。

或许宋赢萧是心理医生的原因，或许只是他本人的原因，和他说说话，她的情绪就像是被治愈了一样，慢慢平稳下来。

宁绒感觉他这个人就像是救命良药一样的存在。

夜色已深，宁绒在快睡着的时候，手机收到消息。

宋赢萧：真正的秘密是，我用了九年的时间，拨开云雾见到了太阳。

宋赢萧：宁绒，只要好好活着，你也能的。

宁绒第二天早上醒来看到消息，嘴角慢慢露出一个笑，拉开窗帘朝着外面看了一眼，昨天的雨雪已经过去，太阳透过窗户照进室内，落在身上暖洋洋的，舒服极了。

宁绒拉开窗户给房间通风，深吸一口气后，走出了房间。

她准备去卫生间洗漱时看到了餐桌上热气腾腾的早餐，是她喜欢的小米粥和蒸饺，搭配着绿油油的小青菜，瞧一眼就让人心情舒畅。

"妈。"宁绒突然喊住朝着餐桌走去的季澜双，等她疑惑回头，声音柔柔地说，"谢谢你。"

季澜双一个白眼翻过去："大早上的煽什么情？赶紧洗漱去，洗完过来吃饭，别拖拖拉拉的。"

这闺女……自己就是做了一顿早餐，她就感动成这样了？

宁绒笑了："好，我现在就去。"

距离新年还有五天的时候，宁绒早上起来收到宋赢萧今天回来的消息，心情不错，与季澜双和贝苒一起出去买年货的时候兴致也很高。

下午逛累了，宁绒脚疼先一步回家，季澜双和贝苒兴致不减，一起去吃了一顿小龙虾，结果晚上就出了问题。

大晚上的救护车出现在小区里，车顶的红光闪烁，喇叭不停地响，有些还没有睡觉的住户出来看热闹，结果从季澜双没来得及戴口罩而露出的侧脸认出了她，直接拍照发到了网上。

季澜双和贝苒到了医院后，做了简单的检查，就被医生推进了病房，两人都是急性肠胃炎引起的腹痛。

紧接着，宁绒的手机响了，看到是萧矜，立马接起。

"在什么医院？哥立马过去，你不要慌。"

宁绒说了地址，兄妹两个又匆匆说了几句，大多是萧矜问，宁绒答。

电话挂断后，宁绒点进微博，不出意外在上面看到了季澜双被送去医院的消息。照片拍得大都不算清楚，但其中一张照片拍到了季澜双的脸，还有身边宁绒搀扶着她的样子，彻底坐实了她们是母女这件事。

想到那些八卦记者很快就会拥来医院，宁绒揉了揉太阳穴，有些后悔让妈妈和壳壳出去吃喝。

眼下手机只剩下百分之五的电量，刚刚着急过来也没拿充电器，稍后还要和萧矜联系，宁绒便直接熄了手机屏幕没再翻看下去。

黎明到来的时候，萧矜和那些记者几乎是同时到达的医院。有几个记者来得很快，直接冲到了等在病房外面的宁绒面前，对着她的脸一阵狂拍，问题一个接着一个。

宁绒被记者围在包围圈里几乎走不动道，最后还是几个保镖急急赶了过来，将周围的记者带了出去，宁绒知道是萧矜来了。

果然，没几分钟，萧矜带着早餐出现在了医院走廊。

他将手中的热粥递给她："先吃点东西，没事，哥来了。"

季澜双和贝苒的情况基本稳定了，宁绒现在倒也不慌，记者被赶出去后周围很清静，她的精神放松下来，将玉米粥拿在手里，一勺一勺地喝。

等吃得差不多了，宁绒才说："妈和壳壳现在没事了，哥你放心。"

"嗯。"萧矜声音严肃，"网上那些事你不用管，那些照片哥也会找人撤下去。"

"不用了，这东西禁止不了的，照片肯定有人保存，你就算撤了也会被没完没了地往上发。"宁绒看得很开，"而且我也不是小孩子了，消息暴露就暴露吧。"

"会不会影响你在学校的工作？"萧矜有点忧心。

"没事，学生们顶多好奇地讨论一会儿，不会没完没了地吃旧瓜。"

萧矜好笑地看着自己的妹妹："你倒是看得开。"

宁绒摊手："我就是觉得这事吧，肯定也瞒不了一辈子。"说着，她又笑了，"你也别说我，说不定下一个就是你了，热搜估计会爆。"

"大风大浪都过来了，你哥我会怕这个？"萧矜语气不屑。

季澜双和贝苒是在中午醒的，两人刚打了点滴，眼下没胃口吃饭。看到赶来的萧矜，贝苒悄悄将被子提起捂住脸，真的是太丢人了，还陪着姨妈上了热搜……

季澜双也有些不自在，毕竟她也没想到会被一顿小龙虾给送进医院。

她在儿子看戏似的目光下咳了咳，声音没什么力气地问："现在网上什么情况？"

萧矜坐在床边，也不说话，瞧着就让人心生忐忑。

季澜双错开目光又看向宁绒，宁绒摊开手："妈，我手机没电了，看不到网上的消息。"

"不过……我是你女儿的事情应该是瞒不住了。"宁绒的语气有点虚，同时暗暗觉得还好手机没电了，她能再当一会儿鸵鸟。

"又不是什么丢人的事，瞒不住就不瞒了呗。"季澜双对于这件事倒是无所谓，说着看向一边同样躺着的贝苒，"壳壳现在感觉怎么样？"

被点到的贝苒从被子里露出一双眼睛，声音弱弱的，没什么底气："还好，就是不知道今年是不是要在医院里过年了。"

季澜双看向宁绒："妈妈过年前应该能出院吧？"

宁绒也不知道："我一会儿去问问医生。"

下午的时候，季澜双和贝苒又睡了一觉休养身体，醒过来后都嘟囔着肚子饿。萧矜去外面处理那些新闻和记者了，只能宁绒出去买饭。

萧矜是在几人吃完晚饭时回来的，神色没什么异常，只说了句："把记者拦住了，晚上发个公告就行。"

宁绒和萧矜从病房出来后，没着急回家，而是去了成医生的办公室，问了问季澜双的情况，包括妈妈惦记的出院时间。

萧矜在外面等宁绒，戴着黑色口罩，身子靠着墙，头微微低垂着，正把玩着手里的银制打火机。

宁绒看得无语："哥，没想到你还挺幼稚的！"

萧矜抬眼瞥了妹妹一眼，神色傲娇地歪着头："管家婆！"又接话，"也就那个不知名的倒霉鬼能看上你了！"

宁绒瞪他一眼："说得好像青酥姐没倒霉似的，摊上了你。"

萧矜冷笑："呵呵！"

"火葬场待着的人，还有资格呵呵别人？"

萧矜没好气地捏了捏自己妹妹的脸，好看的眉眼压低，声音意味不明地问："小鬼，什么时候把妹夫带过来给你哥瞅瞅？"

宁绒拍开这人的手："行了，赶紧走吧，妈还等着呢！"说完就转身离开了。

萧矜在宁绒身后不紧不慢地跟着。

突然，他脚步顿住。

职业原因，让他对镜头很敏锐，他回头，黑眸扫过身后整条走廊，除了匆匆忙忙推着医用小推车的护士，并没发现什么异样。

萧矜扭过头，伸手将脸上的口罩又往上扯了扯，皱着眉大步离开了此处。

等到人影完全消失，姜星瑶抖着手，放开呼吸，一双含恨的眼睛死死盯着手机里的几张照片，冷笑扯唇，几乎是咬着牙出声："宁绒！还真是你啊！"

没想到人海茫茫，我们居然还有再遇到的一天！

罗腾飞拿着从二楼药房买的药跑了过来，见妻子神情难看，走近，看到屏幕里宁绒被萧矜捏着的侧脸，他觉得有点熟悉，片刻后恍然："没想到前段时间的事，现在就被媒体给挖出来了？"

"什么挖出来了？"

"就是季影后的女儿。"以为姜星瑶好奇，罗腾飞给她指了指她手机里的宁绒，"她们前段时间在我工作的酒店吃饭，我听到了她喊季影后一声妈。"

姜星瑶惊讶，又觉得不可思议，随之心里涌起了极度的不甘。凭什么受苦的、不被大家喜欢的只有她一个，宁绒却能光鲜地享受这么多年？

甚至连宋赢萧也是宁绒的。

姜星瑶双眸阴沉下来：宁绒，你有什么资格过得这么好？

季澜双的公告是在第二天凌晨一点半发布的，她宣称身体尚好，很快就会出院。对于女儿被网友爆出来是A大教师的身份，她没有否认，只是在最后声明女儿只是一个普通人，希望大家不要过多打扰。

按理说这件事到这里本该很快平息下来的，但有媒体紧接着发布了几张偷拍的照片，是萧矜进出季澜双所在的医院，甚至深夜陪同她女儿一同回小区的照片。

照片中，两人从同一辆车上下来，最后一同上楼进电梯，也不知道爆料者为什么这么神通广大，连宁绒和萧矜进电梯后又一同下电梯离开的视频都有——"情侣"关系实锤了。

视频里，两人是晚上八点半到家的，十一点又出现在电梯里，一同下楼离开，这两个半小时的时间里，两人做了什么真的很容易让不明真相的吃瓜群众脑补歪。

萧矜这个探望"丈母娘"的操作，再结合前段时间他为爱隐退的小道消息，逻辑链一下就通了。

网上的消息直接被顶到了热搜最前排，宁绒的身份被一扒再扒，她演过的电视剧，甚至曾经读书的学校都被爆了出来。

宁绒的简历很优秀，学生时代也名列前茅，品德俱佳，萧矜的粉丝十分满意他给他们找的"嫂子"。季澜双的粉丝则是羡慕她有这么漂亮又聪明的女儿，还给她找了个又帅又有才华的"女婿"。

一部分粉丝找不到宁绒的微博，直接跑去季澜双和萧矜的微博下面大喊"丈母娘""嫂子"之类的称呼，激动之情溢于言表。

宁绒第二天早上从陪护床上醒过来后才知道这个消息，网上的消息太过劲爆，导致她的手机有电了也不敢开机，就着贝苒的手机在微博上翻看。

那一张张图片和一条条视频，还有网友的激动发言，差点将她的三观震碎。

我不吃兔兔：矜哥给我们找的嫂子好漂亮，有学历有美貌，还是大学老师，真的好优秀一小姐姐啊，羡慕了，不知道我现在去考个大学老师会不会太晚。

星球旅行鹅：小姐姐居然还是季影后的女儿，怪不得长得这么漂亮，听说对待自己的学生都很好很善良。呜呜呜，我大学也要报考A大，不知道有没有机会当小姐姐的学生。

今天也在边吃边减肥：小姐姐，我觉得你的眼睛和鼻子都和我们萧矜有点像，你们真的是情侣吗？不是另一种关系？

汽车没有尾气：小姐姐，可不可以隐晦地告诉我们回家的两个半小时里，你们都做了什么啊？嘿嘿嘿……

宁绒闭眼，她真的是看不下去了！难道还没被营销号带歪的就只剩下那个什么"边吃边减肥"的姑娘了吗？

"姐。"贝苒戳了戳宁绒的手臂，大眼睛眨巴着，"这种不实的消息爆料出来，小舅舅那边是不是也知道了？"

宁绒沉默了几秒，盯着自己手里的手机，想也没想就赶紧开机。

中间，季澜双插话过来："丝丝，这么大的误会赶紧给人家解释一下，要讲清楚原委，或者直接说那是你亲哥也行。"

宁绒"嗯"了一声，拿着手机走到了窗户边。

宋赢萧昨晚很晚的飞机，下了飞机后直接回了老宅，进门后本打算告诉宁绒一声，但想着凌晨一点多宁绒肯定已经睡了，便打消了这个念头。

早上七点多起床后，他本打算陪老爷子吃完早餐就回去，结果老爷子一顿早餐的时间叹了三次气，每次叹完气还都用怜悯的目光看着他。

宋赢萧放下手里的面包，声音淡淡的："爷爷，要是有什么事，你就直说吧。"

老爷子想起今早看手机新闻时被推送进来的娱乐八卦，就有点心疼孙子，都等了人家姑娘快十年了，还差点搭上了一条命，眼下是全打水漂了啊！

看他孙子现在还能这么正常地用餐，肯定是还没看到消息。

老爷子这样想着，又是一声长叹。

宋赢萧被老爷子的表情逗笑，薄唇轻扬："要是关于你孙子我的话，您不说我之后也能知道，所以……"话到这里顿住，等老爷子表态。

老爷子点了点自己手边的手机："你自己看热搜吧。"

宋赢萧挑眉，从兜里掏出手机点进微博，然后，热搜词条最前排"萧矜女友现身"这几个字直接吸引了他的眼球，结合老爷子方才的反应，他的心跳莫名快了几个节拍。

点进词条内容，先入眼的是九张照片，萧矜进入医院的、和宁绒一起离开的、两人开车回小区的，甚至电梯口同出同进的……

他的视线移到上方的文字上，"情侣"和"深度独处近三个小时"这两个信息直接刺痛了宋赢萧的眼。

这条新闻是在季澜双发出公告的三个小时后发出来的，娱乐号很会借机带节奏，这条新闻被推得随手一划就能看见。

宋赢萧又往下瞥了几眼，眼皮垂着，面上看不出什么情绪。

就在老爷子准备说点安慰的话时，宋赢萧简单又直白地说："爷爷，她没有男朋友，我还有争取的资格。"

127

第十一章 · 忐忑

"可人家姑娘都带着那个什么明星回去见家长了,而且昨晚人家的母亲被送去医院,你半点忙都没帮上,你觉得你这没什么用处的人,人家姑娘能偏心你吗?"

"为什么不能?"宋赢萧扯唇,笑意不达眼底,声音又浅又轻地呢喃,"我也……没那么差吧!"

面前的透明玻璃杯映出男人的身影,宋赢萧又呢喃一声,几乎轻不可闻:"除了身体容易生病,我也……不差的吧?"

"你这孩子啊……"老爷子摇摇头,瞧着自己孙子居然没出息到眼圈发红,到底是心疼他,安慰着,"这事吧,也可能是媒体的捕风捉影,不能全信。"

老爷子话落,宋赢萧的微信来了新消息,是宁绒发来的。

宋赢萧急忙点开。

宁绒给宋赢萧发消息时没直接解释,毕竟两人关系不正式,她如果急匆匆说的话,显得还挺迫不及待的,她可不想再听宋赢萧逗人似的来一句"就这么怕我误会啊"之类的话。

所以她的第一句话只是日常询问。

宁绒:你起床了吗?

宋赢萧:嗯。

宁绒:我也刚醒不久,在吃早饭,你呢?

宋赢萧:刚吃完。

宁绒:那你现在在做什么?

这句话之后,宁绒觉得废话预热得差不多了,话题的走向基本可以朝着热搜过去,就等宋赢萧那边的回答。

结果,宋赢萧见宁绒没有半点提热搜的意思,皱着眉,有点没忍住。

宋赢萧:你现在是在医院吗?

宁绒：嗯，我在陪我妈，还有壳壳。

宋赢萧：那我现在去医院找你。

宁绒透过窗户瞧了眼下面还等在医院大门口的记者和直播人员，为了防止记者像几年前一样偷溜进来，妈妈的病房现在除了亲属基本都进不来，她暂时也不会出去。

怕宋赢萧白跑一趟，也担心这件事连累到他，宁绒忙回复。

宁绒：不用了，你进不来，我妈和壳壳现在的状态挺好的，明天就能出院。

宋赢萧盯着"不用了"那三个字，喉头艰涩地滚了滚，慢慢敲下一个"好"字。

可能是感觉自己没有说清楚，也怕宋赢萧因为热搜的事误会，宁绒挣扎着重新打字。

宁绒：宋赢萧，我要和你说清楚一件事。

她选择循序渐进地说这件事。

像是知道宁绒要说什么，宋赢萧的身体立即绷紧起来，牙关紧咬着，眼睛紧张到根本不敢眨，生怕宁绒就这么宣判了他们两人不会再有任何关系的事实。

半响后，他慢慢敲下字。

宋赢萧：你说吧。

宁绒想到上次在宋赢萧家里帮他输液时，他提到萧矜后自己装作不认识的模样，有点心虚。

宁绒：那你先别生气，这件事我也不是故意瞒你的，所以我先说一声抱歉。

宋赢萧咬了下唇，牙齿在唇瓣上留下几个很深的印子，心跳因为宁绒的这句话而加快，眼尾沉沉下压着。

所以，她是真的准备选择萧矜了，才这样安抚他让他不要生气，给他道歉的吗？

看着对话页面最上方的"对方正在输入"这几个字，宋赢萧真的怕他的这种猜想在下一刻就得到确认，所以只能先发制人。

宋赢萧：宁绒。

那边的正在输入停止了，似乎在等宋赢萧之后的话。

宋赢萧：我能来找你吗？

他再次发问，是很固执地想要去见她一面。

或许看到了她，这件事说不定就会有转机，昨晚没帮到她，他可以向她道歉的。

哪怕让他再卑微一点也行。

可时间过去一分钟、两分钟、五分钟……甚至是半个小时后，宋赢萧盯着的对话页面依旧没有发来任何消息。

他等不下去了："爷爷，我出去一趟。"说完，他拿起搭在椅背上的大衣披在身上，大步往外走。

老爷子叹了口气，也没拦着，只是在后面嘱咐："开车小心！"

宋赢萧去了停车库，随手挑了辆豪车，朝着宁绒所在的医院而去。

半个小时后，昂贵的莱肯超跑顺着风停在了医院大门外的街道上，极其漂亮的黑色车身豪横又霸气，记者们跃跃欲试地想要过来，偏偏车主没下车，他们也不确定这个人和季澜双或者萧矜有没有关系，只能在原地观望着。

宋赢萧隔着车窗看着惠金医院的住院大楼，他不知道宁绒在哪一层，就只能这么看着，企图她朝窗外看一眼，看他一眼。

就一眼。

可惜，窗边站了很多人，但他没看到想要看到的那个。

半晌后，宋赢萧垂下眼皮，他的手机还是没收到宁绒的回复，所以他是最不礼貌的，不请自来！

他苦笑一声，酸涩难言的情绪迅速占满了整颗心。

宋赢萧还是试着慢慢敲出了一个"我"字，又接着打字，指尖颤抖，几乎将自己卑微到了尘土里。

宋赢萧：*我来找你了，丝丝。*

五分钟、十分钟、半个小时……一个小时，宋赢萧看着手机的对话页面，等得几乎要绝望。

她还是没回复他。

是因为什么呢？

他不敢去猜想某种可能，他觉得只要宁绒没说出口，他们就还有一丝希望。

老天总不能太过薄待他。

可是，手机微博推送来了一条消息。

△萧矜恋情被彻底坐实！

短短几个字，几乎将他刚说服自己的理由全部击碎。像是自残般，他颤着指尖点了进去。

宋赢萧先看到萧矜单方面的恋情否认,还没松口气,声明下面的评论区出现了一张图片。

像是被打脸似的,是医院走廊中萧矜宠溺地捏着宁绒脸颊的照片。他黑色口罩上的眼尾扬着,看着宁绒的目光宠溺又纵容。

两个人像热恋中的情侣一样,宁绒连瞪人都是笑着的。

宋赢萧想,她这人给人的距离感那么重,怎么会容许不亲近的人碰她呢?

眼眶好难受,难受到几乎要落下泪来。

此时此刻,他不得不认清一个事实,他想要的珍宝,终究成了别人的。

手机里依旧没有任何消息,宋赢萧瞥开眼,将它随意地抛开,最后看了眼医院大楼,开车扬长而去。

时间回到两个小时前。

护士进来给季澜双挂点滴的时候,宁绒听到动静放下手机,发现护士留下的输液袋少了一袋。

别的病人还等着护士服务,宁绒问了地址决定自己去拿。

季澜双提醒宁绒避着点人群,宁绒点头,出去后戴上了口罩,一路脚步匆匆地去了护士说的二楼,结果刚从电梯出来就听到前面的喧闹声。

患者家属将几个医生拦在走廊处,哭着吵着说医生害人,医院坑他们的钱。

宁绒步子一顿,本想避开,结果患者家属情绪激动下,居然开始大力撕扯起医生和护士来。

打斗中椅子撞在墙上被强力反弹出去,中空的钢管脚划过宁绒的脖颈,"砰"的一声落在她身前。

肩膀和脖颈处火辣辣地疼,宁绒指尖下意识摸了上去,触到了一抹湿润的红。

她的脖子流血了!

好在从昨晚一直忙到现在的萧矜恰巧回了医院,撞见了宁绒意外受伤的事。

看到宁绒脖子上触目惊心的红痕,萧矜立马陪宁绒去了急救室。

宁绒坐在医生办公室,医生在处理伤口的时候,萧矜的手机响了起来。

是季澜双。

宁绒听到萧矜说了声"没什么大事"后,又"嗯"了几声,之后电话挂断。

对上宁绒看过来的视线，萧矜解释："妈打不通你的电话，就给我打了过来。"

"还好没伤到颈动脉，只是一点不算深的擦伤，不然就要去手术室解决了。"女医生叹了一句，然后将医用创可贴贴在了宁绒受伤的位置。

宁绒和萧矜从医生办公室出来后回了季澜双的病房，季澜双见宁绒的状态还好，目光落在一边闲散站着的萧矜身上："你之后和你公司商量一下，再发一个声明。"

萧矜疑惑："又出什么事了？"

季澜双想起这事就觉得好笑，指尖拨弄了一下头发："你刚出的声明被人给打脸了，现在有不少吃瓜群众喊你'渣男'！"

"渣男？"萧矜挑眉，身体站直，从口袋里掏出手机，指纹解锁后新出的八卦新闻直接被推送到了他眼前。

尤其是他声明后面的那张"打脸"照，坐实了他不敢承认"有女朋友"的事实。

看来昨天他还真没感觉错，他确实是被偷拍了。

他把手机放回兜里，声音淡淡地说："成，我稍后再弄个声明出来，不过……"他的眼神扫到宁绒身上，看戏似的开口，"丝丝，你那个未来男朋友应该不会吃醋吧？"

宁绒抿唇，她也想到了早上的事，如今网络上的流言发酵，她突然有点不敢面对宋赢萧了，心虚得紧。

宁绒拿出手机走到一边，最先看到的就是宋赢萧的那句"丝丝，我来找你了"。

是早上九点三十分发过来的，而现在是中午十一点三十七分。

过去了整整两个小时。

宁绒的心莫名地抖了一下，那句"我能来找你吗"更是让她的心有些发慌。

宁绒很难想象，宋赢萧那么骄傲懂礼的人要如何克服心理上的压力，在她拒绝后又发来一条他想来的询问，再次没得到回复后，又是用什么样的心情过来找她的。

宁绒的眼睫颤了一下，心脏像是被细线缠绕，一圈又一圈，闷得人难受。

透过窗户看着下面人来人往的街道，平常那么容易被人看到的人，宁绒眼下却找不到他的丝毫踪迹。

那他是……离开了吗？

那他是不是以为,她有"喜欢的人"了?

宁绒的眼眶突然有些酸涩难受,手指立即拨下宋赢萧的电话号码,可等来的只有冰冷的机械女音。

宁绒:*宋赢萧,你现在在哪里?我来找你。*

她抖着手发文字信息过去,半晌也没有等到回复。

她此时也顾不得宋赢萧会不会在事后逗她玩,她只想简单直接地将事情讲清楚。

宁绒:*宋赢萧,网上的新闻是假的,萧矜是我哥,亲哥,你别误会。*

那边还是没有消息回复过来。

病房里极其安静,季澜双见此叹了口气,也明白大概是什么情况了,开口道:"丝丝,妈妈这里有你哥哥在,你去找找那个孩子吧,和人家解释清楚。"

宁绒点头,红着眼眶出了病房。

宁绒从小区来到学校医院,最后去了周余的人海书店,依旧没有看到宋赢萧的半个影子。

而手机消息里关于她是萧矜亲妹妹的事在下午两点三十三分被萧矜在微博上公布,季澜双随之转发。

短短几个字,网络热搜再次因为两人的操作引爆。

而此时能联系的人宁绒都试着去联系了,结果都没有宋赢萧的消息。

从下午找到晚上,宁绒站在路口,伸手拦住出租车,报了最后一个她知道的地方——木堂酒店。

可惜这里也没有他。

宁绒转身离开,刚走出来就看到从侧面电梯里出来的顾命。

顾命问:"你在找宋赢萧?"

宁绒燃起希望:"你知道他在哪里?"

"你找他,是要给他解释?"顾命没答,只是问。

宁绒没说话。

顾命神色不明:"他不在这里,在另一个地方。"

"什么地方?"

顾命看着宁绒,嘴角的笑慢慢降下来,又问:"宁绒,我是哪里不好吗?"

宁绒垂眸,没说话。

顾命喉咙滚了滚,黑眸里的难过被灯光照得清清楚楚,他没等宁绒回答，只是说："宋赢萧回家了，你去找他吧，路上，注意安全。"

看到宁绒脖子上被创可贴遮盖住的伤口，他张口想说什么，却又散了询问的心，只是道："身体不舒服记得及时就医，不管什么事都没有命重要。"

"谢谢。"宁绒轻语，随后朝着酒店大门而去。

顾命的目光追随着她，看她走过旋转门，又看着她背影消失。

而这一路上，她都没有回头。

顾命不是个无私的人，他的心有点难过，他一点都不想看到宋赢萧和宁绒在一起，所以他骗了宁绒。

"这位先生。"一道声音在顾命的侧面响起。

顾命看过去，就看到从走廊里走过来的、一身简单着装的女人。

她面上带着笑，藏于眼中的嫉恨即便再如何强忍也掩盖不住，一身的世俗杂味，让人厌烦。

顾命睨着她，声音冷漠："什么事？"

姜星瑶也不在乎顾命的态度，黑眸里闪着瘆人的冷光，缓缓地说道："你相信吗，宁绒和宋赢萧走不到最后？"

顾命挑眉，也不打断姜星瑶的话。

"因为有我在，宁绒是不会原谅宋赢萧的。"姜星瑶看着顾命，秀气的脸上绽放出一抹笑，"如果你不希望他们在一起，可以来找我。"

姜星瑶报了自己的电话号码，随后转身离开，不再多说一句。

有价值的人，从来都不是上赶着的！

所以，她会很耐心地等着。

宁绒准备拦住开过来的出租车时，口袋里的手机响了。

宁绒拿出来看了一眼来电人，是周余。

手机接通的瞬间，一道晕乎乎的声音传来："喂，宁绒，是你吗？你现在在哪里？"

"周老板，你现在和宋赢萧在什么地方？"宁绒反问，声音里有几分激动，趁着手机没电前赶紧问出她最想知道的问题。

"我们啊？"那边传来移动椅子的声音，"我们在木堂酒店的二楼包厢。萧哥他喝醉了，正找你呢！"

"木堂酒店？"

宁绒回头看着身后灯火通明的高大建筑，一楼大厅那里，她已经看不到顾命的身影了。

她一边往回走，一边问："你们在二楼哪个包厢？"

"木兰厢。"

宁绒推门进去的时候，率先看到趴在桌子上的宋赢萧，他手里握着一瓶酒，人却安静地闭着眼，好像睡了过去。

宁绒坐到宋赢萧身边的椅子上，焦急的心绪在看到他后被无声地抚平，安心似的深吸了一口气。

他没事就好。

宁绒有点不适应他醉醺醺的样子，只是这人睡着的时候，浓密的睫毛一字排开向前倾，像把精巧的小刷子，眼尾还有一抹红，眉眼绮艳，鼻梁笔挺，薄唇轻抿着，像个惑人的妖精一样，无声地勾引人。

宁绒从没见过宋赢萧这么乖巧的样子，见周余睡了过去，鬼迷心窍地伸出手碰了碰宋赢萧的脸。

真碰到后，宁绒无声地轻笑了下，伸出的手指准备收回时突然被一只大手握住。

像是被人打扰到，宋赢萧的睫毛动了下，然后睁开了眼睛。

模糊的视线里，他看到了一个朝思暮想的姑娘，此时正无声地看着他。

宋赢萧的嘴角扯开一抹笑，顺从心意地伸出手，抱住了身前的人，轻念："丝丝啊。"

宁绒被抱住也不反抗，为了防止宋赢萧摔倒，同样伸出手揽住他的肩，声音温柔："怎么了？"

宋赢萧的脸颊埋在宁绒温暖的脖颈上，小狗似的贴着蹭了蹭，说："我找你很久很久，你终于来见我了。"声音低低的，带着几分委屈和伤心，好像在埋怨宁绒之前为什么不来见他。

宁绒被宋赢萧蹭得浑身一僵，尤其是他说话时唇瓣动着，像是对着她亲一样，让她的神经都是酥麻的。

宁绒尝试动了下身子，敏感的脖颈终于远离了那种柔软，神经放松下来，知道这人在说梦话，但今天他确实是来找她了，所以她问："你找我做什么？"

"我很想你啊。"宋赢萧撒娇似的口吻，还带着一抹轻叹，"很想很想你的。"

所以才要找你。

他捧着宁绒的脸，眼中被水色填满，很委屈地说："你再等等我好不好？不要喜欢上别人，我一定能找到你的。"

"你不用找我，我就在你身边。"宋赢萧的话让宁绒很愧疚，她赶紧轻拍着他的背安抚他。

宋赢萧摇头，他还陷在曾经那段找不到宁绒的日子里，以为眼前两人的相遇只是美梦。他的声音很轻，怕将面前的人吓走："天亮了你就会走的，你会忘了我，也会记不得我的名字，记不得我的容貌，或许还会问一句，宋赢萧是谁？"

像是想到了那个场景，他难受到眼泪差点落下来。

他大拇指摩挲着面前姑娘的脸颊，痴痴地看着她，诱哄似的："丝丝，你把我带回家吧，我保证不会离开的。"

宁绒被这句恳求的话说得心里有点难受，忍下眼中的酸涩，点头应他，手指搭在他的手背上："好，我带你回家。"

宋赢萧满足地轻"嗯"了一声，一双期待的眼睛看着宁绒，眉梢眼角都是笑，乖巧得不像话。

宁绒的心一下子就软了。

宋赢萧醒了可以自己走，除了一张酒意上头的脸，根本看不出来他喝得大醉。

两人牵着手往外走，直到上了出租车也没有松开，手指始终紧紧扣在一起。

下了出租车后，宁绒将宋赢萧送回了他自己家，进门后让人坐到沙发上，她去厨房给他倒蜂蜜水。

结果，她前脚刚走，后脚宋赢萧就跟了上来，用指尖扯着宁绒的衣角，乖乖的，也不说话，像只很容易顺毛的大狗狗。

宁绒将蜂蜜水端到客厅的桌子上，宋赢萧跟着坐在沙发上。

宁绒看向他，哄人似的说："水还很烫，我们一会儿再喝，现在，我要和你说一件很重要的事，你要乖乖听，知道吗？"

宁绒的两只手都被宋赢萧握着，看他乖乖点头，眸中染上笑。

明明心里已经有了答案，可此时要说出来，宁绒还是有一些紧张，抿了抿唇，轻声问："宋赢萧，你是不是喜欢我？"

宋赢萧看着宁绒，黑眸湿漉漉的。他轻轻"嗯"了一声，目光不离开宁绒分毫。

宁绒被宋赢萧看得不好意思，想捂住他的眼睛，可惜没得逞，只能恼羞地问："你能不能别一直看我？"

宋赢萧摇了摇头："我看着，你就不会跑。"

宁绒拿这人没办法，叹了口气，只能顺着他这个固执的醉鬼，也没忘解释之前的事："萧矜是我亲哥，我们只是兄妹关系，所以，网上那些消息都是假的,你不要信行不行?"

宋赢萧点头:"嗯,不信。"

他话是这么说,但宁绒知道这人还没有清醒:"算了,等你明天醒过来我再解释一遍,所以你现在乖乖喝蜂蜜水。"

宁绒侧过身准备去拿桌子上的蜂蜜水时,一个没防备,直接被宋赢萧扑到了沙发上。

看着自己上方近在咫尺的人,宁绒的一颗心狂跳,根本不敢去直视那双黑眸。她环顾四周,想要摆脱现在这种让人羞耻的境地,只是左右两侧都被宋赢萧的手臂撑着,她被困在里面,根本挣脱不了,只能以这种毫无反抗之力的姿势躺着。

她不适地蹙眉:"宋……"

宁绒的话刚出口,身上的人像是失力一样,直接压了下来。

宋赢萧像是得到满足一样,将脑袋埋在她的脖颈间。

宁绒刚预感不好,脖颈处便传来了让人头皮发麻的痒意。

她全身的神经都被宋赢萧的舌尖挑起,呼吸骤停,她甚至连推开人的力气都没有,整个身体都在战栗。

"宋赢萧。"眼中浮现水光,宁绒用了很大的力气才喊出宋赢萧的名字。

话一出口,她感觉宋赢萧停顿了一下。

他抬头看着宁绒的眼睛,有点不明白宁绒为什么要打扰他。

"丝丝。"宋赢萧喊出宁绒的小名,轻缓又眷恋。

他看着身下的姑娘,此时她漂亮的眉眼染上粉霞,眸中水光闪动,无辜又娇弱,像是被人欺负惨了。

他大拇指摩挲着宁绒的唇瓣,触感又柔又软,让他急切地想要尝一尝,尝一尝这张唇是不是和他想象中一样美味甜人。

可是,他不能冒犯她。

不能!

他心里的强忍和急切透过一双眼睛传达给宁绒,宁绒的脊背都是绷紧的。

宋赢萧一声又一声,像是撒娇似的喊:"丝丝。"

每一声都不一样,却声声落在她的耳边,敲在她的心上。

他眼中的急切都要溢出来了,宁绒明白,他是在征求她的同意。

好像方才的脖颈吻并不是冒犯,现在才是。

宁绒搞不清楚这个醉人的思维,一张脸却早已红透,浑身的血液都被点燃。

或许是被宋赢萧的醉意传染,她居然鬼使神差地抬起头,亲了亲他。

轻柔的亲吻落在他的嘴角,似安抚,似同意……

宋赢萧好像被打开了开关,短暂的愣怔过后,露出一个无声的笑。

他捧住宁绒的脸,轻柔的吻从眉间到眼角,从鼻尖到脸颊,带着极其的郑重和万分的虔诚,吻上了那张他肖想了很久的唇。

亲密结束后,宋赢萧黏黏糊糊地说:"我想多看看你,你不要赶我走好不好?"

这人在明目张胆地撒娇,宁绒被说得心软,伸出手顺了顺他的脊背,声音温柔地安抚:"我不走,你明天起来还能看到我。"

"你能保证吗?"

"能,我保证。"

"那能保证一辈子都不离开宋赢萧吗?"

宁绒喉咙好像被卡住,这就难为到她了,毕竟以后的事情谁也说不准。

没等到宁绒的回答,宋赢萧捧着她的脸看,黑眸湿漉漉的,说:"宋赢萧不会离开宁绒的。

"只要他活着,就不会。"

宁绒看着他的眼睛,里面的真诚和真心格外让她沉沦。

在她推开他准备离开的时候,他突然说:"丝丝,你以后去哪里都带着我吧。

"哪怕是分手,也带着我,我不会打扰你的。"

他的声音又低又哑,是压着嗓子吐出口的,像是被酝酿了许久的祈求。

宁绒的心被重重敲了下,颤颤地疼。

最后,宋赢萧在卧室睡,宁绒抱着冰糖在他家客厅的沙发上睡,一床被子一个枕头,足够她陪着他。

夜色很深的时候,宁绒躺在沙发上迷迷糊糊间听到了外面的沙沙雨声,是她很喜欢的夜间落雨的环境,能让人睡得更好。

她抱着怀里的冰糖翻了个身,冰糖被吵醒,轻轻"喵呜"了一声。她给它盖了下被子,又继续睡了过去。

陷入深度睡眠之前,她隐约感觉到有人在看她,是很炽热的那种注视。

那人目光一遍又一遍地从她脸上扫过,然后,一个很轻很轻的触碰落在她唇畔,一触即离。

宋赢萧第二天是被脑袋的绞痛弄得清醒过来的。睡不着了,他躺在床上用手指揉着额头试图缓解疼痛，忽然，指尖顿住。

他记得昨天他心情不好，被周余一个电话喊去了木堂酒店喝酒，然后他好像喝醉了，还看到了宁绒，还……亲了她。

但是，他是怎么回来的？

他坐起身子在床边找了半天手机，没找到，踩着棉拖鞋出了房门，走到一半时，他看到了自家沙发上躺着一个人。

冰糖睡在她的头顶处，打着小呼噜，睡得格外好。

宋赢萧的心忽然跳得格外快，一步一步朝着沙发而去，然后，他看到了心里猜想的那个人。

是宁绒，她躺在他家，睡在他这里。

宋赢萧瞥了眼客厅里的挂钟，八点零五分。

心脏忽然有些抖，昨晚的记忆纷至沓来。

他被她找到带回了家，而且，他的梦是真的，两人的亲密是真真切切发生过的。

宋赢萧半蹲着待在宁绒身边，嘴角慢慢牵起一抹笑。

宁绒睡觉时面容恬静，一张漂亮的脸温柔又无害，也没什么防备心，像个柔软的小猫一样，让人舍不得移开目光。

宋赢萧伸出手点了点宁绒的眼尾，此时那勾人的黑色睫毛平缓展开着，可可爱爱的。

倏地，他的目光对上了宁绒睁开的眼睛。

懵懂迷糊间，宁绒显然还没明白发生了什么事，看到宋赢萧时还愣了一下。

宁绒坐起身打量着周围的环境，她在宋赢萧的家里，昨晚也是睡在这里的。

偏头看到直愣愣看着她的某人，宁绒眼睛微弯，伸出手掐了掐他的脸："你现在应该清醒了吧？"

她刚醒过来，声音软软的，微微有些沙哑，还带着打趣。

宋赢萧握住宁绒的手，将她的手放在脸颊处，视线舍不得从她脸上移开分毫。

因为昨晚的冒犯，也因为紧张，他喉咙吞咽了下，哑声问："宁绒，你来找我，是……"

"是要和我在一起吗？"

这句话，宋赢萧用了极大的勇气才说出来。

宁绒笑了："你觉得呢？"

"我不知道。"

"不知道就算了。你先去洗漱吧，我也要下去换身衣服，我们稍后再聊。"

宁绒穿好羽绒服，临走前对眼巴巴看着她的宋赢萧说道："你昨天喝了那么多酒，要是不舒服记得告诉我，不要强忍着，我一会儿上来带你去吃早餐。"

宋赢萧心里的失落又被这句话抹平，点头："好。"

宁绒下去后飞快洗漱收拾完，上楼进门后发现宋赢萧静静坐在沙发上等她。

"走吧，我们下楼去吃早餐。"宁绒朝着宋赢萧伸出手。

宋赢萧走过来牵着她的手，看到宁绒脖子上重新贴好了创可贴。

宁绒注意到宋赢萧的目光，赶紧捂住脖颈。

"昨天我不是不回你消息。"宁绒被宋赢萧带着往外走。

他"嗯"了一声，等着宁绒接下来的话。

"当时没回复是因为我发现我妈的输液袋被护士少拿了一袋，只能自己过去拿，中间运气不好遇到医闹，不小心伤到了脖子。"

宁绒说得很诚实，也没有因为怕宋赢萧担心就隐瞒。

"这里现在还疼不疼？"宋赢萧握着宁绒的手骤然收紧，脊背升起一层冷汗。

站在电梯里，宋赢萧转过身，眼中全是歉意和心疼。

他没想到她会发生这么危险的事，自己甚至还抛下她独自离开，居然连进去的勇气都没有！他满是后悔和惧怕。

"不疼了。"宁绒晃了晃宋赢萧的手臂，继续解释，"事情解决完，我看到消息时已经有点晚了，你……你不要难过好不好？"

"萧矜也只是我的哥哥，我们是兄妹关系，同母异父，因为他这人名气太大，我不想因为他遇到什么麻烦事，所以就没有对别人说过。"

"上次在你家，我……"

"我明白。"宋赢萧将宁绒额前的一绺黑发往后捋，"我能明白的，所以不难过了。"

连带年少时看到她和萧矜在一起时产生的失落都一扫而空。

害怕了这么多年，在知道萧矜和她的关系后，那些嫉妒和不甘通通化为虚有，之后就是莫名有点想笑，他居然吃了一个大醋这么多年，结果最后是个误会，就……心情还挺复杂的。

但更多的是庆幸，还好他们是兄妹。

电梯正好到了底层，两人走出去。

事情也解释清楚了，宁绒此时一身轻松，脸上露出笑容，明眸清亮："昨天我把你带回来，现在我带你去吃点东西吧，也算是一点小补偿。"

宋赢萧跟着她往外走，结果又听到她问："身体有没有不舒服？要是有的话我们就去医院。"

"你的伤口要不要换药？"宋赢萧只担心这个。

"不用，家里有药。"

两人在一家早餐铺解决完早餐，宋赢萧还不想回去，两人又去了商场。

宁绒被宋赢萧牵着上了自动扶梯，中间一个下来的小姑娘看到宁绒，惊呼："宁老师！"

宁绒看过去，以为是班里的学生，结果不是。

小姑娘和宁绒错身而过的瞬间确认了宁绒的身份后，激动地尖叫起来，回身朝着相反的方向跑去，上面的人纷纷为她让道。

这就导致更多的人发现了宁绒就是现在还挂在热搜上的季影后的亲女儿，萧矜的亲妹妹，那个最漂亮的女老师。

宁绒赶紧从包里拿出口罩戴上，耳边随之传来一声轻笑，而后，她就被宋赢萧牵着，两人像是逃亡一样，迅速远离了方才的哄闹点。

宁绒被宋赢萧带着去了五楼的娱乐区。

两人很有默契，都选择了去看电影，是一部去年的爱情片。

昏暗的场所内，随着电影的开幕，灯光暗下来，宁绒手中被宋赢萧递来了一杯温奶茶，黄桃口味的，接着，一大桶爆米花也被送到宁绒怀里。

宁绒愣愣地接过后放在腿上："我吃不了这么多。"

"没事，吃不完不用勉强自己。"宋赢萧指尖捏起一粒爆米花送入口中，另一只手就没放开过宁绒的手，到现在依旧紧紧握着。

"你应该买份小点的。"宁绒咬着爆米花。

"太子妃要的东西，只能是最大最好的。"

宋赢萧大拇指摩挲着宁绒的手背，手中的小手软软的，握起来很舒服。他无声地笑了下，没忍住将宁绒的手放在唇边亲吻了下。

宁绒抽不回来手，只能红着脸扫了眼周围，好在这部电影上映好久了，影厅里都没什么人来看，他们的动作才没有被人注意到。

宁绒小声提醒宋赢萧注意点，结果嘴巴一张就被这人喂了一粒爆米花。温热的指腹擦过她的嘴角，昨晚的记忆回笼，她怕他不顾场合就亲她，立即远离了这人一点。

141

结果……

触及宋赢萧似笑非笑的视线，这人像是和她抬杠，让她知道她那小动作没用似的，又将她的手放在了他的唇边。

救命！这人醉了被打开开关就算了，怎么醒了还这样？

心"怦怦"直跳，昏暗的环境最容易滋生情愫，宁绒以防万一，只能偏过头装作看不见。

算了，斗不过，随他吧。

知道宁绒妥协，被纵容的宋赢萧闷闷地笑了，他满足地将宁绒的手背落在了他的心口处。

男人结实紧绷的肌肉下的心跳频率和宁绒的一模一样，俊美的五官一半陷在阴影里，鼻梁高挺，好看的薄唇微张。

"宁绒，我们现在……是男女朋友吗？"

是没什么底气的询问，即便他们现在很亲密。

听到这话，宁绒愣住了。依照他们现在的状态，应该是的，但她没有立即回答。

她偏头看着宋赢萧，也不知道他是不是在强撑，面上依旧是方才放松似的表情，身体懒散地陷在椅子靠背里，漆黑的双眼看着大屏幕。

除了心跳声暴露出他的紧张，这个男人似乎坚不可摧。

但现在，他有了弱点，甚至将这个弱点交到了她手里。

宁绒指尖蜷缩了下，宋赢萧越来越快的心跳声让她也有点紧张。她抿了抿唇，刚准备开口回答，大屏幕上轰响的音乐将人的神经拉扯回来，宁绒居然有了一瞬间的耳鸣。

电影的前奏过去，后面激昂的配乐盖过人声，宁绒在人声中点了点头。

"是，我们是男女朋友。"

宋赢萧和宁绒十指紧扣，柔声说："女朋友，从今天开始，你就是有家室的人了，要知道好好爱护我，知道吗？"

"嗯。"宁绒声音闷闷的。

"还有，今年记得带我回你家。"

"嗯。"

"你男朋友第一次谈恋爱，可能很黏人，你也要包容他。"

"好。"

这么好说话吗？宋赢萧有些意外，但也很满意。

看完电影吃了东西后，宋赢萧将宁绒送到她的家门口。隔着一道门，他还能隐约听到里面的说话声。

"我先走了。"宋赢萧说。

"嗯。"宁绒点头。

等他离开后,宁绒拿出钥匙开了门,一进门就看到端着水杯从厨房走出来的贝茜。

小姑娘眼睛黑黝黝的,带着打趣问道:"姐,你是不是把小舅舅拿下了?"

宁绒换鞋,嘴角带笑:"你可以改口喊他姐夫了。不过你怎么知道这件事的?"

"网上看到的呗,你们在商场自动扶梯上的照片都被人发到了网上,还是手牵手。"贝茜笑了,嘴角的小酒窝微陷下去。

第十二章 · 在一起了

　　距离过年还有三天，第二天一早，宋赢萧下来找宁绒时，宁绒已经收拾好。本来她准备让宋赢萧进来的，结果季澜双说不着急，等过年那天再见。
　　宁绒觉得这样也好，跟着宋赢萧出去后，同他解释这件事。
　　宋赢萧觉得无所谓："丑女婿已经见过丈母娘了，我还着什么急？"
　　宁绒打他："你给我好好说话。"
　　宋赢萧漫不经心地笑了。
　　"我们要去什么地方？"宁绒系好安全带后问身边的人。
　　"普济寺。"
　　"去那里做什么？"昨晚这人给她发消息说今天带她出去玩，让她准备好，没想到他会带她去寺庙。
　　宋赢萧转动方向盘，车子启动，淡声解释："让佛祖保佑我们。"
　　宁绒看着道路两旁积起来的积雪："保佑我们什么？"
　　"保佑我们平安，最重要的是保佑你平安。"这一点是最重要的。
　　宁绒还挺意外："我还以为你会说保佑我们不分开。"
　　"这个是我需要去努力维持的事，和佛祖说有什么用？"
　　"那我的平安也是需要我自己去努力维持的事，佛祖可能也保佑不了我。"
　　由于女朋友的清醒，宋赢萧叹气，半晌后缓缓说："那你就……当我拜个心安吧。"
　　古刹不算很大，香火味很浓，寺里的小师父正拿着扫帚扫着最后几片枯叶，远处还有喃喃的念经声、咚咚的木鱼声。
　　宁绒被宋赢萧牵着走进大殿。
　　殿宇里的菩萨稳坐高台，低眉慈目，俯瞰着尘世里的芸芸众生。
　　宁绒接过宋赢萧递过来的燃香，随他一起跪在黄色蒲团上。手中的

144

灰色烟气弯弯扭扭地朝高处飘，宁绒不知道这烟火能不能带着凡人的愿望到菩萨面前，但偏头看着双手合十，虔诚祈求菩萨能保佑她平安的人，她面上露出一个笑。

宁绒随着宋赢萧一起跪拜下去，希望菩萨能保佑他们都平安。

平安的人，才有更多的希望。

春节这天，宁绒早早起来，准备中午的亲友饭，这是她答应宋赢萧的事。

她刚进卫生间洗漱，门铃就响了。

刚出卧室的贝苒走过去开门，看见外面大包小包，将他们家门口堆得满满当当的宋赢萧，惊讶地后退一步。

"小舅舅，你……"贝苒回头看了一眼客厅里的钟表，早上七点零五分。

"你可以改口喊姐夫了。"宋赢萧笑着提醒贝苒，同时下巴一抬，示意贝苒和他一起将东西拿进去。

贝苒："姐夫了不起哦……"

宁绒洗漱完从卫生间出来就看到客厅里堆了一大堆礼物袋子，还是崭新的，应该是宋赢萧昨天出去买的，怪不得昨天他说有事不能陪她。

宋赢萧看着宁绒，无辜地问："我是不是来早了？"

宁绒："呃……"合着你也知道啊！

宁绒觉得若非自己早起了十分钟，当宋赢萧按门铃时他们一大家子人都还在睡觉，那会有多失礼。

宁绒越过礼品袋将宋赢萧按坐在沙发上，看着他打扮得这么费心，连头发丝都梳得一丝不苟，宁绒有些想笑，但到底还是忍住了，小声问："你什么时候起床的？"

这么费劲的打扮，没一个小时下不来吧！

"凌晨三点多。"宋赢萧瞥了眼走廊处，嘴角压成线，"有点紧张，你别介意。"

三点？

宁绒觉得小看这人了，若不是认为七点的时间差不多了，估计他五点就能过来敲门。

宁绒心里被感动填满，握住宋赢萧的手，给他打气："没事，你不用紧张，我妈和壳壳你不是见过了吗？至于我哥……要是他脾气不好，你可以不理他，反正他的意见也没用！"

"丝丝，你这么区别对待可不行啊！"

不知道什么时候站在走廊处的萧矜双手抱胸，歪头笑看着他们，脸上睡意未散，一副倦懒样。

"你开门怎么没声音？"宁绒回头，放开宋赢萧的手。

"这不是为了不给你报信嘛？"萧矜皮笑肉不笑地回答。

萧矜的目光落在宋赢萧身上，一股熟悉感传来。他慢慢眯起眼，甚至往前走了几步，眉头皱着，喊出一声："宋赢萧？"

宋赢萧看着他，眉峰挑起，等着他后面的话。

"你是不是每次都来看我的演唱会？"

萧矜的声音忽然危险起来，走近一步逼问："你不会是因为丝丝是我妹妹所以才追求她，再借此来接近我的吧？"

宁绒一窘，哥哥怎么会这么自恋？

宁绒看向脸色黑沉下来的宋赢萧，帮宋赢萧辩解了一句："哥，我和宋赢萧是高中同学。"

萧矜："我记得我第一次见他，就是他高中的时候来要我签名照的。"

宁绒的目光瞬间变得复杂，看着宋赢萧，声音艰涩："要不你自己解释一下？"又回头盯着萧矜，"哥，你记性这么好的吗？"

萧矜挑眉："你哥有生以来最帅的男粉丝，还场场演唱会都不落，你哥就是想不记得都难！

"何况还是 VIP 大金主，每次都在最佳的位置，你哥在台上抬眼就能看到他！"

宁绒思绪混乱了，宋赢萧自己说不是她哥的粉丝，结果一场演唱会都不落，这……

对上宁绒质疑的目光，宋赢萧轻咳了一下，平静地解释："我是过去碰运气的。"

萧矜笑眯眯地问道："警察在我演唱会上碰运气抓罪犯，宋医生总不会在我演唱会上碰运气找病人吧？"

面对未来大舅哥的逼问，宋赢萧抬起眼皮，黑眸直视回去，挑衅道："要是你允许的话，我也不是不行！"

萧矜看向宁绒："你这新男朋友还挺嚣张，要不你再换一个脾气好点的男朋友？"

宁绒脾气很好地回道："想从火葬场出来其实也很简单，哥，你也可以选择换一个女朋友。"

"得，当我没说。"

中午饭桌上,宋嬴萧坐在宁绒身边,用公筷将她喜欢吃的菜都夹到她碗里。

对面的贝苒搞怪似的,将碗送到了季澜双面前:"姨妈,我也想要你给我夹菜!"

宁绒知道妹妹在打趣她和宋嬴萧,也不恼,先季澜双一步给她夹了一筷子虾,然后季澜双夹过去一筷子红烧肉,萧矜也夹过去一筷子糖醋鱼。

这些都是贝苒喜欢吃的。

碗里一下子被热乎乎的食物填满,贝苒眼睛几乎笑弯了。

没半点动作的宋嬴萧左右看了看,不知道自己该不该随大流,好像不合适,但……

对上贝苒看过来的视线,听她甜甜地喊了声"姐夫",宋嬴萧身心舒畅,给她夹了一块最大的家常豆腐。

季澜双笑着说:"壳壳,你的亲人从今天开始又多了一位,所以,以后有什么事尽管去麻烦你姐夫,不要客气。"

宋嬴萧点头,语气诚恳:"壳壳尽管来找我,无论什么事,我都会当成你姐姐的事一样去对待,所以不用怕麻烦我。"

"这才像是人话。"萧矜插话。

饭桌上因为贝苒刻意调节气氛,大人们之间的话题不会那么生硬,总有欢笑声传来。

等几人吃得差不多了,宋嬴萧帮着宁绒去厨房清洗碗筷。

萧矜靠墙看着在厨房里认真做事的宋嬴萧,小声问身边的贝苒:"壳壳,你微信上说的都是真的?"

贝苒点头:"当然,我姐夫的艰难经历也真的是不输于青酥姐了。"

萧矜在黎青酥默默无闻暗恋他好几年都得不到回应的这件事上最有体会,闻言沉默了几秒。

等宋嬴萧转过来放筷子时,他淡声道:"一会儿聊聊?"

谈话地点就在小区内,出来的时候宁绒怕宋嬴萧冻着,将白围巾戴在了他的脖子上,看得萧矜牙酸。

"有话就说吧,下面怪冷的。"宋嬴萧朝楼上看了眼,看到了站在窗户边瞧他们的宁绒,露出一个笑。

萧矜也看到了同样趴在窗户边的老妈,无奈地揉了下脸,不再磨叽,直言开口:"你高中来找我要签名,是不是因为看到了我和丝丝在一起?"

"嗯。"宋嬴萧没否认,声音还有些不爽,"当时没想到你是她哥!"

"所以，你场场都来我的演唱会，是来找丝丝的？"萧矜看着身边的人，话说出口，有点不可思议于自己的猜测，又觉得好像没别的理由了。

"嗯。"

听到这人承认，萧矜身为大舅哥本来是想要讽刺嘲笑一番，但相似的事情代入到黎青酥身上，一瞬间酸涩涌上喉咙，嘴角的笑就怎么也扯不起来。

他淡声问："你当时是不是一次也没有见到过丝丝？"

"是不是觉得我还挺倒霉？"宋赢萧自嘲，眸色都淡了几分。

那时候总觉得他们没缘分，高考后就这么失散在了人海里。

世界那么大，人那么多，找一个人啊，是真的难！

"那你是挺倒霉的。我的演唱会丝丝只来了两次，两次都在后排。"

宋赢萧没忍住："因为不想看见你的脸？"

萧矜磨了一下牙，止步，抬眼凝着宋赢萧，声音凉凉的："妹夫，误会的事是你没搞清楚，吃了这么多年的醋也是你活该，现在把怒气都撒到你大舅哥身上，你就不怕我给你穿小鞋？"

"丝丝让我不用太在意你，我觉得我还……挺听话的！"宋赢萧一副欠揍的表情。要不是萧矜还顾忌着上面看他们的人，这一拳头指不定就挥出去了！

萧矜冷笑一声："当年没找到人。你要是想知道当年丝丝坐在后排的原因，可以求我！"

宋赢萧看傻子一样看了他一眼，拿出手机给宁绒发消息。

片刻后收到回信，宋赢萧扫了眼，嘴角露出笑，还很好心地告诉萧矜答案："丝丝说你演唱会听听声音就好了，看人就不必了，有点腻！

"对了，这个答案是妹夫赠送给你的，大舅哥不用求我。"

萧矜舔了下唇，被宋赢萧这操作气笑，拖着调子威胁人："宋赢萧，你最好祈祷不要有求我的一天！"

宋赢萧满不在乎，甚至捧一踩一："丈母娘不比你好嘛！"

萧矜捏了捏拳头，真是见鬼了，这婚还没结呢，这天底下哪个妹夫敢这么对大舅哥的？

他呼出一口气，懒得再和这人打嘴仗，选择言归正传。

"你的事壳壳告诉过我一点，我知道她是想我这个大舅哥也接受你，但自家的白菜被猪拱了，谁心里都会不舒服。"

"你现在也在拱别人家的白菜，我们彼此彼此！"

萧矜怒了，他的拳头是真的硬了！

"抱歉，你继续，这次我好好听。"

宋赢萧又说了一句："其实吧，妹夫我主要还是怨气太重，不能埋怨丝丝，也不太想在自己身上找原因。大舅哥您就是肚量不大，也麻烦多担待点！"

一句话带着几个刀子，实在扎人心啊！

萧矜深吸一口气，想让自己冷静点："我不知道你和丝丝以后能走多远，但只要我这个当哥的活着，丝丝和你在一起有一点的不幸福，我都会将她带离你身边。"他拍了拍宋赢萧的肩膀，"大舅哥最后告诫你一句话，珍惜自己的羽毛，不要让自己的深情在丝丝眼里成了比纸还不如的存在。"

萧矜说得认真，宋赢萧同样严肃起来："保证丝丝天天开心这话说出来我自己也不信，但我会努力去避免她的不开心是因为我，努力做到给她带去更多开心的只会是我。"

他知道，这段感情在丝丝眼里，或许现在和将来她都不会让它占去太多比重，但他好不容易将她变成自己的女朋友，自然怎么爱护都不为过。

"你这人，还挺实诚的！"不得不说，宋赢萧这句话还挺让萧矜对他刮目相看的。

两个男人的"友好"谈话就此结束，上去后两人和之前一样正常相处。

宁绒和季澜双看到他们没打架就放心了，至于他们说了什么，大概能猜到，也就懒得问了。

晚上，宋赢萧要回老宅和父母一起吃年夜饭，宁绒等人还要去萧矜预定好的酒店陪萧觉景一起吃饭，大家在下午分道扬镳。

宁绒和季澜双晚上七点到达宏业酒店时，萧觉景已经等在那里了。

一行人上了七楼的包厢。

季澜双进来后，看见萧觉景点了下头，然后和他隔着一个座位坐下。

萧觉景眸中黯然一瞬，看到齐全的人时脸上又露出了笑，对服务员说道："可以上菜了。"

服务员转身出去。

萧矜坐在季澜双和父亲中间，为了缓解气氛，谈到了演唱会的事，然后看向季澜双："妈，你要来吗？"

"到时候给你和爸安排最好的位置。"

萧觉景知道儿子没给他创造机会的意思，就是单纯地想要他们去一次，于是看向正在用开水烫着碗筷的季澜双："阿双，你去吗？"

季澜双没犹豫："去吧，你要是有时间的话也去看一看，以后可能都没机会了。"

萧觉景点头："我和你妈都去，具体事情到时候再说吧。"

"成！"

得到答案，萧矜又谈到了其他话题。

饭菜被依次端上来，包厢里的大屏幕打开，春晚开播。

窗外，雪还在纷纷落下，一首歌曲结束，季澜双和萧觉景正常聊天的时候谈到了宁绒的男朋友，萧觉景知道这事还挺惊讶，问："是哪家的孩子？"

"宋家的，和你一样的那个豪门宋家。"季澜双回道。

萧觉景蹙眉，他和宋家在生意场上有不少合作，对于宋家的事也知道一些。宋赢萧这个孩子还挺好，洁身自好，稳重踏实，就是当年出意外进了医院，差点没救回来，导致现在身体不如以前。

这倒是小问题，萧觉景就怕他以后学了自己的父母，在外面也有彩旗飘扬。

知道萧觉景在想什么，季澜双不紧不慢地剥开虾皮，解释说："我考察过了，这世上怕是没人比得上那孩子的真心。当年让你查的那件事，你还记得吗？"

电视里的歌舞很热闹，季澜双的声音很低，除了低头看手机的萧矜，宁绒和贝苒都没注意到他们在说什么。

萧矜抬起眼皮，插入话题："爸，我妈让你查什么事？"

萧觉景忽然想起当年关于宋赢萧的一个传言，说他是因为一个女人才住的院，因为后来没听到什么消息，就渐渐忘了这件事，眼下阿双这么说……

萧觉景目光落在专注看春晚的宁绒身上："那个人是丝丝吗？"

"爸，你到底在说什么？什么是丝丝？"

歌声中间空白了三秒，只有轻音乐，萧矜没控制住声音，宁绒和贝苒同时看了过来。

季澜双瞪了儿子一眼："没什么，大人的事情你少打听！"

萧矜呵笑，宁绒已经注意到这边，妈妈的态度明显不想让她知道，萧矜只能暂时放下这件事，找机会再问他爹。

宁绒没发现什么，又被屏幕里的春晚吸引。

见女儿的注意力被吸引走，季澜双松了口气。

晚上十点的时候，大家都熬不住了，萧矜和萧觉景一起回别墅，宁绒和季澜双、贝苒一起回家。临上车的时候，季澜双的鳄鱼包忘了拿，宁绒主动回去帮她拿。

拿着包包从之前的包厢里出来的时候，宁绒看到了从对门包厢走出来的人。

对方一身红色西装，微翘的嘴角勾着坏笑，身边还跟着一个追过来的红唇美人，正扯着他的手臂撒娇赔笑。

顾命也注意到宁绒，赶紧将手臂上搭上来的手甩开，扯了扯衣袖，嘴角的笑正经了几分："你……"

因为上次哄骗宁绒的事，他突然不知道该说什么，话在嘴里转了转，最后说了句："宁绒，新年快乐。"

宁绒点头："新年快乐。"

她看了眼顾命身边敌视她的美人，礼貌微笑："家里人还在楼下等我，我先走了。"

说完，她就快步离开。

等电梯的时候，宁绒刚松一口气，顾命就追了过来，甚至先宁绒一步上了电梯。

宁绒沉默片刻，也跟着走了进去。

电梯里没再来人，电梯门关闭，顾命看着倒映在金属门镜上的人影，声音艰涩地问："宁绒，你和宋赢萧……你们……在一起了？"

"嗯。"

即便有心理准备，顾命还是觉得眼眶有点热。

他哑声问："宁绒，我是哪里不好吗？"

和上次一样的问题，顾命又问了出来。

宁绒转头，看到顾命眼眶微红，还在强忍着不让表情崩裂，愧疚升起，在心里默默叹了口气。

总要给他一个答案让他死心，总不能让他像大学时那样再纠缠她几年吧。

"顾命，我这个人需要很多很多的安全感，我在宋赢萧身上找到了。我也不喜欢麻烦，宋赢萧身边没有麻烦，包括他的家人，以后都不会是我们继续下去的阻碍，我能看到我们的未来。

"你的世界太浮躁了，不适合我。"

顾命忍住哽咽，眼中的泪差点掉下来："我妈之前是不是去学校找过你？"

宁绒沉默。

151

顾命明白了，看来是的。

"宁绒，那要是以后宋赢萧给你惹了麻烦，你会和他分手吗？"顾命想起姜星瑶，带着一丝希望地问。

宁绒垂眸，认真想了想这个问题："无关原则的问题的话，我都可以和他一起面对。"

宁绒的手机在这时响起，是季澜双，在催促她回去。

宁绒收起手机，瞥了眼外面的深夜："我先回去了，你慢慢玩。"

"我没在玩，今天只是过来谈一桩生意，方才那女人也是合作人带来的，我不认识，也没兴趣。"

宁绒随意应了声"好"，转身准备离开时，顾命一步上前握住了她的手臂："宁绒，作为你的半个救命恩人，今天过年，你不给我一个拥抱吗？"

"就当是我们另一种关系的开始。"

"当不成情侣的话，你让自己多一个朋友总行吧？"

宁绒挣扎的手臂一顿，她明白，顾命这是不准备纠缠她了，心里落下了一块大石。

"拥抱就算了，我怕我男朋友介意，"宁绒主动握住顾命的手，"当年谢谢你背我去医院。"

宁绒大二那年搬出去后，住在学校附近的一个小别墅里，后来顾命买下了她旁边的一栋别墅。

大四那年，她因为经期不规律，有一次晚上肚子痛得厉害，满头大汗，浑身颤抖，偏偏手机有点旧了卡顿得不行，半天都打不出电话，只能自己爬起来强撑着出去，最后晕倒在路边，若非那晚顾命出去玩回来得晚，宁绒觉得自己可能要被冻死在那个大冷天。

那时候，这人一边打电话一边叫救护车，然后背着她朝医院的方向走。她迷迷糊糊醒过来，耳边全是顾命着急地让她再坚持一会儿的声音，所以她很感激他。

即便后来没喜欢上他，但对他的态度，从那以后也缓和了不少。

"得，还好你没说我是个好人，给我发好人卡。"顾命紧握着宁绒的手，用脸上的笑掩盖住失落，压抑着不舍，还是缓缓松开了手，"宁绒，其实我还是挺不甘心的。"

"我其实也不介意当个备胎。"

"我介意！"宁绒黑脸，"还有，你这人也不差，不要因为我的不喜欢就看低自己。"

顾命没说话，看了眼宁绒手里又响起的手机："赶紧走吧，我就不留你了。"

宁绒最后看他一眼，离开。

直到宁绒的背影消失，顾命才掏出手机点开助理发过来的资料。

他查不到宁绒太多信息，对于那个姜星瑶，倒是查到了不少。

将姜星瑶身上细枝末节的事情拼凑起来后，顾命也差不多知晓了她和宁绒的恩怨，不得不感叹宋赢萧这家伙运气是真不好！

顾命舌尖抵着下颌，眯了眯眼，有这么一个炸弹，他是应该让炸弹早一点爆炸呢，还是晚一点爆炸呢？

萧矜一直惦记着饭桌上爸妈说的那件事，上了车就直接问出口。

萧觉景看着自己的儿子："你问这个做什么？"

萧矜扯了扯领口，模样很无所谓："您要是顺着我妈的意思不告诉我也成，我自己去查，反正已经知道了切入点，查出来不过是早晚的事。"

"你自己的事都理不清楚，这事倒是挺上心！"

"我妹夫的事，我这个当哥哥的自然上心，所以，您是准备让我浪费人力物力去查，还是现在就告诉我？"

萧觉景知道自己这儿子没在诓他，只能如实说了出来。

"你爸我只知道当年宋家小子出车祸差点没命，是为了救你妹妹，他当时差点没抢救过来，本来能上手术台的手也废了一只，又被迫转专业，这才成了心理医生。"他叹了口气，"宋家老爷子的心脏不好，宋家那小子本来是准备日后能上手术台给宋老爷子亲自动手术的。"

短短的几句话，这信息量简直要爆炸了，萧矜听得都有些发愣。

他没想到妈妈隐瞒的会是这件事，至于宋赢萧对丝丝的感情……他还是小看了。

"是丝丝大四寒假放假回来那时候发生的事吗？"萧矜在记忆里找了找，好像只有当年在 A 大附近发生的那场车祸。

"嗯。"

"我记得当时丝丝能躲过去是因为一辆车子突然冲出来将那辆疯车撞飞了出去。"

"就是那宋家小子撞飞的。"

闻言，萧矜倒吸一口凉气，黑眸中涌现一股佩服之情："这宋赢萧……我这妹妹没选错人啊！怪不得我妈这么极力撮合他和丝丝。"

看来她早就知道宋赢萧对丝丝的心思了。

153

说着，萧矜背后又浮起一层冷汗。因为被那疯车撞死了不少人，当年那件事在清江城还挺轰动的，他没想到丝丝不是侥幸没受伤，而是有人替她承担了一切伤害。

萧矜不由得想，如果当年手术室里的宋赢萧没有挺过来，没有像现在这样出现在丝丝面前，会是什么光景呢？

丝丝应该不会记得他吧？更不会知道那个救她的恩人就是宋赢萧吧？他可能连名字都不会留在丝丝的生命里。

这么一想，萧矜突然觉得这个妹夫还挺可怜的，宋赢萧能有现在，真是老天爷怜悯他了。

同情心一起，萧矜决定以后还是对宋赢萧态度好点，毕竟这么好的人不当他妹夫真是可惜了！

宁绒回家后洗漱好，出来就看到宋赢萧又给她发了不少消息。电视里的春晚还在继续，五分钟后到十二点。

宁绒一眼扫过去——他告诉家里人他们谈恋爱的事了，问她现在在做什么，没得到回应后直接分享起了他那边的日常。

宁绒看得嘴角上扬，赶紧回复男朋友的消息。

宁绒：刚洗澡出来，现在坐在沙发上。

宋赢萧：方便开视频吗？

宋赢萧：宁老师的男朋友表示想和她女朋友一起跨年。

宁绒的心软了软，自然不会不应，按下接通键，然后就看到了站在自家院子外的宋赢萧，容颜精致又好看，那双含笑的桃花眼里揉着浓浓的深情。

宁绒听着电视里主持人的声音在倒计时："十、九、八、七……"

宋赢萧笑着接口："六、五、四……"

宁绒和他一起轻喊："三、二、一！"

零点的钟声响起的那一刻，两人同时说出：

"宋赢萧，新年快乐。"

"丝丝，新年快乐！"

隔着一道屏幕，宋赢萧身后的烟花在高空炸响，绚烂的烟花一圈圈爆开，点缀在暗色寂冷的夜空中，映出了下方人间里的大片喜庆和热闹。

雪还在下，好大一片白雪飘落在宋赢萧的发顶。

宁绒隔着屏幕摸了摸他的眼，柔声说："男朋友，今年很高兴有你陪在我身边。"

宋赢萧的眼神柔软下来:"你男朋友也很高兴今年有女朋友陪着他一起跨年。"

这人总是能把话说到别人心坎里,宁绒已经在试着习惯,闻言眼尾弯了下,还不忘提醒他:"快回去吧,外面冷,别着凉了。"

"听女朋友的话有奖励吗?"

"奖励宋医生笑口常开,工作顺利,天天开心。"

"还有吗?"

宁绒想了想:"再祝你身体健康少生病,能吃能睡生活好,要是还不够的话……"

"那就祝宋医生的女朋友也天天开心。"

宋赢萧笑了:"嗯,会的,你男朋友很努力。"

视频挂断,宋赢萧看着夜空中逐渐落幕的烟花,突然觉得人生真的已经圆满了。

要是他这辈子还有多余的好运气的话,就让老天爷分给别人吧,他这辈子的福气已经够了,他不贪多……

贝苒初四开课,季澜双的戏初八开机,初七这天就要离开清江城。

宋赢萧这几天都在家招待亲友,帮父母处理公司里的事,几乎都没时间回来,冰糖也让他家里的司机过来带走了,总把小家伙单独放在家里也不好。

所以中间这七天,两个新鲜出炉的情侣除了在手机上聊天,就没有见过面。

不过从初三晚上开始,宁绒每天晚上都会收到宋赢萧发过来的美食图片。

从一开始的西红柿炒蛋到初六晚上的青椒土豆丝,每一道看着都让人很有食欲。

宁绒刚开始以为这人是在和她分享他的晚餐,结果三天后才后知后觉地猜到一个可能——

这是宋赢萧自己做的。

发消息的两人聊起这件事,说着说着又说到季澜双初七离开,宋赢萧表示明天早上过来和宁绒一起给丈母娘送行。

于是便有了宁绒和宋赢萧差点也被季澜双的粉丝给包围的画面。

等宋赢萧护着宁绒从各种闪光灯里出来的时候,宁绒早上出来刚扎好的丸子头已经散了,有些凌乱,看起来像是和人打了一架似的。

等两人上了车，外面还有不停给宁绒拍照的粉丝和记者，他们甚至对宋赢萧的身份也有了好奇，纷纷猜测他是不是宁老师的男朋友。

车子发动，两人飞快地远离原地。

宁绒在整理好头发的时候，发现自己的羽绒服侧边不知道什么时候被抓破了一道口子，里面的鸭绒都被挤了出来，裂缝还挺长，看着挺凄惨的。

宁绒将鸭绒塞回去，也没太计较这件事，正想着自己回去后缝补一下，宋赢萧开口了："要不要去附近的商场再买一件？"

"不用，回去补补就好。"宁绒盯着男人俊美的侧颜，好奇地问，"你会针线活吗？"

明白宁绒的意思，宋赢萧咳了一声："可能需要一点时间才能上手。"

宁绒有了兴趣："正好你可以用我这件衣服练习，缝得丑了也没事，就当作给你的新手试验品了。"

宋赢萧有点犹豫，毕竟他的右手……在宁绒期待的目光下，他艰难地点了下头："好。"

回家后，宁绒坐在沙发上，手里抱着冰糖，看着宋赢萧专注且认真地拿着她的羽绒服缝补，双眸一再温软下来。

只是在他又一次手指颤抖得拿不稳细针后，宁绒的眉心再次皱出了两个小山包。

仔细想了想自己第一次拿针线的样子，好像也没有手抖吧，他居然连针都拿不稳。

"哟——"宋赢萧下意识地甩了甩手，刚刚针尖穿透衣服时他没控制好力道，直接扎在左手食指上了。

宁绒着急地抓过宋赢萧的手，扯过纸巾赶紧给他的手指止血，心疼地道："之后我自己来吧，你以后不要再碰这种东西了。"

"我没事，不用担心。"他安抚着，心里却有些懊恼，看来他这右手还是做不了精细的活。

宁绒从抽屉里找出创可贴，给宋赢萧受伤的食指贴好，注意到他的情绪，将他腿上的羽绒服扯开，安慰地抱了抱他。

"可我心疼，这件衣服便暂时收起来吧。"宁绒说得坚定。

宋赢萧看了她半天，最后在她的眼神中败北："好。"

中午，两人一起吃饭吃到一半的时候，宁绒看到宋赢萧因为筷子没拿稳让牛肉丸掉在了桌面上，马上将手边的纸巾递给他。

"丸子不好夹的话可以用勺子。"宁绒起身去厨房给宋赢萧拿了一把勺子过来。

宋赢萧接过，这次用勺子吃牛肉丸，比用筷子方便了不少。

宁绒本来也没在意这件事，只是无意中瞥到沙发上还没有缝补好的羽绒服，想到宋赢萧方才拿针的样子，心中有些莫名，不自觉看向了他拿勺子的右手。

平时没细看不知道，眼下带着疑惑去看，宁绒注意到宋赢萧拿勺子的手会微微发抖，但不是很明显。

宁绒怕自己多想了，也试着用勺子吃肉丸，过程中她的手指并没有抖。又试了几次，依旧没有。

宁绒看着宋赢萧，沉默了好几秒后，将碗推到他面前，拿走他手里的勺子，对上他疑惑不解的目光，她很自然地说："给你女朋友夹一次菜吧。"

宋赢萧挑眉，没拒绝，将桌上所有菜色都给宁绒夹了一遍，除了豌豆肉末。

宁绒强压下心里某个呼之欲出的可能，面色无异地指了指豌豆肉末，说道："这个也不能少。"

宋赢萧看了眼自己的筷子，眼皮半合着，片刻后到底伸了过去。

夹起豌豆时，他很努力地去控制自己的手不抖，结果还是掉了。

几次之后，宋赢萧咬着牙，努力不让宁绒看出什么。他准备尝试第四次时，宁绒开口了："不用夹了。"

她声音很轻很柔，甚至带上了关心："宋赢萧，你的手之前是不是受过伤？"

宋赢萧看向宁绒，他不会骗她，低头轻"嗯"了一声。

"是之前发生的意外吗？"

宁绒握住宋赢萧的手，紧紧地，她在向他证明她的不嫌弃、不介意，希望他不要难过。

同时，她也想起了之前在校医院时那个护士提到的关于他的事。

"嗯。"

"能告诉我是什么意外吗？"

"车祸。"宋赢萧的声音很淡。

他右手虚空握了握，漂亮的指节在阳光下有些透光，甚至能让人看到上面淡青色的血管，漂亮又细弱。

157

"这只手现在恢复得还不错,不影响日常生活,就是做精细的工作会手抖。"

宁绒握着他的手收紧,看着他许久,终究还是不太忍心继续问下去,心有余悸地说:"宋赢萧,谢谢你能让自己活下来。"

宋赢萧一愣,就听见宁绒继续说道:"也谢谢你能让我有机会再遇见你。"

宋赢萧笑了,眉眼都舒展开:"既然这么感激我,那要不,给你男朋友一个结婚期限?"

宁绒放开这人的手,面无表情地给宋赢萧盛了一碗牛肉丸子汤放在他眼前,在他不明所以的目光下,淡淡地道:"吃吧,吃完去睡一觉缓缓。"别想太长远的事,对脑子不太好!

盯着满满一碗丸子汤,宋赢萧轻"呵"一声,拿起勺子吃肉丸。

等宋赢萧上楼午休后,宁绒立即拨通了周余的电话。

"喂,宁绒,找我什么事啊?"周余应该是刚睡醒,声音有些含混。

宁绒看了眼客厅的挂钟,下午一点三十四分。

她额角青筋跳了下,也不客套,直接问:"周老板,宋赢萧之前车祸的事,我想知道具体细节,你方便讲讲吗?"

"咚"的一声,手机没拿稳掉在地上,周余手忙脚乱地捡起来,慌得整个人都清醒了:"你怎么知道萧哥车祸的事?"

"他的右手有点小问题,我问了,他说是因为车祸,不过具体细节没说,所以想找你问一下。

"你要是也不方便说的话,我会让我妈和我哥帮忙查一下。你知道的,这件事查清楚不过是时间问题。"

不得不说,在这一点上,宁绒和萧矜出奇的相似,不愧是兄妹。

周余沉默了好一会儿,可见他有多纠结。

最后,他叹了口气,说:"当年萧哥的车祸发生得突然,两车相撞,两个司机最后一死一伤。"

周余也不算说谎,只是那个疯车司机是被司法执行的死刑罢了。

"萧哥当年在医院躺了半年多,生死线上滚了一遭,捡回了一条命,现在除了身体抵抗力差点,右手不能做精细活,身体也没其他毛病。"周余相劝,"宁绒,萧哥对你是真心的,你别……"

"我不会嫌弃他!"

知道周余要说什么,宁绒率先出口。

她忍住眼中的水雾,自虐一样地抖着声音又问了一次:"当年他……

真的很危险吗?"

"嗯,重型创伤性颅脑损伤,是当时萧哥身上最重的伤,被医生下了两次病危通知书,宋家绝望到连墓地都给萧哥准备好了……最后也不知道是什么支撑他活了过来。"

周余当时觉得十分不可思议,当宋赢萧醒来的那一刻,他差点跪地痛哭。

周余咽了口口水,说:"宁绒,萧哥真的很喜欢你,他也是第一次这么喜欢一个人,你和他好好的,别辜负了他。

"你们这段感情能走到今天,挺不容易的。"

这句话挺意味深长的。

宁绒以为周余说的是宋赢萧当年能活下来导致如今有机会遇到她的事,吸了吸鼻子,保证道:"我们会好好的,谢谢你告诉我这些。"

周余笑了:"没什么,就是……"话到这里犹豫了下。

"什么?"

"你们结婚的时候记得请我去观礼。"

宁绒握着手机的手指蜷缩了下,他们才刚交往没几天啊!谈结婚也太快了吧?

"这个以后再说吧。对了,我哥演唱会的门票我会给你准备两张,到时候给你。"上次周余和宋赢萧在电梯里打电话说到她哥演唱会的门票,导致她误会宋赢萧是她哥的粉丝这事她还记得。

周余惊讶道:"我都差点忘了你是萧矜的亲妹妹!成,那就谢谢嫂子了。"

宁绒笑了。

电话挂断,宁绒上网搜了下车祸造成的重型颅脑损伤的情况,致死率不低,重残率更是达到一半以上,有些人甚至会在车祸里伤到不可再生的脊椎神经,导致终身瘫痪,或者一辈子都醒不过来也有可能。

宁绒握着手机的手有些发抖,莫名地后怕让她身上一阵一阵地发冷,也不知道在慌什么。

好在他现在没事了,他还好好活着。

自从上次姜星瑶将在医院走廊拍到的照片无偿给了营销号后,本以为能让宁绒和萧矜一起被群嘲,没想到两人会是亲兄妹。

看到这个消息的时候,姜星瑶嘴角扯起冷笑:宁绒可真是命好啊!

她掏出兜里的手机,没有一点犹豫地拨通了联系过她的顾命的电话,那边老半天才接通。

"找我什么事?"顾命声音冷淡。

"顾先生,你还记得我们的合作吗?"

顾命眯眼,站在高楼上,下方的车水马龙他早就听不见,灯火映照的尘世,是黑夜里常见的景色。

"你准备做什么?"他不答反问。

姜星瑶微笑道:"我还需要做什么吗?只要有一个信息渠道能让我和宁绒联系上,顾先生想要看到的不就成了?我甚至连家门都不用出。"

顾命揉了下额头。他最近就在烦这件事,不知道该怎么处理姜星瑶这个孕妇,又堵不上她的嘴,总不能让她再卑鄙无耻地坑宁绒一次吧?

虽然他不太想宋赢萧和宁绒在一起,但……

顾命苦笑一声,谁让她喜欢呢?谁让他真的不如宋赢萧呢?

他有时候甚至会想,他对宁绒的喜欢能值得让他豁出一条命吗?

这个问题不到真正面对的时候,顾命都不敢下结论,而眼下,他至少要想办法将姜星瑶给稳住。

顾命深呼一口气,拿出高高在上的态度,讥笑一声:"我奉劝姜小姐最好事先搞清楚情况,别偷鸡不成蚀把米,最后害惨的还是你自己!"

"什么意思?"

"这么多年过去了,姜小姐真的觉得自己有那么重的分量?若是没有的话,你知道你得罪的是谁吗?"

见姜星瑶半天没说话,顾命知道吓唬住了人,暂时又争取了一点时间让他去想解决办法,直接挂了电话。

姜星瑶坐在床边看着结束通话的手机愣怔许久,心里再不甘,还是将主动权交给了顾命。

第十三章 · 回国

躺在床上准备睡觉的时候，宋赢萧的手机来了一条消息。

夏南欢：明天下午三点的飞机落地清江城。萧哥，你上次答应我的，明天记得带着老周来给我接风洗尘啊！

同时，周余的消息也发了进来。

周余：萧哥，明天你要是有空的话，我们一起去机场接个人呗。南欢回来了。

怕宋赢萧不同意，周余又发来一条。

周余：放心，你现在是有女朋友的人，南欢应该也歇了对你的心思了，陪兄弟去一趟吧，要是嫂子误会了，兄弟一定帮你解释。

宋赢萧知道周余喜欢夏南欢，他那条手臂也是因为她才会没了。从某种程度上来说，他们俩算是同病相怜，都是单相思地暗恋喜欢的姑娘很多年。

掩去眸中的复杂，宋赢萧指尖干脆利落地敲字。

宋赢萧：去，也不会让你嫂子误会的。

周余：萧哥，你要做什么？

宋赢萧漫不经心地笑了笑，一张精致俊美的脸倦懒又惑人。

早上，宁绒被宋赢萧带着出门的时候还很蒙，等坐上车又被宋赢萧贴心地系好安全带后才问："你要带我去哪里？"

"机场。"

"带我去出差吗？"

"不是，就是带你去接个人。"

"谁？"

"是周余喜欢的人，他暗恋人家很多年了，就是还没什么结果。"宋赢萧刻意加了几句。

本来宁绒也没多想，结果宋赢萧这么刻意地去解释，宁绒的敏感神

161

经被他挑起,盯着这人看了好几秒。

直到看到宋赢萧紧张得喉咙滚动了下,她才笑问:"那个女孩子是不是喜欢你?"

宋赢萧轻咳了声,赶紧表明态度:"除了你,我没喜欢过其他人。"

宁绒顺着他的话点头:"我没怀疑你。"

宋赢萧:"嗯,只是我还是要解释清楚。"

宁绒笑了:"还挺自觉。"

"萧哥,还是你牛。"周余半路坐上车看到副驾驶位的宁绒后,就明白昨晚宋赢萧说的不会让宁绒误会是什么意思了。

宋赢萧挑眉,还挺得意:"你可以学着点。"

一行三人到机场时因为堵车晚了半个小时,进了机场大厅后,周余给夏南欢打电话,那边接通。

同时,周余抬头,看到了站在二楼朝他们招手的夏南欢。

夏南欢一身白短袖、黑短裤的打扮,外面只穿了一件黑白的格子大衣,大衣敞开着,头上戴了顶红色的贝雷帽,顺直的长发披在肩膀上,半掩盖着那对圆形大耳环,黑色的长皮靴旁边是一个大号行李箱。

宁绒跟着宋赢萧上了二楼,距离夏南欢只有几步远的时候,看着她没什么笑容的脸,还有那双单眼皮下冷幽幽的瞳孔,忽然想了起来……

她们在安津美院见过。

是宁绒大四的时候,下半学期刚开学没多久,她就见到了突然出现的夏南欢。

当时,夏南欢拦住准备去图书馆看书的宁绒看了很久,然后礼貌地伸出手,说:"你好,我是夏南欢。"

宁绒看着面前这个确定自己不认识的人,没伸手,只是道:"你好,没什么事的话我先离开了。"

宁绒准备离开时,前方的路再次被夏南欢堵住。她好像有些不高兴,又强撑着笑容:"宁绒,我知道你叫宁绒。"

她紧接着又问:"宁绒,你还记得宋赢萧吗?"她又加重了语调,"宋赢萧,你还记得他吗?"

"宋赢萧?"宁绒蹙眉,不太理解这人找她问宋赢萧做什么。

在脑海里想了想,她记起了这个人,高中时候的天之骄子,只是后来她没再听过他的什么消息。

若不是面前这个夏南欢提起,她都快想不起这个人了。

"记得，是我的高中同学。"宁绒坦诚地说，声音有些冷淡，"你要是打听他的消息的话，抱歉，我不知道，你可能找错人了。"

"你记得就好。"夏南欢盯着宁绒的脸，细细地打量着，然后突然来了一句，"你确实长得很漂亮，也确实有让人惦记的本事。"声音意味不明的，压着不爽。

宁绒看懂了夏南欢眼中的敌意，双眸瞬间冷淡了下来："我还有事，先走了。"

她错身而过时，手臂被夏南欢抓住。

"宁绒，我叫夏南欢，你要记住我的名字。

"我们以后也一定会再见面的，希望到时候再和你打招呼时，你不会喊不出我的名字。"

这个自来熟的人，在宁绒记忆里本该褪色的，可随着再次看到对方，她居然一字不落地想起了四年前的那些对话。

夏南欢忽视眼前兴奋地和她打招呼的周余，手掌朝着宁绒伸过去，是握手的姿势："你好，宁小姐。"

宁绒同样伸出手："你好。"

对上夏南欢意味深长的、显然在等着什么的表情，宁绒接着说道："我还记得你，夏南欢。"

夏南欢挑眉。

宋赢萧眯眼："你们认识？"

夏南欢撩了撩头发，耳朵上的大耳环露出来："当然认识了，能和宁小姐交个朋友，还挺不容易的。"

周余发现夏南欢和宁绒之间气氛不对劲，赶紧插话："车子还在下面等着，咱赶紧走吧，这天气也怪冷的。"

话题带到这个份上，夏南欢才暂时作罢。

推着夏南欢的行李箱走的时候，周余看到夏南欢大衣里的夏装打扮，终是没忍住："你穿成这样不冷吗？箱子里还有没有保暖的衣服？一楼那边有卫生间，你要不要去换件厚衣服再出来？"

夏南欢瞥了眼身边絮絮叨叨的男人，目光落在他毫无支撑的右衣袖上，那句"管得还挺宽"改成了："不冷，厚衣服在行李箱里，不过穿上的话我气质都没了，这样多好看。"

周余看了眼前面差点将自己裹成熊的宁绒，说道："萧哥将宁绒带来的态度很明显，你……"打扮得再好看也没用。

"我就是不开心,就是想要穿好看点,这都不允许?"夏南欢盯着前面两人相握的手,"再说我又没打她欺负她,羡慕嫉妒一下都不行吗?"

周余无奈:"成,你嫉妒吧,嫉妒一辈子也行。"

反正也没用。

夏南欢冷哼了一声,直接快走几步将周余落到后面。

周余看着还是这么风风火火的人,摇头失笑,只是目光在看到自己空荡荡的袖子时,笑容收敛,眸色都淡了几分。

他能拿什么配人家一个好好的姑娘呢?

给夏南欢准备的接风宴在一家海鲜餐厅,是周余昨天晚上预订的。

几人在包厢落座后,夏南欢看着殷勤给宁绒倒水的宋赢萧,问:"韩老师的生日会地点已经定下来了,你要去吗?"

"在哪儿?"

"上都的一家酒店,距离我们学校也不远,时间就在一个月后。"

"可以带家属吗?"这句话是周余问的。

夏南欢警惕地看着他:"你要做什么?"

"我怎么也是这个学校的学生,虽然不是韩教授门下的,毕业后也没再从事医生这个职业,但借萧哥一个家属身份过去凑凑热闹,总不过分吧?"

宋赢萧看向宁绒,眼神期待:"你要去吗?"

宁绒说:"……去吧。"眼神都这么明显了,她要是说不去,这人是不是会当场哭出来?

宋赢萧勾唇:"好,我们一起。"

从餐厅出来,外面夜色已浓。

宋赢萧将夏南欢送到她订好的酒店,然后将恋恋不舍的周余拖上车送回家。

等只有他和宁绒两个人时,他将之前憋在心里的问题立即问出口:"你们是怎么认识的?"

宁绒就知道宋赢萧会问,也没瞒着:"我大四的时候南欢来我学校找过我一次,当时她拦下我,问我认不认识你。"

宋赢萧手一顿:"具体是什么时候?"

"大四下学期刚开学。"

宋赢萧想到那时候的自己躺在病床上时听到的声音,再结合宁绒的话,忽然明白了什么。

"南欢离开时还让我不要忘记她的名字,说我和她还有再见的机会,没想到真的有。"

不过……

"你知道南欢为什么来找我吗?"

那时候,她和宋赢萧没有半点交集,她实在想不通这个问题,即便那时候的夏南欢喜欢宋赢萧,可又和她有什么关系呢?

"丝丝。"宋赢萧喊她的小名。

"嗯?"

"突然挺想谢谢夏南欢的。"宋赢萧有些感慨,不等宁绒想明白为什么,他又继续说,"但更想谢谢你。"

"谢我?"

"或许是因为希望吧。"半遮半掩的一句话,宋赢萧在绿灯亮起前的三秒钟倾身靠过来,手掌握住宁绒的后脖颈,一个轻柔的吻落在宁绒的嘴角。

周余陪着要来 A 大转一圈的夏南欢从食堂吃完饭出来,又陪她一路溜达到美术系时,知道了她前来的目的,于是给宁绒发了消息过去。

宁绒:我和宋赢萧还在食堂,一会儿就过去。

周余:我们等你。

收起手机,周余眼角余光瞥到不远处苍绿的松木下站着的一个人。

那人穿着黑色的羽绒服,黑裤,黑靴,一点都不如打扮得鲜亮活泼的夏南欢有朝气。

周余觉得这人很眼熟,心里嘀咕着又细看了几眼,认出是姜星瑶。

姜星瑶也发现了周余,他作为宋赢萧的朋友,她还是认识的,就是不太熟。她本打算离开这里,结果周余几步追了上来。

"姜小姐,"周余看着面前闷沉沉的人,礼貌地发问,"你应该还记得我吧?"

姜星瑶点头:"周先生找我有什么事吗?"

夏南欢注意到周余站在一个女人身边,好奇地走了过去,站在距离两人几步远的地方。不知道是不是她的错觉,她总感觉这女人阴沉沉的,像是正憋着什么坏。

"姜小姐来这里是来找……"周余话说到这里,等姜星瑶接口。

据他的观察,这姑娘喜欢萧哥,若是知道萧哥谈恋爱的消息,能来这里看病,那再多走几步路来美术系看看宁绒也不是没可能。

何况这人眼下已经在这里了。

"没找谁，就是过来买药转到这里了。"姜星瑶很淡定，甚至能直视周余，还笑着质问，"周先生还要管我的人身自由吗？"

周余摸了摸鼻子，发觉这姑娘的话里有刺，连忙否认："没有，就是觉得咱们还算熟，过来打个招呼。

"对了，你最近治疗得怎么样？有没有去找萧哥？"

"你还想要我去找宋医生？"

周余不明白她这话的意思，浓眉皱起："那你是……没去找萧哥？"

姜星瑶不语，态度很明显。

周余缩了下脖子，也不知道是怎么回事，总感觉姜星瑶对宋赢萧的态度像是一百八十度大转弯，比起以前的感激，现在好像怨愤更多一些。

"我还有事，就先走了。"瞥了眼在一旁打量她的夏南欢，姜星瑶转身离开。

周余还在想姜星瑶是不是因爱生恨，后脑勺就被夏南欢拍了一下："想什么呢？"

周余摸了摸头，看着已经走出校门的人，很困惑地问："你们女孩子若是没和喜欢的人在一起，会不会因爱生恨？或者对喜欢的人的女朋友做什么？"

夏南欢本来就是随意问问，没想到这人居然内涵她，当下将手里的包包甩过去，瞪着眼吼道："周余，你胆子大了，阴阳怪气我是吧？"

周余闪身躲避，连连讨饶："姑奶奶，我说的不是你，就是一个想法，一个想法而已！"

"想什么法？你有这个想法就值得打一顿！"夏南欢不爽地撩了下碍事的头发，"我们女孩子这么美好的生物，怎么会不怀好意地祸害人？

"女孩子对付女孩子，你想什么呢？我们亲亲抱抱不好？为什么要因为一个男人搞对立？"

周余揉着被打的手臂："姑奶奶，那你好好说不行嘛，别打人啊！"还打得这么狠。

而且刚才姜星瑶说话那么瘆人，没点坏心思鬼都不信。

夏南欢斜眼瞧着周余："我不否认我羡慕嫉妒宁绒，还很不爽她，什么都不知道就被喜欢了这么多年，我现在也有点看不惯她，但是……"

说着，她声音里还带上了委屈："宋赢萧不喜欢我就是不喜欢我，我死皮赖脸地黏上去像什么话？

"我又不差，身材好，学历高，还是个能治病救人的医生，未来能救很多病人。我虽然说父母双亡，但也能养活自己，开心活着不好吗？我又不会去拆散他们，也没那么无耻！"

周余看夏南欢都要抹眼泪了，赶紧上前哄人："对对对，你最好你最好，都是别人配不上你，所以不要哭了。"

他手指轻轻擦着夏南欢眼角的泪，也不知道自己就是讨论一下姜星瑶来这里的意图，怎么就把这个小祖宗给惹哭了？

夏南欢推开周余："我警告你啊，我可没哭，你要是敢告诉别人，你就死定了，知不知道？"

周余忙说："知道知道，我保证不告诉别人。"

将宁绒送过去后，宋赢萧也差不多快到上班时间了。夏南欢待在美术系不想走，还要把周余赶走，最后她缠着宁绒去教室，周余和宋赢萧回了校医院。

路上，周余提到了姜星瑶出现在美术系的事。

宋赢萧闲散的表情一收："她来找丝丝？"

"不清楚。"

"她有段时间没来校医院了。"

"那她好好的去美术系做什么？"周余调侃，"总不能是和宁老师有仇吧！"

宋赢萧皱眉："哪有这么巧的事！"

周余点点头："也是。"

夏南欢缠着宁绒上了楼，在版画班门口看了半天，从同学们的聊天中知道宋赢萧给大家点过小龙虾后，也给热情的同学们点了吃的，为此得到了不少亲密的"漂亮姐姐"的称呼，让她美了好些天。

姜星瑶从学校出来后也不着急回家，走到一处大广场中心时，突然看到大屏幕上记者采访成功人士的画面。

被采访的人是长华集团的董事长，萧觉景。

她注意到他，还是因为他和当年突然撤资，让她爸爸破产的那个人有一样的名字。

她关注着，突然听周边的人谈起长华集团的董事长是季影后的前夫，萧矜还是季影后的儿子。

姜星瑶抖着手站在原地，眼睛死死盯着大屏幕里起身离开的萧觉景！

所以，当年害她爸爸破产的人确实是他！

167

姜星瑶笑了，眼中的泪差点流出来。

一个集团的董事长，得有多卑微才能帮前妻的丈夫报复别人，才能害得别人的家庭支离破碎？

真是可笑的深情！

顾命将手里的项目忙完，终于抽出空来，对姜星瑶的安置也有了办法。

他让上都那边的宏业酒店给罗腾飞发去了邀请函，依照主厨的标准，配备了距离酒店不远的员工宿舍，工资也比现在高四五倍，已是极好的待遇了。

酒店总经理直接给罗腾飞拨了电话过去，两人闲聊了半个多小时后，罗腾飞依旧不敢相信这么好的事会落在他头上，但犹豫半晌后还是答应了，甚至在几小时内就签了合同。

姜星瑶知道这件事后，以为罗腾飞走了大运，没说什么，收拾好行李跟他一起去了上都。

周余过生日，宁绒被宋赢萧带到酒店才知道。她看着宋赢萧，有些为难："你怎么不提前告诉我？我都没准备礼物。"

"我的就是你的，周余不会介意的。"

"这是礼节问题。"宁绒强调，说着就要出去买礼物再进来，不然她都不好意思进去见人。

"有你的。"宋赢萧扣住她的手，指了指服务员推过来的三层蛋糕。

宁绒看着小推车上的蛋糕，视线落在捏出来的小人周余身上，瞧"他"拿书苦读的样子真是像极了当初她在人海书店看见他时的模样。

"这个算我的？"宁绒明白过来宋赢萧的意思，蹙眉，想了想，"如果现在赶时间进去的话，我稍后再补个礼物吧。"

"周余真不在乎这种事，他连今天是他生日都记不得。"宋赢萧说着笑了一声，"你信不信，他现在还在包厢里蒙着呢，单纯以为我今天心情好才请客吃饭。"

"我好像也记不得自己的生日。"宁绒没想到在这件事上她和周余很像，"每年如果不是壳壳提醒我，我连蛋糕都会忘记买。"

"下次我提醒你。"

"你知道我生日是什么时候？"宁绒推着小车子随宋赢萧朝包厢门口走去，随口问了一句。

"要是记不得这事，我男朋友的名头都要保不住了。"

宁绒被他逗笑，眼角弯起。

两人进入包厢后，宁绒看着旁边墨发红裙、妆容精致、美得十分妖艳的夏南欢，笑着说："很漂亮。"

夏南欢傲娇挑眉："你也一样。"

周余从手机里抬起头，看到蛋糕的瞬间脱口而出："今天谁……"又立马反应过来，"我生日？"

瞧着他手指就要去戳小版周余的脑袋了，夏南欢及时拍开他的手："你别毁了这小人。"

周余笑了："你喜欢的话，一会儿送你。"

"我才不要，你自己吃吧。"

宋赢萧无视两人的嬉闹，将手里的礼物递给周余。

宁绒同时说："生日礼物我这次没准备，稍后补给你。"

周余倒无所谓，发愣几秒后，咧开嘴笑，瞧着宋赢萧得意地说："萧哥，除了联系方式，我是不是又先你一步收到宁老师的生日礼物了？"

没记错的话，这人今年的生日还没到呢！

宋赢萧看也不看欠打的某人，只是嘱咐夏南欢："既然回来了，就管好你家那位，省得日后被人打都不知道理由。"

"我看谁敢！"夏南欢一拍桌子，声音很沉。

见夏南欢下意识地维护他，周余嘴角的笑僵了一下，然后弧度又渐渐柔和起来，笑着说："那以后我就靠欢姐罩着了。"

夏南欢将精心挑选的男士领带从包包里拿出来递给周余，很大气地回道："放心，以后来了医院我亲自给你接诊，给你走后门排队。"

周余咬牙："……这就不必了！"

夏南欢不爽了，不过看在他今天过生日的分上，还是帮他将蛋糕上的生日蜡烛插好。

蜡烛全部点好后，夏南欢去关灯，然后用手机放《生日快乐歌》。她带头跟着哼唱，还不忘催着周余去许愿，还要他分给她一个。

走生日流程的周余一窘，闭眼许完两个愿望，在歌曲结束前睁开了眼，示意夏南欢可以开始了。

夏南欢赶紧双手合十许愿，样子虔诚得不得了，直到歌曲结束，细细的蜡烛都快要燃尽了，夏南欢才喘口气睁开眼。

周余给众人切蛋糕，好奇地问："你许了什么愿望？"

用时这么久。

"当然是希望在自己上班以后能多多接收病人了，我还说了好多遍，

169

就怕神明忙得听不见。"

夏南欢瞅着他，一本正经地说："我这么负责，生日愿望都愿意分给他们，有我还真是他们的福气。"

宁绒咳了一声，觉得还是要提醒夏南欢一声，不然以后她将病人治好了，结果送走人家时来一句"记得常来啊，下次还来找我，我给你打折"。在这医患关系紧张的时代，估计这直性子的姑娘会被病人轮着打。

只是宁绒刚准备开口，宋赢萧就握住了她的手，朝她摇了摇头。

宁绒不明白他的意思，但听话地没再说什么。

等从这里出来，坐在车上的时候，宁绒问起了之前的事。

"为什么不让我在这件事上提醒一下南欢？是不是有什么隐情？"

宋赢萧"嗯"了一声，包容又无奈，也有点感慨自己女朋友的聪慧。

宁绒犹豫地问："那能说说吗？"

宋赢萧半天也不知道该从什么地方开始说起，宁绒给了他一个切入点："南欢为什么很想要治病救人？"

"她是被医生救回来的。

"大一寒假那年，她和父母回外婆家过年，遇上了地震。"

宁绒想到了成州的8.2级大地震。

"因为是半夜突袭，那场地震里活下来的人很少，南欢家……只有她一个人活了下来。

"她被废墟掩埋了三天，是周余找到了她，将她救出来的。"

宁绒想到周余的断臂："是因为救人，所以他的手臂……"

"嗯，就是那时候没的。当时他去成州找到夏南欢后，搬重物救人时被高楼落下来的石块砸到了手臂。

"夏南欢说当时她的身上还有几层厚水泥板，迷迷糊糊间听到动静问了周余一声，他说没事，硬是撑着手臂断裂的疼将奄奄一息的她从缝隙里拖了出来。

"等她在医生的救治下醒过来时，她知道了自己家人全部去世，周余的截肢手术也做完了，就躺在她旁边的帐篷里。

"后来她还是听当时的医护人员说才知道周余是带着满手满身的血才将她救出来的，之后直接晕了过去。周余流那么多血能捡回来一条命也是万幸。"

宋赢萧的声音有些淡，漆黑的深目看着前方："之后她就一直在照顾周余，或者帮着周边的医生救人，给自己的亲人处理了丧事后也没再提过他们。可能是那次的事给她留下了心理创伤，所以她一直希望自己能去救更多的人。

"也因为她是个医生，潜意识里她选择用这样的方式去弥补对亲人和周余的亏欠，好像这样就能救回当初的他们。"

宋赢萧当时得了消息找过去，看到躺在病床上脸色苍白、断臂处晕开一片血迹的周余，喉间滚了滚，压下心口涌上来的酸涩，哑声说："你爸要是看到你现在这样子，得有多心疼。"

周余轻笑了声，不甚在意地说："心疼什么，我不是还活得好好的，没去找他吗？"

"就是身上少了一块肉，这养养也就好了。再说我能救人一命，那老头指不定觉得他那混账儿子出息了呢！"

周余用玩笑话来宽慰别人，宋赢萧心里难受，没忍心再看下去，出了帐篷就看到站在门口的夏南欢。

也不知道她听没听到他们刚才的话，看见他后她也只是浅浅点头打了个招呼就走了进去。

宁绒不了解人的心理，但她能明白夏南欢想要救人的原因，和她一样，都是在用另一种方式来弥补对他人的亏欠。

"周余的父亲，是大一那年去世的吗？"

"嗯。"宋赢萧轻叹了声，"周余很坚强，对什么事也看得开，这些年怕夏南欢知道他的喜欢，就一直绝口不提，怕她因为亏欠他就答应当他的女朋友，这样对谁都不公平。

"当初大学毕业前，周余知道夏南欢准备考研，还是他提议让她去国外学习，说是开阔开阔眼界，其实就是想要让她远离他一段时间，自己也能更自在些。

"那些压在南欢心里的事，她不提不代表周余不知道，她假装潇洒地活着看得周余也难受，所以周余提了这事后，夏南欢没考虑太久就出了国。"

"那南欢这次回来，是准备在清江城扎根？"宁绒想起饭桌上夏南欢维护周余的话，这个念头不知道怎么冒了出来，她没说自己工作的医院，但她回来的第一站就落地清江城，那是不是说明……

"嗯，应该有这个打算。"

"周余可能觉得夏南欢是因为我才选择的惠金医院，其实是他自己。"宋赢萧嗓音淡淡的，大片的暗色落在他脸上，衬得他鼻骨笔挺又好看，"当年夏南欢听话地出国，就有躲避周余的原因。

"她觉得自己应该喜欢我，但对周余又放不下救命之恩，平时的维护也只以为是在帮他挡麻烦,还恩情,其实是因为看不得喜欢的人被为难。

"当年她理不清楚自己的心,就想着逃避,这次能回清江城,两人应该有戏。"

正是因为看出这点,当年宋赢萧才会和夏南欢走得稍微近点,给周余创造机会。

宁绒没想到周余和夏南欢的感情这么曲折,只是她也没什么办法,不过……

"你怎么知道南欢不是真心喜欢你?"

这人观察得还挺仔细啊!

"当年班级聚会,夏南欢喝醉了,耍酒疯的时候抓着谁都喊周余。"说到这件事,宋赢萧就有些想笑,"那时候她站在我面前,打量了我半天,见不是周余直接推了我一把。

"我当时没防备,正回韩教授的消息,结果猝不及防这么一下,手机屏幕都摔裂了,这人嫌弃地说晦气!"

宁绒笑了,看来夏南欢确实不怎么喜欢这人!

夏南欢入职惠金医院那天,在朋友圈发了张穿着白大褂的照片,整个人褪去了平时的浓妆艳抹,御姐气势都收了不少,一点都看不出往日里风风火火的样子。

宁绒在朋友圈看到她的这张图,直接给她点了个赞,并留言"祝夏医生工作顺利"。

宋赢萧:好好干,病人全是你的。

周余倒吸了一口凉气。

周余:萧哥,你狠!

宁绒被宋赢萧这话逗得弯了弯眼睛,抬头时正好上课铃声打响,立马收起手机进教室上课。

第十四章 · 发现

三月的清江城下了一场雨，两天的小雨过后，宁绒陪着宋赢萧去了上都。

夏南欢因为医院临时有事不得已改了航班时间，要晚他们两三个小时，周余也延后了，到时候陪她一起过来。

住所是宋赢萧订的，就在韩教授生日聚会的宏业酒店，他订了四间豪华单人间。

他的房间在宁绒隔壁，两人进了房间将行李放下，简单收拾一下后一起去了酒店餐厅。

等宁绒吃完后，宋赢萧牵着她的手下了楼。

"要不去你学校看看吧，我还没有去过你的学校？"宁绒提议，这里距离医科大学挺近的。

宋赢萧歪头看她："想了解你男朋友的过去？"

"不可以吗？"

"可以，欢迎之至。"

宁绒牵着宋赢萧的手转了个方向，朝着他的学校而去。

三月中下旬，校园里树木的叶子已经抽芽，宁绒站在医科大学的操场边，看着里面稀稀拉拉的几个男孩子，问宋赢萧："你学医的时候忙不忙？"

宋赢萧看着远处一个健步跳跃而起、掌心灌篮的男学生，眸中闪过对过往的怀念，不疾不徐地说："有点，但也能空出时间。"

宁绒疑惑："那你空闲时间会做什么？"

"会去各处转一转。"

"那是不是去过很多地方？"

"嗯。"宋赢萧看着她，眸色温柔，"你呢？大学一直在安津？"

宁绒点头，慢慢地说："我这人有点懒，不怎么喜欢出门，在学校

173

的时候就是教室、宿舍、食堂、图书馆，四点一线，放假回来基本就在家附近转悠，也不怎么会出去。"

她又笑了笑："性子有点闷，不过以后你要是……"还想去旅游的话，我陪你。

"不用迁就我。"宋赢萧看着宁绒的眼睛，声线放低，"丝丝，你按照自己舒服的方式来生活，不用迁就我，我现在不喜欢到处跑了，待在清江城也挺好的。"

"可是两个人在一起，不就是需要互相包容吗？"宁绒觉得自己为宋赢萧做这些，真的不是什么大事。

"可我想迁就你。"他说，"一辈子这样都可以。"

宁绒受不了这人说情话，她的神经都是颤动的，抿了抿唇，浅浅地"嗯"了一声。

两人看了一会儿学生打球，准备离开时，一个穿着白大褂的学生路过，几秒后又退回来，惊讶地喊了声："宋学长？"

宋赢萧和宁绒看过去，就看到一个身形微胖的男生跑了过来，一脸惊喜地瞅着宋赢萧："真的是你啊！"

宋赢萧瞧着眼前的人，试探着喊出他的名字："周明？"

"是我是我，宋学长还记得我吗？"周明不好意思地摸了摸头，又看到他身边的宁绒，打量几眼后，明白过来，"这位就是学长说的女朋友吧？"

"没想到几年后我居然还有机会见到。"说着，周明伸出手，很热情，"您好，我是临床医学的周明，是和宋学长同一专业的学弟，今年大五。"

宁绒伸出手礼节性地握了下："你好，你……认识我？"

"不认识，不过在学校听过你的传闻，我们这些学弟都知道宋学长有……"

"咳咳……"宋赢萧打断周明的话，对上宁绒和周明不明所以的视线，佯装淡定，"丝丝，四点了，我们该回去了。"

"学长之后还有事吗？"周明很会看眼色，"那你们先去忙吧，我也要去图书馆了。"

宋赢萧点头，牵着宁绒的手往外走，只是刚走两步，宁绒的手从他掌心脱离。

他偏头看到宁绒朝着周明的方向跑去，那种不达目的不罢休的样子让他在心里默默叹了口气，有些后悔带她来这里。

小秘密要隐藏不住了。

宁绒追上周明,用眼神示意宋赢萧站在原地不许动。

周明看到追过来的宁绒也有些不理解:"请问……什么事?"

"你好,我想问一下,你们宋学长大学时的专业是什么?"宁绒声音温柔,态度和善。

周明没想到是这事,愣了一下也没隐瞒:"就是临床医学,不过后来因为车祸,右手受伤,不能再上手术台,这才转专业学了心理医学。"

"转专业?"

宁绒不知道还有这事,按照医学生的课程量,宋赢萧如果转专业,后面的学习他能跟得上吗?

"那转专业之后呢?"宁绒挡住周明看向宋赢萧的视线,怕他因为顾忌宋赢萧而隐瞒什么。

周明也发现这件事不对劲了,想找借口离开,但宁绒"体贴"地说:"没关系,周同学要是有事可以先去忙,我们之后还有一场同学聚会,到时候我也能打听到的。"

周明对上宁绒微笑的脸,不知道怎么回事,他居然如实交代了:"转专业之后,宋学长用了一年的时间拿到了心理医学的毕业证,然后考研,两年结束课业,之后就从学校离开了。"

好在这是大家都知道的事,不算是什么秘密。

宁绒抓着自己包包的链子,指节都要泛白了。

没想到周余当初还隐瞒了她这件事,说起来她都忘了问当初那个司机的死因是不是和宋赢萧的撞车有关。这么一想,宁绒觉得自己被周余那家伙忽悠得几乎错开了不少重点。

宁绒深吸一口气,继续问:"请问刚才你说的宋学长女朋友这件事,你之前是听他提起过我吗?"

宁绒这次学聪明了,又加了一句:"是什么时候听到的?"

"就是我刚……"上大一的时候。

关键时候,宁绒的手机响了,宁绒看了眼来电人,是她哥。

周明识趣闭口,等宁绒接电话。

宁绒本打算挂断的,结果周明后退了一步表示礼貌,他这个样子让她反倒是不好意思挂了,接起:"哥,你找我有什么事?"

萧矜其实也不知道找宁绒什么事,只是妹夫求到他这里了,若是不知道宋赢萧车祸的前因后果,他才懒得搭理,偏偏知道了,还真没办法拒绝,只能打这个电话给妹夫解围。

"那个……对,演唱会的门票已经出来了,需不需要哥给你寄几张

175

过去？"

"你寄过来吧，还有事吗？"

"没有了吧。"

萧矜也不确定他现在给妹夫解围了没有，反倒是宁绒发现了他的不对劲。

"你打电话过来就只有这件事吗？"

话落，宁绒听到了萧矜那边的微信提示音，同时也发现身边的周明不知道什么时候已经离她几步远了。

见她看过来，周明赶紧说："那个……我还有事，就先去忙了。"说完转身就跑。

宁绒同时也听到电话那边的萧矜说："这事不重要吗？"

"好了，哥还有事，就先挂了。"

宁绒看到远处双手插兜，正认真等她的某人，目光相撞的那一刻，宁绒生生从他眼里看到了一种名为单纯和无辜的东西。

这人此地无银三百两的样子是不是有点太明显了？

宁绒无语，走到宋赢萧身边时，手立马又被他十指相扣起来。他温热的大掌包裹着她的手，热源传递过来，似乎脸侧吹来的风都带着热气。

好像有了男朋友后，她和这人走在一起的时候，这手就没有空过，总被他给占着。

宁绒瞥了一眼，没选择抽回手，只是问他："当初和你一起发生车祸的那个司机，他的死因是什么？"

"不许打擦边球，我要知道所有的前因后果。"宁绒的声音坚决，态度也很认真。

宋赢萧的眸色有些黑，五官都带上了锋锐的棱角，大拇指摩挲着宁绒柔软滑腻的手背，心里明白她肯定是问过周余了，只是知道得不多，又被周余含糊过去了，眼下反应过来，自然要弄清楚。

掌心的小手温温软软的，他每次握着都不想放手，也知道宁绒在心疼他，所以每次都由着他，多久都可以。

宋赢萧沉沉叹了口气，老实交代，声线缓缓："当初受到伤害的不止我一个人，还有别人，那个司机造成的车祸伤害太大，所以被执行了死刑。"

宁绒听到让她松了口气的答案，同时对周余也有了想要暴打一顿的想法，今天要不是她想起来后立马问清楚了，都要以为那人是被宋赢萧撞死的。

"学弟刚才说的听说过我是怎么回事？"宁绒没忘记这个。

宋赢萧挑眉，很自然地回道："应该是误会，我当初在学校编了一个有喜欢的人的借口，才挡住了不少过来找我的人。"说着，他得意地笑了下，"怎么样，你男朋友是不是很聪明？"

宁绒怀疑："是这样吗？"

"这不是最好的解决办法吗？"宋赢萧反问，直接把宁绒给问住了。

她还赞同地点头："好像也是。"

宋赢萧笑了，一颗提起来的心终于落了地。

两人回到酒店门口时，夏南欢的电话打了进来，说她和周余已经到了，韩教授也快来了。

宁绒随着宋赢萧进了大厅正门后，发现已经来了不少人。周余看到两人进来，立马伸出手打招呼，宋赢萧瞥到，带着宁绒坐了过去，两人一路上收到不少人打量的视线。

宁绒甚至能听到女人们的低声嘀咕：

"这就是宋赢萧口中的女朋友啊？确实挺漂亮的。"

"怪不得上学时不接受那些女孩子，我还以为是借口来着，原来是真找到了喜欢的呀！"

若是在之前，宁绒听到这话肯定要问宋赢萧点什么，但来之前他给了她答案，宁绒也就能自动过滤那些言论。

落座在夏南欢身边，宁绒坦然接受着大家好奇的目光打量，面上露出一个浅浅的笑，算是回应。

"萧哥，这就是你女朋友吧？"有个男生开口。

"嗯，女朋友。"宋赢萧落座，大方地向大家介绍宁绒，模样颇有些得意，"你们可以喊她嫂子。"

"嫂子。"周余带头喊了声。

"嫂子好啊！"众人欢笑，跟着喊了一句。

宁绒尴尬得说不出话，只能点头笑，压着宋赢萧手背的力道加重。

他要不要这么高调啊？

宁绒沉思不过三秒，众人又哄闹起来，她抬眼看过去，就看到被家人搀扶着走进来的韩教授。

韩教授看到他们，走过来问："小宋啊，这就是你那心心念念的女朋友吧？"

宋赢萧站起身，点头，气质沉稳，说话有礼："当初说以后带来给

177

您看看,您还以为我骗您,现在我带来了,没骗您吧?"

"没有没有。"韩教授笑着瞧宁绒,感觉她气质沉雅,是个很文静的女孩子,就问,"你女朋友也是医生?"

"不是,我是老师。"宁绒说。

"老师好啊,当老师好,能教出不少好孩子,帮了国家的忙了。"韩教授直感慨。

宁绒笑了,又回了老人家几句,等韩教授离开后才落座。

夏南欢凑到她身边说:"没想到韩教授也知道你吧?"

宁绒点头。

夏南欢拿起酒杯一口灌下肚,轻哼了声:"当年我们学校就没有不知道你的,都是宋赢萧的功劳。

"你可真是捡到宝了。"

她话刚落,面前就被宋赢萧放了一瓶酒。

他说:"专心喝酒,少说废话。"

夏南欢"喊"了声,扭头就给自己倒满一杯,半点都不给说什么都要讨一杯的周余。

晚上九点这场热闹才结束,夏南欢不出意料地把自己给灌醉了,周余扶着她上楼休息,中间还被她挠了一爪子,伤口正好在脸颊上,显眼得不得了。

众人不客气地嘲笑他,换来周余好几个白眼。

等人全部离开,宋赢萧和宁绒上了电梯。电梯门关上的那一刻,宁绒看到一个人从她面前走过,上了另一侧的电梯。

即便只是短短的一两秒钟,但那个人的样子也足够她看清楚了。

那一刻,宁绒连眼睛都不敢眨,就那么直愣愣地站着,连简单的思考都不会了。

宋赢萧发现了宁绒的不对劲,转过她的肩膀,颤声问:"丝丝,你怎么了?"

宁绒看着眼前的男人,声音如机械:"宋赢萧,我看到了一个人。"

"谁?"

"一个,我想见,又不太想见的人。"

宁绒的状态不太对,出了电梯,在她准备关上门时,宋赢萧的手掌撑住了门,试探地说:"丝丝,方便说说吗?"

宋赢萧声音低柔:"你说过的,我以后有事都可以问你。"

宁绒关门的手从门框上滑下来，垂眸，让开一个位置："你进来吧。"

两人先后坐在房间的小沙发上，膝盖碰在一起。

身边就是温暖的热源，宁绒主动往宋赢萧那里挪了挪。

"上次不开心，也是因为这个人吗？"宋赢萧直接将需要安慰的女朋友搂在怀里。

"嗯。"宁绒抓着宋赢萧的手，慢慢扣紧，声音艰难而苦涩，"宋赢萧，我想我爸爸了。"

宋赢萧喉结滚了滚，唇瓣开合几次，终是没接话，只做一个合格的倾听者。

"但我……"宁绒的声音带上了颤音，哭腔明显，"但我害死了我爸爸。

"我当初不该烂好心地去交朋友，如果没有她，如果我没有因为朋友关系去纵容那个人，我爸爸或许就不用死，我不该有朋友的。"

宋赢萧想起高中时期宁绒对谁都一副冷冰冰的样子，一个人上下学，一个人去食堂，在她身边永远看不到旁人的身影，那些亲密无间的小伙伴更是不存在。

当时他以为她是性子使然，而眼下……

他摸了摸宁绒的脑袋："丝丝，你爸爸一定希望你能开心地活着。"

"我知道。"宁绒声音闷闷的，她早就知道这点。

"但他走了，我妈妈这辈子都不会开心。"提起这件事，宁绒心里的难受纾解不了，只能紧咬着唇来发泄，深深的牙印落在上面，唇瓣几乎都要被她咬出血。

她抬起头，眼眶发红："宋赢萧，你知道吗，我妈妈接受了两次我爸爸的死。"

"你知道一个人从绝望到有了希望，又再次遭遇绝望是什么感觉吗？"她声音哽咽，"我妈妈她……当时差点就疯了。

"若不是因为我，我妈藏着的那把割腕刀已经将她带走了。"

所以这些年她一直没办法释怀，她真的不知道该怎么去释怀。她因为一个朋友，失去了一个亲人，又差点失去另一个亲人。

就因为那点可怜到可笑的同情心，她毁了自己的家。

"不哭了……"宋赢萧心疼地给宁绒擦眼泪，眼中也差点被她逼出泪意。

他从来不知道他喜欢的姑娘这些年心里会藏着这么深的难受。

"宋赢萧，我妈妈活得不开心，我也不太开心。"宁绒吸了吸鼻子，

179

"我本来以为我这辈子都不会再见到她的,可是就在刚刚,我看见她了。

"我没有认错人,我们刚刚……差点就见面了。"

宋赢萧轻拍着宁绒的背安抚:"你不想见她吗?"

"我不知道。"宁绒声音飘忽,静默半响后扯唇讥笑。

"我爸爸死了,可她活得好好的,我也活得好好的,我们这两个罪魁祸首害惨了别人,若是见了面,我不知道自己该用什么立场去指责她。

"有时候我会想,她说的好像也没错,我爸爸是特警,本来就应该救她一个小孩子的,他的职责不允许他袖手旁观,所以你说……

"我爸爸他是不是就该死啊?"

宁绒吐出这话,泄愤一样捶着沙发,泪水模糊了眼眶。

"不是这样的。"看着宁绒陷入自己定的死胡同里,宋赢萧抓着她的肩膀,让她看着他,点漆的黑眸里带着坚定。

他一字一句,声音沉沉的:"丝丝,你别被那个人带偏了,你爸爸不是站在职责的角度才去救人的,他是自愿,是个人恩义,是想要一个生命能安全无虞,是无愧于自己那一颗正义的心。"

见宁绒安静下来,双眸中的痛恨散了大半,显然是听进去了,宋赢萧松了口气,继续说:

"丝丝,你爸爸当时若真的袖手旁观,真的任由一个生命消失在自己眼前,他能救却没救,他这一辈子都会不安,都会后悔,甚至是自责。

"丝丝,悔恨也是能压垮一个人的。

"所以他救人,只是自己想要救,遵从他内心的想法,做了一件善良的事。

"可能他救的不是一个好人,还可能是个忘恩负义的人,但是丝丝,你不能因为这件事就去否定自己的善良,衡量这件事值不值得。"

将宁绒脸颊的泪擦干,宋赢萧眼神温柔下来,慢慢引导她:"好心救人没错,好心助人也没错,只是你们可能碰上了一个不太好的人,对方承受不起你们的好心,所以别去否定自己。

"你爸爸要是知道你因为这件事难受了这么久,肯定很难过。"

宁绒定定地看着宋赢萧,男人眼中的温柔差点又让她的眼泪掉下来。她鼻尖发酸,伸出手触上他好看的眉眼,嘴角浅扬起一个笑,恍然地说:"宋赢萧,我好像明白了我爸爸为什么要坚持当特警了。"

"所以,小花猫现在有没有好受一点?"宋赢萧感觉到宁绒的情绪在好转,低声笑问。

宁绒没说话,眼中褪去的泪已经给出了答案。

宋赢萧宠溺地轻掐了下她的脸蛋,指尖柔软细腻的触感让他的一颗心彻底落下。

黑眸扫到手机上的时间,他站起身,低声说:"时间不早了,今晚好好休息,明天我们一起回去。"

一个轻柔的吻落在她眉心,他耐心哄道:"丝丝,你乖一点啊。"

宁绒垂眸,依旧不吭声。

宋赢萧拍着她的背安抚了好一会儿,直到他感觉怀中之人安静下来的时候,宁绒抓住了他的手。

宁绒压制住自己狂跳的心,脸颊薄红,佯装镇定地道:"宋赢萧,今晚,你能不能……"

她咬着唇,艰难吐字:"你能不能留下来陪陪我?"

宋赢萧没说话,漆黑的眸子静静地看着她。

宁绒:"不能吗?"

宋赢萧叹气:"那你乖一点。"

最后,两人睡在一床被子里,宁绒抱着宋赢萧的腰,额头贴着他的侧脸,自己暖暖地睡过去,徒留宋赢萧一个人睁眼到天明。

他就知道。

清晨,宋赢萧好不容易才困得浅眠了一会儿,手机铃声就响了。

极其突兀的声音响彻在整个房间,宁绒烦躁地蹙了蹙眉,眼看着就要醒过来,宋赢萧赶紧挂断。

他瞥了眼来电人,是周余。

宋赢萧心头火起,不知道这家伙隔这么近大早上的又发什么疯,有什么事不能等人起床再说?他刚准备关机不理,铃声又响了。

还是周余。

宁绒被吵醒,睡眼蒙眬间看到宋赢萧手机屏幕上的名字,嘟囔了一句:"接吧,说不定真有什么事。"

宋赢萧拍了拍她的背,让她自己再睡会,这才按下绿键接通电话。

"什么事?"他声音压着几分怒气。

"萧哥,我被人睡了!"周余在电话那边悲痛大吼,声音崩溃,让准备再次入眠的宁绒一个激灵清醒了过来。

宋赢萧皱眉:"你说你怎么了?"

"我被人糟蹋了呀!"周余哭号,撕心裂肺的。

宁绒和宋赢萧对视一眼,赶紧起身穿衣,朝着周余的房间奔去……

两人来到周余房间门口，门是虚掩着的，里面一股子浓重的酒味。宁绒捂着鼻子，几步之后看到了抱着被子垂头丧气的周余。

他身上的衣服已经穿戴好了，就是可怜兮兮地蜷缩在床中央，有种小白菜地里黄的凄惨感。他抬起头时，眼里水汪汪的，脸上抓痕明显，至于脖子上……

宁绒咽了咽口水，眼神移开。

这谁干的啊，也太残忍了吧？

瞧把孩子给抓成啥样了，血都出来了。

宋赢萧也看到了，掩唇浅咳了一声："你这到底是怎么回事？"

周余觉得丢脸，将脸埋进被子里："还不是因为你那一瓶酒惹的祸。"

宋赢萧挑眉："所以，你是被……"

周余死撑面子："……你不给她酒，我现在也不至于这样……"

宋赢萧嗤笑："抱怨什么？你不是应该感谢我让你得偿所愿吗？"被自己的女神睡，指不定心里笑得牙都要掉了。

周余控诉："可我清白没了呀？"

说着，他吸了吸鼻子，可能是太委屈，又伸手扯下衣领，给宋赢萧指了指胸前的抓痕："萧哥，你看看我身上还有一块好皮吗？"

这也太凶残了！

宋赢萧及时捂住宁绒好奇望过去的眼，沉声道："把衣服穿好！你嫂子还在呢！"

周余松开衣领，烦躁地揉了揉头发，扯到伤口处痛得他"嘶"了一声，面目扭曲地问："你说我这该怎么办？"

"昨晚你上来送个人，怎么就……"宋赢萧觉得这事总不能是周余演戏骗他们，可他那时候没喝醉，不会挣脱不了一个女人吧？

"南欢上来随手拿了一瓶酒，我夺不走，结果刚进房间她就给我灌嘴里了。"周余苦着脸，"那酒太烈，我生生被按着灌了大半瓶，然后……就成这样了！"

"你委屈什么？谁还不是第一次？"夏南欢黑着脸走进来，身上穿着玫红色的睡衣，长发微湿，显然刚洗完澡出来。

周余看到夏南欢，更没脸见人了，只能闷闷解释："可我们还不是男女朋友啊！"

夏南欢眯着眼思考了一秒，试探地问："所以……我负责？"

周余很快回答："也不是不行。"

他丝毫不带犹豫的，嘴比脑子快了太多，只是说出来后又有点后悔，可惜话收不回来了。

宋赢萧站在一边了然地笑了，直到夏南欢和周余都不自在起来才说："中午的飞机，不着急，你们好好在这里叙叙旧，能说清楚的都说清楚，不要给以后埋雷。"

算是告诫，也希望两人在一起后都能好好的，不要因为什么误会就随意说分手。

一场误打误撞的酒会带出了周余和夏南欢的关系，两人刚成为男女朋友时彼此都不适应对方，夏南欢更是觉得奇幻。

她明明是喜欢宋赢萧的，对周余只有感激，怎么那天脑子一抽就说出了两人在一起的话，还是当着宋赢萧的面？

甚至和周余在一起后，她心里那点对宋赢萧的念想，也不知道怎么就慢慢消散了，平时闲下来问得更多的还是周余在做什么。

周余自己都数不清楚这是两人成为男女朋友后，他第多少次回答这个问题了。

周余：在书店看书。

夏南欢：哦。

周余：晚上想吃什么？我给你做。

夏南欢：晚上我值班，回不去，吃不了。

周余：我给你送过去。

夏南欢：好。

很平常的对话，字里行间看不到一点情人间的亲密和激情，像是一对简单至极的老夫妻，一问一答，彼此都很适应。

就是……夏南欢有点黏人，不像她表现出来的那么飒爽。

晚上，周余送完饭刚走，还没过一个小时，又收到夏南欢的消息。

夏南欢：你现在在干吗？

周余叹气，擦干净洗碗后手指沾上的水回复消息。

周余：刚洗完碗，准备去看场球赛。

周余：你现在不忙吗？

夏南欢：暂时不忙，在办公室坐着呢。

夏南欢趴在桌子上，突然想到什么。

夏南欢：周余，你以前是不是很喜欢我？

看到这句话时，周余的脸都僵了，打字的指尖紧绷着。

周余：嗯，很喜欢你。

发过去的瞬间，周余紧张到连呼吸都不会了。即便现在南欢成了他的女朋友，但……还是担心她嫌弃他。

一个残废，当她男朋友真是高攀了，可他贪心，拥有了就不想放手了，舍不得，也放不开。

夏南欢静静地看着这句话好久，鼻子发酸，突然觉得，在这个世界上，她终于不是孤单一人了。

夏南欢：那你介不介意……

周余：什么？

他盯着屏幕都不敢眨一下眼。

夏南欢：介不介意我喜欢过别人？

周余：那你介不介意我是个残废？

夏南欢：我不允许你这么说自己！

夏南欢：怎么就是个残废了？能跑能跳的，少只手怎么了？不比这世上的大多数男人好吗？

周余觉得心口一暖。

周余：所以啊，你能成为我女朋友，我做梦都没想到，又怎么会嫌弃？

两人聊天快结束时，夏南欢发来一段话。

夏南欢：周余，谢谢你当年救我。还有，你女朋友也喜欢你，不是感激，不是同情，而是想要陪你走一辈子的喜欢。

周余看到这话，一个大男人差点落了泪，抬手抹了下微湿的眼睛，半晌后笑了。

他和萧哥，他们这两个难兄难弟，在感情这条路上都走得辛苦，但终究是圆满的。

萧矜给宁绒寄了十张自己的演唱会门票，十张都是VIP座。宁绒收到后给了周余和夏南欢一人一张，壳壳留了一张，然后是她和宋赢萧的，至于剩下的五张，她送给了美术系关系比较近的几位同事。

五月中旬，正在上都家里休息的姜星瑶接到了一个陌生来电。

手机对面那人让她赶紧回清江城，语气着急，催促声不断。

姜星瑶几次询问原因，那人都没说，匆匆挂断了电话。

姜星瑶在这之后都心神不宁的，直到罗腾飞下班，她才知道她妈妈得了肺癌，现在在清江城惠金医院，这次回清江城，母女两人可能是见最后一面了！

"肺癌？"姜星瑶觉得这是妈妈骗她回去的借口，好好的怎么就得肺癌了？

罗腾飞知道她在想什么，解释说："推推时间线，你嫁给我的时候她可能已经得了肺癌。她在中期时进行了一些简单治疗，但后续没去化疗，只是吃药扛着。

"我今天傍晚接到医院通知才知道这件事，好在你妈妈给自己雇了一个护工，能暂时照顾她。"

姜星瑶坐在沙发上半天没吭声，直到肚子里的疼痛缓过去，她才问："我妈妈在我们结婚前是不是给了你一些照片和视频？"

见罗腾飞点头，姜星瑶抱有的侥幸心理在那一刻碎开。她讥笑一声，果然还是不该对妈妈抱有什么期待。

罗腾飞没看懂姜星瑶脸上的表情，接着说："就是你大学时候的照片，还有一些生日视频。当时你不认识我，你妈妈怕我和你待在一起没话题聊，所以将那些都发给了我一份。"

姜星瑶抬眼看他，不可置信："只有这些吗？"

"那还能有什么？"

姜星瑶侧头看向身边正忧心她的婆婆李莲花，紧抓着她的手，又问了一句："只有这些吗？"

李莲花不解："这些照片和视频我也看了，都是你的生活照，拍得很漂亮。"

生活照？是生活照啊！

姜星瑶笑了，笑着笑着又开始哭："她为什么骗我啊？"

"为什么啊！"

第二天清晨，三人抵达清江城，姜星瑶带着满身寒意来到姜林秀的病房。

护工阿姨看到姜星瑶，神色闪烁了一下，心虚地说："你来了？"

姜星瑶听这声音和昨晚给她打电话的人很像，点了点头。

看着躺在病床上人事不知、形容枯槁的母亲，姜星瑶轻声问："我妈她……还能醒过来吗？"

护工阿姨看了眼床上的人，叹气："昨天早上醒过来一回，已经不怎么能说出话了。"

"我……我知道了，这段时间麻烦您了，我和我妈待一会儿吧。"

护工阿姨点头，临走之前多嘴说了一句："姑娘，你妈妈是一个多月前过来的,找到了我,开的工资不低,让我陪她看诊买药,化疗输液。

"老人家躺在病床上偶然清醒过来的时候就看着你的照片发呆,这次我也是害怕她挺不过去,所以私自翻了她手机里存的你的电话号码,用自己的手机给你打了过去。"

"谢谢您,我知道了。"

护工阿姨点头离开。

姜星瑶将手臂从罗腾飞手里抽出来,无力地说道:"你去外面陪婆婆吧,我想自己安静一会儿。"

罗腾飞看了眼病床上的丈母娘,将姜星瑶搀扶到她病床前坐下,才出了病房。

房间里彻底安静下来,姜星瑶握着姜林秀的手,仔细打量着如今已经憔悴不堪的她。

恍惚之间想到小时候妈妈对自己的好,姜星瑶忍不住抽泣起来,把妈妈的手放在自己脸颊边,喊了声:"妈。"

"我来看你了。"

"星瑶来看你了,你醒过来看看我好不好?"

"你醒过来,现在就醒过来,行不行?"

听到声音,姜林秀的眼皮动了动,半晌后才吃力地睁开。视线从模糊到清晰,她看到了坐在自己床榻边的女儿。

姜林秀眨眼,嘴角露出一个欣慰的笑,说:"瑶瑶,以后要好好……生活。"

说完这句话,她像是用完了全部力气,眼皮沉重到她再也支撑不起,慢慢合上了。

姜星瑶喊了她一声,没得到任何反应,她恍惚意识到妈妈死了。

得到这个认知的一瞬间,姜星瑶再也支撑不住了,身形打晃,昏了过去。

等姜星瑶再醒过来,姜林秀已经被送到了太平间,正准备等殡仪馆的人过来。

她脚步不停地朝着太平间的方向走去,因为着急,路上还撞到了准备下班的夏南欢。

"星瑶,你不要着急,我带你过去。"罗腾飞赶上来。

两人的背影转过拐角,夏南欢还听见姜星瑶哭着说:"我妈妈还没死,她怎么能去那种地方呢!"

手机铃声在这时候响起来,周余已经过来了,夏南欢心里刚升起来的熟悉感被打散,不再耽误,赶紧下楼。

等坐上车,系好安全带后,夏南欢突然一拍手,惊呼道:"我想起来了。"

周余被她吓了一跳,侧头看她,问:"什么?"

"就是刚才撞到我的那个怀孕的女人,我想起来在哪里见过她了。"

"谁?"

"就是之前在A大美术系,你上前搭话的那个人。"夏南欢说,"好像是她自己的母亲去世了,她要去太平间看她。"

周余瞪大眼睛:"姜星瑶?母亲去世?怀孕?"

夏南欢瞅他:"怎么了?"

周余搓了下脸,缓了下神,朝着医院大楼瞥了眼,心里一叹,真是世事无常。

萧矜的第一场演唱会在六月十二日这天,正好是端午节,定在了清江城。

时间已过下午六点半,舞台上的灯光早已亮起,十万多支红色的荧光棒在粉丝手中挥舞,现场非常热闹。

宁绒感慨了一声她哥的人气,收回视线看到宋赢萧身边的位置还空着,便同他闲聊起来。

周余在几分钟后带着夏南欢赶了过来,一行人打了个招呼。

夏南欢坐在周余身边,实在没想到这次过来能看到季影后。

话说她小时候追的第一个偶像就是季影后,眼下长大虽然没了粉丝追星的那种劲头,但还是挺喜欢季影后的。

只是在知道宁绒是自己偶像的女儿后,心情很是复杂了一段时间。

眼下近距离看到偶像,为了不在宁绒面前矮一截,夏南欢只能端着。

周余发现自己的女朋友死要面子,偷笑了下,捅了捅身侧宋赢萧的手臂,拜托他一会儿帮忙向季影后要个签名。

To签的那种。

宋赢萧瞅了周余一眼,没直接答应。

现场音乐适时响起,舞台上的灯光大亮了一瞬后,萧矜通过升降台站上了舞台中央,粉丝们的欢呼声随着他的歌声一起,现场气氛一时间达到了最高潮……

演唱会进行到晚上十点,最后周余拿着季影后给的特签送给了偷偷朝着他手里瞅的女朋友。

　　她一个傲娇的白眼后，终是收下了偶像签名。

　　周余顾忌女朋友的面子，轻笑了下，没拆穿。

第十五章 · 恩怨

姜星瑶处理好姜林秀的后事,第二天一直等在萧矜的演唱会场地外,不停地给顾命打电话,得到的回复一直是手机关机。

顾命除了刚开始回复过她几次,后来直接告诉她因为生意要出国一段时间。他走之前还嘱咐姜星瑶不要瞎折腾,等他回来便能腾出手对付宋赢萧。

姜星瑶听了话,可是这次她母亲去世,萧矜演唱会开幕,看着演唱会直播里欢欢喜喜的季澜双,右手臂上还挂着"孝"字的她不知道怎么回事,鬼使神差查了下宏业酒店的主事人。

于是有些事情几乎是在一瞬间就想明白了——她是被顾命给支走的,用罗腾飞的薪资待遇极好的工作,让他们一家人去了上都,远离宁绒,不给宁绒添麻烦。

而这些日子顾命说的什么出国谈生意,不过是拖着她罢了!

姜星瑶生气之余决定靠自己,于是在地下停车场随意选了一辆豪车在旁边等着,没多久,还真见到了前来的宁绒,还有牵着她手不放的宋赢萧,甚至还见到了走在后面的季澜双和萧觉景。

一行人欢欢喜喜,说说笑笑,实在是……刺眼极了!

眼下害她的人一下子集齐了,姜星瑶躲在柱子后,紧绷的嘴角慢慢扯起笑,朝着他们的方向走去……

她看到宋赢萧笑着挂掉电话,和季澜双说什么事情成了。

季澜双笑着回道:"那后天下午两点,你记得带你爸妈来木堂酒店,我们大家一起吃个饭。"

姜星瑶脚步一顿,打量着众人,所以,这是要见家长,准备订婚了?

宋赢萧的手机在这时响起,在昏暗的地下停车场内荡着阵阵回音,猝不及防的一下,让所有人的心都跟着颤了颤。

宋赢萧大拇指摩挲了下宁绒的手背算是安抚,准备接电话的时候那边却直接挂断了,同时微信来了消息,就呈现在手机屏幕上,一眼就能看到。

顾命:赶紧离开这里,快点!

宋赢萧不明所以,眉头蹙在一起。在宁绒看过来时,他下意识熄灭了屏幕。

目光环视四周,这里除了停放的车辆,他并没有看到他们以外的任何一个人。

那些被车辆和支撑柱遮挡的地方是他的视野盲区,瘆人的凉风自地面往上灌,莫名的心慌让他抓紧了宁绒的手。

在众人不解地望过来时,他压着心底的波涛,平静道:"我们赶紧上车。"

说完,他立即打开车门,将宁绒和贝苒率先送了上去,之后是季澜双。

一同前来的萧觉景有自己的专属车,不和他们同行。

等看不到一个人后,宋赢萧关门上车。

离开之前,他锐利的黑眸警惕地扫向四周,依旧无动静,无人影,手中方向盘打转,指腹死死压在上面,油门踩下,朝着出口的方向迅速离开。

等宋赢萧等人的车子出了通道口,顾命这才松开捂着姜星瑶嘴巴的手。

他的目光落在姜星瑶挺着的大肚子上,声音薄凉:"不在家好好养胎,姜小姐准备做什么?"

"做什么?"姜星瑶冷笑,手指下意识抚上肚皮,讥讽道,"我妈妈死了,你说我要做什么?"

顾命皱眉:"你母亲去世,你来找宁绒?你这是什么逻辑?"

"若不是萧觉景害我爸爸破产,我爸就不会死,我和我妈妈的日子也不会这么苦,她更不会早早抛下我走了。"姜星瑶含泪说着,几乎崩溃,"顾命,他们害我至此,我难道不该向他们报仇吗?"

顾命眯了眯眼,冷静解释:"姜小姐,据我所知,当年萧董突然撤资你爸爸的公司,让你爸爸的公司陷入困境,从而倒闭,不说这是商业上的常用手段,我也不否认他可能存了点报复心。

"但他当初投资你爸爸公司,是在宁警官去世的几年前,所以不存在事先预谋的可能。他那时候撤资,本身就要支付不少违约金,那些违约金被你爸爸支付了员工薪水和银行贷款,包括股东分红后,剩下的不说让你们衣食无忧一辈子，平常人的生活还是能保证的。

"还不说你爸爸的公司并没有变卖，若是卖了，又能得到一大笔钱，用那些钱你爸爸去做什么不好，非得跳楼寻死。你把全部原因都怪罪到萧董事长身上，你觉得说得过去吗？"

姜星瑶愣住："那我为什么没看到那笔钱？"

"我查到的是你爸爸手里那笔钱可能被后来的合伙人坑了，所以受不了打击，跳了楼。"

"说来说去，害我爸爸跳楼的，还不是萧觉景？他不撤资，又怎么会有后面那些事！"

顾命都被姜星瑶的一根筋逻辑给气笑了。

"姜小姐，你是不是永远都喜欢将祸事怪罪到别人头上，永远都不知道在自己身上找原因？"

姜星瑶瞪着眼前的人，沉沉质问："你什么意思？"

"什么意思？我的意思是你爸爸是被你这个嚣张跋扈、不懂尊重为何物的女儿给害死的！"

"你胡说，我爸爸明明是……"

"姜星瑶！"顾命打断她，面色极其难看，"你如果非要追根溯源，我就给你讲清楚！十一岁那年,你五年级的时候，是不是被歹徒挟持过？"

"是。"

姜星瑶不否认这点，这件事她记得清清楚楚，正是在这一天，她的命运发生了改变，凄苦的日子到来，直到现在她依旧在承受。

"那我问你，那个歹徒为什么要挟持你？当时出入校门的孩子虽然少，但也有几个，他为什么偏偏针对你？

"你总不会说是自己运气不好吧！"

姜星瑶脸色一白，回忆起当时的画面，嘴唇动了几下，结果半晌都说不出原因来。

顾命了然，冷笑了声："看来你是知道原因了，所以自己犯了错，被挟持不是活该吗？"

他之后又查了查，甚至翻到了当初校门口的监控，虽然听不清楚里面的人都说了什么，但根据学校保安的回忆，这个一身名牌打扮的小姑娘嘴巴简直不饶人。

人家一个刚出狱，父母双亡，家里老婆带着孩子跑了的男人，内心受到的打击本来就大，只是想着来学校看看可能会在这里读书的儿子，结果因为身上穿得邋遢了些，人不修边幅了些，就被一个小姑娘捂着鼻子嫌弃。

"乞丐怎么都来校门口向小孩子要钱了？可真能恶心人。"

姜星瑶这话一出口，就被身边的宁绒扯了下手臂提醒，说这个可能是别的小朋友的家长。本来以为她听到这话会收敛些，结果她还挺不高兴地翻了个白眼，更不爽了。

"当学校是垃圾窝呢，大垃圾守外面，小垃圾蹲里面，学校放人进来都不知道筛选一下吗？让我整天跟一群穷鬼待在一起，我还不如死了算了！"声音尖酸又刻薄。

姜星瑶眼中的嫌弃厌恶和高高在上的骄矜，还有那种极为瞧不起人的样子，直接刺痛了男人的心。

男人把钥匙锁扣上的小型水果刀直接掏了出来，所有的苦难都像是有了一个发泄口，既然看不起他，想死，那就去死吧！

看着姜星瑶几经变化的脸，顾命开口："看你这样子应该是想起来了，那你说，所有事件的起因是不是因为你？"

"你不是喜欢追根溯源吗？不是喜欢找罪魁祸首吗？

"你说你但凡懂礼貌一点，不出口伤人，宁绒的爸爸就不会因为救你而死，他若是活着，谁会找你们家的麻烦？说句不客气的，你沦落到现在这个地步，全是你咎由自取，活该！"

最后两个字刺痛了姜星瑶的心，她后退一步狂摇头："不是这样的，我当时不就是说了他几句，一个小孩子的话怎么能当真？他一个大人为什么要和我计较？"

顾命歪头嗤笑："你凭什么以为自己是小孩子，犯了错别人就应该原谅你？你当别人是饺子皮还是包子皮啊？什么都能包容？"

姜星瑶握着拳头，眼眶含泪，还是硬着头皮反驳："好，就算这点是我的错，可宁绒她爸爸是特警，遇上歹徒挟持小孩，他救我不是应该的吗？"

"难道他要眼睁睁地看着我去死吗？"

"特警救人确实应该，但他就该死吗？他就该为你牺牲吗？"顾命的声音沉了下来，森冷的眼神盯着姜星瑶，"他当初受着伤将你从刀口上救下来，让你跑，你为什么不跑？"

"为什么还要将准备带着你跑的宁爸爸推到自己身前，用他的身体来给你挡歹徒挥过来的刀？你这和害人性命有什么区别？"

"姜星瑶，你这些年活得就不亏心吗？"

姜星瑶固执地没说话。

192

"姜星瑶,你知道道德绑架吧?"顾命叹了一口气,又问她。

"你要说什么?"

"那你知道职业绑架吗?"顾命问她,"就是给一些职业定上大众默认的标签,以至于救不了人的就是庸医,教不了笨孩子的就是老师差劲,没救你的特警就是他失职,该受大处分,半点都不考虑实际情况,还能坚持认为自己所认为的!

"一旦没达到一些人定下的标准,那些医生、老师和特警就会被认为不好,只有他们为这些人舍生忘死,为这些人披荆斩棘,让这些人活得舒服了,这些人才能施舍般地肯定他们一句。"

顾命笑着看她:"姜星瑶,你觉得你是这种人吗?

"你觉得你自己职业绑架了宁爸爸多少年呢?

"你不会真的以为宁绒和季影后稀罕宁爸爸救你后给他们带来的所谓荣誉吧?"

一连几问,让姜星瑶根本说不出任何话,她拼命在脑海里搜寻记忆,企图反驳顾命的话。

终于,她找到了,激动得瞳孔都开始颤抖。

"如果你认为这些都是我的错,那么校园霸凌呢?宁绒让所有人孤立我,从五年级到高三,你知道我受了别人的排挤多少年吗?

"你知道孤立无援的滋味是什么样的吗?我一个朋友都没有,甚至被逼出了心理问题,更是因为心理原因没考上一个好大学,还要反反复复受折磨。你总不会还认为宁绒无辜吧?"

顾命真心不想陪她在这里耗下去了,但……他手指捏了捏右侧口袋中某个坚硬的四方体,忍着性子继续说下去。

"据我查到的消息,宁绒在五年级下学期就转学了,你说她让所有人孤立你?她高中和初中都和你不在一个学校,你们隔着一个市呢,她能指挥得了两所学校的人去孤立你?

"还有,你若说她在五年级的时候孤立你,你害死了她爸爸,你不会还指望她和你亲亲热热地继续当好朋友吧?

"她这些年活得尖锐又冷漠,半个朋友都不敢交,好不容易能走出来了,你现在又要出来破坏她的生活,甚至还能不顾及宋赢萧为你免费治病的恩情!

"姜星瑶,这世上所有的白眼狼加起来都没你这么能恩将仇报的!"

姜星瑶激动的情绪本就在积攒,又被他这么说,眼下彻底爆发,不顾肚子里的疼就要上前厮打顾命。

顾命后退几步，同时看到了收到消息着急忙慌赶来的罗腾飞，冷笑着提醒他："赶紧把你的女人带回去看好，省得出来丢人现眼。"

罗腾飞被说得心头冒火，可到底是姜星瑶比较重要，眼下她这样子根本耽误不起，只能赶紧抱着她离开。

顾命耸耸肩，转身上了电梯，同时手机收到消息提示音，是宋赢萧的。

宋赢萧：你之前那话是什么意思？

顾命轻嗤一声，这家伙怕是不知道自己捅了多大的娄子吧？

今天要不是他及时找到姜星瑶，指不定今天就是宋赢萧的分手日。

话说他还挺想去看一下这人知道前因后果后的表情，那得有多精彩啊！

不过这事还真不能含糊，他拦得了一次两次，但以后要是哪一次没拦住，这事迟早会曝光，所以这家伙还是得有个心理准备才行。

顾命：一会儿找个没人的地方，我给你发段录音，你自己好好听听吧。

宋赢萧：OK！

宋赢萧猜到这段录音听完后可能会让他之后一段时间都心神不宁，所以回了家先整理好心情才敢放出来，没想到……

他苦笑一声，没想到会是这么严重的深水炸弹。

之前姜星瑶治病时告诉他的那些事和上次宁绒在酒店说的那些事融合在一起，又同今晚这段录音完美契合，他是真的没想到世上会有这么巧的事。

他成为心理医生后第一个救治的病人，费了一年心力才将人给治好的人，会是害他女朋友父亲身死，让他女朋友不敢再交朋友，甚至独自难受了这么多年的罪魁祸首。

唇瓣发干，喉咙发涩，巨大的恐慌从心底升起，宋赢萧试图扯出一个笑，可努力了半晌皆是徒劳。

他笑不出来。

他没办法安慰自己说这件事他不知道，不清楚，所以没关系，他是无辜的，也没办法用医生治病救人的理由为自己开脱。

他先是喜欢宁绒的宋赢萧，之后才是治病救人的宋医生。

他不伟大，他只想是宁绒的男朋友。

他等了好多好多年了，明明都没有任何阻碍了，可为什么……

为什么偏偏就要差这一步呢？

为什么偏偏要在今天呢？

他们已经准备商议婚期了，两家家长都定了见面时间，他很快就能娶到喜欢了这么多年的人了，老天为什么要捉弄他呢？

为什么要让他一个医生去后悔曾经救治过的病人？

这得多讽刺啊！

身体无力地仰躺在床榻上，宋赢萧想哭，又有点想笑。

他一遍又一遍地听着手机里传来的声音，听着姜星瑶的无理质问，一颗心越发凉了。

须臾，他拿起没剩多少电量的手机，拨通了顾命的电话。

那边很快接起。

"姓萧的，这女人后续肯定还有动作，这件事吧……说实话，你是防不住的。"顾命半点不拖泥带水，说到这里笑了一声，是毫不客气的嘲笑，万分爽快的那种，"宋赢萧，你可真倒霉啊！"

"这件事谢了，我会给你报酬的。"说完这句话，宋赢萧直接挂断电话。

这时，温媛的电话打了进来，确认两家明天能不能照常见面。

宋赢萧试着开了几次口，最后表示肯定的字句才吐出："照常。"

"好，妈妈会好好准备的。"

手机支撑到最后一刻，没电关机。

宋赢萧勉力坐起身，看着趴在地上乖乖睡觉的冰糖，干裂的嘴角扯了下。

不管怎么样，等明天的事情过去再说，让他再贪心一点，再靠她近一点。

能去看看靠近美梦是什么滋味就好。

哪怕成不了真！

端午假最后一天是周一，早上，因为两家见面的事，贝苒激动得一大早起来就开始给宁绒搭配衣服，选了好几条漂亮的裙子，折腾到十点钟一家人才出门。

季澜双提着礼物从商场出来，东西让宁绒和贝苒送去车上，她先去酒店卫生间一趟，结果被一个人拦住了去路。

这人挺着孕肚，脸颊还有些浮肿，一双眼睛阴沉沉的，装满了不怀好意。

季澜双只以为是孕妇碰瓷，后退了两步。

姜星瑶打量季澜双好半响，而后脸上露出一个古怪的笑，不急不缓地问："季影后，你真的想不起来我是谁吗？"

季澜双盯着姜星瑶看了好一会儿，忽然，嘴角绷直成线，再开口时声音直接冷了几个度："姜星瑶！"

"你找我做什么？"

姜星瑶摸着自己的肚子，神情很无害："不做什么，就是想要告诉您一个消息。"

她笑了下，直接说："您可能不知道吧，因为我父亲和早些年我被劫持的事，不管是生活上还是精神上我都过得生不如死，但您的未来女婿，宋医生，他好心啊！

"是他免费治疗救了我，用了一年的时间，让我很少再被心理问题折磨，还告诉我我当年只是自救，并没有做错。

"对了，前段时间我情绪很差，又是您未来的女婿帮我看的，依旧免费，他可真是我的恩人呢！

"如今我能没什么心结地活着，结婚生子，甚至拥有安稳的生活，可少不了您未来女婿的功劳。"

笑意盈盈的脸，绵里藏针的话，吐出的每个字都化成钢针扎进了季澜双的心里。

她看着眼前的人，冷声道："你今天故意这么说，算计得可真好！"

姜星瑶捂着脸笑："可你还是中了我的算计不是吗？"

她指了指季澜双身后的酒店，声音得意又猖狂："你今天还会心无芥蒂地同意宁绒嫁给那个告诉我我什么都没做错的宋赢萧吗？

"你还没有忘了自己的丈夫吧？

"宋赢萧可认为我为了自保，当时推得很对呢！"

季澜双目光森冷地盯着这个像疯子一样的女人，她不想依照姜星瑶的想法来，也知道姜星瑶这话只有一半是对的，有添油加醋的成分。

可姜星瑶真的猜对了她的心思，宋赢萧那话真扎了她的心。

实在不想再看见姜星瑶，季澜双转身大步离开。

藏在一旁的周余看着这极为戏剧性的一幕，目瞪口呆。

宁绒看到季澜双气势汹汹地回来，满身的火气压都压不住，根本不知道发生了什么。

季澜双坐上副驾驶位，直接吩咐司机："开车回去。"

宁绒急声询问："妈，我们今天不是还要……"

"取消，通通取消！"

宋赢萧的电话在这时打了进来，话没说完，便被手机那头的季澜双打断，一句冷漠无比的"回去"，堵住了他所有要问的话。

随后，手机落地声传来，电话被挂断。

一声声冷漠的"嘟"声，像是巨大的锤子砸在人心上。

宋赢萧看着已经黑下来的手机屏幕，眸光慢慢破碎，所有的侥幸都被彻底打破。

那一刻，宋赢萧有些恍惚，甚至什么都没有想，就那么静坐在自己的位子上。

打理干净的头发，穿戴整齐的衣服，都好像是他为一场梦做的准备。

一场他自己给自己编织的美梦。

他喜欢的姑娘没有来，他陪坐在一边的父母和爷爷都是陪他演戏的演员。

他们可怜他，所以才来帮他完成这场美梦，只是他们请不来主角，所以这场美梦等到现在，也该结束了。

宋赢萧也该清醒了。

他看着陪他来此的亲人，小声说："爷爷，我可能……娶不到喜欢的姑娘了。"

"可能……很快就要被分手了。"

"是你的错吗？"老爷子问。

"嗯，是我不好。"宋赢萧眼眶酸涩得厉害，忍下眼泪，鼻音略重，"是我让她难过了。"

老爷子握紧手中的拐杖，手背用力，最后又松开，叹了口气："既然是你的错，就好好弥补人家。

"或许还没严重到那个地步，但你要去做，知道吗？"

"我明白。"宋赢萧哑声回道。

温媛拍了拍儿子的肩："只要不是原则性的错误，一切就都还有挽回的机会。

"这次我们没定下来，妈妈等你下次把人家姑娘带来。"

宋赢萧无声地笑了下，但愿吧。

这件事之后的半个多月，直到学校放暑假，宁绒和宋赢萧都没有互通过消息，两人在这件事上出奇地默契。

季澜双回来后，把两周内的工作全推了，也不提那天发生的事。

宁绒也不知道他们现在为什么会成了这个样子，想到妈妈态度突然转变是在去了一趟木堂酒店后，于是趁着某天下班去问了酒店前台的工作人员关于那天的事。

可能是季澜双那天的情绪反应太大，工作人员还记得，同她聊起了当天的情况和叫姜什么瑶的孕妇。

宁绒眸色无神地从酒店大门出来，一颗眼泪从眼眶中滚落了出来。

她咬着唇，念出那个名字："姜星瑶。"

宁绒忽然觉得，有些事情，躲过去了不是就真的过去了，到了该了断的时候，还是得面对。

宁绒回去后撑着精神继续上课，等学校正式放假后，才终于支撑不住病了一场。

醒来后，宁绒没听到客厅的任何动静，问贝茜："壳壳，你姨妈呢？"

"去发布会了。"贝茜眼神闪躲。

"什么发布会？"宁绒皱眉，转头拿起自己的手机，然后在热搜页面看到了季澜双的消息。

——季影后前夫害人家破人亡，恶毒的资本家！

——季影后后悔第二任丈夫救人，私下报复被救者。

——季影后女儿曾霸凌同学，致其差点自杀！

…………

一系列的词条高挂在热搜最上面，宁绒颤抖着手点进去，看到了姜星瑶发出来的好几张证明的照片：

她自己心理问题的病历单、她爸爸当初跳楼的新闻图，还有她母亲的墓碑照片，墓碑上那个妇人双眼无神，形容枯槁，被生活折磨得不成样子，脸上的病态更是让人一眼就能看得清清楚楚。

甚至还有对萧觉景逼死她爸爸的控诉，包括对萧觉景公司偷税漏税的猜疑。

关于宁绒成为A大教师这件事，更是怀疑她是找关系走后门进去的，侵占了其他人的名额。

下面全是网友铺天盖地的漫骂，仅有的几个理智的声音也全部被想要保护弱者的网友反骂回去。

"资本家就是吃人的鬼""果然能当上大明星的，手段就没有不狠的"这些话，宁绒看着看着都要气笑了。这世上怎么会有这么无耻的人呢？真的是刷新了她的三观！

宁绒查了下季澜双的行踪——今天下午两点，她在清江城有一场记者见面会，就是专门应对这次事件的。

她没想到自己昏迷的这两天会出现这种事情，姜星瑶这次根本就是有备而来。

宁绒掀开被子,准备坐起身时脑袋眩晕了一下。

贝苒急忙扶好她,知道她要去做什么,赶紧说:"姐,你放心,这次的事我们有证据,姜星瑶就算是个孕妇,这次也没人会站在她那边。"

宁绒摇头,坚持要过去看着,贝苒又劝了几次,宁绒依旧坚持,贝苒没办法,只能帮宁绒叫车。

两人坐电梯下了楼,门开之后,正好看到从外面回来的顾命。

顾命看了眼宁绒的装扮,问:"要出去?"

宁绒没什么力气地"嗯"了声之后就准备离开,结果顾命抬脚一步,挡在了她面前。

顾命瞧了眼贝苒,将口袋里的车钥匙拿出来:"去哪儿?我送你。"

贝苒找的网约车下楼前显示还有十分钟才能来,宁绒认命:"麻烦你了。"

上车后,贝苒报了个地址,正好是萧觉景总公司的位置。

顾命准备踩油门的脚一顿:"要去你妈妈的记者会现场?"

"嗯。"

"这场记者会能证明你们的清白,放心。"

季澜双手里的证据大多是宋赢萧提供的,就等着姜星瑶利用季澜双的身份引发舆论战,这次姜星瑶能这么顺利地收买营销号让事情迅速发酵,宋赢萧在里面出了不少力。

只有让暴风雨来得更猛烈一些,之后反击在姜星瑶身上的雨水才会如刀落下,才会更狠。

那段录音,宋赢萧转进了U盘,让周余去交给了萧矜,再由萧矜转交给季澜双,中间抹去了顾命的名字,算是对他身份的保护。

周余把U盘送到了宋赢萧给的地址,遇见了等在树下的萧矜。

周余将东西递过去之后,即便同萧矜不熟,还是问了句:"宋赢萧和宁绒现在怎么样了?两家家长见面这么好的事,怎么偏偏就因为姜星瑶弄得互不往来了呢?"

萧矜不知道原因,季澜双也不说,他只从贝苒那里知道了个大概。

U盘被他抛起又接住,闻言只是道:"丝丝将我妈看得很重,没人能比过她,如果我妈不允许她和妹夫来往,两人指定要黄。"

周余"咝"了声,瞳孔都瞪大了一圈:"不至于吧?这又不是封建时代,什么都要听父母的。"

萧矜眼神甩过来，沉声解释："丝丝情况不一样，她对我妈的愧疚心极重，当初能因为我妈一句夸奖她画画很好的话就报考美院，如今甩个男朋友，她不会犹豫很久的。

"只要能让我妈开心，一切对她来说都不算什么。"

周余不敢置信世上还有这种母女，宁绒将自己的生活系在她母亲身上，这样真的好吗？

知道周余在想什么，萧矜觉得和周余不熟，不想解释，更不用解释，但这人是宋赢萧的传话筒，他可怜妹夫，所以能告知的，眼下不会隐瞒。

"丝丝父亲的死给她打击很大，在我母亲那里，一切能弥补的，丝丝都会拼尽全力去弥补，所以，你让宋赢萧体谅着点，丝丝心里不比他好过多少。"

周余不明所以地来，不明所以地回去，再将萧矜的话一字不落地转述给宋赢萧。

"我知道了。

"早就猜到了。"

周余瞪着他："所以你现在是……等宁绒和你说分手？"

宋赢萧垂着头，没说话。

季澜双的记者发布会来了很多记者，方式采取的是直播。

当她站到台上的那一刻，台下记者手中的长枪短炮立马瞄准了她，一个个眼神紧绷，背得滚瓜烂熟的问题悬在嘴边，就等她开口的那瞬间朝她射过去，似要剥下她的一层皮让他们写上满意的标题才会罢休。

可偏偏，记者发布会上，季澜双忍痛将丈夫当年救人临终的画面、事情亲历者的留言以及顾命的录音公布出来后，台下的记者们皆是泣不成声。

"季澜双！"一道尖锐怒吼如炸雷般在记者们身后响起，是姜星瑶。

众人纷纷回头，就看到了被一个男人扶着的姜星瑶，这次事件的主角之一。

她挺着大肚子，呼吸粗重，看起来被季澜双的话气得不轻。

在众人的视线下，姜星瑶被罗腾飞搀扶着上了台。

不过在她开口之前，季澜双就主动出击了："姜星瑶，既然你来了，那我想问问你，你能为自己在网上发布的一切做保证吗？

"在这里提醒你一句，不说你诬陷我们的事，单单就是你造谣萧董事长的公司偷税漏税，最后执法人员查不出来，到时候上法庭的就是你了。

"法律可以因为你的孕妇身份让你延期入狱，但不会给你减刑。"

"星瑶，别怕，我在你身边。"罗腾飞说。

有人站在自己身边，姜星瑶受到鼓励，声音坚定："我能保证我说的都是真的！"

季澜双拍手鼓掌："既然如此，现在麻烦你跟萧董事长的律师团去会议室一趟，为了保证你的安全，你的丈夫可以跟随过来。"

姜星瑶没想到季澜双所有的应对方法都准备好了，看向下方半句话都不说的那群记者，他们眼中偶尔闪露出的鄙夷的目光差点淹没了她。

她不知道现在网络上是什么情况，但那些人的表情和言论肯定和这些记者差不多。

几位精英律师走上台阶，其中一位女性走到姜星瑶身边，语气客气："姜小姐，请随我们来吧。"说着又看向记者们的镜头，"我们本着公平公正和谨慎处事的原则，所有交涉都会有视频留存，也很欢迎姜小姐的律师同我们交流，后续结果也会一一在网络上公布，同时我们也接受大家的监督。"

语气客气有礼，但话里话外都表明了姜星瑶中间要是再作妖生事的话，他们会直接公布视频打脸，不会给她任何赖上的机会。

事情到这里本该结束了，但受到打击的姜星瑶心里还想着母亲的死，于是转身准备离开的众人只听到一声惊呼，一回头便看到季澜双被推飞了出去。

季澜双脑袋落地，流了一地的血。

宁绒在路上得知季澜双出事的消息，直接晕了过去，再醒过来已经是两天后。视线逐渐清晰后，晕倒之前的画面重现脑海，她立马坐起身，就要拔下手臂上的输液管去找季澜双。

宋赢萧正好开门走进来，见她的动作大步上前按住她的手，哑声说："不要拔，我举着输液袋带你去见你妈妈。"

宁绒没说话，下床听话地跟着他走。

中间，宋赢萧几次想要搀扶她，她都侧身躲了过去，不让他碰。

收回自己空落落的手，宋赢萧眼皮垂着，眉头下压，掩饰好眸中悲色。

季澜双的病房就在宁绒病房不远处，贝苒正在里面陪着。

病房外的小玻璃窗前，宋赢萧按住宁绒准备压下门把手的手，轻声说道："你妈妈翼骨骨折，伤到了脑内动脉，但出血量不多，两天前刚做了开颅手术,中间没有醒过来,今天早上刚从 ICU 转入单人病房。医生说暂时没有大危险,可能一周就能醒过来了,你不要担心。"

宁绒点头表示知道,推开宋赢萧的手,开门进了病房。

宁绒在里面待了很久,从病房出来后,看到了依旧等在外面没走的宋赢萧。

一段时间没见,他好像瘦了,白衬衫穿在身上,上面有好几个褶,显得身形单薄,脸颊上也几乎没什么肉。

余光看到宁绒出来,宋赢萧抬头瞧过来,喊她:"丝丝。"声音沙哑且小心翼翼。

宁绒无声地望着他,过了好几秒才喊出他的名字:"宋赢萧。"

宋赢萧没敢应,脸侧肌肉紧绷,生怕下一秒就听到宁绒说出什么让他害怕却也阻止不了的话,只能听她接着说:"你回去休息吧,等你休息好了,来医院找我,我有事和你说。"

宋赢萧眼眶酸涩。

她没说分手,但好像也不会让人很轻松地放下心。

她要说什么呢?

是他想的那样吗?

是要和他分手吗?是吗?

宋赢萧想问,可又不敢问,目送宁绒离开后,便走了。

他不敢不听话的。

姜星瑶也在这个医院,宁绒吃了午饭后,找去了她所在的病房。

站在房门边,宁绒透过微开的门缝看到了里面争执的母子俩,罗腾飞的母亲用手背抹着眼泪,说家门不幸,要儿子立即离婚。

罗腾飞则在争取等些时日再离,至少他现在做不到留姜星瑶一个人在医院。

而醒来的姜星瑶,此时除了要面对失去的女儿,还要面对失去的婚姻,更有诬陷别人和伤害别人的官司等着她,未来……

宁绒解气一笑,觉得她可恨,也可悲。

宁绒回到自己病房时,看到了等在里面、站在窗户边背对着她的夏南欢。

"来找我有什么事吗?"

夏南欢穿着白大褂，转回身子，瞧了宁绒一眼，想到她来之前在电梯里看到的宋赢萧失了魂的模样，抿了抿唇，有些不忍心，开口问："宁绒，你知道当年我为什么去你的学校找你吗？"

宁绒看向夏南欢，她知道对方来是想要帮宋赢萧说情。

但她现在只想让妈妈醒过来，看姜星瑶因为故意伤人而受到惩罚，其他的通通不想理睬。

宁绒不说话的态度让夏南欢的心沉了沉，看来宋赢萧这次有点悬啊。

她叹了口气，这件事本来也不该由她来说的，只是那家伙实在可怜，也实在让人看不下去，她终于还是开口了。

"宁绒，你有没有想过，宋赢萧当初为什么会遭遇车祸？你知不知道，当初他若是醒不过来，你会欠他多大的情？"

宁绒抬眼看着夏南欢，罕见的，黑眸带上了攻击性："你什么意思？"

"没什么意思，就是感叹一下你命还挺好，能被人无怨无悔地爱了这么多年。"

走之前，夏南欢又落下一句话："宁绒，若你觉得你欠你妈妈很多，所以才想要听她的话和宋赢萧分开，那你欠宋赢萧的，又该怎么还？"

病房里安静下来，宁绒有点理不清楚夏南欢这句话的意思，她怎么就欠宋赢萧的了？

为什么还会和他车祸的事情扯上关系？

还爱了她这么多年？

这些话意味不明又含糊糊的，像极了周余之前说一半留一半的那些话。

宁绒想不通这件事，现在也没心思去想，只想好好恢复身体，然后亲自去照顾妈妈。

第十六章 · 分开

宁绒那天让宋赢萧回去休息，之后便没在医院看见过他，她忙于季澜双的事情，自然也没工夫去顾及他来没来过，或者说是被她潜意识地给忽略了。

等到季澜双几天之后醒过来，医生确认过没什么大事后，宁绒心口压着的一块重石才搬开了大半。

而姜星瑶那边已经在走刑事诉讼程序了，她离婚的事情也是板上钉钉。宁绒听打探消息回来的贝苒说，姜星瑶像个疯子一样在病房里哭号吵闹。

季澜双能下地那天，宁绒搀扶着她站在病房的窗台边。季澜双瞧着楼下的来往人流，视线移动间，看到了马路边树影下站着的一个模糊的人影，目光定住。

看了良久后，季澜双开口询问身边的女儿："你和宋赢萧之后的关系，是怎么打算的？"

听贝苒这孩子说，宋赢萧每天都来，来了也不上楼，就在下面等，还经常看着这栋楼发呆，一看就是很久，一待就是一天，每次很晚才回去，早上又早早地过来。

季澜双心情复杂，当年若不是他，丝丝可能就没了，可宁程司是她心里永远的痛，是谁都不能触碰的禁忌，当初她用了很大力气才让自己没有去怨恨自己的女儿，如今……

宁绒顺着季澜双的视线才看到等在下面的宋赢萧，对于季澜双的问话，宁绒垂眸，认命一样说："我都听您的。"

不管对错。

"咚咚咚……"

门口传来敲门声，随后病房门被推开，顾命出现在门口。

当宁绒与顾命两人走出医院大门的那瞬间，宋赢萧的目光就看过来了。

在看到宁绒的神情后，宋赢萧薄唇压成一条线，脚步随之动了一下，却在刚抬起后又立马落下，没有走上前。

宁绒收回视线，面上毫无情绪，一颗心却闷闷地难受，可她不敢表现出来让季澜双发现分毫，她不想因为自己影响到妈妈的心情，导致妈妈身体康复期间再出什么事。

她甚至都不敢多看宋赢萧一秒。

顾命倒是没那么多顾忌，脚步站定，和宋赢萧隔着几米的距离时视线撞在一起，火花四溅。

顾命挑眉，得意地笑了，嘲讽意味十足，也给争不过的自己出口恶气。

宋赢萧撇过眼，只当看不见。在顾命带着宁绒上车时，宋赢萧也朝着车子的方向而去，显然要跟着他们。

顾命从后视镜里看到这一幕，暗骂一句："跟屁虫。"

话落收到宁绒的目光，他无辜地反看回去："怎么，你这个前男友我说一句都不行吗？"

"他不是我前男友。"宁绒看着后视镜里开车跟过来的人，又补充一句，"我们现在还没有分手。"

"反正也快了不是吗？"顾命不客气地拆穿。

宁绒沉默，眼睛始终看着后视镜，瞧着里面隐约能看到面容的人，有些舍不得移开视线。

也就是现在，她才敢大胆地看看他，不用怕被妈妈发现。

顾命瞧了眼宁绒的样子，苦笑一声，又瞬间恢复正常。

顾命带着宁绒来到一座专门为赛车而铺设了道路的大山前，当地的人称这座山为"死亡终点站"，名字还挺潮的，也十分符合那些游戏人间的人的口味。

近几年被政府严令禁止在此赛车后，这种车毁人亡的赛事才少了很多，不过偶尔还是会有人偷偷过来体验一把生死刺激。

笔直的道路上，顾命将车速提到最高。

车身频繁摇晃，险些翻车，宁绒的身体更是不可避免地在颠簸中剐蹭到。一声又一声震天的引擎声里，宁绒只觉耳膜轰鸣，手指死死抓着安全带，一张脸几乎惨白到失血。

她的一侧就是毫无防护措施的断崖，只要顾命一个不小心，他们两个就可能车毁人亡。

后面跟着的宋赢萧狂按车喇叭，握着方向盘的手青筋鼓跳，身上的血液仿佛都在逆流，更是将前面如疯子一般的顾命手刃了的心都有。

他怎么能带宁绒来这么危险的地方！这个该死的东西！

车里的宁绒根本听不到后车的任何声音，恐惧和害怕席卷全身，她眼睁睁地看着顾命带着她冲向了再无道路的前方。

那是终点，也是收割人命的地方。

那里空荡荡的，可以让他们冲向天空，然后再送他们落下地狱。

宁绒想让顾命停下来，可她说不出口，在凌厉的冷风和震耳的轰鸣声中，她连张嘴都做不到，只能任由车子带着他们朝终点而去！

只是……

在车子前轮距离终点线三米时，顾命及时刹车。

轰鸣声消失，宁绒憋着的一口气吐出，随后僵着手指解开安全带，开门下车。

顾命下车走过来，脸上的笑还没扬起，宁绒一个巴掌就甩了过来。她唇色泛白，语气冰凉："顾命，你想死就自己去，别拖着我！"

顾命捂着被打疼的脸，也不恼，问宁绒："你怕死？"

宁绒咽了口口水，缓了口气说："等我将我妈照顾到寿终正寝，就不怕了！"

"所以你现在怕？"

宁绒眨眼，不否认："嗯，怕。"

刚才那种心惊胆战的感觉，她这辈子都不想再体会一次。

顾命勾唇，看着停车后急奔过来的宋赢萧，对方那双眼里的怒火几乎要将他焚烧殆尽。挑了下眉，顾命看向宁绒："上车，我们谈谈吧。"

宁绒看着他，一动不动。

"放心，这次车速绝对很慢。"

"你先把车掉个头吧。"宁绒这次没拒绝，脑子清醒了，也想知道她今天受的这一遭苦到底是为什么。

顾命听话地离开，走出几步后，被冲上前来的宋赢萧一拳打在脸上。宋赢萧用了狠劲，直接将顾命打倒在地。

似乎被气到了极点，宋赢萧扯住他的衣领，话都说不出，只一拳一拳落在他身上，发泄后怕和怒火。

这个疯子，真恨不得杀了他！

天知道自己刚才有多害怕！

顾命身上被揍了好几拳，疼得要死，嘴角都被打破出血。

宁绒看不下去了，跑上前："不要打了。"

宋赢萧不甘心地收回止于顾命眼前三寸的拳头。

宁绒就站在眼前，宋赢萧有好几天没看到她了，刚才在医院大门前的短短几秒钟，根本不够。眼下，他黑眸凝视着宁绒，一寸一寸地打量她。

他深邃的眼中压着太多情绪，心中更有万千话想说，可又怕自己开口引出她不想听的话题。

顾命开车过来，降下车窗招呼宁绒："上车。"

宁绒看了宋赢萧一眼，见他身体尚好，微微放下了心，转身过去上车。

车上，顾命抹了把嘴角又渗出的血，暗骂宋赢萧下手太狠，也痛恨自己刚才为什么不还手。

透过后视镜，他看着留在原地孤零零的宋赢萧，突然有些可怜对方。

可怜到他这个情敌都有点看不下去，想要出手帮忙了。

顾命叹了口气，说："宁绒，还记得我当年突然就不纠缠你的那件事吗？"

"记得。"看不到身后的人影了，宁绒收回视线，垂下眼，眼帘挡住眸中水色，语气淡淡的，可沉闷的鼻音出卖了她。

顾命侧头瞧了宁绒一眼，感觉到她的情绪，心里还挺不是滋味的。

"宁绒，这次带你过来……"他话语顿住，在宁绒看过来时，烦躁地挠了下头，破罐子破摔地说，"之前宋赢萧和我在这里有过一场比赛。

"为了不让我缠着你，他应了我定的生死局，就在之前的断崖终点线那里，看谁最后会距离它最近。

"比赛他赢了，车身出了终点线一半，很危险，危险到那场景我现在想起来都心有余悸。当时宋赢萧要是一个不稳，只怕连人带车都要摔下去。

"你知道吗？那时候他的车子就压在悬崖边，像个跷跷板似的，感觉风一吹都能要了他的命。"

顾命失笑，看向愣住的宁绒，平淡地陈述："宁绒，他为了你，是真的豁得出去命。

"他也是真的……真的害怕我把你抢走了。"

宁绒抖着嘴唇，眼泪无声落下："你这话是什么意思？"

若是按时间线推，宋赢萧和顾命去赛车应该是她大四那年的事，那时候顾命才没有再纠缠她。

可那时候的她和宋赢萧没有关系啊，他们没有关系的。

什么怕她被抢走了？怎么就会……害怕呢？

207

宁绒不理解，也不想接受这个事实，可顾命偏偏要打碎它，他说："'暗恋'这个词听过吗？

"你说你这么招人，宋赢萧在高中就遇见你，他要是能不惦记上，怕不是脑子有坑！"

"高中？"宁绒默念，"高中吗？"

她努力回忆高中时她和宋赢萧的交集，只是能想起来的实在太少。

宁绒想到之前夏南欢在她病房同她说的话，还有当年莫名其妙地过来找她，以及哥哥的演唱会宋赢萧场场不落，他说自己不是萧矜的粉丝，也不喜欢萧矜，所以他去那里，是……找她吗？

还有现在他的住所，工作的地方……

她颤声问顾命："你们赛车，是大四下学期的什么时候？"

要是她推断没错的话，大四下学期开学，宋赢萧还在医院，那时候他才出车祸不久。

"四月一号。"

"四月一号？"宁绒计算着，而后一颗心如针扎般地疼，眼泪又涌现上来。

那时候的宋赢萧才在医院躺了一个多月吧，当时受伤那么严重，都被下病危通知书了，他的身体肯定还没完全恢复好，或许连一半的好都没有。

顾命接下来的话验证了宁绒的猜想。

"那时候这人半死不活地过来找我说让我不要缠着你，我当时都气笑了，还想着哪个家伙，居然敢和我抢人，就想为难为难他，定了赛车生死局。赢了我，我就如他所愿远离你，输了正好能收拾收拾这小子，让他知道天高地厚，结果……"

顾命叹了口气，真不想承认那时的自己多么狼狈，但有些事情还是得认。

"结果你也知道了，我输了，不过我当时给自己留了条后路，没说永远不缠着你，只说再见到你就不放手了。只是这次见面的结果……"顾命耸肩，"你也看到了，我还是没赢过那家伙。

"宁绒，我今天告诉你这些就是觉得我不如他，你选宋赢萧，我再不甘心，也能认！

"我比他怕死，这次也一样，冲不过去那条线太多，这次带你来体验一次，就是想让你知道那种将生死置之度外的感觉，想让你知道你自己对宋赢萧而言有多重要。我觉得，你若是和他分手，就对他公平一点，至少也要体会一次这种感受。

"你们这段缘分是真不容易，他能走到你面前，付出了太多。

"我知道你顾忌你妈妈的心情，但还是希望你至少能分出一点怜悯心，宋赢萧他……"

"可怜"这个词用在宋赢萧身上很合适，但顾命眼下真不想再说出口。

宁绒吸了吸鼻子，想止住眼眶里的泪，只是来自过往的冲击太大，她根本控制不住，甚至开始懊悔自责当时对宋赢萧的忽视。

若他喜欢她这么多年，她什么都不知道，只记得他的名字，他那么骄傲的一个人，当初那个意气风发、前途无量的少年，得有多可悲啊。

宁绒拿出手机，冲动地想要立即拨通宋赢萧的电话，想要听听他的声音，想要让他不要难过，想要和他说很多很多话，可指尖都快要落在屏幕上了，却迟迟按不下去。

宋赢萧的喜欢太重，可妈妈这些年的难受也不轻，她不知道该怎么办，她不知道了。

车子停在了医院门口。

顾命等宁绒冷静下来才说："宁绒，你妈妈愿意让你跟我出来，就说明态度已经在软化了，你若是心疼宋赢萧，就试试拖延一些时间，说不定这件事最后的结果不会这么糟呢？"

宁绒苦笑："在今天你来之前，我妈妈还和我说她想要去我爸的老家住一段时间。等再过几天，她能出院回家休养了，我会带她离开清江城一段时间。

"等我回来，整理好心情，我和宋赢萧也该有个结果了。"

关于夏南欢之前说的她欠宋赢萧一命的事，关于那场车祸，她不能再糊涂下去。

她会自己找人去查清楚，然后，在离开的这段时间里好好地、冷静地想清楚。

至于妈妈的态度，或许真的如顾命所说，会在这段时间里有所改变吧……

宁绒和季澜双将贝苒送去了提前开学的大学。

期间，宁绒利用季澜双让她出去走走的时间，花钱请人去查宋赢萧当年车祸的原因，各种细枝末节都要有。

还有他这些年的活动轨迹。

宁绒觉得宋赢萧能去萧矜的演唱会找她，肯定是不知道她的消息才会这样做，而之前他说他去了很多地方旅游，也不确定他是不是在找她。

在医科大上学时，宋赢萧让同学和老师都知道自己有喜欢的人，现在在Ａ大工作，他也让学生和同事知道自己有喜欢的人，在她不知道的岁月里，好像所有人都知道她的存在。

每个人都知道宋赢萧有个很喜欢的女朋友，但他在高中时偏偏要别人以为，甚至是让宁绒以为她在暗恋他、喜欢他。

他之所以这么做，是想要她这个记不住事也记不住人的脑子去记住他吗？在周围所有人的帮助下去记住他？

虽然法子不怎么好，但宁绒不得不承认，还挺有效的。

至少再次见面时，所有人都潜意识里把她和他绑在了一起，把她归属于他，几乎每个Ａ大的学子都在提醒她"她喜欢他"的存在。

而她也如这人所愿，很快想起了他，直到现在都记忆深刻。

最后结果也如他所希望的那样，她确实喜欢他，尽管迟了些。

宁绒很快随着季澜双去了隔壁市的一个小乡镇。

邻居知道季澜双要回来，还挺热情，直接让儿子过来接。

来人是个二十七八岁的小伙子，长得高大俊朗，就是性子有些腼腆。

依照辈分，他要喊宁程司一声叔，所以对季澜双就直接称呼"婶"。

季澜双笑着回应，让这个叫宁项的小伙子上车里坐，两人一路闲聊回了老屋。

宁程司家的老房子有点像上都价格高昂的四合院，院中还有一架搭起来的葡萄架和一处小菜园，环境非常不错。

八月二十号这天，季澜双带着宁绒来到小乡镇的一家蛋糕店，让宁绒挑选了两个蛋糕，她负责买单。

宁绒拎着蛋糕盒子，想到自己很早之前就准备好却没机会送出去的生日礼物，有点想知道宋赢萧八月十号生日那天有没有吃到生日蛋糕，有没有家人给他送生日祝福？他应该不会让自己一个人孤零零地过生日吧？

准备坐车回去的时候，宁绒先上车，季澜双在后面，却半天也没上来，不知道在看什么。

宁绒疑惑地凑过去，顺着季澜双的视线，视野内是热闹干净的小街，除了来往不多的行人，就什么都没看到了。

宁绒问："妈，是看到了偷拍的记者吗？"

季澜双看了宁绒一眼，摇头："不是记者。"
宁绒随口问："那是相熟的邻家？"
"也不是。"
季澜双看向什么都不知道的宁绒，忽然问："丝丝，你想知道妈妈刚才看到了谁吗？"
这种特意的问话，让宁绒的心"怦怦"直跳，紧张的情绪冲上脑海，话没过脑子就说了出来："谁啊？"
"应该是宋家那小子。"季澜双的声音很平静，话落直接吩咐司机开车，也不去看宁绒的表情。
宁绒的心跳漏了一拍，闻言也只是平静地问："妈，你晚上想吃点什么？"
"妈妈不挑，你看着做就行。"
"嗯。"

尘烟卷去，宋赢萧从有些破旧的公交站牌后走出来，黑眸看着远去的车辆，直到车子转弯才收回视线。
静站在原地良久后，他轻声开口："丝丝，生日快乐。"
声音很温柔。

今天是宁绒的生日，萧矜特地赶了过来，借着宁绒生日的借口也准备过来陪季澜双几天。
对于儿子会找过来的事，季澜双一点也不意外，下车后打量了他一眼，拿出钥匙开门。
一行人进了院子后，季澜双去安排萧矜的房间，宁绒去厨房准备晚餐。
拿刀切菜的时候，宁绒收到了调查结果，那边表示能查清楚的都查清楚了，中间事情进展顺利得过分，可能有宋家的功劳。
宁绒眨眼，声音平稳："我知道了。"
电话挂断，宁绒继续切菜，半掩的眸光却有些发愣。
她不认为这件事宋赢萧可能插手，猜测应该是他的家人做出的决定。可能也是替自己的孩子不甘心吧，就这么被耗着，还白白付出那么多。
眼下既然她想查，他们自然要让她看看在她不知道的地方，她到底受到了宋赢萧多少偏爱。
忽然，手指传来刺痛，皮肤直接被锋利的菜刀划开了一个口子。
"丝丝，你手流血了？"过来厨房洗杯子的季澜双正好看到，立即拿来了医药箱帮自己的闺女处理。

伤口处理好后，宁绒刚准备坐起身，季澜双又将她按着坐了下去，无奈地道："行了，今天是我闺女生日，你就好好休息吧，妈给你做饭。"

"我来吧，妈，你身体……"

"你妈身体好着呢，"季澜双戳了戳宁绒的脑袋，小孩子似的还有些不服气，瞪着自己的闺女，"你这小管家婆也别太小心了，你妈我又不是瓷娃娃。"

宁绒妥协："那你别碰凉水，热水的话记得调一下，不然刚出来会有点烫。"

"好了好了，妈妈知道了。"季澜双嘀咕着出了屋子。

房间安静下来，宁绒静坐了几分钟，起身回屋将电脑打开，读取邮件。

里面没有视频资料，只是简单直白的叙述。

△2019年2月13日，周三，京阳路A大发生司机撞人事件，造成7人死亡，11人受伤。

宋赢萧开车经过，见义勇为，以车身挡住疯车，导致车子侧翻，受伤严重。

短短的几行字，宁绒关于这段的记忆一下子被打开，当日的情景冲入脑海。

她率先看到的是和疯车司机隔着几米距离的自己，在那人开车朝她冲过来的那一刻，侧方一辆车闯入视野，用黑色的身躯挡在了她面前。

之后，"砰"的一声响，车轮摩擦地面，火星迸溅。

突然闯入的车子将疯车撞至一边，将其带出十几米远，为她隔出一片安全区。

宁绒反应过来后立即去救助身边受伤的行人，等她将一位小姑娘带到安全位置后再抬眼去看时，前方的黑车被撞得侧翻，滑出几米远撞到了护栏上，尚在原地的疯车被急速赶来的警方控制住。侧翻的车里，被困在里面的人被警方撬门救了出来，那人额上淌出的血沾在胸前，也模糊了他的脸。

紧绷又让人不得喘息的时间里，响亮的爆炸声从黑车处而来，橙红的火光冲天，人群奔走尖叫，救护车的鸣笛声阵阵轰鸣。

宁绒眼睁睁看着载了宋赢萧的救护车合上车门，从她眼前离开。

那时候，她感激这位无名英雄，感激他的好心，感激他救了在场的很多人，却不知道他是宋赢萧。

他是为了她才这样做的。

夏南欢说她欠了宋赢萧一条命……

宁绒压着鼠标的手发抖，眼泪挂在睫毛上，死死咬着唇。

她认。

她欠他一条命，她认！

鼠标滑下，是宋赢萧住院期间的病情概况，极其简略，却更加让人心惊。

"重型创伤性颅脑损伤""脑挫裂伤""病情危重""肋骨骨折""经历三次大型手术""两次病危通知书""因手臂肌肉损伤较严重，恢复不完全，不符合上手术台的标准"……

下面记录着他在医院休养半年多后重回学校，转到了心理医学专业。

再后面的情况，宁绒简略扫过，几乎全部都是他那时候紧张的学习安排，一天十二个小时地赶课程，就是为了能在第二年顺利毕业。

至于他大学期间的出行，上面被特地做了标注，不算完全准确，但差不多全国各地他都走了一遍，在长假期间，甚至还有国外的出行。

因为宋家人提供的方便，宋赢萧出行的目的地直接被标注成了大学名称。

分区域一排排罗列出来，整整两页多，上百所重点大学，宁绒在上面看到了自己所在城市的学校。

但没有她就读的安津美院。

她找了三遍，没有，只有安津市其他四所大学。

是因为没想到她会成为美术生吧？

宁绒苦笑，她高中时自己都没想到呢。

宁绒有点不敢想象之前的他每到一个地方，怀着希望地来，却没有半点她的消息后，会是什么样的心情。

这个念头落在脑海中，宁绒胸腔里酸涩的情绪不断翻涌，眼泪几乎止不住。

若是不喜欢她，宋赢萧会站上手术台，遵从自己一开始的意愿，而不会因为手臂恢复不完全被迫转专业成为心理医生，也就不会遇到姜星瑶，他们也不会成了现在这个样子。

那天开心等她来的他，最后却被留在酒店，她还什么话都没有说就离开了。那时的他是不是很失落？他又是怎么面对家人的？

心痛到无法呼吸，宁绒不敢大声地哭，还要防着季澜双听到动静过来寻她。

她不忍心为难妈妈,可她真的好难过,也真的不知道要怎么办了,她还能怎么办呢?

头上落下一个温热的掌心,随之传来一声轻叹。

宁绒泪眼模糊地抬起头,看到了不知道什么时候走进来的萧矜,旁边电脑上的邮件资料还敞开着。

萧矜无奈地说:"你都知道了?"

宁绒吸了吸鼻子,鼻音很重地问道:"哥,你是不是早就知道这件事了?"

萧矜点头又摇头,坐在宁绒身边,手指滑动鼠标看了上面的资料一眼:"年夜饭的时候才知道车祸的事,但不清楚姓宋的这家伙满世界找你的事,眼下看到你的邮件才知晓。"

宁绒抹了抹眼泪,漂亮的眼睛浸着红:"你为什么不告诉我?"

萧矜挑眉,轻笑了下,声音不急不缓:"那时候你们的感情还不算稳定,突然知道这个消息,依照你的性子,你对他的感激肯定会比喜欢多,要是你们最后在一起时间长了,你还能分得清你和他在一起到底是因为报恩还是因为喜欢吗?"

宁绒顺着萧矜的思路想了想,觉得自己可能真的会理不清,一段感情在开始的时候夹杂的东西多了,后面就很难纯粹起来。

萧矜拍了拍宁绒的肩:"好了,别哭了,那小子现在不是好好的?你以后对他好点就行。"

"还有机会吗?"宁绒声音无力,她还有机会吗?

"怎么没有,你们又没有分手,至于妈这边……"萧矜想了想,"你给她一些时间,之前妈就是最先知道车祸原因的人,所以才撮合你们,眼下虽然不想让你们在一起,但你见妈现在和你说过一句让你们分开的话吗?"

"等她心里的那道坎过了,或许就好了。"

季澜双能回到自己丈夫曾经生活过的地方清静几天,未必就是没有想要放过自己,放下曾经的想法。

人一旦安静下来,真的能想通很多东西。

顾命和萧矜都这么说,宁绒心里一下子有了底,脸上笑意重现。

萧矜好笑地轻敲了一下妹妹的头,眼含包容:"以前都不爱哭的,怎么现在像个泪包一样?"

宁绒反驳道:"我又不想的。"

吃完晚饭，萧矜出去丢垃圾，转身准备回去的时候，看到了停在街边的一辆车。

那是一辆很普通的浅灰色面包车，哪怕放在乡下这种地方也一点都不显眼。

萧矜好奇地走近，看到驾驶位上坐了个戴着黑色棒球帽的男人。他眯了眯眼，屈指叩窗。

坐在里面的人看过来，抬手压低帽檐，还在试图遮掩。

萧矜本来还有两分不确定，眼下因着他这动作呵笑了声，直接说了句："开门。"

宋赢萧身子一僵，知道自己被发现了，没再反抗，给萧矜开了副驾驶位的车门，萧矜坐上来。

车内空间狭小，气氛安静，两个大男人谁也没先开口。

萧矜看了眼半死不活靠着椅背闭眼假寐的宋赢萧，说道："我知道这件事里你也无辜，但你别怪丝丝。"

宋赢萧睁眼，说："我不怪她。"

她遇上这么一个白眼狼，已经难过很多年了，他又怎么忍心去责怪她呢？

萧矜不意外宋赢萧这句话，只是该说的话他还是要说，希望宋赢萧能体谅丝丝，她也很难的。

"宁叔是在丝丝十一岁那年去世的，去世的视频想必你已经在网络上看到了，但你可能不知道宁叔去世后丝丝过的是什么日子。"

这个话题很沉重，宋赢萧搭在方向盘上的指尖收紧，黑眸掠过来，沉如幽渊，等着萧矜开口。

"你知道的，丝丝将自己父亲身死的原因归结到了自己身上，而当年宁叔还是死在所有人的眼皮子底下，不是什么出任务需要隐藏身份之类的假死，所以我妈再也看不到他死而复生的奇迹……"萧矜紧咬了下烟头，发泄情绪一样说，"我妈那时候差点疯了。

"我妈为了死而复生的宁叔能抛弃我和我爸，甚至连喜欢的事业都能放弃，可想而知宁叔在她心里得有多重要。你说她好不容易等来的奇迹，结果没几年，奇迹没了，还是在她眼前被打破的，因为自己女儿所谓的同情心，她痛失所爱！

"要是你，你恨不恨？你怨不怨？"

他叹了口气："我妈她恨啊，好恨的，一颗心因为丈夫的死亡被摧

215

毁两次，是个正常人都受不了。她那时候几乎都不和丝丝说话，整天待在家里，不吃也不喝，谁也不理，有时候从房间出来还能发现她手腕上的划痕，那时候的她都要把自己给逼死了。

"我妈那种情况，你说当年的丝丝看到会怎样？

"你说她把自己的父母害到了那种境地，她一个小姑娘，又没人开导，自己的心理出问题似乎也不奇怪。

"所以她上学不交朋友，不帮人，也不和人说话，竖起全身的刺扎伤任何靠近她的人。

"而我妈那时候除了没和丝丝说话，没有责怪她一句，情绪稍微好了些以后甚至能和之前一样对待丝丝，让她吃饱穿暖，又处处关心，好像和以前没什么不同。但我妈在工作上比以前更忙了，忙到丝丝一年到头也见不到她几次，都是电话联系。

"她在逃避丝丝，用忙碌当借口。你说小姑娘那么敏感，她能感觉不到吗？

"她宁愿我妈对她不好一些，可我妈偏偏如往常一样对待她，这就导致丝丝只会更难受，更加想要弥补我妈，因此才能为了我妈的一句话去做任何事。"

在这件事上，萧矜感叹，也心惊。

但他也不忘给季澜双辩解："尽管我妈从没想过通过愧疚来控制自己的女儿，她在慢慢消化自己的情绪，慢慢用工作来麻痹自己，努力做好一个母亲，但……现在的效果很明显不是吗？丝丝很听她的话。

"宋赢萧，我妈工作很忙的情况持续到现在。这么多年过去，她心里的结可能消了些，但没办法完全消失，所以每年去看望宁叔时，我妈和丝丝都不在同一个时间，去年同样如此。每年那个时候，丝丝都不敢去打扰她。"

萧矜偏头看着沉默垂眸的人，话语恳切："今天我告诉你这些，只是想让你知道，丝丝以后若是真的放弃了你，你知道内因，希望你能去理解一下她，不要觉得自己白白付出了一颗真心。

"她已经很为难了，你不要再让她为难。

"也希望你能明白她放弃你不是因为不喜欢你，只是你们可能真的没缘分。

"今天我把丝丝的过去给你讲清楚，也算是给你一个交代，一个你喜欢丝丝多年的交代。

"那些她说不出口的，我这个哥哥替她说。"

"我知道了。"宋赢萧哑声说。

"我和她……真的……没机会了?"宋赢萧又问,眼尾猩红,声音艰难到差点说不出口,仿佛字句都是从齿间钻出来的。

"也没那么糟,"萧矜长腿交叠,状态还算放松,"我妈早就知道你当初车祸的原因,眼下能来这里,不说看开,至少会让自己冷静下来。而且她分得清是非,也知道你是被姜星瑶利用了,但你的话也真的戳到了她的心,所以给她些时间吧。"

萧矜说着瞥了宋赢萧一眼,客观陈述:"你这人瞧着不差,也没不良恶习,是个挺好的女婿人选,没了也挺可惜的。"

宋赢萧笑了,好看的眉眼舒展开,笼罩在眉间的阴郁几乎在瞬间褪散,也是这些日子来他第一次笑得这么舒畅。

有这么个希望就好。

"谢了,大舅哥。"

萧矜扬唇哼笑一声,拍了拍宋赢萧的肩:"好了,时间不早了,我先回去了,你也早点回去吧,记得暂时不要出现在我妈眼前。"

宋赢萧应下,侧身向后拿过给宁绒准备的生日礼物,递给萧矜。

萧矜却推了回来:"以后自己给吧,也不差这么一会儿,丝丝不在意这些。"

萧矜进门的时候,院子里的季澜双还在葡萄架下坐着,瞧见儿子终于丢完垃圾回来了,手里悠闲地摇着扇子,道了声:"回来了?"

"嗯。"

"刚才在外面见到谁了?"

"宋赢萧。"

季澜双摇扇子的手一顿,毫不意外:"我就知道。"

她又说:"家里还有没吃完的生日蛋糕,你给他送一块去。"

"真给吗?"萧矜试探地问了一句。

"又不是仇人,为什么不给?也算是感激他当年救了丝丝。而且一块蛋糕而已,你妈我至于这么吝啬?"季澜双毫无感情地解释。

"行,听您的。"

宋赢萧都准备离开了,看到去而复返的大舅哥,又收到他递过来的蛋糕,还挺惊讶,知道是季澜双让他送出来的后还以为自己听错了。

"有什么不敢相信的?眼下这不就是柳暗花明又一村了?"萧矜淡

淡地说。

宋赢萧点头，捧着手中的蛋糕盒，眸中笑意散开，哑声道："嗯，柳暗花明。"

家里少了蛋糕，宁绒注意到了，本来还想着问问是怎么回事，结果忙起来就忘了，又加上知道宋赢萧的事情后有些心神不宁，蛋糕的事直接被抛在了脑后。

萧矜过来陪了季澜双几天后便离开了，宁绒本想着带季澜双去周边的景区转一转，放松心情，结果邻居那边传来的消息让她有些措手不及。

季澜双看着报信人，同样不敢置信。

宁绒看着季澜双，声音有些发抖："妈，我们……"

季澜双叹了口气，从摇椅上坐起身，声音沉重地说："我们过去看看吧。"

是接她们回来的宁项，今天早上上班时出了车祸，送去医院没抢救过来。

宁绒和季澜双走到邻居家门口，院子里已经聚集了一些人，每个人的脸上都带着沉痛，一些老者还在安慰宁项的父母。可惜话语的力量太弱，骤然失去儿子，对他们的打击不是一般的大。

宁项的母亲几次差点哭晕过去，半跪在地上，眼中的泪怎么也止不住。

宁绒不忍心看下去，低下头紧紧握着季澜双的手，心里也有点接受不了。

之前那个性格腼腆的男人突然失去生命，意外来得太猝不及防，明天还没等来，意外却先降临，总让人有种兔死狐悲之感。

她又想到上次若不是妈妈幸运，若不是宋赢萧幸运，他们是不是也会不打招呼就离开这个世界？

宁绒还看到了一个姑娘，听周围的乡亲们说这个姑娘是宁项的女朋友，处了五年，两人恩恩爱爱，本来准备年底结婚的，结果发生了这样的事。

宁绒有些愣，替这位姑娘感到遗憾。

她拍了拍季澜双的手，轻声说："妈，我们先回去吧，稍后再过来。"

季澜双没动，看着那位痛哭的女孩子好大一会儿才问宁绒："你爸去世的时候，妈妈是不是也哭得很伤心？"

宁绒手指一僵，"嗯"了一声。

季澜双点头，眼中似有泪花在闪，因为想到了宁程司，心情都低落起来："我们走吧。"

母女两个回了家,季澜双又躺回了葡萄架下的摇椅上,宁绒在她身边陪着,谁也没说话,听着邻居家那边的动静。

半晌后,季澜双用扇子盖住脸,缓缓地说:"真是……世事无常啊。"

第十七章 · 那年心意

因为亲缘关系，季澜双带着宁绒在邻居家帮衬了两天。等事情结束回到家后，季澜双小病了一场，发了烧，还咳嗽，迷迷糊糊间还喊着宁程司的名字。

宁绒心疼又难过，急得要带她去医院。季澜双不肯，只想在床上安静地躺着。

时间过得很快，宁绒到了该回学校上班的日子，恢复过来的季澜双都准备帮宁绒收拾行李了，结果宁绒说她请了一个月的假，暂时不回去。

先斩后奏这种事宁绒做得理直气壮，季澜双瞥她一眼，笑了："舍不得你妈我？"

宁绒顺着她的话说："嗯，你闺女舍不得你。"

季澜双扬起眉，打趣地问："不回去看看你男朋友？也不担心他和别人跑了？"

宁绒的眼睫轻颤了下，深吸一口气，没选择回避："妈，我确实喜欢他，但我还是更想你能开心，你的开心更重要。"

季澜双看着自己乖巧又漂亮的女儿，眸色温软下来："傻闺女，你就不问问自己开不开心？"

"妈，时间是个很强大的东西，我相信时间能治愈一切。"

季澜双握着宁绒的手，看到她食指上已经愈合的伤口，问："丝丝，宋小子为你做的那些，你已经知道了吧？"

宁绒看向季澜双。

季澜双笑着轻拍了一下她的手臂："你说你一哭就眼眶泛红久久不散的毛病，是不是从来没人和你说过？"

宁绒扯唇，没笑出来："妈，你看出来了？"

"你妈我又不瞎。"季澜双斥责半晌后又沉沉吐出一口气，"其实妈妈也知道在这件事里宋小子被人利用了，也比你更早知道人家是你的救命恩人,还等了你这么多年,当初撮合你们,也是觉得这孩子不错,你们要是在一起的话肯定能很幸福,至于眼下……"

季澜双岔开了一下话题。

"宁项的女朋友没回大城市,选择在这个小乡镇教书,说是要陪着自己的男朋友,一辈子陪着。

"妈想了想,两个喜欢的人能在一起不容易,最后能顺利地走到一块更是难,当年那孩子若是没挺过来,他怕是连再见你的机会都没有。

"妈这些天见了场生死,现在也想开了,人活着,还是要学着放下,不然哪一天意外来了,连弥补的机会都没有。"

"妈。"宁绒喊了季澜双一声,鼻音微重。

"你别打断我。"季澜双瞪了眼这个打断她煽情的女儿,嫌弃过后继续说,"这次回去后你们要是能在一起就在一起吧,妈妈知道,能和喜欢的人在一起真的会很开心,妈妈想让你开心一点,所以妈妈衷心地祝福你们。"

"妈,那你不怨我了吗?"这么多年,宁绒终于鼓起勇气问出这句话。

"当时怨过,后来……"季澜双瞧了眼不安的闺女,拍拍她的手,"妈妈不怨了,这么多年一直在外面忙,妈妈不是躲你,只是不想让自己去想你爸爸,也不太敢回这个城市,有点不想去接受……接受你爸爸去世的事实。

"你是妈妈和爸爸的孩子,妈妈这些年忽视了你,你别怪妈妈,妈妈向你道歉。"

听到这里,宁绒的眼泪再也绷不住了,大颗大颗砸落下来:"妈,我不怪你,你对我很好,是我连累了你,当年我若是能不陪着姜星瑶,早点出了学校,或许爸爸就不会离开我们。"

"傻姑娘,你爸他是特警,这种事他避不开的。"季澜双眼中也有了泪花。

"妈妈当年就预想过这一天,只是没想到会来得那么早。

"妈妈还以为他说不定能熬到退休那天呢,只是那天还是没等来。

"丝丝,你当年帮助人没有错,你爸爸要是活着,知道你怪自己,知道妈妈怨你,他肯定不开心,说不定我们都要排排站着被他训。"

说到这里,季澜双都笑了,眼泪落下来像花一样,罕见的,没那么伤心了。

抹干净脸上的泪痕,季澜双吸了下鼻子:"好了,不说这个了,妈妈现在很好,你也放下这件事吧。"

宁绒点头。

"今年我们一起去看你爸爸吧，带着小雏菊。"季澜双释然地说。

她能开这个口，显然是真的放下了。

宁绒再次点头，眼睛红得像兔子一样。

季澜双瞧着又笑了，捏了捏自己闺女的脸："好了，去洗把脸，之后能回去还是回去吧，让妈妈我清静一会儿。"

这件事宁绒没应，仍旧多陪了季澜双一个多月。

宁绒回学校那天正好是十月六日的晚上，她回到家没急着联系宋赢萧，先给季澜双报了平安，然后开始打扫客厅，收拾卧房，忙活到晚上十一点多才全部弄干净。

睡觉之前，宁绒准备看几眼朋友圈，刚点进去，就看到了夏南欢晒出的结婚照。

就在昨天，她和周余一起去了民政局，完成了人生大事。

宁绒眉眼弯弯，在下面回复。

宁绒：恭喜你们。

然后不到一分钟的时间，宁绒收到了夏南欢的私下联系。

夏南欢：你现在在哪里？

宁绒：刚回来，在清江城。

夏南欢：你这次回来，想好和宋赢萧的关系怎么处理了吗？

消息发出来后又觉得不妥，她撤了回去。

宁绒看到了，也不介意，坦然回复。

宁绒：嗯，想好了。

那边来来回回地打字又删除，宁绒等了半天也没收到消息，发过去一个问号。

夏南欢以为宁绒准备和宋赢萧分手，直接发问。

夏南欢：你准备用分手来解决问题？

夏南欢：你知道我当年去找你的原因吗？

宁绒：只知道和宋赢萧车祸有关，你那时候应该不是想让我去看他，你能告诉我原因吗？

夏南欢发来一段几秒的录音。

"宋赢萧？"

就只有"宋赢萧"这三个字，是疑问的声音，也是宁绒大四那年的声音。

夏南欢过来找宁绒时问宁绒还记不记得宋赢萧这个人时，宁绒下意识地喊出了他的名字。

夏南欢：我当年找你时录了音，他不想让你知道他喜欢你的事，我也没办法带你去见他，可那时候的宋赢萧在病床上昏迷不醒，随时都有危险，我通过周余知道你在安津美院后，就只能用你的声音试一试了。

夏南欢：没想到还挺有效的，他听到你喊他，没多久就醒了，主治医生都松了口气。

夏南欢：宁绒，他那时候应该很想见你。

所以，他就醒过来见你了。

因为你，宋赢萧努力让自己活了下来。

看到这些解释，宁绒忽然明白宋赢萧之前为什么说要感谢夏南欢了。她突然也有点想要感谢夏南欢，让她能在什么都不知道的时候帮助了宋赢萧一次，让他们那时候不至于毫无关系。

宁绒：南欢谢谢你，真的，谢谢你。

字句诚恳。

夏南欢：行吧，我接受了，就当是安慰那时候的自己了，活生生的一个大美人居然比不过你的声音，你说我惨不惨？

宁绒看着这话正不知道该怎么回，夏南欢又来了消息。

夏南欢：还好我不是真的喜欢宋赢萧，及时认清了自己的心，不然现在都要哭一场心疼心疼那时候的我，白月光什么的，杀伤力太大，惹不起，惹不起。

宁绒被她的话逗笑，诚心祝福。

宁绒：祝你和周余余生幸福，结婚快乐。

夏南欢：自然，我们肯定要幸福一辈子！

还挺得意。

他们两个无父无母的人，就只剩下彼此了，要是不幸福怎么行呢！

宁绒第二天起床后，上楼去找宋赢萧，他不在家。她去校医院找他，结果被告知他已从校医院辞职了，开学后他就没有来。

宁绒便问了夏南欢和周余，两人说宋赢萧辞职后回自家公司了，他家里人准备让他接手公司，他总不能在那个校医院待一辈子。

至于宋赢萧现在在哪里，两人都不知道，他们也有一段时间没见到他了。

宁绒回到小区，上电梯的时候，没注意到一边"正在维修中"的牌子，眼睛看着手机，脑子还在想着怎么给宋赢萧发消息，就这么走了进去，

223

随手按下楼层号，关上电梯门，电梯开始运行。

从外面拿工具回来的维修工人看到被关上的电梯门，还有在显示不断上升的楼层数，面色一变，赶紧拿出手机联系物业，让他们注意电梯里的情况。

他电话还没打完，一个高大俊朗的男人走了过来，瞧了瞧电梯，礼貌地问："请问电梯出了什么故障了吗？"

这人声音好听，穿着一身名贵的西装，修身又笔挺。

维修工人叹了口气："应该是有住户没看到正在维修中的牌子，直接上了电梯，我这……"他忧心摊手，"我这还没修好呢，也不注意着点，都不怕出意外吗？"

宁绒不知道是什么情况，只是在指尖敲字的时候电梯突然晃了一下，然后直接停止运行。

宁绒身子一晃，手里的手机落地，发出"啪"的一声响。她赶紧捡起手机，抬头看了眼显示屏，电梯直接停在了十楼，门也关着，显然出了故障。

她立马按下求救铃，不久就传来了物业人员的声音，说让她不要着急，维修人员立马过去，让她找个安全位置站好，防止出现意外。

宁绒听话地站在角落，心惊胆战地等了五分钟，维修人员终于来了。

随之而来的，还有一个她听着很是耳熟的声音。

"丝丝，是你吗？"男人的声音有些微慌乱。

隔着一道门，宁绒知道是宋嬴萧过来找她了，因为恐惧而"怦怦"乱跳的心一下子平静下来。

宁绒看向门口："是我。"

"你等着，我和维修师傅马上救你出来。"宋嬴萧安抚着她，"不要害怕。"

电梯门很快被撬开，露出一条缝。隔着一米多的距离，宁绒看到了站在她上方的宋嬴萧和维修师傅。

见宁绒没事，宋嬴萧松了一口气，黑眸中焦急的神色散去，朝她伸出手："丝丝，我带你上来。"

宁绒将手搭上去，男人的掌心微凉，却有种结实的力量感。

她侧腰被宋嬴萧弯腰托住，她几乎没使什么力气，直接被带了上来。

维修师傅松了口气："还好没出问题，姑娘，你以后走路可要注意标志牌，下次说不定就没这么好的运气了。"

旁边有人，宁绒立即放开宋嬴萧的手，道了声谢。

"没事没事。"维修师傅挥挥手，拿着工具开始检查电梯问题。

宁绒看了眼站在一边，视线就没从她身上移开的宋赢萧，那种黏稠的目光让她差点抬不起步子。

她轻咳一声，扯住宋赢萧的手走进楼梯间。

楼梯门关闭，阴凉的环境让宁绒打了个哆嗦，随后，肩背上立即被披上了一件衣服。

是宋赢萧的黑色西装。

宁绒拢了拢衣服，转过身看他，目光一寸一寸地打量着他的脸。

"丝丝。"被她这么看着，宋赢萧难耐地喊了她一声，声音很委屈。

宁绒回神，叹了口气，重新牵上他的手，带着他一步一步往楼梯上走，缓慢地给他解释："宋赢萧，这次我回来……"

她偏头看着瞬间精神紧绷的男人，没吊着他，一字一句地说："是和你在一起的。"

宋赢萧不可置信地看着她，怀疑自己听错了，抖着唇问了一句："你说什么？"

"我说，我妈成全我们了，我们能永远在一起了。

"可以好好在一起了。"

话落，宁绒就被宋赢萧扯过身子抱在怀里，他手臂紧紧圈住她的腰，声音隐忍："丝丝，你不要骗我。"

宁绒轻拍着宋赢萧的背："我没骗你，我回来是和你在一起的。

"那些不好的事情已经过去了。

"还有，向你道个歉，我之前差点就准备……"

放弃你了。

宋赢萧偏凉的唇瓣抵住宁绒的唇，哄道："不要说，我都知道，也不怪你。

"我明白你的为难，所以不怪你。"

他又轻啄了下宁绒的唇，黑眸偏执地看着她："你说的那些不好的事情已经过去了，所以不提了，好吗？"

宁绒轻声应道："好。"

晚餐后，两人一起坐在沙发上看电视，看的还是当年宁绒唯一出演过的那部剧——《李朝天下》，片段也是最后几集宁绒出场的地方。

看着屏幕里一身红裙打扮的自己，宁绒瞥了眼身边抱着她不撒手，还津津有味看着电视里的她，好像一点都不嫌腻的宋赢萧，戳了戳他的手臂。

宋赢萧疑惑地看过来:"怎么了?"

"你都看不腻吗?"宁绒问道。

"嗯,很好看。"宋赢萧亲了亲她的嘴角,"谢谢你当年出演的小公主。"

他的这句话又让宁绒想到他当年满世界找她的事,鼻子一酸,扑到他怀里,抱住他劲瘦的腰身,安慰他说:"你以后不用再找我了,我都会在你身边。"

宋赢萧抱着宁绒的动作一僵:"你都知道了?"

"嗯,你们都不说,半遮半掩的,我只能自己去查。"宁绒抬眼看着他,给出保证,"宋赢萧,以后我去哪里都会告诉你。"

宋赢萧笑了:"好,都告诉我,我记住了。"他捏了捏女朋友白净的小脸,"那你以后可不许觉得烦,也不能反悔。"

"不反悔,我也保证以后会多关注你一点,多想你一些,我会照顾好你的,你放心。"

宋赢萧被女朋友这话给感动到,问:"怎么突然这么煽情?"

"就是有点心疼你。"宁绒眼眶有些红,喉咙哽塞,"我那时候什么都不知道,就……挺不好的。"

"没有,我的丝丝很好。"宋赢萧同她十指相扣,神色认真,"她一直都很好。

"能和你在一起,我很开心。"

"乖,不难过了。"

他用略显粗粝的指尖擦干净宁绒眼角的泪。

宋赢萧从来没想过他喜欢的姑娘会因为这件事哭,其实真的不用为他感到难过,他付出的那些都是心甘情愿的,如今她能向他走来,已经是她对他最好的回馈了。

这场谈话最后的结果是有了借口的宋赢萧穿着睡衣从楼上拿了枕头下来,站在门口歪头笑看着宁绒,半点不客气地问:"女朋友,你男朋友想找你拼个床,不然晚上会睡不着,你能让他进门吗?"

"嗯……"

宁绒最后是枕在宋赢萧臂弯里睡着的,男人搂着她,将她圈在怀里,像是在守护稀世珍宝一样。

宁绒的呼吸声平缓有规律,宋赢萧借着月光看到怀中想了念了多年的姑娘,一抹笑意从嘴角牵起,眉眼都温柔下来。

一个极浅的吻落在宁绒额间,还伴着一句很轻的"晚安"。

第二天早上,宁绒被宋赢萧开车送去了学校,离开之前还被他缠着讨去一个道别吻。宁绒推开人赶紧进去上班后,宋赢萧看着她匆匆离开的背影轻笑了声。

现在的一切都是雨过天晴,他娶心爱姑娘回家的日子,真的不会很远了。

宁绒跑进办公室打卡完毕后,刚出来就遇到捧着保温杯走过来的郝主任。

他笑着问:"和赢萧和好了?"

宁绒红着脸点头,温声说:"主任,我们现在挺好的。"

郝主任脸上的笑意更大了:"那你们准备什么时候结婚啊?"

宁绒抿了下唇,眸中笑意明显,坦然地说:"今年应该可以的。"

郝主任摸着肚子连声说:"好好好,到时候叔给你们包个大红包,祝你们新婚快乐。"

郝明城是真开心,前段时间网上风风雨雨不断,赢萧为了追回人都跑去乡下了,可见有多放不下。

眼下尘埃落定,那小子也算是美满了。

宁绒笑着接受:"谢谢。"

昨晚闹了一通,宁绒给宋赢萧的生日礼物就没有送出去,今天下班宋赢萧过来接她,她便提起了这件事。

宋赢萧有些惊奇:"还挺巧,你男朋友也有给你准备生日礼物。"

宁绒看着他:"什么礼物?"

宋赢萧手搭在方向盘上,动作散漫地控制车子转弯,耍无赖似的说:"你男朋友他自己,行不行?"

宁绒倒也没觉得被这人耍了,认真想了几秒:"也行,你的一辈子,你女朋友很愉快地接受了,保证不退货。"

宋赢萧瞥她一眼,笑得胸腔微震:"就口头上接受了?"

宁绒被问住,又提议:"那要不签字画押盖红章?"

宋赢萧觉得这主意不错,等回到家立马拉着宁绒执行,协议一式两份。

△宋赢萧自愿让出自己的一辈子给宁绒,宁绒则需要好好珍之待之,并保证对宋赢萧如珠似宝,好好地爱他疼他,也用自己的一辈子做抵押,保证永不退货,同他相守到老。

虽然没有什么华丽的辞藻，但这内容吧……好吧，她接受，提笔签字按手印，所有流程一气呵成。

最后，宁绒将自己签下的协议拿到宋赢萧眼前，十分包容地问："男朋友，满意了吗？"

宋赢萧拿过协议签上自己的大名，同样按下手印，又将自己那份递给宁绒，再强调一遍："记住，不许退货。"

宁绒心累地保证："不退，真不退。"

"反正你退了也是把你自己退给我，仔细想想，我怎么都不吃亏。"

宁绒想，这就是商人的精明之处吗？

宁绒送给宋赢萧的生日礼物不算名贵，但心意很重，是她亲手折出来的千纸鹤，有一千只。

传说折上一千只千纸鹤就能给喜欢的人带去幸福和好运。

宁绒那时候希望以后宋赢萧能好好生活在没有她的日子里，所以不管真假，她都去做了，用晚上不睡觉换取来的时间，终于在他生日之前折完了一千只。

那时候，她不确定这份礼物能不能送到他手里，但她依旧想为他做点什么。

刚在一起的时候，他带她去拜佛，希望她这一辈子都能平平安安，后来她明白他当初的苦心后，她也希望他这一辈子都能好好的。

所以她希望这些千纸鹤能给她喜欢的人带去幸福。

一千份的幸福。

宋赢萧看着罐子里满满的千纸鹤，各种颜色的都有，装在罐子里一点都不会让人觉得单调，全是他女朋友密密麻麻的喜欢。

他垂眸看着宁绒的手，说："傻。"

宁绒反驳："我才没有。"

宋赢萧把她的手放在唇边，心疼地问："手疼不疼？"

"不疼，我不是一天折完的，中间有休息。"

宋赢萧轻轻吻了吻宁绒的眉心，说道："下次不要折这么多，九个就够了，我不贪心。"

"我贪心。"宁绒说，"我很贪心的，我想你能过得幸福，想你一辈子都开开心心，想你余生无灾无难，也想你……"

事事顺遂，无忧无愁。

唇突然被宋赢萧吻了下，同时也堵住了她最后的话。

"你在我身边，我就很幸福了。而且这种东西你自己就能带给我，不需要求别人，千纸鹤也不行，我不信这个。"

宁绒笑了："你怎么这么小孩子气啊？"

"那你嫌弃吗？"

宁绒摇头："不嫌弃，一辈子都不嫌弃。"

"那些千纸鹤里，是不是有你给我写的话？"

宋赢萧从玻璃罐子里拿出来一个千纸鹤，小小的，不大，彩色的纸张衬托了千纸鹤的漂亮，但它身上除了有祝福，肯定还有其他的。

宁绒不意外这人能猜到，点头，又压住他准备拆开的手："现在不能看。"

宋赢萧挑眉："那什么时候可以？"

"新年第一天吧。"宁绒抓住宋赢萧的衬衣袖子，求他，"你等到那一天再看好不好？就……半个月看一张吧。"

"所以你这是……"宋赢萧算了算，"准备让我看四十二年？"

"也不够，差了点。"宁绒严谨地说。

宋赢萧好笑地揉了揉她的脑袋，有些微微地恼："就知道折磨你男朋友。"

四十几年，他怎么忍得下来啊！

宁绒笑了，握住他的手，在这时候聪明地选择转移话题："你给我的生日礼物呢？"

"是什么？"

宋赢萧从口袋里掏出一个木色的盒子，手指一挑，打开，露出里面白净通透的白玉。

白玉很漂亮通透，整个玉器像是会发光一样，被雕刻成菩萨的形状，活灵活现，垂眉低诵。

宋赢萧将吊饰从盒子里拿出来，戴在宁绒的脖子上，说："丝丝，你要平平安安的。"

宁绒抚上这份礼物，玉器轻微的冰凉感传递到温热的指尖时，她的眼眶又有瞬间的湿润。她吸了吸鼻子，抬眼看着眼前人，有些埋怨："你怎么翻来覆去的只说这句话？"

宋赢萧抱住她，下颌抵在她额上，哑声说："因为我害怕啊。"

因为他害怕啊，一直都害怕，当初……他真的差点就失去她了。

之后的夜夜噩梦，他真的不想再回忆和经历，他知道在这个无神论的世界，求神拜佛可能不会有用，但总得找个寄托啊，万一呢？万一真

229

的有用呢？

他其实和大多数普通人也没什么不同，力所不及的时候，总希望有神明能保佑，哪怕清楚是假的，哪怕是自欺欺人。

宁绒顺势抱住他，脑袋埋在他胸膛前轻轻蹭了蹭，用这种小动物似的方式安慰他："没事了，以前的事都过去了，我以后会好好的，走路会遵守交通规则，也不让自己去危险的地方，就是为了让我的宋先生能安心一点，我也会好好爱护自己的。"

宋赢萧抱紧她的腰："要平平安安一辈子。"

宁绒点头："嗯，平平安安一辈子。"

季澜双回来那天，宁绒和宋赢萧亲自去机场接的机。

第二天，三人带着三束宁程司喜欢的小雏菊去看他。

季澜双站在墓碑前，用手指拭去他照片上的灰尘，瞧着这么多年过去，那个眉眼面容依旧不曾留下岁月风霜的男人，触及他含笑的眼，季澜双的眼神温柔下来，笑看着他，喃喃道："阿程，我又老了一岁，你怎么还这么年轻啊？"

"你说到时候我白发苍苍地去找你，你不会认不得我了吧？"

季澜双说的每一句都无人回应，只有轻柔的暖风吹过来。

宁绒和宋赢萧站在季澜双身后，看着照片里似乎在看他们的人。

宁绒很怀念，心里也有很多话想和宁程司说，但这一年有很多不开心的事，所以她最后只说了一句："爸，我挺好的，你放心。"

宋赢萧将手中的花束放在未来岳父的墓碑前，又将他墓碑周围的落叶清理干净，黑眸瞧着"打量"自己的人，面上露出一个笑，嗓音平稳："叔叔您好，我是丝丝的男朋友，宋赢萧。"

"我未来会是丝丝的丈夫，我们……"他看了一眼身边的宁绒，眼神柔软，"我们已经定下终生了，我以后会好好对待您的女儿，疼她爱护她，也会用心照顾她一辈子，希望您能放心地将她交给我。我向您保证，不会辜负您的信任，也不会辜负她的喜欢。"

宁程司没回答，只是静静看着眼前人。

宋赢萧之后又絮絮叨叨说了好多，说自己的家庭背景、生活事业，那些一个父亲可能会替自己女儿问出来的问题，宋赢萧全部考虑到了。

他特地说出这些，也是想让宁程司在了解他以后能安心地将女儿交给他。

三个人在墓地待了一个小时，最后季澜双走的时候，将三束小雏菊摆放好，看着照片说："阿司，我之后再来看你。"

照片里的宁程司眉眼温柔，看着眼前人时眸中有笑，像是答应了季澜双的话。

宁绒是季澜双生的，母女两个的想法有时候真的很同步，比如订婚这件事，宁绒也有点心理阴影，在宋赢萧问她后，直接给了和季澜双相同的意见："要不直接越过这个步骤吧，总觉得……有点麻烦。"

她是个怕麻烦的人。

话落又怕宋赢萧觉得婚礼流程少了什么，她便看向他，明眸清亮又干净："你说呢？"

宋赢萧好笑地捏了捏她的小鼻子："不订婚不遗憾啊？"

"没有感觉哎。"

"所以，就这么着急嫁给我吗？"宋赢萧逗她，眸中玩味十足，脸上的坏笑更是明显。

宁绒很淡定："明年也行啊，我不着急的。"

宋赢萧面上笑意一顿，几步过去同宁绒并排走，握着她的手，叹了一口气："我认输。

"我承认，是我着急，很着急的那种。"

宁绒笑而不语，腹诽：小样，还治不了你了。

从宁程司墓地回来没几天，姜星瑶那边的判决就下来了。

因造谣诽谤和故意伤人，两罪并罚，被判处四年有期徒刑。

听到这个结果，宁绒松了口气。

宁绒和宋赢萧的订婚步骤最后还是省略了，季澜双在清江城又待了一天，和萧觉景如朋友一样见了个面，吃了顿饭，之后就回了小乡镇休养身体。

季澜双离开的当晚，宋赢萧缠着宁绒询问他们结婚的事。

宁绒被他搂在怀里，脑袋枕在他臂弯，想都没想地说："随你吧，我都可以的。"

结婚要用的证件就在她床边的柜子里，随拿随取，她真的不挑时间的。

宁绒不挑时间，宋赢萧却想早点。

闻言，他亲了亲她的眼角，说："我来安排。"

这句话宁绒没太放在心上，想着也不会这么着急。

第二天起床后，她发现身侧空荡荡的，而且那个位置早已凉下来，瞬间醒了神。

阳光刺眼，宁绒抬手挡了下，余光瞥到桌面上的卡片，拿起。

是宋赢萧留给她的：

△女朋友，早餐已经准备好了，在保温盒里温着，你吃完早餐后记得带上证件去楼下保安处等惊喜。

后面还画了个爱心。

昨晚宋赢萧才问过她结婚的事，今天起来就让她带上证件，她要是还不知道他要做什么，就说不过去了。

心跳突然停了一拍，而后速度加快，领证结婚这件事即便她有心理准备，眼下乍然知道就在今天，她还是觉得有些突然。

宁绒心神不宁地将自己收拾好，保温盒里的饭也根本没心思细品尝，随意吃了几口后，直接拿着包包出门，还不忘带齐证件。

等在楼下保安室里的人是刚拿到结婚证不久的夏南欢，没穿医生制服的她和以前一样，打扮火辣，见到宁绒下来，她率先说了一声："恭喜。"

作为宋赢萧今日求婚环节里的亲友团一员，她身后还放着很大一束红玫瑰。

一共九百九十九朵，捧在手里都要拿不过来。

宁绒说了声"谢谢"，美眸看到花朵上面还有小卡片，正疑惑，夏南欢直接拿起来递给她，解释："这是你下一个要去的地方，不过……"

说到这里，夏南欢故意停顿了下，笑呵呵地告诉宁绒："你每一次的选择都代表你不会反悔哦。"

宁绒看着卡片上的目的地，点头，眸色坚定："我不反悔。"

看着眼前精气神很好，瞧着似乎都胖了两斤的夏南欢，她由衷地说："南欢，你以后要和周余好好地幸福下去。"

夏南欢下巴一扬，十分傲娇："自然。"又挥挥手，"赶紧走吧，别让宋赢萧那家伙等急了。"

宁绒笑着点头。

在她离开前，夏南欢从花束里拿了一小束玫瑰花递到她手里，别扭地说道："你和宋赢萧也要好好幸福下去，这么多年，他能等到你，也很不容易的。"

"谢谢，我们一定会的。"

下一站是高中学校的操场，周余在那里等她。

看到赶过来的宁绒，周余瞧了眼脚边的蓝色满天星，啧啧感叹萧哥真心浪漫。

等宁绒来到近前，周余将一大捧满天星递给她，同时指给她看上面的卡片。

卡片是一张宁绒高中时的照片，应该是上体育课的时候，她穿着一身蓝白校服走在操场上，身后是艳丽的夕阳余晖，那时的时光成画，皆是青春。

宁绒看到卡片上的下一个地点是Ａ大美术系，抬眸望向周余，同样说了句"谢谢"。

周余挠挠头，不好意思地说："嫂子，你以后一定要和萧哥好好的，白头偕老，儿孙满堂。"

"你和南欢也一样啊。"

闻言，周余笑了，看向身后的塑料草坪，说："嫂子，偷偷告诉你一个秘密，当初我们班那身红烧排骨款式的班服，和你有关。"

宁绒愣住："我吗？"

她有点没想到，却怎么也找不到相关的记忆。

她好像没插手他们班班服设计的事吧？

周余点头："我在萧哥喝醉时无意中打听到的，说是他在你微信朋友圈看到的，就随手存了个图，结果也不知道怎么回事，不小心给厂家发错了，所以……"他无奈摊手，"你知道我们班当初被人笑话的原因了吧？"

宁绒先是茫然，而后嘴角弯起，她确实没想到当初宋赢萧弄出来的乌龙会是因为她。

糖醋排骨班？

嗯，糖醋排骨班。

她这般想着，眼角眉梢都扬了起来，浅浅笑出声，这人，真是又笨又让人心疼。

花束太大，一点都不输之前的玫瑰花，宁绒就没有全部拿走，只带走了一小束，和玫瑰花放在一起，也是别致的浪漫。

等在Ａ大美术系的是顾命，他没想到宋赢萧将当初承诺的一半资金打过来后，会让他去做这种助他结婚的事。看着手中娇艳欲滴的粉色香水百合，他嫌弃得要死，手却没有一刻放下来，即便手酸得要命。

在看到宁绒终于过来的时候，他说不上是松了口气，还是心里更难受了，但无论如何，事实已成定局，他只能让自己装作无所谓的样子。

在宁绒一步一步走过来后，他将怀中抱了很久，久到花朵都带上了他温度的花束递给她。

他挑眉，说："宁绒，你真不再考虑考虑我？"

宁绒感到好笑："你不是已经有答案了吗？"

顾命轻呵一声："我这不是不甘心嘛！"

宁绒望着面前俊美的男人一身光鲜亮丽，瞧着挺玩世不恭的，但那种强压着的落寞，还是一眼就能够瞧出来。

宁绒不知道这个步骤里为什么会有顾命，但从宋赢萧的角度来想，这人帮过他，也纠缠过她，现在在这里，他一定是希望她这个当事人能够给顾命一个了断，让顾命能放下，去开始新的生活，而不是沉迷于过去。

想清楚这点，宁绒稳下神色，温声说："顾命，谢谢你之前帮过我，也谢谢你帮过宋赢萧，但是很抱歉，我没能给你一个你所希望的结果。

"但我希望你能活得开心。这话说得可能有点俗气，可你这么优秀的人要是都不开心幸福的话，总感觉老天不公。"

顾命被这话逗笑："宁绒，你还挺煽情！"

也懒得管老天公不公平，他低头从花束中拿出一束最漂亮的香水百合递到宁绒面前，手中还夹着一张小卡片，正是宁绒的下一个目的地。

"虽然你没有完全说服我，但遇上宋赢萧这个人，我是不得不认输了，所以，你要和那家伙百年好合啊。

"不然我得多失败。

"成全你都没给你一个好结果，还导致我白白牺牲，说起来都丢人。"

宁绒接过粉色的百合花，点头，神色温柔地说："会的。"

她很有信心。

"走吧，我看着你离开，"顾命拍了拍她的手臂，"算是送你一程了。"

宁绒点头，不过走之前将手里的红色玫瑰花送给了顾命，说："祝你早日找到属于自己的玫瑰。"

顾命接过，漫不经心地笑了："你可拉倒吧，我才不需要。"话是这么说，但手中的玫瑰花拿得很稳。

宁绒不再多言，朝他挥手："再见。"

顾命轻声回道："再见。"

再见啊，我喜欢的姑娘。

下一个目的地是宋赢萧的家——他父母和爷爷所住的地方，在这里，宁绒还见到了昨天回乡镇养病的季澜双和赶过来的萧羚。

院子里的每个人手中都拿着宁程司喜欢的小雏菊，各种颜色的都有。宁绒看到大家的瞬间，眼眶中的眼泪差点止不住。

萧矜走上前将自己手中嫩粉色的小雏菊递给宁绒，摸了摸她的头，没好气地说："这就感动了？出息。"

宁绒接过花朵瞪了这人一眼，又看向季澜双和宋赢萧的家人，几步走过去，朝着大家一一问好。

"丝丝，我是赢萧的母亲。"温媛在季澜双的示意下率先打招呼，神色温柔，瞧着宁绒是止不住的满意。虽然当初儿子因为宁绒受了不少罪，好在眼下都过去了，儿子也终于能娶到喜欢的人，她除了感慨一句不容易，就只剩下欢喜了。

宁绒脸颊有点红："伯母好。"

第一次见长辈，她是真的有点紧张。

"好好好，今天恭喜你和赢萧能走到一起。"温媛笑了，又将早就准备好的翡翠玉镯子递给宁绒，"宋家的传统，长辈见媳妇那天都要给一件礼物，收下吧。"

宁绒也明白这种时候不能推辞，收下后道了声谢。

宋父和老爷子对宁绒进家门本就不反对，甚至期待她早日嫁入他们家，如今事情成真，脸上的笑根本止不住，甚至连连保证以后绝不会让宋赢萧欺负她，不然棍棒伺候。

宁绒笑着答应。

看着自己的母亲，宁绒喊了一声："妈。"

季澜双摸了摸女儿的脸，点头，红着眼睛说："妈妈放心将你交给宋家小子，你以后也要好好待人家，知道吗？"

宁绒点头，还安慰她说："妈，我以后会幸福的，你放心。"

季澜双将眸中的眼泪逼了回去："好了，妈妈也不耽误你们的时间了，去吧，去找宋小子吧，今天是个好日子，可不能错过了。"

宁绒吸了吸鼻子，走之前看到眼眶微湿的萧矜，朝他笑了下："哥，你也加油啊。"

萧矜叹了一口气："行，哥努力。"

宋赢萧在民政局等宁绒，忐忑不安地从上午等到快中午，在距离民政局中午下班还有半个小时的时候，宁绒终于赶了过来，手中拿着三种不同颜色的花。

看到人的那一刻，宋赢萧呼吸骤停。

他给了她中途退缩的机会，可她还是选择一步一步地朝他而来。

那么，往后他们都会被绑在一起。

看着喜欢的姑娘笑着走到身边，宋赢萧的心都要化成一摊水，握着她柔软的小手，没说多余的话，只是问："丝丝，你愿意嫁给宋赢萧吗？"

他眸中情意浓重，开口皆是温柔。

宁绒回握住他的手，深情地望着他："我带着证件来了，宋赢萧，我没往后退一步。"

"我愿意嫁给你的。"

十年时间，宋赢萧终于等到了这句话，他轻扯嘴角笑出声，黑眸柔软。

"既然宋夫人愿意，那我们先让关系合法一下？"

宁绒看了眼面前的民政局，莞尔一笑："余生请多多指教，宋先生。"

红色的结婚证分发到宋赢萧和宁绒手里的那一刻，两人相视一笑。终于尘埃落定。

而对于宋赢萧而言，往后的世界和她，皆会近在眼前……

（正文完）

番外一 · 小八卦

平清中学刚开学没几天,学生们中间就有了一则不算八卦的小八卦。

高一(104)班的新生里,出了个清冷又明艳的小同学,小同学性子冷冷淡淡的,偏偏招人得很。

周余听了这个消息回来,站入军训的方阵队列,趁教官不注意偏头朝(104)班的方向瞧。

一群穿着军绿色军训服的学生,除了能分清男女,那个清冷又明艳的女同学是半点没瞧到。

好奇心没得到满足,周余瞅了眼身边的宋赢萧,嘴皮子一动,轻轻"扑哧"两声。

"什么事?"

宋赢萧朝他瞥过来,黑眸无澜,夏日的阳光打在少年青涩的眉眼处,好看的五官像是被开了光,稍有锋锐。

周余瞧了眼正在另一侧帮女生摆正站姿的教官,给宋赢萧朝着侧后方(104)班的方向使了个眼色,好奇地问:"萧哥,你知道(104)班那个漂亮女同学吗?"

话说(104)班和他们(103)班就隔着一道墙,他这运气得有多不好,几天了都没遇到那位传闻中的大美人,心痒死他了,他就不信真有这么漂亮。

"什么漂亮女同学?"宋赢萧蹙眉,被这炙热的太阳光照得有些心浮气躁,尤其是周余还找他说些有的没的,就更烦了,脱口而出,"没见过,别烦我!"

"你都不好奇的吗?"周余声音一低再低,惊讶地瞧着他,转着大眼珠打量这位兄弟。

宋赢萧身姿笔挺,像棵屹立不倒的小白杨似的,墨发乌瞳,高鼻薄唇,眉眼漂亮得像幅撑开的水墨画,还肤白貌美大长腿……咳咳,读书少,应该是这么个形容。

要不是不方便摸下巴,周余都想赞叹一句"神明的美好造物"。

"不。"宋赢萧懒懒吐字。

周余不死心:"真的很漂亮,你不要去认识一下?"

宋赢萧朝(104)班那边扫了眼:"再漂亮也……"

不想去!

宋赢萧话未说完,教官就站在了他面前,黑着脸冷声问:"漂亮?"

教官瞅了周围的女学生一圈:"站个军姿都要讨论女孩子漂不漂亮,你,出列!"

宋赢萧额角青筋跳了跳,站出列,对于周围投过来的好奇视线,黑眸沉下来,同时有种想要将周余这祸害弄死的冲动。

教官冷眸盯着他:"要是觉得站军姿很轻松,就去跑步!

"十圈,跑完归队!"

"……是!"宋赢萧走之前冷冷扫了眼讪讪闭嘴的周余,目光如刀。

四百米的跑道,八大圈快跑下来时,宋赢萧体力再好也有点脱力,喉咙干得像是要冒火,额上的汗不停地往下滑,沾湿了鬓角,又被他摇头甩开。

他速度慢慢缓下来准备慢跑剩下的两圈时,也不知道怎么就想到了周余方才的话,刚巧,前面不远处正好是(104)班的方阵。

宋赢萧眯了眯黑眸,突然有点想要知道周余口中那个间接害他至此的女同学长什么模样。

只是,他快跑到(104)班队伍正面时,(104)班的教官突然一声大吼:"全体都有,向后——转。"

宋赢萧和一个没反应过来的胖子对上眼,无语地偏过头,抹了把脸上的汗,加快速度朝前冲。

他转弯过来好不容易能扫到(104)班的前排,还没来得及仔细打量,(104)班的教官就像是和他作对似的,又来一句:"向后——转!"

宋赢萧暗骂一声,再次铆足力气冲过去。

(104)班的教官:"向右——转!"

再次错失机会,宋赢萧不信邪,拼着所剩不多的力气最后一次跑过去,这次(104)班又恢复了之前站军姿的动作。宋赢萧松了一口气,脚步缓下来,给自己留了比较充足的时间去找人。然而……

"齐步走!"

不知道哪个班被教官带着从(104)班的前面走过,刚好挡住了宋赢萧直视过去的视线。

宋赢萧冷笑,好,很好,他还就不信以后都见不到这个人了。

他口干舌燥地归队,教官转过来问他:"能冷静下来了?"

宋赢萧扯唇,笑着咬牙:"能!"

心虚的周余根本不敢瞧一眼身边的人,只能眼神四处晃荡。

军训十天,宋赢萧从那天知道宁绒这个名字后,连个人影都没瞧见,倒是周余这个二愣子瞥到了一眼,回来后手舞足蹈地对宋赢萧讲道:"萧哥,你别说,那传言还真不是夸大了说的,那位宁同学……"他竖起一个大拇指,"长相是真的绝,一张脸水灵灵的,漂亮。"

宋赢萧食指抠开易拉罐的拉环,闻言撩起眼皮瞧了眼情绪激动的周余,慢慢"嗯"了声,瞧着没多少兴趣。

军训过后的几天,班级里的同学大都明白了宁绒不想与人交谈的性子,渐渐地,她身边也就没什么人凑过来,她也松了一口气。

周五下午最后一节课是班主任陈艳秋的课,宁绒作为被临时选出来的语文课代表,下课后要将同学们的作文本送到陈艳秋的办公室才能离开。只是等下课后宁绒过去时,里面并没有老师,只有一个正在做作业的小孩。

小孩是班主任陈艳秋的儿子。

宁绒收回视线,放下作业本就要离开,这时陈艳秋急匆匆走进来,看到宁绒愣了下,瞥到自己办公桌上的作文本时知道宁绒过来的原因,对她笑了笑。

现临时有一个会议要开,陈艳秋没办法待在这里批改作业顺便带小孩,看到宁绒便随口问道:"宁同学着急回家吗?"

宁绒如实说:"不着急。"

陈艳秋给宁绒指了指自家孩子:"那麻烦你帮老师看一会儿童童可以吗?半个小时后老师就回来。"

宁绒瞧着身边有点不太安分的小孩,犹豫了下还是点点头。

所谓看孩子,在她的理解里,只要保证小孩安全就好,她自然也就没有选择搭理人。

只是面前突然被放过来一张一年级的数学试卷……

童童用他那细嫩的手指头指着其中一道题给宁绒看:"姐姐,我不会这个,你教教我好不好?"

宁绒点头，开始认认真真教他做题，结果因为一道题目的答案和童童有分歧，小孩子直接哭了起来。

　　"同学，欺负小孩子啊？"这时，门口传来一道吊儿郎当的声音，清澈又好听。

　　宁绒朝门口看过去，就看到一个斜倚在门口的少年，嘴里叼着一支棒棒糖，面容明朗又好看，只是精致的五官隐有锋锐，给人一种若隐若现的攻击感。

　　宁绒语气不算好："和你有什么关系吗？"

　　宋赢萧站直身体，眯眼打量着这个可能是周余说的那个漂亮女孩。她一张小脸明艳又白净，眸子乌亮清透，睫毛偏密，导致眼尾向后翘起，上下叠合之时形成一个小阴影，就像是有个黑色小钩子挂在眼角一样，眨动之时无声勾人。

　　看了一会儿后，宋赢萧回神，薄唇勾起笑，咬碎口中的糖，点了点头，回道："确实没关系。"

　　宁绒收回目光，继续做作业。

　　宋赢萧走进办公室，找了个位置直接坐了下来，因为稍后陈艳秋还要同他说让他当语文课代表的事。

　　还没一分钟，宋赢萧面前就被放了一张试卷。

　　是童童放的，他说："哥哥，有几道题我不会。"

　　宋赢萧瞅了眼，不自觉念出声："13比4多多少？"眼皮一抽，"数数你的手指头。"

　　童童伸出两只手，很无辜："我不够啊。"

　　宋赢萧将手机揣进兜里，伸出一只手："借你五根。"

　　…………

　　等到问题发展到"43比5多多少"时，宋赢萧看了眼他和这小孩穿着鞋的脚，沉默了一瞬，朝着宁绒的方向喊了声："同学，借个手呗？"

　　宁绒没转身，直接将左手递过来，右手继续写字。

　　姑娘家的手指又白又嫩，指甲粉润，形状漂亮。宋赢萧看了几秒，在心里赞了一声，帮着童童解决了问题。

　　只是等数字里有"49"时，宁绒彻底躲不过去了。

　　她面无表情地瞧了眼喊了她两次的宋赢萧，心里吐槽了句这人好烦，却还是伸出两个手掌，只是唇瓣抿着，显然在压制脾气。

　　宋赢萧扫到她的表情，呵笑了一声："同学，对小朋友要有耐心，知道吗？"

宁绒不想理会这人，等问题结束，听到走廊外高跟鞋的声音，猜到可能是陈艳秋回来了，她直接开始收拾东西。

等陈艳秋进来，宁绒说了一声就抱着书包离开了，甚至没有瞧旁边的一大一小一眼。

被人忽视得如此彻底，宋嬴萧愣了下，倒也没太在意，只觉得这姑娘和传言中一样，确实话少，也不想同人交流，像个又闷又冷的葫芦。

和陈艳秋的谈话中，宋嬴萧拒绝了语文课代表的职务，陈艳秋有些遗憾，但也没勉强。

等她出去外面和别班老师说会议上的事情时，宋嬴萧也准备离开，童童及时抓住他的手臂，小声地问："哥哥，刚才那个姐姐是不是不喜欢我？"

宋嬴萧挑眉："为什么这么说？"

童童瘪嘴："就是感觉。"

"所以，你是……想让刚才那个姐姐喜欢你？"

童童脸一红："姐姐好漂亮的，我很喜欢她。"

他犹豫好一会儿后又问："你说我长大后能追她吗？"

宋嬴萧被这话逗笑，抬手揉了揉这小鬼的头，想到宁绒方才对这孩子避之不及的模样，之前的十圈罚跑又被他翻书一样给翻了出来，报复心一起，颇为恶劣地说："想追就去，不用问我。"

童童眼神一亮："哥哥你说得好对啊！"

宋嬴萧插着兜离开办公室，背影潇洒，走之前不忘丢下一句话："祝小孩你……马到成功！"

在平清中学住宿的学生不少，也有不住宿的，宁绒就是其中一个。

季澜双在学校附近给宁绒买了一套房子，让她晚上休息的时候能有个安静的住所。

所以宁绒早饭和晚饭一般在家吃，早饭宁绒自己准备，晚饭有保姆阿姨做，保姆阿姨不住家，一天过来清扫一下屋子，并确保宁绒的日常生活和基本安全。

至于中午，宁绒在学校食堂解决。

中午下课，她一个人拿着饭卡慢悠悠地过去打餐刷卡，再一个人找个角落默默用餐。

食堂热闹的人潮过去后，周余和宋嬴萧才姗姗来迟。

宋嬴萧买到食物转过身，看到了在角落里默默夹菜吃饭的宁绒，脚步一顿。

周余端着餐盘赶过来,瞧见宋赢萧的动作,在他身边念叨:"我中午过来吃饭时看到了好多次,宁同学一直都是一个人来用餐,身边都没见过什么朋友。"

宋赢萧瞥了周余一眼,没吭声,又不关他的事。

只是两人选的座位就在宁绒侧方不远,宋赢萧一抬眼就能看到她。

周余吃饭中途看到宁绒端起盘子离开,背影清冷,又感慨说:"这姑娘心挺强大的啊,孤零零一个人也不寂寞吗?"

宋赢萧咬了下吸管,没表情地瞅他:"吃你的饭,少管闲事。"

周余扒拉了口米饭,嘀咕:"这不是随便说说吗?"

嘴里的食物咽下,周余还是不死心,又说:"萧哥,你说这姑娘性子这么冷,以后想要追她的人得吃多少闭门羹啊。"

"又不是你吃。"

周余无语。

因为他总在宋赢萧耳朵边念叨宁绒,有时候看到宁绒还会指给宋赢萧看,宋赢萧在做操的时候总会不自觉地注意到隔壁班级的宁绒。

干干净净一姑娘,做什么都挺认真,一丝不苟的样子,典型的好学生。

只是不交朋友,有点点奇怪。

做操散场后,学生们纷纷拥上楼梯。

宋赢萧不着急上楼,慢悠悠地跟在后面,一层楼梯刚上完时,耳边传来前方(104)班的班长和身边好友的吐槽声:"老师还找我说宁绒的事,以为我们把人家给孤立了,我们哪有这本事,人家平时都不和我们说话的,冷淡得要死。"

班长的朋友是别班的,闻言说道:"做什么都一个人,不会觉得尴尬吗?"

"谁知道呢,估计人家心理强大吧!"

"那……说不定你们班宁同学喜欢男生,不喜欢女生呢?"

那班长盯着好友:"我不是男生吗?"

好友立马改口:"不喜欢你们班的男生?"

"我们班男生开学前几天倒是有几个过去搭讪的,结果被人家一个'别打扰我学习'给堵回去,你说这尴尬不尴尬?"班长抖了下身子,"反正招惹不起。"

顿了顿,班长又念叨:"你说一个人怎么能没有朋友呢?"

好友玩笑补充:"可能是想要孤芳自赏吧!女生嘛,给人一种不可靠近的神秘感不是更吸引人？"

宋赢萧瞧了前面两个男生一眼，扯唇，嘴角弧度微凉，"喂"了一声。

前面两个男生回过头。

宋赢萧插着兜，笑看两人，凉凉吐字："背后议论人，不好吧？"

那位好友有些慌，却还是强撑着反驳："我又没说她坏话。"

"不知事实，妄加揣测？"宋赢萧一步上前，站到和这个男生同一台阶处，锐利冰冷的黑眸凝着他们，"你不会也要辩驳这点吧？"

他拍拍这人的肩，好心建议："同学，人生下来呢，学的第一件事就是张嘴说话，但学会闭嘴却是一辈子的事，你要是有时间，一定要去好好进修一下这门学问，懂吗？"

话落，他冷笑一声，抬步离开。

那男生被说得满脸通红，为了不更丢人，转身拨开人群快速上楼。

宋赢萧再一次和宁绒有交集，是在高一的期中考试。

宋赢萧年级第一，宁绒年级第二，两人总分差十分。宁绒是英语给她拉低了分，120分，分数在全校前十名里是很偏低的存在。

全校排名榜单前，宋赢萧看着自己名字后面的那个名字，刚将她的全科分数扫完，她就走了过来。

宁绒穿着稍显宽大的蓝白校服，身量不算很高，一米六几的样子，手里抱着书本，身上带着一股淡淡的橘子香，扑鼻的浅香让宋赢萧下意识地往旁边站了一步给她让位置。

宁绒没注意，在榜单上瞧见自己的分数后，目光定格在英语那处，蹙了蹙眉，抱着书本的手微紧。

果然，英语始终是她偏弱的学科。

她轻叹一口气，收回视线转身离开，脑后的马尾辫轻荡，乌发如瀑。

周余不知道什么时候走到了宋赢萧身边，瞧见他盯着宁绒背影的样子，碰了下他的手臂："萧哥，人家好像没注意到你哎？"

宋赢萧偏头看向周余，目光疑惑，显然不明白这事居然有值得说出来的必要。

谁知，周余一拍脑门，十分遗憾地说："你说你这帅哥都没戏，看来平清中学这三届的男同胞们也都没机会啊。"

"好好学习，一天到晚少想那些乱七八糟的东西！"宋赢萧一边说，一边朝着教学楼走去。

周余几步跟过来，见宋赢萧表情无所谓，也有点搞不清楚这人之前帮宁绒打脸那个男生的话是不是出于维护心,还是单纯看不惯别人背后议论人。

宁绒和宋赢萧中午看分数偶遇,下午第三节课(104)班体育课,而(103)班因为临时调课,两个班级的课程一下子同步了,导致体育课都在下午第三节。

宁绒没能去上,被班主任陈艳秋喊去做什么心理辅导了,大意就是希望她能融入大集体,在班级里交上一两个朋友,不要总是一个人。

宁绒不想因为这件事一直被老师找,直接在办公室里表了态,等她回来后班里已经没了同学,体育课也上了大半,她就没打算再过去。

她拿着杯子出来接水的时候,正好遇到过来送英语试卷的英语老师,身后还跟着拿着一沓英语试卷的宋赢萧。

(104)班的英语老师是个有点岁数的女老师,眉间竖着一道深深的褶,单眼皮,有着中年妇女的小鬈发,瞧着很不好惹。

看见宁绒后,英语老师立马想起她这次的英语成绩,当即喊住了她。

宁绒站定,温声喊道:"张老师。"

她垂眸的时候,瞧着分外乖巧。

宋赢萧本来要顺势转回他们自己班,从前门进去放试卷,闻言也不知道怎么的,突然定住了步子,有点想要看看这个性子寡冷的人面对老师时是什么样子。

总不能也说一句"别打扰我学习吧"?

"宁绒,从全校排名那里看到自己的英语成绩了吗?"张惠直接问。

"看到了。"

"120分,全校排名第几?"

"35。"

"你数学和语文排名第几?"

"第三和第一。"

"你是对我这个英语老师有意见是吗?"张惠沉下脸,"你这个单科分数连班里前五都进不了,上英语课也不见你积极回答问题,你到底有没有在认真听?"

宁绒如实回道:"认真学了的。"

"那你考120分,是告诉我,我没教会你,暗示我让我去医院看看是吧?"

张惠这一本正经的话尖锐中透着点好笑,宋赢萧没忍住扬了扬唇。

宁绒抬头刚好看见这一幕,抿唇回道:"不是。"

她又觉得回答有些敷衍，低头认真地说："老师放心，我下次不考120了，也不会考110的。"

她真诚中带着点傻气的样子有些可爱，宋赢萧看得兴致盎然。

张惠的脾气却没消下去，反倒被她像是嘲讽一样的话给带起了火，直接下命令："你下次考试最少给我提十分，班级平均分拉不起来，寒假作业翻倍！"

宁绒看着张惠，明眸干净水亮，有些为难地说："老师，我英语成绩从小到大都比较差，可能……"

"差就想办法，笨鸟先飞会不会？"听过无数遍这个理由的张惠冷声说完，直接绕过宁绒进了教室。

门外只剩下宋赢萧和宁绒了。

宁绒瞧了他一眼，知道他是这次排名第一的宋赢萧，诚心请教："同学，你英语成绩这么好，就是……有没有什么好的学习方法？"

宋赢萧歪头看着她，笑了，挺漫不经心的："就算有，我为什么要告诉你？"

别人不愿意分享，宁绒自然不会纠缠，错开宋赢萧准备去接水。

等她接水回来再次看到站在（103）班前门的宋赢萧时，她也没太在意，却在准备进班级时听到他问："你要不去试试补课？"

宁绒转回身看他。她安安静静听人说话时，一点都没平时看起来的那样疏离冷漠，就还……挺让人心软的。

宋赢萧视线错开，继续补充："专心听课，认真完成作业，如果基础的东西都完成了，或许可以找一下外援。

"不同的老师有不同的教学方法，说不定就对你有效呢？"

宁绒点头，认真说："谢谢。"

宋赢萧哼笑一声："谢就算了，下次别说'和你有什么关系吗'，伤不起。"

那件事过去的时间不长也不短，宁绒基本忘了，眼下听到宋赢萧这么说，愣了好半天才想起来自己当初在班主任办公室时对这人说过这句话。

她张了张口想说一句抱歉，但又觉得自己好像也没错，张着的口闭上，转身进了教室。

这种用完就丢的既视感让宋赢萧脸上的笑僵住，又突然觉得自己等她回来的行径像个小丑。

宋赢萧腹诽：所谓好心，如驴肝肺！

245

清江城十二月初下雪那天，（104）班进行了一场小测试。

下午成绩出来，宁绒在放学后和另一个同伴被喊去了英语老师办公室，被张惠进行了半个多小时的批评教育才被放出来。

出来后，宁绒满脑子都是自己该去找个补课机构补习一下英语的事，不然像今天这种情况肯定不是最后一次。

今天的雪从中午就开始下，到现在已经能淹没鞋底了。从学校到家有十几分钟的路程，宁绒没带伞，被落了一头的雪，像开出的小碎白花一样。

宋赢萧从对面的书店走出来便看到了不远处慢吞吞走路的宁绒。

她处在一个小斜坡上，一步一滑地往前走，中间没站稳摔了一跤。她身子落地后还有点蒙，眨眨眼慢慢地站起来，用手拍了拍身后沾上的雪块，又继续往前。

宋赢萧也不着急离开，插兜站在书店门口，饶有兴致地看着她，想要瞧瞧这个性格孤冷的同学一个人和雪能玩出什么花样。

他正想着，就见宁绒又一个不稳，直直朝后摔去。

宋赢萧一惊，下意识做出接人的动作，"小心"二字也差点脱口而出，又及时止住。

他距离宁绒不近，就算跑过去也接不住人，只能放弃。

宁绒摔在地上，衣服不可避免地蹭到一大片泥灰。她站起来后也不嫌脏，不服输一样，继续爬上小斜坡。

她摔了三次才终于从小斜坡上顺利滑下来，一口气滑到底时，脸上露出一个笑容，颜如春花，像一个打不败的战士。

宋赢萧双手环胸，跟着笑出声，突然觉得这姑娘的世界是丰富且自由的，但走进里面的人或许很少。

她并不呆板，也不沉默。

高一上学期最后一周的体育课，（104）班和（103）班是一起上的，而且两个班是同一个体育老师。

周余瞧见宁绒从他面前走过时，突然想起昨天听到的流言。

学校校门外那几个常来转悠的小混混瞧上了宁绒，这几天正打听她的名字和班级，准备来一出强势告白。

周余犹豫要不要告诉宁绒这事，毕竟他也只是听说，两人还不熟，贸然开口还挺尴尬的，他憋了一节课，最后同宋赢萧说了。

宋赢萧黑眸瞧着前面随着班里同学一同回去的宁绒，睨了身边的周余一眼，声音沉沉的："这事不管真假，提前防范总比什么都不知道的要强。"他拍拍周余的肩，"记得去说一声。"

周余指着自己，惊讶地说："不是，我和人家也不熟啊。"

"那我熟？"

"那你上次不是帮过人一次嘛，而且你们成绩相近，说不定人家对萧哥你有印象呢？而且好学生的话，印象分总会高一点，说出来的话可信度也比较高，我若是无缘无故来这么一遭，被感觉像神经病了怎么办？"

"不会。"宋赢萧只有淡淡的两个字。

周余还是不愿意："我读书少，反正不去。"

宋赢萧不太明白这两者之间有什么逻辑关系，只能又给他提议："不好和人家当面说的话，你可以去告诉陈老师，她挺负责的，不会坐视不管。"

周余目光一亮："好像可以。"

计划得好，但赶不上变化——陈艳秋的儿子生病了，她今天根本没来学校。

周余扑了个空，垂头丧气回到教室后看到宋赢萧，告知了这个不算好的消息。

宋赢萧抬眉："要不你去找找年级主任，或者校长？"

周余差点翻白眼："我就只在军训最后一天演习上见过校长大人，还只见过一面，模样早忘了，我去哪里找人？至于年级主任，萧哥你忘了之前老班说他被安排去外地监考了？"

宋赢萧转笔的手一顿，沉吟了下："还是直接告诉本人吧，更保险一点。"

周余看他："你去说。"

宋赢萧指了指周余的同桌，也就是班里的语文课代表："女孩子之间应该能说得来。"

周余一拍脑门："好办法！"

之前怎么就没想到呢？

上课铃声响了，历史老师夹着书走进了教室，下课又拖堂了十分钟，周余没精打采地收拾课桌，只觉这一天做什么都不顺。

隔壁班早早放学，宁同学已经走了。

而周余出了校门就被有急事过来接他的爸爸带回了家。

宋赢萧一个人插兜站在校门口，冷风之中，他拿出电话让司机迟点过来接他。

宁绒抱着新买的书从书店出来，乍然落入冷风中，冷得打了个哆嗦。

突然，旁边传来了拍球声，一下又一下，沉沉闷闷的声音让宁绒朝后看了眼，然后就看到了朝她这边走来的宋赢萧。

两人不熟，宁绒回神后也就没打算打招呼，准备扭头时，却突然对上宋赢萧看过来的目光。

"有件事，我们需要谈谈。"

宁绒以为宋赢萧是在和她说话，刚准备开口，宋赢萧的目光就从她身上移开，落在了她后方，语气更凉了："顺便再找个地方练练手？"

那几个小混混一愣，脚步停住。

打头的人瞧了眼宋赢萧，又看了眼宁绒，瞬间明白他是来维护这姑娘的，冷笑道："小子，你只有一个人，你确定？"

"你们要是不确定，要不再回去叫几个人过来？"宋赢萧扯唇，笑容散漫，像是瞧不起人似的，直接让那人心里冒火。

"谈谈就谈谈，我倒要看看最后是谁当孙子！"

宁绒站在中央，有点搞不清楚情况。手机的消息提示音适时响起，是季澜双寄回来的东西到了，让她回去签收。

她没再看对峙的双方，大步朝前走。

有一个小混混试图拦住宁绒，却被前面骤然而来的、带着重重力道的篮球砸得一个踉跄，直接摔坐在了地上。

宋赢萧眼神冰凉地瞧着这些人，语气却很轻快："兄弟，你接球不行啊！"

宁绒瞥了眼倒地的人，心里还挺认同宋赢萧这话的。

等宁绒离开，那些小混混被宋赢萧带到了旁边的小巷子里，两方局势为一对五。

宋赢萧活动了下手腕，关节处发出"咯吱咯吱"的声音。

在他动手前，对面的老大突然问："你喜欢那小妞？"

"在你眼里，是不是就只有情情爱爱？"宋赢萧撩起眼皮，语气不屑，"书没读多少，欺负起小姑娘来倒是挺熟！"

"你……"

他这句话彻底惹怒了对面几人，有人抄起棍子就冲了过来。

小巷子里的打斗声没惊动旁人，只有空中的尘烟和坚硬的棍棒是他们的见证。不到五分钟，宋赢萧优哉游哉地从里面出来。

手机提示音响起，宋赢萧从兜里掏出来一看，是周余发来的消息。

周余：萧哥，你现在在干吗？

宋赢萧冰冷又略显粗粝的大拇指抹过嘴角，回头瞧了眼巷子里倒地不起的几人，淡定敲字回复。

宋赢萧：帮你收了一群孙子，高兴吗？

周余：？

周余打电话过来，第一句就是："哥，真遇上了？"

"碰巧。"

"没吓着人家姑娘吧？"

宋赢萧想到什么都不知道的宁绒，呵笑一声："无知是福。"

周余愣了愣。

电话挂断，身后走出来几个互相搀扶着的人，宋赢萧回头，眼神掠过他们，黑眸沉沉，一字一句地说："以后，平清中学的女孩子们就麻烦你们了。"

五个人龇牙咧嘴地望着宋赢萧，只听他继续说："都要好好看顾着，懂吗？"

宁绒再次和宋赢萧有交集是开学后的第二个星期，（103）班的语文课代表转学，宋赢萧这个被迫上岗的语文课代表过来（104）班送他们班的作文本。

距离下午第一节课上课还有二十分钟，（104）班里还没什么人，宁绒坐在自己的位子上默默背课文。宋赢萧一站到教室后门口，高大的影子就笼过来，桌面直接被落了一大片阴影。

宁绒下意识偏头，和宋赢萧的视线撞上。

四目相对间，女孩子那尚有些迷茫的眸子清澈漂亮，瓷白小脸软嫩无暇，像只无害的小奶猫，乖萌乖萌的。

宋赢萧的心跳陡然加快，他连忙抿唇，错开眼，将手里的作文本放在宁绒桌子上："你们班的，按名字发下去就好。"

宁绒愣了下，而后点头。

之后，宁绒的座位变动了，但宋赢萧也不知道自己是什么心理，有几次过来明明可以把作文本交给别人，他却依旧交给了宁绒。

偏偏宁绒还傻乎乎的，宋赢萧交给她作文本她就去发，像是执行老板的任务似的，让站在外面栏杆处的宋赢萧哭笑不得。

喜欢的种子开头好像并不需要多美妙，只要种下了，最后总会开出花。

由送作文本养出来的习惯，宋赢萧从站在栏杆处的第一次、第二次、

249

第三次后,就像是有了指引,下课后他总会不自觉地站定在那个位置,看里面的姑娘默默看书,静静做题,或者垂眸思索,或者小憩安睡。

高中是男女生八卦最多的地方,宋赢萧也只能偶尔扫过去几眼,漫不经心的样子。

谁也没发现,除了周余。

好兄弟这段时间的"站岗"让周余嘀咕了几次,他不算差的脑子还真琢磨出了点东西。

周余朝(104)班后门口的宁绒那里瞧了眼,碰了碰宋赢萧的手臂,了然一笑:"萧哥,我发现了。"

宋赢萧眼皮一抖,瞅着身边的人:"你发现了什么?"

"美好的青春故事,"周余拍了拍宋赢萧的肩,"就要落在某人身上了。"

明白这家伙在内涵自己,宋赢萧没好气地踢了他一脚。

周余侧身躲过后,故意站在宁绒侧面,嚷嚷道:"萧哥,你不承认就不承认呗,打我干什么?我又不会和你抢。"

宁绒被吵得朝外瞧了一眼,瞥到宋赢萧微沉的面色,视线顿住。

一秒过后,她准备低头继续刷题时,周余伸手朝她打了个自认为非常友好的招呼:"宁同学,你好呀。"

他声音荡漾,傻傻的样子更是让人有点不忍直视。

宁绒抿唇,站起身,直接伸手关了教室后门。

宋赢萧额角青筋跳了跳,目光冰冷地看着瞬间蔫了的周余,笑得很轻:"老周,我今年的卫生打扫都交给你了,有意见没?"

"没。"周余闷声回道。

那之后,周余每次拉着宋赢萧在食堂找的位置都是距离宁绒很近的地方。

宋赢萧第一次没品出味来,第二次就明白了周余的用意。瞅着对面闷头干饭的兄弟,宋赢萧牙疼似的揉了揉脸,无奈地出声:"我就是觉得还挺……有探索欲的。"他琢磨着措辞,"不是喜欢,你一天到晚能别瞎脑补吗?"

"真不喜欢啊?"周余瞪大眼抬头,嘴里的饭都忘了嚼,一张憨憨脸真诚得过分,"不喜欢的话,那兄弟以后就不瞎掺和了啊!"

宋赢萧咬牙,指尖敲击桌面:"吃你的饭!"

周余想翻白眼,又不敢,只能嘀咕:"等人被抢走了,你就哭吧!"

宋赢萧忍了又忍,实在没忍住,不想和这憨货待一块,拿着豆浆杯起身就走。

他转身的刹那，宁绒端着餐盘从他身后走过，两人撞在了一块。

宋赢萧手中的纸杯盖子没盖严实，豆浆晃了出来，直接洒在了他手背上。

量不多，但瞧着还挺明显的。

宁绒站稳后分析了下目前的状况，好像两人都有错，又好像都没错，最后直接打平了。

理不清的事，宁绒也就懒得深究，默默从口袋里掏出一张纸巾递到宋赢萧面前，好心地说："你擦一下吧。"

宋赢萧刚伸手接过纸巾，就看到宁绒干脆利落离开的身影。

心里瞬间涌出无数话，最后，他只小声丢出一句："餐盘吃得还……挺干净。"

周余弱弱提醒："萧哥，眼神可以从人家姑娘身上移开了。"

不然之前的话好没说服力的。

期中考试，宋赢萧和宁绒在同一间考场，两人成绩全校第一和第二，自然是前后桌。

老师来之前，宁绒右侧的女同学戳了她一下，悄悄说："绒绒，这次我们互相帮个忙呗？"

宁绒看了她一眼，有点不适应这个亲密的称呼："什么？"

女同学小心地瞧了瞧左右，押长脖子靠近宁绒："就是我帮你英语，你帮我数学，行不行？"

"不行。"

作弊的事她不干。

女同学做手势拜托她，请她看在同桌的分上帮帮忙。

她依旧摇头："不能。"

被拒绝两次，女同学可能有点下不来台，恼了，质问道："你就不怕这次英语成绩拖后腿又被张老师找？"

"不怕。"

"我……"

宋赢萧转回身，黑眸凝着那位女同学，手臂搭在宁绒的桌子上，语气不轻不重："好好做题，凭真本事挣分，明白？"

以为他在教训她们两个，宁绒脸一红，头更低了，赶紧道："明白。"

宋赢萧看了她一眼，叹了口气："我不是说你。"

251

"……哦。"宁绒低着头，反应过来自己丢人了。她这模样瞧着可爱得过分，也让某人的心跳止不住加快。

宋赢萧摸了摸心口，又想叹气了。

这姑娘明明满身是刺，怎么某些时候总是这么可爱？还若有似无地勾引人，不知道他可能抵不住的吗？

宋赢萧转回身烦躁地揉了揉头发。

周余认为他在意宁绒，可这东西到底是什么？

心软吗？

宋赢萧纠结了一个多月，有次周余无意中听到宋赢萧在嘀咕这句话，周余直接问了他一个问题："萧哥，宁绒要是接受了一个男生的告白，你会开心吗？"

宋赢萧瞧着身边的人，心里蹦出答案，但周余那眼巴巴的、带着笑意的、肯定的眼神让他非常不爽，他一脚踹过去，凉凉吐字："一边去，别烦我。"

周余挑眉，露出一口大白牙，脸上的笑贱兮兮的："成，不烦你，不烦你。"

就这闭口不谈的模样，他还有什么不知道的？

"萧哥，你惨了！"

丢出这句话，周余转身就跑，猖狂的笑声隔着老远都能听到。

宋赢萧笑骂一声，偏头看到走廊那头走过来的宁绒。

他舌尖抵住后槽牙，喉结滚动，刚准备打个招呼，宁绒直接目不斜视地从他身边走过，一个眼神都没分给他！

宋赢萧把到嘴边的话吞咽回去，插兜站在（103）班教室前门口，眼睁睁看着宁绒落座之后因为外面的阳光灼人，又起身关门。

她不咸不淡地瞧了他一眼，像是不认识似的，连点个头打个招呼都没有。

宋赢萧揉了揉心口，突然感觉有点难受是怎么回事？

这小奶猫不亲近人啊。

周余又屁颠屁颠地跑过来，宋赢萧抓住他的后衣领，顺势揽着他的肩膀，问："我，长得不丑吧？"

从宁绒冷淡的态度里生出的一丢丢不自信，让他忍不住开始怀疑自己。

周余看着皮肤好到夸张，笑起来痞痞的某人，无语："萧哥，你凡尔赛也有个度啊，别太过！"

宋赢萧挑眉，手指不自觉地摸上脸。那就是没问题了，那他为什么会被忽视得这么彻底？

总不能说不认识他吧？

报英语补习班的事宁绒纠结磨蹭了一学期，在放暑假之前终于下了决心。她去家附近的补习班转了一圈，交了钱，拿了张补习班的传单回来，坐在自己的位子上认认真真地看上面的简介。

张惠从外面进来，瞧见宁绒手里的东西，脚步一顿："准备去报个补习班？"

宁绒听到声音，放下传单站起来，点头："嗯，想要去试一试。"

"报名了？"

"报了。"

张惠没说什么，将手里的英语教材给了班长，转身离开。

从外面打篮球回来，正在栏杆处休息的宋赢萧转头瞥见宁绒桌子上的红色传单，带着补习班名字的那几个大字落在最上头，黄澄澄的颜色，格外惹人眼。

△奋华补习班。

宋赢萧轻拍着手中的篮球，心里咀嚼着这几个字，然后带球进了教室。

假期几次约球都没约到人，周余这才知道宋赢萧去报了英语补习班。

那一刻，他赶紧去班级群里翻了翻自己这次的英语考试成绩，107 分，然后指尖上移，目光定在宋赢萧那里，147 分。

周余腹诽：补课的该是我好吧！

不过在知道宁绒也在这个补课班里时，周余笑了，甚至发消息鼓励宋赢萧。

周余：加油啊，皮卡丘！

宋赢萧：……滚！

暑假开始的第五天，补习班正式上课，宁绒报到那天，授课的王老师快结束座位安排时，看到了姗姗来迟的宋赢萧。

他穿着一身夏日运动装，白T恤，黑裤子，运动鞋，额上戴着红色发带，整个人休闲又清爽，像是带着朝气而来，少年感十足。

进门后，他瞄了眼教室布局，视线在已经落座的宁绒那里定格了一秒，嘴角扯出一个礼貌的笑，说道："老师，我个子高，就坐那边吧，不会挡着前面的同学。"

王老师朝宋赢萧示意的方向瞄了一眼，算是偏后的位置，点点头，回道:"去吧。"

宋赢萧朝着宁绒那边而去,走路带风,对上她看过来的视线时朝她露出一个笑,甚至在落座后轻拍了拍她的脊背,等她转回头才说:"宁同学,我们前后桌,之后的日子还请多多指教。"

"我成绩没你好,"宁绒很诚实,明眸清澈,态度疏离,"指教不了你。"

"你可以找我帮你。"

"暂时不用,谢谢。"宁绒转回头,脊背笔直,只有身上的余香飘到宋赢萧鼻尖,若有似无的,撩拨人心。

宋赢萧眸中笑意渐深。

能有这么近的距离,也算是个好的开始!

只是后面的事实告诉宋赢萧,不好靠近的人,你不管走出去多少步,人家都能跟个瞎子似的,就是看不见。

他几次找借口同宁绒搭话,这姑娘总能在三句话之内结束话题,让他很无奈。

尤其是最后一次,宁绒那略带谴责的眼神,就差说一句"你打扰我学习了"的话了。

宋赢萧静静看了她几秒,然后冷笑一声:"抱歉,打扰宁同学了。"

宁绒松了口气,出于两人认识的关系,还是礼貌地说:"你有不会的可以问老师,老师比我强。"声音很平静,没什么感情,很显然只是客套话。

宋赢萧垂眸应道:"好。"

他心下叹气,这姑娘就只有在自己理亏或者可能犯了错的情况下才会给对方好脸色,让人觉得她软乎乎又无害吧!

就……小猫爪子伸缩自如啊!

补习班的课程比较紧张,宋赢萧和宁绒怄气那几天,身上气压低沉,任谁都能得出他心情不太好,偏偏心情不好的某人还能注意到宁绒的情况不太对。

一场寒雨过后,宁绒再来上课时反应迟缓,总是用手托着头,没精打采的,像极了生病。

课间休息时,宋赢萧瞥见前面趴在桌子上的宁绒,皱眉,忍不住喊了她一声。

小姑娘态度依旧冷淡,偏偏他没办法真不管,只能去和授课老师打了声招呼,以防万一。

效果也是出奇的好,宁绒同意回去休息了,只是来接她的人慢吞吞到让宋嬴萧忍不住想打人。

这要是他家保姆，早就辞了几百次了！

教室里的同学三三两两往外走，宋嬴萧瞥见前面撑不住睡着了的宁绒，起身站在她身边，伸出的指尖几次快要碰到女孩白皙的额角，又数次收回。

他蜷缩了下手指，轻叹一声，认命一样地出去买药，回来后陪她等到有人来接，又看见他买回来的那盒药被顺利装进她的书包里，暗暗松了口气。

之后，宁绒身体康复回来，询问他感冒药的事，他心头一紧，面上云淡风轻，给了她一个合理的借口，却没想到自己还得到一个意外惊喜。

瞧着自己微信联系人里属于宁绒的名字，他指尖没忍住几次抚上去。

他嘴角勾起一抹笑，心觉这次补习班学习虽然折磨人了点，但他来得真不亏！

高二开学，平清中学来了一场文理分班考试，同学们需要根据自己的这次成绩选择文理科。

考试之后只有一两天的考虑时间，在递交了文理科意向单后，就是家长会。

宋嬴萧填了学理。

周余打听到宁绒学文，回教室瞧着宋嬴萧盯着自己书本若有所思的模样，喊了他一声："萧哥。"

宋嬴萧偏过头来，神色淡淡的："什么事？"

"你知道宁同学她……"

学文吗？

猜到周余要说什么，宋嬴萧直接说："知道。"

周余斟酌着语句："其实吧，这件事往好处想，你和人家姑娘还是隔壁班，剩下两年都挺近的，总比人家学理科，只有八分之一的概率来咱们班强，你说是不是这个理？"

明白周余话里的意思，宋嬴萧手里的钢笔打了个转，尾端划出的弧线流畅至极。他坦然道："我没想过这种事，姑娘家的选择，不管什么，适合自己就好，我不失落。"

周余放下一颗心，又笑着转移话题："萧哥，这次家长会，你家里是叔叔来还是阿姨来？"

"看他们谁有时间吧。"宋嬴萧不在意这个。

只是真到家长会那天，他看着手挽着手走过来的父母脸上的笑就像是精心衡量过后刻上去的时候，眼皮跳了跳。

他认命般搬来一个凳子，好让他们二人都能坐进班里。

季澜双是从片场赶过来的，有点晚，本来她还不知道这件事，结果班主任的电话打到了家里，是保姆阿姨接的，通过保姆阿姨她才知道丝丝为了不打扰她，就没和她提这件事。

她哭笑不得，又赶紧和剧组请假，连夜坐飞机赶回来，落地之后直奔学校，连助理韩江江都没有带。

本来和班主任说好自己母亲在国外回不来，已经打算好自己给自己开家长会的宁绒，正坐在自己的位子上听老师说这次考试的成绩分析，结果眼角余光瞥到身侧被推开的门，她下意识望了过去。

在看到将自己装扮简单化，还戴了个很明显的齐刘海假发和口罩的"陌生人"时，宁绒愣了几秒，直到季澜双小声喊"丝丝"，她才回过神来，瞳孔放大。

妈妈怎么来了？

她匆忙朝前瞧了一眼，差点心跳停止。

教室里，班主任和其他大多数家长都在瞧着她这边。

宁绒立马站起身，对讲台上的陈艳秋说："老师，我妈妈来了。"

陈艳秋惊讶了一下，而后对着季澜双点了点头。

季澜双顺势坐下后，拍了拍宁绒的手臂，示意她出去。

教室里都是家长，孩子还是出去玩吧。

宁绒看了眼季澜双的打扮，确认她应该不会被认出来后，朝她露出一个笑，浅浅的，带着几分不易察觉的欢欣。

在宁绒出去前，季澜双从口袋里掏出两块从国外带回来的巧克力，放在她手心，并朝她眨眨眼，让她出去吃。

宁绒乖乖开门出去。因为收到礼物，她脸上的笑都没来得及收回来，就对上了宋赢萧探究的目光。

脚下磕绊的触感还提醒着她，她踩到人了。

宁绒赶紧抬脚往旁边挪了一步，笑容收敛，低着头，温声道歉："同学，对不起。"

宋赢萧低头看着自己白色运动鞋上那个不大不小、不深不浅的脚印，挑眉，揶揄道："宁同学就嘴上道歉啊？"

话落，他蹲下身，从口袋里抽出纸巾擦拭了几次鞋面，还是有脚印，顿时笑了："踩得还挺重！"

宁绒脸一红，心虚得不敢吭声。

宋赢萧没得到回应，抬眼去瞧宁绒，触及她看过来的懊恼目光，站起身，哼笑："宁同学，这印子擦不掉啊，你说怎么办？"

宁绒口袋里没湿纸巾，闻言抿了抿唇，手中刚得到的巧克力有被手心温度暖化的迹象，这是她现在唯一拥有的东西了。

她试探着伸出一只手，不确定地说："这个，算是赔礼，可以吗？"

姑娘白嫩的掌心里放着一块包装精美的酒心巧克力，她又往他面前递了下："这个是从国外带回来的，很贵。"

宋赢萧瞥了眼自己那同样很贵的球鞋，没说什么，从宁绒掌心将巧克力拿过来，中途瞧见她另一只手中还有东西，忽然坏心思上头，朝她伸出手："两块，你踩我鞋的事就一笔勾销。"

宁绒握了握手中仅剩的巧克力，她虽然不贪吃，但这是妈妈特地给她带回来的，她不想全给别人。

感觉到宁绒的抗拒，宋赢萧又说："宁同学，我很小气的。"他声音低沉，带着点威胁人的意味。

少年高大的身躯笼着宁绒，将她眼前的阳光全部遮挡，她甚至感觉到了一丝冷。

手中的巧克力有融化的迹象，宁绒握着的力气加大，随后又放松。

周围同学投来的好奇目光让她觉得不适，隐隐地，她还听见有人很小声地说："宁绒和宋赢萧是不是关系很好啊？靠得那么近？"

几乎在声音入耳的瞬间，宁绒就将手里的巧克力递了出去，声音带上了几分冷意："给你。"

宋赢萧看着瞬间露出小猫爪子的宁绒，一愣，心里正懊恼自己可能将人惹毛了，手臂就被姑娘细嫩的手指抓住，掌中随之被强塞了一块快没有棱角的巧克力。

带着体温，有些烫，灼得人心都颤了一下。

宋赢萧低头再去看时，就见他想要逗的人正面无表情地瞧着他，声音疏离："同学，这件事一笔勾销。"

说完，她转身离开。

宋赢萧站在原地，撕开巧克力的包装纸。

巧克力甜中带着一点涩意的味道席卷舌尖，夏日燥热的风吹过面颊，宋赢萧无奈地想：把小姑娘给得罪狠了，这可怎么办才好啊？

站在（104）班后门口，宋赢萧纠结了大半天也没看到宁绒回来，倒是看到了坐在宁绒位子上的人——她的母亲。

257

可能是热，教室后门被她打开了一条缝，又因为戴着口罩，宋赢萧看不清她的面部轮廓。

倒是季澜双察觉到宋赢萧的注视，偏过头来朝他友好一笑。

口罩挡着面颊，笑意并不明显，但宋赢萧感觉到了宁绒妈妈对他的几分善意。

（103）班的家长会率先结束，温媛和宋简出来的时候，脸上带着笑，好像她和宋简就是相亲相爱的模范夫妻一样，看得宋赢萧颇为牙疼。

温媛是在商场里打拼的人，周身有种属于女强人的气势，十分压人，即便在学校有所收敛，还是有不少小姑娘好奇又害怕地瞧过来。

温媛笑着扫了周围一眼，悄悄和自己的儿子说："赢萧啊，你在学校里有没有处得好的小姑娘？趁这机会带过来给妈妈看看啊？"

宋赢萧插兜站在一边，瞧着也瞬间有了兴趣，看他时眼神都在放光的宋简，无语道："没有。现在是认真读书的时候，我不会想这些事的。"

瞧见校门口三三两两离开的家长们，宋赢萧又说："现在家长会也开完了，你们之后要是公司有事，就可以离开了。"

温媛不满地瞪他："你妈我一个董事长，有多见不得人，要让你这么催赶？"

"还有，你妈我今天都没事，闲得很！"

宋简笑呵呵的，同样说："爸爸刻意空出了一天，就是来开你的家长会的，也没事。"

说着，他瞧见了走过来的宁绒，眼神一亮，赶紧拍拍宋赢萧的手臂，问道："这小姑娘是你们班的吗？"

宋赢萧同样看到了宁绒，眼神闪躲了一瞬，咳了一声，回道："不是。"他黑眸凝着自己父亲，"你和我妈别乱想，我是来学习的，不是……来交朋友的。"

宋简笑了一声："行，你学习，我们不乱想，你好好学习。"

（104）班班会结束，季澜双打开门从里面出来，瞧见站在门口的女儿，喊了声："丝丝。"

宁绒看过去，有些糟糕的心情被这一声抚平，嘴角露出一个笑，带着季澜双走到一边。

季澜双知道女儿不想让她被人认出来，跟着她一边走还一边骄傲地说："班会结束妈妈就出来了，放心，你们老师没机会喊住我。"

宁绒笑了，又问："妈，你什么时候回去？"

季澜双想了想："下午五点的飞机，妈妈可能马上就要走了。"

五点吗？

宁绒失望了一瞬后，嘴里就开始絮絮叨叨地嘱咐季澜双，让她好好照顾自己，别给自己安排太多工作之类的。

母女两人站在走廊的一处角落，宁绒侧着身体，话一句一句地往外吐，就没有停下来的时候。

宋赢萧看得稀奇，好像他还是第一次见到小姑娘这么啰唆的一面，和平时清冷寡言的样子太过不同。他不自觉看入了神，直到手臂被温媛轻拍了一下。

他收回视线，目光触及温媛含笑的眼神，就听她打趣说："儿子，好好学习啊！"

宋赢萧愣了愣。

温媛朝着宁绒那边瞧了眼，正好对上季澜双看过来的视线，便含笑点头打了个招呼。

季澜双一愣，同样如此。

温媛对身边的儿子说："小姑娘瞧着就挺灵秀的，臭小子，你可不准欺负人家啊！"

刚刚欺负了宁绒的宋赢萧："……嗯。"

一个放在平时只是表示肯定的字，现在被用在这里，相当的意味深长。

温媛同宋简对视一眼，明白了，看来儿子还真的有情况啊！

从季澜双口中知道了宁绒的小名后，宋赢萧有时候瞧见宁绒，"<u>丝丝</u>"两个字都挂在嘴边了，最后还是咽了回去。

两个不太熟的人，这么喊就太失礼了。

高一新生熟了校园后，有些东西自然也就打听清楚了，比如宁绒这个人。

高一年级里来了个走路带风的江成风，在知道宁绒的信息后就一直心痒痒着想要去看看，几次上楼去宁绒所在的班级旁边蹲守。

刚开始他也不进去，就在门口悄悄张望，想着宁绒出来他就打个招呼，再介绍一下自己什么的，结果来了三次，他每次都是败兴而归。

第三次的时候，他刚上来站在（104）班的教室后门，眼睛都没来得及朝里瞥，后衣领就让人抓住了，随后肩膀被人搂着带去了走廊角落。

隐蔽处，江成风看着带他过来的人，还挺眼熟，高二的年级第一，宋赢萧,他们平清中学最帅的那个。

江成风站直身子,不知道宋赢萧要做什么,准备开口问的时候,宋赢萧盯着他,声音沉沉地说:"不要去打扰宁绒。"

一句话,目的暴露。

都是男生,江成风还有什么不了解的?

但,江成风也是硬骨头,天不怕地不怕,更不会将所谓的年级第一放在眼里,闻言冷笑一声:"凭什么?"

他慢条斯理地整理好衣服,一点都不在乎眼前的人。

对上宋赢萧那双阴沉的眼,他嘲讽道:"宋学长是以什么身份要求我啊?"

被人挑衅,宋赢萧挑眉,嘴角提着,狭长黑眸里并无笑意,语气不急不缓:"凭她是我欣赏的人。

"这个理由,够了吗?

"要是不够的话……"

宋赢萧活动了一下手腕,神色骤然冷下来:"我还可以用拳头给你理由。你要这个吗?"

"宋学长,宁学姐并没有把你当朋友。"江成风绷着脸,说出这个让人难过的事实,又质问眼前人,"一年多了,她也没多看你一眼。"

瞧见宋赢萧眸中一闪即逝的落寞,江成风面上浮出得意的笑:"我才不会做胆小鬼!"

丢下这句话,江成风转身就走。

有了这次谈话,那段时间,他们两个人就像开展了拉锯战一样,江成风每次上来找宁绒,宋赢萧总会站在走廊栏杆边等着他,然后扯着他的衣领将他带去操场,两人从比篮球进球,到最后激烈的球赛追逐,谁也不服输,彼此身上都被蹭出了不少伤。

周余在一边看着,心里啧啧两声,怎么说呢,这学弟吧,屡败屡战,毅力还挺让人佩服的,被虐惨了也能不吭声,爬起来继续。只是中间只要他眼神落到正在跑道上走路的宁绒身上,都会受到宋赢萧抛来的篮球撞击。

江成风跌坐在地,抹了把脸上的汗,凶狠地瞪着居高临下瞧他的宋赢萧,忽然站起身直接朝着宁绒那边跑过去,破罐子破摔似的,一边跑一边喊:"宁学姐,宁……"

突然,一股力道凭空而来,他被人大力拖了回去。

宋赢萧扯着江成风的衣服带他朝后走,黑眸冰冷地瞧着死命挣扎的某人，一脚上去，直接让他一个不稳跪趴下去。

被迫受了大辱，江成风气急站起身子的那刻，直冲头顶的火在看到宁绒走出操场出口时，一口气差点上不来。

不是，他方才那么用力地喊她，她都不回头瞧他一眼的吗？

这一刻，江成风即便再欣赏宁绒，也不免被她这种事不关己的冷漠态度给刺伤。

推开宋赢萧的手，江成风瞧着这个处处袒护宁绒而不被知的人，忽然笑了。

他嘲讽道："宋学长，你比我可怜！"想到这点，他心里一下子舒坦多了。

宋赢萧扫了眼已经消失不见的宁绒，松了口气，对这话根本不放心上。

他站直身子，把篮球抛给江成风，一身红色球衣艳烈如火，最后一次警告："不要去打扰她，这是我最后一次容忍你。"

江成风无所谓地笑了："成，我不去，可学长你知道吗？你收的校外那几个孙子，嘴上没个把门的，酒后将宁学姐的美貌给夸到混混圈子里去了。这件事你有消息吗？"

宋赢萧黑眸眯起："什么意思？"

"什么意思？美人被别人惦记上了的意思呗？"江成风很期待，"学长这次也要护着宁学姐啊！"

他拍拍身上的灰，大步朝前走，声音远远地传过来，似讥似讽："想要守护珍宝，总得付出点代价不是！"

宋赢萧自认为性子平和，不是个喜欢挑事的，偏偏事情要来找他，他也想要去验证江成风那天说的话。

周五这天，连着一个月暗中护送宁绒进了小区大门后，宋赢萧松了口气，背着书包转身就往回走。

回程的路上，宋赢萧看着面前突然冒出来的几个混混，不管是力量感还是自身体重，都比上次那几个混混强。

大冷天的，那个领头的人穿着短袖，露出手臂上青色的文身。

宋赢萧从来没觉得象征祥瑞的麒麟兽长得难看，家里老爷子收藏的玉麒麟就挺养眼的，没想到这东西文在人身上会这么丑。

简直辣眼睛！

"小子，下次不要妨碍哥哥们追人，明白吗？"

为首那人率先开口，一身流里流气的打扮，说出的话更是嘶哑难听。

宋赢萧忍下揉耳朵的冲动,黑眸扫过街上看过来的行人,散漫地笑了声:"我若不呢?"

"你不要敬酒不吃吃罚酒!"那人狠声道。

"罚酒?"宋赢萧嗤笑,"你们要是能让我吃下也是本事!"

他脾气上来,态度不屑,直接惹火了对面那群人。

不过宋赢萧不在乎,甚至和上次一样,将这群人带到附近的小巷子里,虽然费了点时间才将人收拾服帖,但总归效果不差!

离开之前,宋赢萧瞧着躺在地上的红头发的混混老大,冷声问:"以后好好做人,尊重每一个女孩子,能做到吧?"

那人缩着身体忍着疼,疯狂点头:"能能,我保证,一定能。"

老大张口了,身边的几个小弟连连附和,生怕慢了自己会再受罪。

"那保护好平清中学所有女孩子不被流氓骚扰,也要能,懂吗?"

"懂懂,我们懂。"

得到应答,宋赢萧大步离开。

宋赢萧去附近药店准备买点伤药时,发现店主关了门,其他药店有点远,他懒得折腾,直接去公交车站准备等车回家。

上次宁绒给的巧克力还有一块,宋赢萧拿出来,撕开包装纸,将巧克力丢进嘴里,甜中带涩的味道正好能缓解一点身上的疼。

那群疯子,下了狠手地招呼人,他差点就要折在里面了!

清江城十一月中旬的天已经有点冷了,傍晚更是飘起了雪,细碎的雪花从空中落下来,贴在人皮肤上,似乎能将伤口处滚烫的疼安抚下来。

宋赢萧呼出一口白气,坐在休息椅上等公交车来的时候,忽然感觉身边多了一个人。

他偏头望过去,看见了背着书包站在一边的宁绒。

她回家换了身衣服,脖子上围了条白围巾,衬得那张小脸更加瓷白无瑕。

此时的她好像遇到了什么开心事,嘴角挂着淡淡的笑,有种岁月无忧的美好感。

宋赢萧叹息一声,心里又浮上了"无知是福"那句话。

倏地,对上宁绒看过来的目光,宋赢萧没来得及移开眼,脸上的伤口也被她看见。

宁绒愣了一瞬,又错开视线。

那种装作看不见的样子,如对待陌生人一样的态度相当扎人心,宋赢萧只觉得现在的自己比当时被无视的江成风还要难受一万倍。

这姑娘，是真的半点都不理人呀！

黯然一笑，颓丧地闭眼养神时，宋赢萧听到了脚步声。他以为宁绒要离开，就没睁眼，省得看到这个小没良心的再生气。

结果……

"宋赢萧。"一个轻柔的声音落在宋赢萧耳边。

被喊了名字，宋赢萧抬起眼皮，狭长的黑眸凝视着面前神色无辜的姑娘，就听见她说："你受伤了。"随后一个创可贴递到他眼前，"这个给你吧。"

宋赢萧看到姑娘手中那个黄色的、卡通黄桃样式的创可贴，眼皮一跳，一时也不知道自己该不该继续难过。

好像男孩子脸上贴着一个太女生气的东西，也不是一件多么值得人欣慰的事。

但宋赢萧还是接了过来，并说："谢谢。"

"身上正好有这个东西，你不嫌弃就好。"宁绒说完又站回原地。

公交车来了，上车离开前，宁绒犹豫了一瞬，还是转头对上宋赢萧那双漆黑灼人的眸，羽睫闪躲似的颤了下，礼貌说了声："再见。"

车子开走，宋赢萧看着视野里慢慢变小的交通工具，一颗心几乎化成水。他轻声回道："再见。"

天幕上的雪飘飘扬扬落下，落在少年的肩头和发间，以及眉梢、眼睫处，带了丝丝缕缕的凉意。

但这个早早到来的落雪天，好像也没那么冷了……

萧矜的生日在十二月底，宁绒在网上看到他的粉丝提前几天就开始送祝福、做生日贺卡，她混在那些人里，在萧矜的微博下发了个生日祝福。

那么多人，那么多留言，宁绒以为萧矜不会看见，结果第二天放学时，她看到手机里萧矜发过来她昨天的生日祝福截图，敲字回复。

宁绒：哥，你今年生日想要什么礼物？妹妹送你。

萧矜：瞧见哥哥评论区里那些生日贺卡了没？

说着，他又给宁绒发了一张图片，上面全是他的粉丝给他寄到工作室的祝福贺卡，好几大箱子，是一个房间都要放不下的那种多。

宁绒：你也要我给你做一个？

萧矜：难道你哥还不配有你送的生日贺卡？这么多年也没见你亲自做过一张。

宁绒瞧了眼不远处的书店，赶紧回复。

宁绒：配，我给你做一个，不过要是不好看的话你不能嫌弃。

萧矜：看心情吧，我尽量不嫌弃。

宁绒：那我也看手艺吧，我尽量做得漂亮些。

萧矜：……别学你哥我说话。

宁绒：我尽量。

萧矜生日那天宁绒要上课，不能亲自过去祝福他，只能用礼物代表心意。

只是时间比较紧张，算上邮寄过去的时间，她最迟明天就要将生日贺卡和礼物准备好。

走进一旁的书店选购生日贺卡要用的彩色卡纸时，宁绒连带着买了一些质量不错的马克笔，转身准备去付账的时候，突然出现在身前的人让她惊得后退一步，立马和他保持了距离。

江成风还是第一次偶遇宁绒，看到她被吓到的样子和微微睁大的瞳孔，惊慌中透着莫名的可爱，没忍住轻笑了下，随口说："抱歉。"

宁绒没说话。

江成风也不介意，目光落在宁绒手里拿着的彩纸上，歪头，装作好奇地问："学姐，你们高二是有手工课吗？"

宁绒抿唇，瞧着面前佯装天真的男生，声音平淡："没有。"

江成风"啊"了一声，还挺遗憾的样子："那学姐买彩纸是准备……做成情书向哪个学长告白？"说着，他笑起来，阴阳怪气的，"那位学长还挺有福气啊。"

宁绒不认识此人，本来感观就一般，眼下他又说了一堆莫名其妙的话，她秀眉皱起，不算友好地说："生日贺卡而已，你不用乱造谣。"

江成风点头，脸上的笑真诚了几分："学弟开玩笑的，学姐不要介意啊。"说着，他让开道，表示自己不打扰她了。

宁绒皱起的眉展开，从他身边走过，去收银台付账之后直接回了家。

答应给萧矜的生日贺卡宁绒回来后想不出什么头绪，在网上找了不少资料参考，她看那些粉丝送的贺卡做得都不差，她这个当妹妹的，攀比心总是有那么一点。

宁绒坐在沙发上想了大半天，最后定了一个桃花的主题。

有她喜欢桃子的原因，更有萧矜第一张专辑就是以"桃夭"为名的缘故。

宁绒找了剪纸的视频来参考学习，浪费了三个小时才做出一个立体的桃花树，贺卡一打开，桃花树便会直立在画面正中央，枝上花瓣朵朵，美不胜收。

在空白处给萧矜写生日贺词时，宁绒几乎没怎么想就落笔了。

△岁月漫长，希望我们在以后的日子里一起经过风风雨雨后，仍然强大，依旧幸福。

宁绒习惯性地掩饰家人身份，在开头只写了一个"萧"字。

前缀那里，宁绒犹豫了好久，正好季澜双打电话过来，知道宁绒在做什么后，笑了一声，说："你和你哥同辈，就'亲爱的'吧，'敬爱的'不太适合。"

宁绒听话，直接在"萧"字前落笔"亲爱的"。

写完，她还是觉得有点别扭，但时间很晚了，她将贺卡装入书包里后直接上床睡觉。

第二天，宁绒趁着课间休息时间刚做好贺卡包装，身后走进来的女同学看到后立马惊呼一声："宁绒，你这是……"女生瞧着宁绒，在她平静的目光下声音逐渐弱下来，"情书吗？"

这人正是上次宁绒没答应给她抄试卷的前同桌，没得到好处，小记恨就放在了心上，她在看待宁绒的事情上直接有失偏颇了，导致周围的同学听到声音全部看了过来，不可思议地瞧着宁绒，只觉稀奇得很。

宁绒将贺卡放在书桌上，冷淡地回道："不是。"

毫不心虚的两个字，那个女同学讨了个没趣，讪讪闭嘴。

贺卡做好后，宁绒准备趁着午休时间将贺卡寄出去，结果中午刚下课就被英语老师喊去了办公室，敲打她关于这次期末考试的事。

她补课回来后成绩没进步多少，张惠很生气。

江成风在昨天知道了宁绒要做生日贺卡的事，虽然清楚不是给宋赢萧这个八月生的人做的，但宁绒也没解释不是给男生的。

好奇心作祟，江成风中午下课后就没去食堂，而是跑去了宁绒的班级，想看看能不能打听到什么消息，结果（104）班根本没几个人，还都在闷头做作业，宁绒根本不在。

他隐晦地打听了一下，根本没有关于宁绒的半分谣言。

他不甘心准备离开时，路过宁绒桌边，瞥到被她放在桌子里隐约露出一个角的红卡纸包装，手比脑子快，直接抽了出来。

等江成风反应过来时，他身体僵住，后知后觉这种行为很不好，只是……并没有人看见他做了什么。

身后无人，前面也只有认真做题的学长学姐。

诡异的幸运给了他勇气，他不听使唤的手拆开了包装，好奇心让他低头。

漂亮的桃花树晃了江成风的眼睛，他闭眼再睁开，扫过生日祝福后，目光落在"亲爱的萧"四个字上。他握着贺卡的指尖发白，瞬间冲上头的不满差点毁了他的理智。

但宋赢萧的生日在八月，宁绒和他到现在也没有多少交集。昨天宁绒冷静又平淡的话像是一盆水浇到了他头上，火气被熄灭，理智回笼。

宁学姐有九成可能没骗他，那这个"萧"……

江成风想到之前自己被宋赢萧踹跪在地的狼狈样，黑眸沉下来，报复心一起，突然就有了个整宋赢萧的好办法。

贺卡被他用宁绒没使用完的彩纸替换下来，他重新合上外包装后给她装了回去，至于手中的这张，他瞧了眼已经没人的（103）班，直接进去塞到了宋赢萧的桌子里。

"情书"送到，宁绒亲笔。

宋赢萧若是高兴之下做了什么，暴露出自己的心思，不知道会不会被宁学姐这个性子冷漠的人推得更远啊！

江成风只要想到宋赢萧竹篮打水一场空的情景，心里就极为痛快！

可惜事与愿违。

宋赢萧认识宁绒的字，秀雅漂亮，有种女孩子的柔美感。

他的视线落定在"亲爱的萧"这四个字上，静静看了好久，有些不敢置信，认为不可能，却又止不住地生出几分侥幸。

她的性子不可能做这样的事，可这确实是她的字。

而那个"萧"，除了他的名字，他的微信头像也是一个"萧"字。

桃花的花语是爱情之花，象征着美好的爱情。

三点全部对上，好像真的能表明点什么。

那天的阳光正好，穿过窗户落在少年眉目如画的脸上，一种名为希望的东西发芽开花，带着沁人的香，让人忍不住陶醉其中。

因为这封来自宁绒的"情书"，一整个下午，宋赢萧都有些心不在焉，被老师点名回答问题时也是恍恍惚惚的。

放学后，周余不放心地过来问他是不是遇到了什么事，结果他们出门时正好遇见背着书包从教室里走出来的宁绒。

宋赢萧脚步一顿，在宁绒错身而过时准备喊住她，却在看到她娇嫩通红的小脸时放弃了。

这是……害羞了吗？

所以，她真的给他写了情书？

周余的手在宋赢萧眼前挥了挥，好奇地问："萧哥，你遇上什么事了这么开心？"

宋赢萧扫了周余一眼，嘴角的笑收敛，语气轻快："没什么。"

周余跟着宋赢萧下楼，直接戳穿他："你觉得我会信？你刚才开心得眼睛里都像是放了烟花，我感觉你都要原地过个年了，还说没什么。"

宋赢萧心情好，也不和周余计较，闻言随意应付了两句，就要去追上宁绒的步伐。

结果刚出校门，宋赢萧就遇到了亲自过来接他的温媛。

温媛神色愁苦，告诉了他老爷子生病住院的事，宋赢萧立马跟着母亲去了医院。

被英语老师当着同学们的面点名内涵，宁绒到底是女孩子，面皮薄，红着脸回家后直接拿出了英语书，下了狠心地背单词记语法。

至于江成风等的好戏，直到期末考试结束他都没听到什么风声。

老爷子身体不舒服在医院躺了几天才清醒，宋赢萧那几天听了不少父母对老爷子病情的忧心话，心脏病对他这个年纪的老人来说，还是过于危险了。

好在这次有惊无险。

看着病床上打着点滴、已经睡熟的爷爷，宋赢萧对于自己以后当医生亲自给老爷子治病的愿望越发强烈。

期末考试结束后，宋赢萧在放假离校前刻意站在宁绒班级的后门等她，之前收到的"情书"被他揣在兜里，情绪有些紧张。

等到宁绒背着书包出来，宋赢萧站定在她面前，两人目光对上，一个疑惑，一个隐忍。

宁绒望着将自己挡住的宋赢萧，本以为他有事，结果等了半天这人都没开口，只浓眉皱着，好似万分纠结。

季澜双今天回来，宁绒对这次英语成绩还算是有把握，两件喜事加在一起，心情挺好，也没不耐烦，拿出手机还算是贴心地说："现在不好说的话，等你想好了，可以微信联系我。"

说完，她转身离开。

宋赢萧徘徊在嘴边的话终是咽了回去，感觉到宁绒的态度不该如此的同时，又觉得她对他似乎有了几分耐心。

口袋里的"情书"被卷得有些发皱，宋赢萧拿出来将其展开，粉色的桃花树花瓣朵朵，像是少女娇嫩的心。

他指尖没忍住轻戳了下，嘴角的笑还没扬起，就听到一声惊呼："这是宁绒的东西吧！"

宋赢萧偏头，看到一个还算是面熟的人正瞪大眼看着他和他手里的贺卡。

是个女孩子，也是宁绒之前的同桌，上次想要抄宁绒试卷被拒绝的那个人。

宋赢萧黑眸没什么感情地瞥了这人一眼，小心地将贺卡装进书包里。

女孩子回过神来，尴尬地问："这是，宁绒……给你的？"

"不是。"宋赢萧声音淡淡的。

"我之前在宁绒的桌子上见过。"也不知道是出于什么心理，女孩子刻意补充了句，"她还说不是情书。"

宋赢萧黑眸凝着她，点头，声音清朗："这确实不是情书。"

"也不是八卦。"

他隐晦地暗示这人私下别乱说话。

偏偏这姑娘装傻，呵呵一笑，说了声"或许"后直接快步跑走了。

清江城的年味很足，过年前十几天，宋赢萧犹豫着给宁绒发了一条消息，单纯问她作业问题。宁绒板板正正地回复，一个多余的字都没有，让宋赢萧开始怀疑那封"情书"的真实性。

这中间是不是有什么误会？

直到新年当晚，他收到宁绒发来的简单的"新年快乐"四个字，怀疑的感觉压下，只当是小姑娘第一次写情书，加之还没有她自己的署名，所以能自然地对他如以前一般，也当他并不知晓。

宋赢萧看着那四个字，勾唇，同样回复"新年快乐"。

而宁绒那边，因为自己手误，把要发给萧矜的消息发给宋赢萧后，懊恼地咬了咬唇。对于宋赢萧回复过来的信息，她礼貌地回了个笑脸，然后放下手机只当没发生过这件事。

宁绒送给萧矜的生日贺卡上只有寥寥几个字，因为宁绒提前打过预防针的关系，他倒也没失望，至少生日礼物深得他心，就没吐槽宁绒的"手艺"了。

"情书"的完美误会就此达成，直接造成了宋赢萧和宁绒的联系相对多了起来。

微信上偶尔的一两条消息，下课走廊上几句自然的交谈，两人不是朋友，在解题思路上倒是出奇的一致。

两人没超过十次的交流，放在别人身上可能会显得平常，但落在宁绒这个清冷寡言的人身上，流言渐起……

宋赢萧本以为这学期他的表现次数虽不算多，但还算是明显，至少应该能让宁绒主动提及"情书"的事，哪想到高二都结束了，这姑娘愣是没提一嘴，就像是不知道似的。

宋赢萧硬生生被吊了半年多的胃口，少年心性，终究没忍住。

高三上学期，因为宁绒，宋赢萧主动参与了班服设计的事情，便早早来了学校。

他在走廊处等了三次，终于遇到早来的宁绒。

拦在她面前的时候，宋赢萧觉得自己的话可能都要说不清楚了，紧张的情绪充斥着全身，手臂肌肉绷紧，似乎全身都是僵硬的。

几万分的期许之下，他强装作漫不经心的样子。

可他看到了什么？

小姑娘那张瓷白的小脸上，漂亮的杏眸圆睁着，惊讶的表情太过鲜活，仿佛他在说一个笑话一样。

清晨微凉的风吹拂过来，少年蓝白校服的衣角被掀起，没闭合的拉链锁轻晃着，楼下树叶的沙沙声也渐渐从耳边脱离……四周寂静无声。

天旋地转间，宋赢萧差点站不稳，怀疑自己看错了。

宋赢萧强撑着让自己站直身体，扯着嘴角，黑眸一动不动地盯着宁绒，哑声问："丝丝，你要是……"

"宋同学，麻烦让一下，你挡路了。"

这不留情的话，打碎了他的全部幻想。

宋赢萧黑眸里的光彻底碎开，透骨的寒凉将他包围吞噬。

"痴心妄想，自作多情"这八个字，似乎是在对他这半年多来尝试拉近两人距离的嘲讽。

伤人，却又贴切！

好像所有糟糕的事情都在这一天到来，都在告诉宋赢萧，一遍又一遍地去验证宁绒不在意他的事实。

萧矜的出现更是让他明白，那个"亲爱的萧"，不是指他这个自作多情的人。

269

那一封"情书",确实是个误会。

或者是恶作剧!

宋赢萧站立在街对面,看着宁绒对萧矜发自内心的笑,那种真正的亲近,刺得他眼睛又疼又酸的同时,又突然有点想笑。

确实,他一个普普通通的学生,即便成绩再好,又哪里比得过已经挂在天上的星星?

她不会多看他一眼,也是应该。

大脑能清晰地认清楚这件事实,可宋赢萧控制不住自己,下意识地对比让他忍不住想要去了解萧矜这个人。

所以,宋赢萧去了萧矜的活动现场,被人推挤着走到了他面前,看着他温和地给每一个为他前来的粉丝递上签名,却在看到自己后,明显愣了一下。

宋赢萧半垂着眼皮,忍不住想到那天的街边……他是不是认出自己了?

其实萧矜没有,他就是单纯觉得这个戴着黑色鸭舌帽的男生长得好看,娱乐圈那些靠颜值和流量成名的小生,除了他这个货真价实有实力的,似乎都不及眼前这个少年。

而眼下,这人是他的粉丝,他感觉还挺骄傲,甚至还给了对方一个To签。

签名照递过去的时候,宋赢萧复杂且带着审视的目光让萧矜一愣。这种一点都不激动,甚至考量他的眼神是什么意思?

看看他这个人适不适合当偶像?

所思所想只在一瞬间,萧矜不知道宋赢萧的名字,却记住了这个人。

所以在自己的演唱会现场的 VIP 席位再次看到他时,萧矜惊讶,又似乎并不惊讶。

乐曲的前奏响起,那首《桃夭》起声的那一刻,彩色灯光扫过台下时,坐在黑暗中的少年勾起嘴角,似嘲似讽的笑挂在那张冷白的面容上。

如海的灯光照不进少年的那双黑眸,在这个热闹却又寒冷的夜晚,人声鼎沸中,心口撕裂般的难受里,宋赢萧突然明白,桃花树就是《桃夭》。

就是萧矜!

宁绒在平清中学没有什么在乎的人,上次被宋赢萧拦住的事,她因为季澜双受伤住院的关系甚至都没放在心上,早早就抛到了脑后。

直到高三第一次月考到来,她看着依旧坐在自己身前的那个脊背笔直、袖子半推上去露出冷白手臂的宋赢萧，才发觉他们两个人好像许久都没说过话了。

宁绒后知后觉，自己上次说的让他不要挡路的话是不是有点伤人了？是的吧？

不然他也不会不理她了。

宁绒捏着笔的指骨微微用力，望着前面的人，清楚地知道宋赢萧不是姜星瑶，她靠近一些也没关系的。

她咬了咬唇，最终伸出了手。

她指尖几乎要落在少年清爽干净的校服上，"哒哒"的高跟鞋声传来，监考老师抱着试卷进了教室。

是张惠监考。

张惠进来后，那双威严的眼睛扫了宁绒一眼，一句"准备考试"让宁绒伸出去的手缩了回来，准备和宋赢萧缓和关系的话也彻底吞回了肚子里。

宁绒安慰自己：还有机会，考试之后也能说。

所以，考试过后，宁绒趁着（103）班人不多，去前门找了宋赢萧一次。

但他不在，听里面的同学说他在操场打篮球，宁绒也不失望，只是准备回班级的时候，一个女孩子错身走进了（103）班。

呼吸都在紧张的女孩子将手中的信封塞到了宋赢萧桌子里，见没人看到后又快速跑了出来。

在看到门口直直看着她的宁绒的那一刻，女孩子神色慌张了一瞬，匆匆忙忙地跑了。

与此同时，一个转过身来的男生看到前座宋赢萧桌子里的信，下意识朝门口看了眼。他本来没多想，但看到眼神闪避的宁绒迅速离开后，这种心虚之下的反应，让他没忍住立马兴奋地和后座的朋友八卦起来……

而在宁绒第二次站在（103）班前门，朝着教室里面看时，宋赢萧依旧不在。

（103）班大多数还在教室的同学却都看到了宁绒朝着宋赢萧座位望去的眼神，一个个打着眼色，眸中的八卦之火熊熊燃烧。

等宁绒回到自己班级，刚刚落座，一道不大不小的声音就传了过来："也不知道高二的学妹和宋赢萧搭上话了没，听说准备了好久，可惜没机会去看一下。"

宁绒朝着发声处看去，对上前同桌温倩的眼神，那双眼睛里看笑话的意味十足。温倩甚至和宁绒搭起了话，亲热地说："绒绒，你就没有

271

给宋赢萧送点什么吗?

"经常去人家班前门瞅，不直接行动也不行啊，这样人家又不会知道你的心意。"

温倩对宁绒有不满，宁绒知道，但懒得理会，对于她的话更是如耳旁风过，只是收回视线时还是说了句："你想多了。"

温倩笑了："你做得多，我可不就想多了嘛。

"而且，又不是只有我一个人这么想，隔壁（103）班的学生说不定都是这么想的。"

宁绒落笔的手一顿，睫毛颤了颤，没再开口，打算和宋赢萧微信说句话的念头彻底被浇灭。

算了，不给他找麻烦了，反正也不是什么大不了的事。

季澜双说宁绒画画极为有天赋，以后说不定能当个画家。宁绒将这话听进了耳朵里，好几年绘画的功底让她有了报考美术省考的底气。

两个月的时间也足够她准备考试的事。

宁绒和季澜双说了这个打算后，早就忘了自己说过什么的季澜双在电话那边沉默了几秒，认为女儿早就有了决定自己未来人生路的她点头："你想去画画就去吧，失败了也没关系，有妈妈在，你不要有后顾之忧，妈妈还养得起你。"

宁绒笑了，眉眼温柔："嗯，谢谢妈，我会好好努力的。"

季澜双没好气地说："谢什么谢，你照顾好自己就行，不要太累了，注意劳逸结合。"

宁绒点点头："嗯，我会的，妈，你放心吧。"

有了季澜双的肯定，宁绒本就繁忙的学习生活更加忙碌了起来，晚上自习回家后继续上一对一的美术专业老师的课。

临近省考时，宁绒甚至请了将近两个星期的假，准备最后的冲刺和考试。

等到考试结束，高三上学期也几乎走到了尾声。

学校放假，宁绒高压之后松了口气，却不想生了一场病，整个寒假都在养病中度过。

有些较好的美术学院在学生省考通过后需要进行美院专属考试，开学后，宁绒再次请假去自己中意的美院考试时，请假的事是季澜双帮她搞定的，用了身体不好需要养病一个星期的借口。

陈艳秋没说什么，只是让宁绒注意身体，好好休息。

各种原因之下，宁绒报考美院的这件事，除了她的亲人，再没其他人知道。

收到津安美院专业考试通过的通知后，宁绒彻底松了口气。

那时候距离高考只剩下不到两个月的时间。

宁绒去学校操场散步放松心情，看到了正对面篮球场上正笑着和同学一起扣篮的宋赢萧，少年红衣如火，一身澎湃的生命力，整个人被凡尘的光彩覆盖着，比傍晚天边的霞光都要更加精彩热烈。

这次期中考试，他跌落至第三后又重登榜首，甩了她这个文科第五名四十多分。

听说他有学医的打算，宁绒想，依照他的成绩，未来一定会花开满路，强大又幸福。

在这天之后，同学们穿上了班服，开始拍毕业照，互相交换着同学录，在这最后两个月紧张的学习气氛里，来了一场缓慢的告别。

宁绒在班里的存在感不高也不低，没有朋友，自然没有准备同学录。

只是在这最后的时光里，离别的情绪感染着每一个人，大家也都更珍惜这场相遇，那些小矛盾好像都没有那么重要了。

长大了，像那种我借你橡皮擦却没有还的事自然要落上灰滚一边去。

温倩看到宁绒接过她的同学录的那一刻，脸上的笑容展开，对宁绒轻轻说了声："高考加油。"

宁绒抬头望了她一眼，杏眸干净，轻笑了下，声音温和地说："温同学也一样，高考加油！"

她给温倩写的同学录，笔迹秀致，工工整整，一笔一画皆是祝福。

△夏日从不结束，愿你的人生如夏日骄阳一样热烈，永不落幕。

温倩看着宁绒几乎不记恨她的样子，吸了吸鼻子。认真说来，她这个前同桌其实也不差，学习好，长得漂亮，读书也用功，除了活得规规矩矩不知变通外，真的很好。

想到在宁绒生病没来学校的那段时间里发生的事，温倩看着面前什么都不知道的宁绒，心软了软，说："绒绒，你不在的时候，宋赢萧和江成风起了冲突，还回家住了一段时间。"

宁绒抬眸看着温倩，干净的杏眸里有惊讶，也有不解。

温倩知道宁绒好奇心不重，只是因为宁绒去找了宋赢萧两次，又递了可能是误会的"情书"，高三年级里直接流传出了宁绒喜欢宋赢萧的话。

温倩瞧着宁绒这懵懵懂懂的样子，就猜到她这个闷葫芦到现在可能还什么都不知道,无奈地叹了口气,又说:"宋嬴萧之前成绩下跌,就是因为这个。江成风做了不好的事,和人嚷嚷了出来,传到宋嬴萧的耳朵里,两人就……听说都受到了处罚。"

话落,温倩瞄了眼宁绒的神色,无波无澜,安静得过分,让人根本看不出她在想些什么。

温倩摇了摇头,呼出一口气:"绒绒,之前针对你的事,对不起。"

宁绒回神,开口准备说没关系,温倩垂头又说:"还有……你暗恋宋嬴萧的那些流言,我觉得可能也有我的功劳,对不起。"

"那封粉色情书,是我看错了,抱歉,我不应该私下乱说的。"

宁绒一怔,想到上次那个女孩子进(103)班给宋嬴萧送信,反而是她这个来不及回避的人收到了(103)班的同学们诡异的眼神,回来后还被温倩阴阳怪气。

宁绒以为温倩也误会了什么,睫毛轻颤了下,下意识地说:"没暗恋,也没告白。"

"我知道。"温倩说。

那封有桃花树图案的粉色"情书",本就是因为江成风才闹出来的乌龙,若不是她当时也在现场,估计现在还糊涂着,也不知道一个人的心居然能这么复杂。

而宋嬴萧这个天之骄子,被许多女孩子仰慕的少年,对宁绒来说,温倩突然觉得,当骄阳不被在乎的时候,即便他的光芒热烈灼人,她也不会看到他。

沉默蔓延了一分钟,温倩合上手中的同学录,心里挂着的事如今当着当事人的面说清楚了,也能让往事随风而去。

她轻笑了下,朝着宁绒伸出手,真诚地说:"宁同学,祝你以后前程似锦,开开心心。"

宁绒接受了温倩的道歉,也和解般将手伸出去,笑颜明媚:"谢谢。"

关于自己暗恋宋嬴萧的事,高考前,宁绒都没有听到什么流言,这件事被她自然而然地放下。

最后几天繁忙的学习结束,高考如期到来。

那天的清江城是个吹着凉风的阴天,整个城市里花草树木的颜色都深了几分。

学生们因为高考而产生的焦躁情绪似乎都被轻风细雨给抚平了。

走进高考场地前,宁绒隔着熙攘的人群看到了走在前方,身穿白衣黑裤的宋赢萧。对着少年清爽高挑的背影,她眸色放柔,轻声说:"宋赢萧,高考要加油啊!"

蝉鸣阵阵里,决定人生命运的考试走到尽头,收卷铃声打响的那一刻,宋赢萧放下了笔,偏头往外瞧。

窗外的夕阳悬在天边,微橙,已有落幕的浅兆。

试卷被收走的时候,他才后知后觉地意识到,高中的生活,就这么结束了。

无声又无息。

有些突然,却是早就被定好时间的。

跟着同学们欢快的脚步走出校门后,宋赢萧看到笑着朝萧矜奔去的姑娘,脚步定住。

他眸中黯然如沉云,脸上的笑容也几乎撑不起来,胸腔难受又窒息,似乎连呼吸都不会了。

他狠狠地扯起嘴角,却还是在这个各奔东西的起点,用那颗痛到失声的心祝福她:

丝丝,在以后的时光里,一定要平安顺遂啊……

突然和宁绒失去联系是在高考后的暑假,宋赢萧和陈艳秋汇报高考分数和意向学校的时候,不经意提及宁绒报考的大学,却没得到消息。

他去大学报到前,在同学群里隐晦打听了几圈,都没有结果。

一个活生生的人,就这么"离奇失踪"了?

大学军训结束,学校餐厅里,周余瞧着依旧魂不守舍的人,将宋赢萧餐盘里的鸡腿夹走,咬了一口后问:"萧哥,还是没消息吗?"

"嗯。"宋赢萧低头吃饭,情绪很低。

周余翻出自己的手机看了眼,指尖划拉群消息,根本没有看到关于"宁绒"二字的字眼,皱眉:"你说这宁同学总不会是出什么事了吧?"

"比如……死亡?"

宋赢萧抬眸,眸色稍冷:"不会!"他声音有力,脖颈青筋绷起,全身的每一个感官都在极力地否定这个事实。

周余也不愿这么想,但瞧着宋赢萧这模样,顿时没了食欲,叹了口气,劝道:"萧哥,实在不行你就忘了吧,学校里漂亮妹子这么多,你也睁开眼看看呀?

"吊死在一棵树上,妹子们该多伤心啊!

"我都替她们感到不值了。"

"关我什么事？"撂下这句话，宋赢萧端起餐盘起身就走，眉眼含霜，瞧着格外无情。

"哎……萧哥，你……"周余低头，看了眼还剩下大半的午饭，舍不得浪费，伸出的手收回，没选择追上去。

只是后来的几天，周余被身边的女同学打听宋赢萧女朋友是谁这件事后，一脸蒙地找到当事人："不是萧哥，你这什么时候交了女朋友啊？都不告诉兄弟一声。"

"没有。"宋赢萧懒散地靠在自家沙发上，捏着的手机里时不时发出欢快的游戏音，闻言眼皮都没抬一下地解释，"打发人的说辞。"

周余知道了，这人长了这么一张招蜂引蝶的脸可能也是被妹子要微信要得烦了，就直接编了个借口。

他明白后也不说什么，眼神扫了眼宋赢萧新买的小别墅，笑道："搬出来躲清静了？"

宋赢萧懒懒地"嗯"了一声，随后抛给周余一把钥匙："你要是想搬过来住，一楼房间随便挑。"

周余接过："倒也不用，我懒得两边跑。"话是这么说，手里的钥匙却被装进了口袋里。

医学生的学业很忙，忙到宋赢萧在夜深人静之时甚至都没时间去想宁绒这个人，也没工夫去后悔自己当初没有再勇敢一点，他甚至还有些庆幸自己选了这个专业，可以昏天黑地地去专注一件事。

可是……

高中学校的年级大群被他置顶，就在宁绒微信的正下方，那是一个比较重要的位置，重要到群里的消息他会最先看见。

一条都不曾错过。

所以更深的夜晚，宋赢萧无数次从梦中惊醒过来，一头的汗，急促的呼吸几次停滞，根本不敢去回忆梦中的场景。

周余随口说出来的话就像是魔咒一样，紧紧缠绕在他头顶。

宁绒怎么会死呢？她会活得好好的，会健康平安地活着。

可他害怕这个万一，"死亡"这两个字牢牢地折磨着他，浓厚的黑眼圈也拖不回一个毫无睡意的人。

宋赢萧翻出手机，开始一点一点核对萧矜的行程。

半年多的行程安排，被他在纸张上一一罗列出来，他像个暗中窥视别人的变态一样，每写一个字手都在抖。

那段时间他失眠很严重，上课时精神都有些恍惚，所以期末考试成绩一出来，韩教授知道宋赢萧放假没回家，直接给他打了一个电话，让他到约定地点来。

那是一个落雪天，韩教授和宋赢萧坐在咖啡馆。

韩教授握着咖啡杯，瞧着面前这个他十分看好的学生短短几天居然又消瘦了一圈的模样，不忍心问："和女朋友分手了？"

这个孩子有女朋友的事，他听说过，为此伤了不少小姑娘的心呢。

那个叫夏南欢的女孩子好像最为出名，追人还挺坚持不懈的，就是没什么效果。

"没。"宋赢萧回答。因为没休息好，他声音微哑，如含着沙。

"那是和女朋友闹矛盾了？"

"没有。"宋赢萧看着眼前一头银发、黑眸染着倦色的老者，还是强打起精神直接问，"老师，您找我就是因为这个？"

韩教授笑了："不然呢？你这小子成绩都降了几分了，我要是不找你，以后的得意门生岂不是要少一个？"

"教授，我还是第一。"宋赢萧有些无奈。

韩教授板起脸："和平时的小测验比差多了。"

宋赢萧不语。

"你呀，我还真没看出来你这孩子是个恋爱脑，和女朋友闹个矛盾连学业都能给影响！"韩教授一脸惋惜，"多好的学医苗子啊。"

"对了，你女朋友哪个学校的？现在应该放假了吧？"韩教授左右看了看，"没在你身边吗？也不在上都？"

宋赢萧低头，沉默以对。

韩教授以为宋赢萧是不好意思，又说："你老师我年轻的时候也劝和过不少小年轻，若是人家姑娘在这边，你带过来，老师帮你，多大矛盾都能给你们解决了！"

"以后吧。"宋赢萧声音极轻极淡，"她现在……不在我身边。"

瞬间明白了什么的韩教授闭嘴了。

他将手中的咖啡一口一口喝完后，瞧着对面黑衣黑裤没什么精神气的宋赢萧，哑声问："赢萧啊，你这女朋友，不是骗我们的吧？"

宋赢萧没接这话，只是说："以后有机会我带她来见您。"

一场师生谈话后，韩教授心里有了七八分把握，在宋赢萧保证以后不会再影响学业后，这件事才罢休。

萧矜演唱会在上都举办的时候，宋赢萧去了，那时候距离农历新年还有七天。

现场呼声震天,宋赢萧站在人潮里,彩光晃在他锋利的五官上,黑眸努力辨认着VIP座位上每一个人的面容,却始终没有看到想要见的人。

找不到宁绒,宋赢萧只能将希望放在萧矜身上,甚至关于萧矜的虚假恋情消息都要看好久,期望能看到宁绒的身影,又有点不太期望。

演唱会散场的时候,台上灯光一盏一盏熄灭,宋赢萧迟缓地站起身,随着所剩不多的行人朝外走。

场外的风有些冷,吹得人眼睛生疼,宋赢萧裹了裹衣服,把卫衣兜帽盖在头顶。他准备离开时,一个卖花的小姑娘走到他身边,仰着头,清澈的双眸看着他,笑着说:"哥哥要买一束玫瑰花吗?可以送给漂亮的姐姐哦。"

宋赢萧看着花开艳丽,枝干上的刺都被处理干净的红玫瑰,拿出一张百元大钞递到小姑娘手里,淡淡地说:"哥哥没有能送花的人。"

"这花,你送给身边喜欢的人吧。"

话落,他大步离开,孤寂的身影消失在无边夜色里。

周边的冷风吹过,小姑娘冷得抖了下身体,再看不到这个大哥哥后,抿了抿唇,瞧着手里红艳艳的一百元,装进了口袋。

手里的红玫瑰还剩下十束,小姑娘不愿意占人便宜,客人既然付了钱,她就不能再卖出去。

让她送给喜欢的人吗?

身边?

小姑娘眼神四处搜寻,看到一个从演唱会出口走出来的、穿着白色羽绒服的漂亮小姐姐,眼神一亮,几步跑上前,将手中的花束送到她面前,开心地说:"姐姐,这个送给你。"

宁绒看着小姑娘手里捧成一束的玫瑰花,愣了下,有些不确定:"送我吗?"

小姑娘点头,声音清脆:"方才一个大哥哥付了钱买的,他没拿走,说让我送给自己喜欢的人,姐姐长得漂亮,我想送给你。"

说着,她又往前捧了捧手中的玫瑰花,大眼睛瞧着宁绒那张明艳漂亮的脸,脸上笑容扩大。

姐姐真的好漂亮呀,是她见过的最漂亮的人。

宁绒有些犹豫。

旁边全副武装的季澜双碰了碰自己女儿的手臂:"收下吧,小姑娘也能早点回家,很晚了。"

宁绒这才小心接过，杏眸看着小姑娘，从包里拿出几颗酒心巧克力递给她，眼尾弯了弯，声音温和地说："谢谢小妹妹的玫瑰花。"

"不过姐姐不白拿，我们交换。"

小姑娘眨了眨眼，接过宁绒给的巧克力，说了声"姐姐再见"后，开心地跑了。

宁绒看着怀中娇艳欲滴的玫瑰花，鼻子凑近闻了闻，有种沁人的香味。

她对身边的季澜双说："妈，一会儿我去买个花瓶吧，正好能将玫瑰花养在家。"

"随你。"

靠安眠药保证正常睡眠的日子说难熬也不难熬，在宋赢萧的回忆里，那段日子好像很快就过去了。

而现在，宋赢萧看着手机上无意中刷到的电视剧剪辑片段，里面一身红裙的小公主面容娇俏，笑看着他说："你可是想我了？"

他一遍又一遍地放，一遍又一遍地听她问。

"你可是想我了？"

"你可是……想我了？"

"宋赢萧，你可是……想我了？"

眼尾不自觉染上了红，鼻尖酸得厉害，漆黑的双眸几乎含不住泪，宋赢萧指尖颤抖着抚摸上屏幕中那张含笑的脸，笑着回应："是啊，我想你了。"

很想很想。

没什么出息地想，夜深人静时想，时时刻刻地想。

倏地，门外传来敲门声，宋赢萧抬头，揉了下眼睛，将所有情绪压在眸底，走过去开门。

周余一进门就看到了宋赢萧那无法掩饰的通红的双眼。

他在心里一叹，把准备从兜里掏出来给宋赢萧看宁绒剧照的手机又放了回去。

跟来的夏南欢本来还开心终于来了宋赢萧家，眼下猝不及防看到这样的他，脸上笑容收敛。

这还是她第一次见到宋赢萧这么脆弱的样子，他们学校的天之骄子，做什么都手到擒来的人，为了一个女人，何至于如此啊？

怪不得周余说她没机会，今天不适合过来，眼下面对这场面，她有些后悔自己没有听周余的劝。

279

宋赢萧也觉得自己不至于如此，宁绒平安活着的消息让他那颗不算理智的心回归正常，唾弃以前的自己的同时，与生俱来的高傲被他捡了起来。

他不要在一棵树上吊死。

知道宋赢萧的想法是在一个中午，周余嘴上说了一声佩服，但不信，所以晚上下课后直接拉着这人出来喝酒。

烧烤摊上，两人占了一张桌子，上面摆满了各式烤串，周余一边吃，一边说："态度是好，不过萧哥你不能只是嘴上说说，你得行动啊！"

宋赢萧见周余手中的啤酒瓶几乎见底了，闻言挑眉，笑了一声，问："比如？"

"先删个微信？"周余将宋赢萧的手机拿在他眼前晃了晃，"解锁，删人！"

宋赢萧顿了几秒，而后将自己的手机夺回来，不耐烦地说："别动我东西！"

周余摆出请的手势："成，那你自己来，我不碰。"

宋赢萧打开微信，上面关于宁绒的置顶依旧没有取消，他指尖点进页面，却在删除键那里，大拇指就像是铁水浇筑成的一样，动弹不了，也坠不下半分，甚至根本不听他指挥。

周余咬下一口羊肉串，笑着提醒道："萧哥，这只是人家姑娘弃用的号。"

所以根本没什么价值，也没什么舍不得的。

"不删！"

打脸来得太快，宋赢萧把手机装回兜里，没再说话，一瓶一瓶地往嘴里灌啤酒，企图一醉解千愁。

喝醉的人没什么克制而言，还算清醒的周余听着宋赢萧一声又一声嘟囔宁绒的名字，想大声笑话他，可想到自己对夏南欢的感觉，又实在笑不出来。

周余拍了拍宋赢萧的肩膀，可能是觉得同病相怜，掏心窝子的话就这么脱口而出了。

"既然想见她，那就去见。

"既然放不下，那就不放。

"咱们都是红尘里的俗人，没出息一点怎么了？

"干吗非要给自己限定上一个无欲无求，看不起爱情的标签？

"所以,放下骄傲去努力一下吧。
"说不定就梦想成真了呢!"

全国的好大学被宋赢萧在白纸上一一罗列出来,在周末休息时,他每去一个城市,每到一所大学,就从白纸上划去一个名字。

海城大学、明林大学、上川大学、政华大学、复宁大学……

随着白纸上大学的名字一个一个地减少,越发繁忙的学习生活占据了宋赢萧更多的休息时间,寒暑假大学不开学,他能去找人的时间被一减再减,速度一慢再慢。

而萧矜的大型活动现场,即便请假,他也几乎一场不落。

随后,他出国,企图在国外那一群金发碧眼里找到那个有着黑发黑眸、笑如春水的姑娘。

时间越久,思念越深,大部分的希望破灭后,宋赢萧看着那张皱巴巴的白纸上所剩不多的几所学校,居然有种不敢前去的感觉。

他怕宁绒不在那里,怕希望破灭得太过无情,也不想最后掐灭自己期望的还是他自己。

这未免太过残忍了。

只是时间不多了,大四,对大部分学生来说距离毕业不远了,距离外出实习更是近在咫尺。

所以去安津市之前,宋赢萧希望老天能保佑他。

可是,待在这里的四天,宋赢萧接到了两通来自韩教授的电话,催促他赶紧回去参加课题。

手中皱巴巴的白纸上,也只剩下一个城市的一所大学。

蒙蒙细雨飘落到宋赢萧的睫毛上,又随着睫毛的轻颤滑落下来。

透明的雨伞下,他低下头,挂断电话。

路上的出租车很少,公交车站就在前面的一百米处。可能是失望,宋赢萧忽然想起了之前在这里遇见的一只眼睛瞎了的流浪小布偶,浑身脏兮兮的,看一眼都觉得可怜。

他失神地想,这一趟来,他总不能什么都不带就回去吧?

所以在离开之前,宋赢萧转头,又回去了之前经过的那个小巷边,从猫妈妈手里将小奶猫接了过来,然后撑着伞朝公交站牌走去。

公交车停靠路边,前后门同时打开,宋赢萧于前门处收伞上车。

后门处,宁绒随着几位同学一起下车。

车门关闭后,宁绒站定看了眼头顶阴沉沉的天,准备离开时似有所感地转过头，不知道是不是她的错觉，她看到了一张有些眼熟的脸。

还不待看清，那人就走向了车辆后排，落座在另一侧，她看不到的角度。

下意识抬步的脚在车轮滚动的那一刻止住，落在脸上的雨丝冰凉，宁绒回神，摇头失笑。

宋赢萧？一定是她看错了，他怎么可能会来这里。

宁绒拖着手边的黑色行李箱朝学校的方向而去，想到自己特意买的猫粮，转道去了自己常去的那个巷子口。

结果喊了几次都没有看到猫妈妈，只有附近的几只流浪猫凑了过来，宁绒给它们分发食物，见所有小猫状况良好，起身离开。

最后一处城市走过，纸上的最后一所大学也被划掉，宋赢萧收起笔，忽然有一种难以言说的脱力感。

站在临江市淮安大学的校门口，目光看着周围来来往往的行人，车水马龙的热闹，那一刻，宋赢萧觉得自己好像什么都没想。

却莫名地说不出话来。

喉咙哽咽得厉害，什么都吞不下。

停靠在路边的出租车的红色灯牌上，亮眼的时间显示今天是2018年12月30日，星期日。

宋赢萧后知后觉意识到，马上就要2019年了。

他和宁绒，已经有1301天没有见过面。

他是真的，有些想她了……

2018年，宋赢萧失望而归，在2019年农历新年开始的第一天，他那个不曾被实现的愿望，本以为就要这样落空了，但还是被老天爷弥补了回来。

尽管迟了点。

那天，温媛和宋简因为彼此情人的事吵了一架，大过年的，老爷子嫌晦气，训斥了两人一顿。

家里气氛略显僵硬，江听周早早溜了，宋赢萧不想在家里遭受冷空气，也从家里走了出来。

他身上穿着一件黑风衣，戴着温母图喜庆给他买的红围巾，衬得眉目精致，肤色冷白，就这么漫无目的地走在大街上。

走累了，他就坐上一辆公交车，从中途坐到终点，慢慢欣赏这个城市的风景，巧的是，最后车子停到了 A 大校门口。

一群人从车上下来，最后下车的老奶奶踩到地上未化的积雪滑倒，怕被碰瓷，周围没人上去搀扶。

宋赢萧无所顾忌，扶起腿脚不便的老人家，将她送回了附近的小区。

快走到终点的时候，宋赢萧听到了前方的欢笑声，下意识抬眼，然后就看见了一个带着小女孩在街边堆雪人的姑娘。

她穿着白色羽绒服和黑靴子，头发梳成简单的丸子头，小脸瓷白，眼尾弯弯，双眸专注地看着面前快堆好的雪人，脸上是他少见的开心，人间烟火气很足。

手中的胡萝卜被她给雪人当作了鼻子，脖子上戴着的红围巾也给了雪人当作围脖。

宋赢萧愣住，脚下停步，眼睛不眨。

耳边爆竹声响，年味热闹。

猝不及防的时候，他喜欢的姑娘，出现在了他眼前。

在 2019 年农历新年的第一天，老天爷终于发了一回善心，让他遇见了她。

像是做梦一样。

一段缘分有了起点，宋赢萧就等在一边，知道了宁绒的住处，知道了她就读的大学，也知道了一个……格外惹人烦的家伙。

早有预感他喜欢的姑娘也会被别人喜欢，但那种死缠烂打的，宋赢萧没设想过。

正在想解决办法的时候，他也在宁绒所在的小区买了房子，就在她楼上一层，距离她很近，又不显打扰。

知道她每两天会有出去采购一次的习惯，宋赢萧跟了两次，第三次的时候，万分庆幸自己还跟着，才有机会把他的小姑娘从危险边缘拉了回来。

车辆被撞侧翻的时候，随之而来的巨大冲击力让宋赢萧额角受伤，鲜红的血染红了半张脸，浑身的疼撕扯着神经，像是针尖扎进了骨头里，只恨不得立刻晕死过去，可他不能！

那个疯子还有反抗的能力，他不能倒下去。

他几次挣扎着想要挪动身体站起来，可身上渐失的力气支撑不了他这么做，每次都只能以失败告终。

直到耳边传来急促的警笛声，模糊的视野里，宋赢萧看到被警车包围的肇事车辆，一颗心才放下，再也支撑不住，眼前一黑，彻底昏了过去。

那段不知岁月的时间里，微弱的意识让宋赢萧知道自己躺在医院，迷迷糊糊中，还听到了有人在哭，在控诉他不爱惜自己，为一个女人将自己折腾成这个样子，早知道会这样，就该早点让他死心才好。

宋赢萧想说不是这样的，不怨她，是他自愿的，都是他心甘情愿，她什么都不知道。

可他张不开口，说不了话，沉沉的困意囚禁着他，唯一还算知道的是，他又被送去了手术室一次，医生说，醒来没多大希望。

周余好像来了，夏南欢也来了，宋赢萧是醒来后才知道的，而在他被困意囚禁挣扎的那段日子里，就在他快要支撑不住时，他听到了一道远隔了三年多的声音——

"宋赢萧。"

"宋赢萧。"

…………

是宁绒在喊他。

是她来找他了吗？

除了不能丢下的亲人支撑着他往前走，如今筋疲力尽之时，宋赢萧忽然很想要再见见宁绒。

哪怕一面，哪怕一次。

强烈的求生欲几乎调动了全身的每个细胞，挣扎反抗，拼尽全力地去劈开黑夜，然后阳光铺洒进不见光的囚笼里，宋赢萧慢慢睁开了眼睛，由模糊到清晰的视野里，他看到了周围人惊喜到不敢置信的神情。

他嘴角缓缓扯起一抹笑，他知道，自己从黑夜中挺过来了。

他在医院休养的那段时间，夏南欢简单提了一下自己拿到宁绒声音的原因，他没说什么，只是偏头看着窗外雪已融化，春在复苏的世界，觉得活着真好。

夏南欢看着病床上病弱苍白的宋赢萧，吸了吸鼻子，红着眼睛说，她可能要放弃他了，不是因为她比不过宁绒，只是因为他这个人，除了宁绒，不会再让谁走进他心里。

宋赢萧神色无异，似不在乎，只是缓缓地说："周余很好。"

夏南欢没说话，沉默在病房里蔓延。

一分钟后，脚步声起，病房的门被打开后又被合上，房间彻底安静下来。

宋赢萧轻叹一口气。

躺在病床上的时候，宋赢萧几次收到他喜欢的姑娘被人欺负的消息，心头火起，理智都要燃烧没了，恨不得立即去帮宁绒打走欺负她的人，奈何心有余而力不足。

他的父母同意不干涉他了，却不会在宁绒这件事上帮他，至少短时间之内是这样。

他们心里有气，他知晓，也愿意受着。

硬生生熬到能下床，他才去见了顾命，两人以赛车为赌注，来了一场生死之约。

赛车启动，无视侧边人的挑衅动作，宋赢萧踩下油门，一路飞驰。

眼前的风景急速后退，呼呼的风声和轰鸣声灌满耳朵，他只知道往前冲，用最快的速度……

车子前轮冲过悬崖边缘的时候，宋赢萧其实也什么都没想，甚至连害怕的情绪都不曾有，好像难过到极致或者面对生死的时候，什么都放开才是最合适的。

回过神来后，宋赢萧扯开安全带，开门下车，黑眸看着从后车上下来的脸色苍白的某人，扯唇，声音极轻极淡："你输了。"

顾命凶狠地瞪着宋赢萧，皮肤上青筋颤动，情绪直冲脑海，不敢置信从无败绩的自己居然输给了一个半死不活的人！

可他却又不得不服气。

也不得不承认，他胆怯了，怕死了。

他，不如宋赢萧。

他沉哑的嗓音几乎是从喉咙里挤出来的："我不会去主动见她，但若离开安津之后再遇见，我不会再放手。"

宋赢萧的黑眸沉下来，眉锋如刀："你要反悔？"

顾命冷笑："我只能做到这点。

"至少，我现在不会再去纠缠她了不是吗？

"还有，我也是宁绒的半个救命恩人，你若真记挂她，这情，你是不是也得承一点？"

宋赢萧退了一步，也不忘记警告这人："你记着，不纠缠也等于任何形式的不打扰。"

顾命甩脸色："知道了，我回去告个别就说话算话！"

没有顾命的纠缠，宁绒便能更安心地去准备考研的事。

宋赢萧身体恢复出院，再回学校时因为手臂受伤留下了后遗症，选择了让未来的自己成为一位心理医生。

用三年的时间去追赶别人八年的学业，还要实习，宋赢萧那时候忙到几乎没有一点空闲时间，只有在新年那几天能喘口气的时候才会待在自己家，就那么静静地躺在沙发上，什么都不想地感受着楼下宁绒家里的烟火气。

　　感受着她在身边。

　　他知道，他和她现阶段谁都没有尘埃落定，并不适合见面。

　　小姑娘现在的性子虽然相比以前柔和了些，但面对感情，还是会防备和抗拒。

　　心理学专业知识也告诉他，他们现在相遇的话，时机不对，小姑娘也需要认真学习，所以，他必须再等等。

　　现在能和她相处在同一空间，已经很好了，他不能再急于求成。

　　宁绒研究生快毕业的时候，宋赢萧无意中知道宁绒有考Ａ大教师的打算，便直接将自己实习了一半的地点改到了Ａ大校医院，在拿到学校毕业证后，顺理成章以一个心理医生的身份在这里正式入职。

　　他有信心和她在这里重逢。

　　只是等到那个时候，他应该说点什么才能让记不住人的她记起他呢？

　　宋赢萧垂眸，房间抽屉里来自她的粉色的"情书"还被他好好保存着，精心制作的桃花树依旧花开满枝丫，浪漫又灿烂。

　　上面秀雅的字体也几乎如新。

　　如今风雨过后，褪去青涩的他们，如宁绒当初期许的那样，强大又幸福。

　　如一个美好故事的开端。

　　宁绒正式入职Ａ大那天是个阳光灿烂的好日子，天气不冷不热，有微风，格外适合重逢。

　　这一天等得太久，以至于宋赢萧在早上五点就收拾好了自己，打扮得干净清爽，给了自己一个最好的面貌。

　　然后，他就一直坐在自家沙发上望着窗外，等今日的太阳升起。

　　三年过去，当初那只弱弱小小的冰糖趴在他身边陪着他，打着小呼噜，惬意又自在，丝毫不受这特殊日子的影响。

　　可真正的重逢啊，在它来临的时候，即便宋赢萧在内心演习了无数次，还是会感到紧张。

　　怕她记不得他，也畏惧她陌生的眼神，总感觉……自己会失望。

　　但还是期望的不是吗？

　　不管如何，也还是要去见她的。

心里的情绪堆积太多，脑子消化不了，离家的时候，宋赢萧顺手带走了冰箱里的一罐啤酒，冰的，冰得人手指沁凉。

他这个免疫力低下的身体不适合喝，会生病。

可总得让他这个胆小鬼来点壮胆的东西。

不然他怕自己会哭。

已经够没出息了，要是能不丢人，还是不丢人的好。

Ａ大校园主道上，微风轻拂，树叶摇晃。

宋赢萧站在道路中心，右手食指指尖抠开易拉罐拉环，点漆般的黑眸瞧着不远处被人搭讪的姑娘，一瞬间，不爽浮上心头。

压火似的，他将手中的啤酒闷下几口，却又克制地留了一半。

怕被嫌弃是个酒鬼。

等宁绒走下台阶，身影消失，宋赢萧走到她方才站定的位置。

待他手中的易拉罐被抛掷到垃圾桶里的那一刻，故事的齿轮开始缓慢转动。

这一场等待已久的重逢，也正式开始……

番外二·往后

春晚零点的钟声敲响的那一刻，宋赢萧看着身边熬不住睡了过去的宁绒，听着她清浅的呼吸声，心软了软。

给宁绒盖好被子，他这才挪动手臂拿出床边柜子里被他珍藏的那罐千纸鹤。

他动作小心地打开盖子，从里面挑了一只最漂亮的千纸鹤出来，慢慢拆开。

字条上，宁绒说：

△宋赢萧，我又去了之前的寺庙，为你向佛祖求平安，得了个上上签，所以不管往后余生如何，你都要向佛祖履行承诺，和我一起长命百岁。

这是宁绒不知道他们有没有未来的情况下写给他的。

那时候的他们过得都不好，他甚至不愿意去回忆，可如今看着手里的字条，他笑得愉悦。

他的小姑娘，即便没有选择他，也没有辜负他。

当初那段摇摇欲坠的感情，即便是断了，但因为喜欢，她都在回应着他。

这一千多只千纸鹤，她得跟他说多少话呀。

手里的透明玻璃瓶被千纸鹤装满，宋赢萧看了眼宁绒，又看了看它，眼中全是蠢蠢欲动。

他想履行之前答应她的事，可他忍不住，内心的好奇催促着他再打开一只，再打开一只。

和睡熟的宁绒轻声说了句抱歉，宋赢萧打开了第二只千纸鹤，上面有很长一段话：

△宋赢萧，我去了我们高中时候的校园，想起了那时候在操场上穿着红色球衣、投篮三分的你；想起了站在比赛尽头，为运动员加油的你；想起了和我报一个英语辅导班的你；也想起了拦住我让我告白的你。我

想起了好多你，鲜活而有生命力、活得张扬肆意、那时候最好的你。所以在这里我要向最好的你道个歉，那时候的宁绒不好，没看到你的心意，对不起。这个道歉有点迟，虽然诚心，但你记得小气一点，不要原谅她。

宋赢萧笑了，看着身边软乎乎的、惦记了好多年的姑娘，一个极浅的吻落在她额头，他说："好。"

小气一些，不原谅她。

但她要是补偿的话，他就勉强原谅吧。

宁绒被细细密密的亲吻吵醒，迷迷糊糊中，她听到宋赢萧说："那时候我的小姑娘过得不开心，她不是故意的，丝丝，你不要怪她。"

将贝莓送去上学的后一天，A 大也如期开学了。

同时，顾命捐钱修建的游泳馆完美竣工，只等名字安装好，下周就正式对学生们开放。

宁绒听到这件事的时候反应不大，只是想起已经有段时间没见在国外出差的顾命了，真心希望他以后能过得好，也能放下过去找到自己喜欢的人共度一生。

开学后，还是宋赢萧负责接送宁绒上下班，宁绒好笑地说来回接送这种事让她都没机会骑她的小电动车了，让他顾着自己就好。

车子里，宋赢萧望着她，放低声音，故意委屈地说："老婆，你是不是觉得我太黏人了？"

宁绒额上冒冷汗，这要她怎么说？她还真有点觉得他黏人，可说谎好像又瞒不过这人。

宁绒两秒钟之内没开口，宋赢萧了然，轻"哼"了一声："果然，女人都是大猪蹄子，得到我就不香了。"

宁绒一愣："呃……"

将宁绒送到学校，宋赢萧没和往常一样离开。

宁绒看着和自己一同走进校园里的人，问："你不去公司吗？"

宋赢萧瞥了她一眼，声音淡淡的："今天游泳馆挂名，顾命会来，我得守好我的墙脚，才能不被挖。"

宁绒又是一愣："呃……"

他不说，她都差点忘记还有这事了。

不过，这人出来前是不是喝了一袋醋，怎么感觉好酸？

游泳馆的剪彩仪式顾命来得有点迟，但他开着一辆红色超跑进校园的时候，引起了不少人的注意。

游泳馆距离美术系还挺近，这次没课的老师几乎都在这里，宁绒带着宋赢萧站在角落，不太容易让人注意到的位置。
　　手被这人紧握不放，宁绒不太好意思面对周围老师调侃的视线，手臂不由得往后藏了藏。
　　顾命开门下车的时候，视线不由自主地先落在了藏于人群里的宁绒和宋赢萧那边。
　　对上宋赢萧宣示主权似的目光，他轻嗤一声，只当看不见。
　　对于宁绒眉梢眼角透露出来的幸福感，他难过之余，感慨自己居然还有这么伟大的时候。
　　他拍了拍身上并没有沾染上半点灰尘的西装，抬头，在心中给自己鼓劲：顾命，今天是个好天气，所以，一定要开心一点。
　　寒暄之余，时间也到了上午十点，工作人员将剪彩的工具准备好，鞭炮声中，红色的布条被剪刀剪开。
　　众人随着顾命的身影视线向后，游泳馆牌匾上遮盖的红布被顾命抬手扯下。
　　"琴瑟馆"三个字显露在众人眼前。
　　之前那些知道顾命追过宁绒的人纷纷看向她，她瞬间愣住，而后目光看向朝她看过来的顾命，心情复杂。
　　握着她手指的指尖收紧，宋赢萧极轻极浅的声音落在她耳边："丝丝，这个名字很好听。"
　　虽然知道这人退出后不会再搞什么幺蛾子，但看到这个名字，宋赢萧居然生出了一丝丝对情敌的同情，也感激他。
　　"琴瑟和鸣"啊，从古至今都是用在夫妻身上的词。
　　如今，这个落在 A 大的游泳馆，是顾命对他们二人长久的祝福。
　　顾命潋滟凤眸勾着笑，半点都不避讳其他人，看着宁绒和宋赢萧说："这个算是我送给你们的新婚贺礼之一，结婚的时候，可要记得给我这个朋友发请柬！"
　　宁绒扬起笑，点头："谢谢。"
　　宋赢萧突然提议："要当伴郎吗？"
　　顾命直接拒绝："太扎心，不当，就当宾客！"

　　中午的时候，顾命从学校领导办公室那边出来时，宋赢萧掐着点给他去了一个电话，又叫上宁绒，三个人去附近的餐厅聚了一次。
　　饭菜上桌前，顾命告诉了两人他要去非洲那边开拓生意的消息。

"不过绝对不会错过你们的婚礼。"

宁绒不知道说什么，半晌只说了句："注意安全。"

宋赢萧倚靠着沙发椅，长腿交叠，几分懒散中，抬眸问："什么时候走？"

"明天。"顾命望着窗外已经抽芽的树木，笑容收敛，"行李已经寄过去了。"

"一路顺风。"宋赢萧指尖点了点桌上的手机，"有事联系。"

顾命挑眉看他："联系？"

宋赢萧点头："能帮上忙的我不会推辞。"

顾命呵笑一声："能让你这铁公鸡拔根毛也是难得！"说着，他又贱兮兮来一句，"放心，你顾爷我只是短暂地离开，在此之前呢，我已经将户口迁到了清江城，等我工作回来，会彻底定居这边，就在你们小区。

"这辈子呢，清江城都是我顾命的归途。"

宋赢萧罕见地不生气："欢迎！"

宁绒也笑着说："欢迎。"

顾命下颌微抬，轻哼了一声，腹诽：算你们识相。

顾命离开的时候，是宁绒和宋赢萧去送的。

登机之前，顾命瞧着身边的两人，许多想说的话到嘴边又咽了下去，最后捶了宋赢萧肩膀一下，故作潇洒地说："你顾爷我还会回来的！"

他的目光落在宁绒脸上，哽咽了下，故作自然地说："再见。"

话落，他不等宁绒和宋赢萧回答，迅速转身离开。

离别的程序已经走足了，再多的话都改变不了要离开的事实，那还不如潇洒一点，让自己得体些。

等看不到顾命的身影了，宁绒问身边的宋赢萧，声音很轻："顾命他……会离开很久吧？"

宋赢萧没回答，只是说："他会回来的，这是个好消息。"

他摸了摸身边妻子的头，安慰她："现在交通发达，去非洲旅游并不麻烦，我们可以去看他。

"而且，这家伙不是说过我们结婚的时候会回来吗？"

宁绒瓷白的小脸染上笑意，眼底的泪意散去，她认同地说："对，不久后我们还会相见。"

宋赢萧亲了亲宁绒的眼尾，牵着她的手离开机场。

宁绒和宋赢萧的婚礼定在了五月十三日，在宋氏旗下的一处古朴庄园里。

宁绒和宋赢萧提前三天就来了这处庄园，前一天宋赢萧陪着宁绒参观这里的布置，后两天核对婚礼的各种流程和细节，邀请的宾客也陆陆续续入住。

季澜双在去墓园看过宁程司后也赶了过来，带着萧矜和黎青酥。

两个女人相处得极好，导致萧矜想过来凑个热闹就被季澜双不知道嫌弃了多少次。

母子两人斗着嘴，下车后在庄园门口遇到了萧觉景，一行人浅聊几句后一起进去。

宋赢萧和宁绒邀请的宾客并不多，宁绒本身没朋友，来的只是几个工作上的同事。

至于夏南欢，她依旧高傲地表示，宁绒想做她闺密，门儿都没有。

宁绒笑着将伴手礼递给她的时候不知道被什么绊了一下，差点摔倒，她手疾眼快地拉了宁绒一把，宁绒才又保持平稳。

宁绒瞧了眼刀子嘴豆腐心的某人，笑着说："那我以后继续努力。"

夏南欢挑眉，红唇微启，不自在地说："再说吧。"

晚上的时候，奔忙了一天的宁绒睡不着，宋赢萧这个新郎被赶去了隔壁房间，她自己就在床上刷手机。

因为微博号被暴露，宁绒也有了百万粉丝，平时那些粉丝留言她基本不怎么看，现在就是随意打发时间才会点进别人主页看看别人的生活。

她正看得开心，门外传来声音，是季澜双，说让她熄灯早点睡觉。

宁绒听话关灯，一夜好眠。

顾命飞机落地晚，半夜才过来，第二天还没睡好就被宋赢萧抓了壮丁，表示伴郎的位置非他莫属。

顾命瞪着眼前人看了好半天，知道宋赢萧是什么心思，冷哼一声，倒也没怎么反抗，认命去了。

宁绒没有父亲，将她送到新郎手中的，是萧矜这个眼含热泪的亲哥。

将人交给宋赢萧前，手里拿着话筒的萧矜让宋赢萧再三保证会对自己的妹妹好，宋赢萧认真应下，诚恳承诺，一字一句皆发自内心，没半分可挑剔的。

萧矜最后不情不愿地交付人的时候，季澜双只想捂脸。

新娘的手最终被握在自己手里的时候，温热的体温让宋赢萧眼眶发热。

面前的姑娘笑着看他，曾经日思夜想也想要拥有的人如今穿上婚纱嫁给他，在所有人的祝福下，早就准备好接受幸福的他此时还是不免有些失态，眼眶中的泪几乎含不住。

宁绒一叹，抬手擦了擦宋赢萧眼角快要流出的泪，看着面前俊朗非凡的男人，说："宋赢萧，你还记得曾经答应我的一个条件吗？"

宋赢萧点头，眼尾的红色晕开。

宁绒紧握着他的手，正色说："我现在就要你答应我，以后要因为我开心，不要因为我难过。"

宋赢萧上前紧紧圈住宁绒的腰，脑袋落在她肩头，鼻音很重地应道："今天最后一次好不好？"

宁绒拍着他的背，鼻尖也有些发酸："好。"

老爷子请来的婚庆公司将现场布置得很漂亮，婚礼进行得很顺利。

当伴郎的顾命没出什么差错，只是将新娘戒指递给宋赢萧的时候，他看着对面穿着纯白婚纱，漂亮到不可思议的宁绒，几次失神。

更没想到，他和宁绒的最终结果是他以伴郎的身份送她出嫁。

送最爱的人嫁给别人，诛心吗？

诛心，但心甘情愿。

至少她人生中最重要的时刻，他有机会参与，以一个不可缺少的身份。

也算是……无憾了。

宁绒和宋赢萧交换结婚戒指后，到了最后的抛捧花环节，顾命本来没打算接，却被不知道什么时候凑到身边的周余推了一把。

早就准备将捧花抛给顾命的宁绒看准他的方向，直接目标明确地抛了过来。

结果阴错阳差，捧花落到了顾命身边的江听周怀里。

众人静默一瞬，下意识算了算他的年纪，二十不到，想娶老婆还不到时候。

江听周不想管众人在想什么，朝着一边凑热闹的贝苒示意了下手中的捧花，歪头笑着看她，黑眸意味深长。

贝苒睫毛扑闪了下，看天看地就是不看他。

这种赤裸裸的忽视，江听周直接气笑了，脾气上来，直接当着众人的面不管不顾地拉着人出了大门。

没抢到捧花的顾命松了口气，看着陪宋赢萧在各桌敬酒的一身红裙娇艳的宁绒，端起面前的酒杯，一饮而尽。

醉意熏染间，他好像回到了第一次遇见宁绒的那个夏天。

在安津美院的图书馆。

阳光透过窗户洒落进来，落在窗边认真做笔记的女孩身上，像是给她镀上了一层光。

顾命还记得那天宁绒穿着白色短袖和浅蓝色的裙子，姿势端正地坐在书桌边，模样安静又内敛，格外吸引人眼球。

那时候，他赢了一场球，心情不错，想起和他闹别扭的女朋友，就想过来随意应付着哄两句，结果提着奶茶上了三楼，四处找人时，倏地止住了步子。

他看到了宁绒，只一眼，目光就移不开了。

搭讪美女对他这个浪子来说是驾轻就熟的事，但对于宁绒，那时候的顾命胆怯了。

像个第一次喜欢人的毛头小子一样，怕冒犯了人家姑娘，只敢提着奶茶坐在宁绒的斜对角。

至于手里甜到腻人的奶茶，这种他以前打死都不碰的东西，这时候被他用来掩饰什么，强忍着一口一口喝完后也舍不得走，就近抽了本英语词典，居然在时不时地偷看间默默背了两页英语单词。

跟着宁绒离开时，他既觉得不可思议，又觉得自己是真的真的喜欢上了一个女孩子。

生平第一次，真心得不能再真心。

不是以前无聊时为了打发时间才寻来的人。

所以后来他果断和到现在名字记不住了的女朋友分手，又打听到宁绒没有男朋友，那瞬间的他只感觉自己被命运之神眷顾。

后来第一次被宁绒拒绝，他失落，但不灰心。

后面的死缠烂打都得不到回应时，他难过，却不至于没有希望。

只是在遇到宋赢萧这个家伙后，在赛车打赌失败后，心里的希望就像是被针戳开了一个小口子的气球一样，等空气漏完，希望也渐渐消失了。

而如今，他平静地接受。

那个被阳光铺满的女孩子，终究不属于他……

婚礼完美落幕，宋赢萧和宁绒送走宾客，累得直接躺在床上。

宋赢萧握着宁绒的手亲吻了下，喊她："老婆？"

声音低沉清冽，含着点点让人耳朵酥软的磁性，一如既往的好听。

宁绒看着他，眸色温柔："怎么了？"

宋赢萧将她圈抱在怀里，亲昵地蹭了蹭宁绒的脸，压着声音说："我今天很开心。

"是最开心的一天。

"比领结婚证那天还要开心。"

"我也是。"宁绒亲了亲他的下颌，莫名想到了自己发现的宋赢萧喜欢她的好多事，心疼他的同时，又问，"我们分开的那些年，你是不是联系过我？"

"高中的时候，我微信加过你的。"头抵在男人肌肉紧实的胸膛前，听着他有节奏的心跳声，宁绒的声音有些惋惜和遗憾，"只是我忘记密码了，就一直没登录过。你是不是给我的那个微信号发了很多消息？"

宋赢萧抱着宁绒腰肢的手臂收紧，对上她明亮清透的眸子，没骗她："嗯，很多。"

在宁绒开口前，他又说："但这个，就当作我的小秘密好不好？"

那个记录了他很多很多喜欢的小秘密，就让他一个人慢慢品味吧。

他怕她看见了会哭。

宁绒没说话，心疼侵占了整颗心，找寻安慰似的，她将宋赢萧抱得更紧，闭上眼感受着来自他的体温，答应他："好，就当成你的小秘密。"

宋赢萧笑了，低头，吻上怀中人的唇。

夜色更深，情爱更浓，窗外月色穿过窗帘缝隙落进室内，宋赢萧看了眼身边睡熟的宁绒，拿过床头的手机。

微弱的灯光下，他点进他的专属秘密地点。

△丝丝，明天我们就要结婚了，我有点紧张，睡不着。

这是昨天的话，而今天，他指尖敲字，一笔一画皆是温柔：

△宋太太，余生还长，但你可以相信，你的丈夫宋先生一定会和你一起去看你们人生尽头的风景。

那种景色，白头方可相约，但一定很美很美。

番外三 · 我还是愿意先爱你

临产之前,宁绒发现宋赢萧的情绪有些紧绷,时不时看着她的肚子发呆,忧心忡忡的,关于孕妇和胎儿的知识书他看得更频繁了,晚上也经常从睡梦中惊醒,还挂上了浓重的黑眼圈。

宁绒看不下去了,将自己的检查报告放在他面前,再三保证自己会平平安安带着宝宝从手术室出来,这才暂时安抚了他。

生产日很快到来,宁绒平安生下了一个女儿,在病床上醒来后没见到宋赢萧的身影,一问季澜双,才知道这人从医生那里知道她平安后,直接在手术室外晕了过去。

宁绒好笑之余,看着怀里粉粉嫩嫩的女儿,心里安稳。

"对了,孩子的名字起好了吗?"季澜双点了点小宝宝的鼻子,眼带喜爱。

"叫宋宁安。"

"宁安?"

"嗯,我们希望她这辈子都能平平安安,健健康康。"

宁绒产后恢复期,因为她不喜欢家里有陌生人,所以照顾她的事除了季澜双偶尔搭手,其他都是宋赢萧在忙活。

换尿布、哄孩子、喂奶粉,宋赢萧比宁绒这个妈妈更像妈妈,宁绒从来没有因为宝宝的事情烦过心,只需偶尔陪着她玩一会儿就好。

贝茜见此,直呼这个姐夫简直是男人的典范。

旁边抱着孩子的江听周以为贝茜在暗示他什么,他马上看向她,直言道:"我保证,我将来绝对不比我舅舅差。"

贝茜看向他,翻了个白眼:"这关你什么事?一边去。"

江听周咬牙,这个不识好歹的女人!

宁绒看得想笑,事后和宋赢萧提到这件事,宋赢萧挑眉:"比我好?"

他看着书架上为了女儿和妻子特地买回来的一百多本育儿书,给江听周拍了张照片过去。

宋赢萧：小子，别太狂妄。

宋赢萧：你舅舅永远是你舅舅！

江听周：……幼稚！

宁绒对宋宁安小朋友的印象是很好养活，而如果让宋赢萧评价的话，他觉得闺女就是个小皮猴子。

宋宁安小朋友在吃奶期就会折腾，他晚上常常需要起来好几次才能保证女儿不会吵到宁绒。

也正是因为他在女儿身上费心太多，成了个慈父。

这就导致宁绒不得不拿起严母的角色，成为弄哭女儿的黑脸。

宁绒再一次因为不收拾玩具的事将五岁女儿弄哭后，在厨房做饭的宋赢萧赶紧出来，见到女儿哭心疼得不行，就要抱起来哄。

宁绒轻咳一声，宋赢萧动作一僵。

他看着眼巴巴向他求救的、几乎和宁绒一个模子刻出来的女儿，狠心移开眼："爸爸还要做饭，你乖乖的，不要惹妈妈生气。"

他又转身回了厨房。

宁绒盯着眼泪珠子吧嗒吧嗒掉的宋宁安："自己把玩具收好，不能再有下次了。"

"妈妈。"小姑娘委屈巴巴地将东西收拾好，转头抱着宁绒的手臂，"安安会乖乖的，你以后和爸爸一样喜欢安安好不好？"

班里有小朋友的父母离婚了，小姑娘因为宁绒这时候的态度，开始担心起了这件事。

她不要爸爸妈妈分开。

宁绒抱着女儿："你是妈妈和爸爸的女儿，妈妈一直都很喜欢你。"

"会一直喜欢吗？"

宁绒亲了亲女儿的脸颊："会，妈妈保证。"

"那……妈妈也会一直喜欢爸爸吗？"

"会的，妈妈这辈子都不会和爸爸分开。"

宋赢萧走过来，摸着女儿的脑袋保证："爸爸这辈子也不会和妈妈分开。

"安安放心，我们永远都是一家人。"

晚上睡觉之前，宋赢萧看着怀中的妻子，声音轻轻落在她耳边："丝丝,我还想贪心一点,我想和你有下辈子。"

宁绒亲了亲他的唇:"好,下辈子我先追你。"

让我亲手弥补你那几年的遗憾。

让我先喜欢你。

宋赢萧明白宁绒的情意,眼眶微酸:"我不遗憾了,真的。"

这辈子都不遗憾了。

我还是愿意先爱你。

愿意走进你的人生,参与你的一切,然后和你幸福地过完新的一辈子。

(全文完)